荣获

新闻出版总署优秀畅销书奖
全国优秀古籍图书普及读物奖
第十七届山西省优秀图书一等奖
第二届山西出版政府奖
山西出版集团2008年度十种好书

全套藏书累计销售500万册

诸子百家卷

《诗经》《尚书》《礼记》《楚辞》《论语·大学·中庸》《孟子》
《老子》《庄子》《荀子》《韩非子》《孙子兵法·尉缭子·鬼谷子》
《墨子》《周易》《山海经》《吕氏春秋》《三十六计》

名家选集卷

《三曹诗集》《陶渊明集》《王勃集》《王维集》《孟浩然集》
《高适集》《岑参集》《李白集》《杜甫集》《白居易集》
《刘禹锡集》《元稹集》《李商隐集》《李贺集》《杜牧集》
《韩愈集》《柳宗元集》《李煜集》《欧阳修集》《王安石集》
《苏轼集》《黄庭坚集》《柳永集》《秦观集》《周邦彦集》
《李清照集》《辛弃疾集》《陆游集》《范成大集》《杨万里集》
《姜夔集》《文天祥集》《元好问集》《唐寅集》《张岱集》
《三袁集》《李贽集》《傅山集》《纳兰性德集》《袁枚集》
《郑板桥集》《龚自珍集》

史著选集卷

《左传》《国语》《战国策》《史记》《汉书》《后汉书》《三国志》
《资治通鉴》

综合选集卷

《唐诗三百首》《宋词三百首》《元曲三百首》《千家诗》《古文观止》
《汉魏六朝小赋骈文选》《唐宋八大家文选》《明清小品文选》

笔记杂著卷

《蒙学六种——三字经·百家姓·千字文·增广贤文·幼学琼林·格言联璧》
《颜氏家训·朱子家训》《世说新语》《金刚经·坛经·心经·地藏经》
《曾国藩家书》《菜根谭·小窗幽记·幽梦影》《浮生六记》《闲情偶寄》
《近思录》《徐霞客游记》《古代书信精选》

戏曲小说卷

《元杂剧精选》《西厢记》《牡丹亭》《长生殿》《桃花扇》《今古奇观》
《三国演义》《水浒传》《西游记》《红楼梦》《聊斋志异》《儒林外史》
《封神演义》《话本小说选》《文言小说选》

中国家庭基本藏书 名家选集卷

三曹诗集

〔魏〕曹操 曹丕 曹植 著
张强 田金霞 解评

山西出版传媒集团
三晋出版社
博学工作室

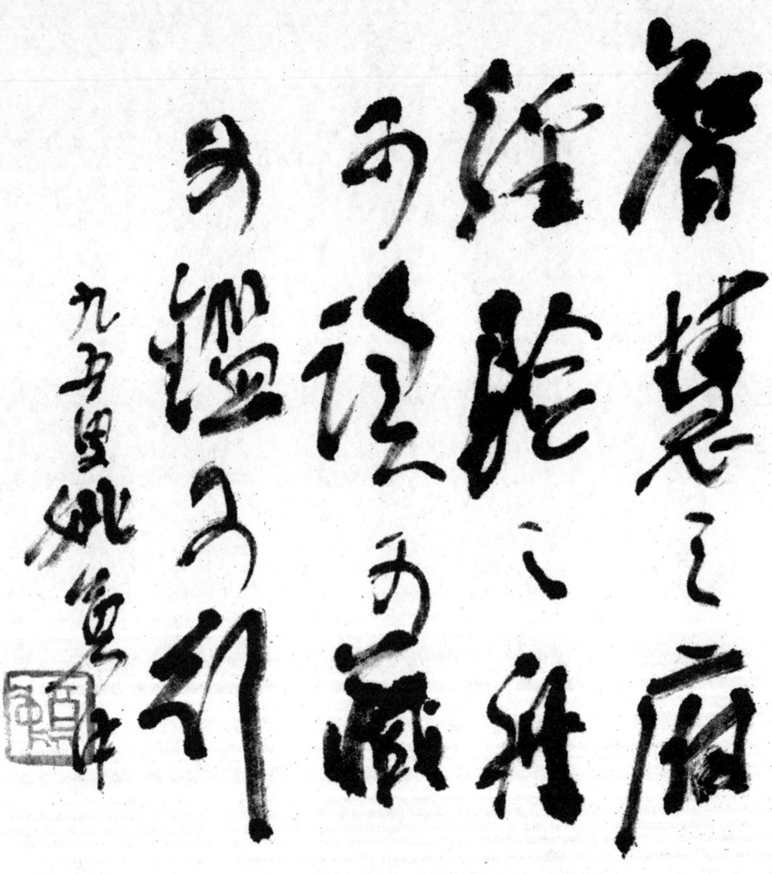

·山西大学教授姚奠中先生为《中国家庭基本藏书》题词

前言

在古今中外的文学史上，父子三人同登文学殿堂的不多，能同领风骚的则更少。值得称道的是，曹操、曹丕、曹植父子三人不但同登文学殿堂，而且以其辉煌的思想成就和艺术成就引领了一个时代的文学。

初次接触曹操是在小学二年级。那时，痴迷于连环画，从画册中知道了曹操。曹操给我留下了很坏的印象，明明错了，还要用“宁可我负天下人，不可天下人负我”之类的话自我开脱。稍后，看《三国演义》，看京剧，对曹操的印象就更坏了，心想，世上怎能造出这样视个人利益高于一切的人呢？那时的主旋律是为人民服务，高远的人生理想是像时传祥那样当工人，像董加耕那样到农村当农民，如果再提高一个层次，是当一名解放军战士，当一名科学家。在这一价值观的支配下，曹操自然是千夫所指的白脸奸臣。后来，形势发生了变化。在“批林批孔”的运动中，法家成了思想路线中最正确的代表，曹操隶属于法家，自然有了前所未有的光辉形象。对此，虽困惑不解，但毛主席的话总是对的，从此思想来了个一百八十度的大转变。

初次认识曹丕，也是从连环画开始的。对他的印象也糟透了。曹丕残害自己的同胞兄弟曹植。让曹植在走完七步之前写一首诗，否则就把他杀掉。被迫无奈，曹植写下了著名的《七步诗》。诗曰：“煮豆持作羹，漉豉以为汁。萁在釜下然，豆在釜中泣。本自同根生，相煎何太急。”这虽然是个传说，许多专家进行了澄清，但曹丕对曹植进行政治迫害却是不争的事实。因《七步诗》，曹植给我留下了良好的印象。许多年后，我时常问自己，为什么会对曹植产生好印象呢？想来想去，以为是人性中同情弱者的思想在起作用。

第一次系统地接触曹氏父子是在20世纪80年代。当时，学术界围绕着“建安风骨”展开了热烈的讨论。为了搞清“风骨”的真正含义，我开始认真地阅读曹氏父子的著述。通过阅读，不但理清了建安文学嬗变的轨迹，而且对曹氏父子在建安文学中的作用和地位有了新的认识。灿烂的思想之花，必然要结出丰富的思想之果。阅读的过程就是收获的过程，就是独立思考的过程，经此，不愿再停留在人云亦云的水平上。从这一意义上讲，我要感谢阅读曹氏父子的过程，有了这样的过程，才知道怎样不再犯糊涂。后来，我将研究的对象放到了明清小说，又放到了先秦两汉，但对以曹操为代表的曹氏父子的喜爱始终不减，这一挥之不去的情结始终萦绕在心头，总希望有机会研究一下曹氏父子。可以说，正是有了这样的过程，才有了今天的这本小书。

这本小书是我与田金霞老师共同完成的。田金霞老师是浙江大学毕业的中国古代文学专业的研究生，来到淮阴师范学院中文系后担任我的助教，由于这样的原因，我有责任指导她的教学与科研工作。在撰写中，我们的分工合作是这样的：曹操部分由我撰写，曹丕和曹植部分我撰写了二分之一到三分之二的篇幅，其馀部分由田金霞老师拿出初稿。在初稿的基础上，由我进行修改和重写。在这一过程中，工作量之大，难以想象，几乎是另砌炉灶。从这一意义上讲，文中如有不妥之处，自然是由我来承担。在撰写的过程中，我们对先贤的成果多有吸收，在此表示感谢。特别要感谢落馥香女士，没有她的信任和支持，这本小书是无法完成的。

为方便读者使用，末附“三曹年表简编”“三曹著作主要版本”“《三曹诗集》名言警句”（正文中用着重号标出）。

张　强

2008年2月20日

三曹及其诗歌创作(代序)

张强

古人有知世论人和知人论世之说,在谈论曹操、曹丕、曹植父子诗歌成就之前,有必要先看一看他们的生活时代。

曹操生活的年代正是东汉王朝走向衰败的年代。当时,风雨飘摇中的东汉王朝除了要面对宦官外戚专政带来的危机外,还要应对黄巾起义、董卓专权等复杂的局面。自汉武帝表彰五经后,以经治国或依经治国成为士人的行为准则和价值取向,在儒家“修齐治平”思想的引导下,生于乱世的曹操一方面以焦虑的心态关注时局的变化;另一方面以昂扬进取的精神参与到日趋复杂的政治进程中,谱写了追求建功立业的乐章。

曹操生于汉桓帝永寿元年(155),曹丕生于灵帝中平四年(187),曹植生于献帝初平三年(192)。灵帝熹平三年(174),曹操入仕任洛阳北部尉,是年二十岁。《三国志·魏书·卞后传》:“年二十,太祖于谯纳后为妾。后随太祖至洛。”裴松之注引《曹瞒传》:“太祖初入尉廨,缮治四门。造五色棒,县门左右各十馀枚,有犯禁者,不避豪强,皆棒杀之。后数月,灵帝爱幸小黄门蹇硕叔父夜行,即杀之。京师敛迹，莫敢犯者。”因得罪权贵，曹操在政治上很不得意。中平元年(184)三月，曹操拜骑都尉。五月，曹操随皇甫嵩、朱儁征讨黄巾军，不久，迁济南相。中平二年，曹操被征为东郡太守，不就，归乡里。《三国志·魏书·武帝纪》：“久之，征还为东郡太守；不就，称疾归乡里。”中平三年，曹操因韩遂反叛，被朝廷征为典军校尉。在这中间，曹操虽几经沉浮，但其政治才能和军事才能却得到了一定的锻炼。

汉献帝初平元年(190)，曹操参加诸侯讨伐董卓的战争，开始在政治上崭露头角。初平三年是曹操的人生转折点。继王允、吕布诛杀董卓后，曹操在山东大破黄巾军，接受降卒三十馀万，从此实力大增，成为威震四方的枭雄。

不过，最能展示曹操人生壮丽及辉煌的是在建安时期。建安元年(196)，曹操迎汉献帝于洛阳，不久，又迁都许昌，确立了“挟天子以令诸侯”的政治优势。此后，曹操展开了一系列的军事行动，通过东征袁术，南征张绣、刘表等壮大了军事实力。此时，在北方形成了曹操与袁绍两大军事集团对峙的局面。为了彻底地解除袁绍的威胁，巩固以许昌为中心的大本营，建安五年(200)，曹操亲率大军与袁绍激战，经过长时间的相持，曹操在官渡打败袁绍，统一了北方。

建安十三年(208)，曹操挥师南下试图完成统一大业。当他与孙权、刘备联军大战赤壁时，因战争失利不得不退守北方，从此形成三国鼎立之势。这一年，曹操五十四岁，曹丕二十二岁，曹植十七岁。从曹氏父子的年表及大事记来看，曹丕、曹植参与到曹操开创的政治事业中是在赤壁之战前后。进而言之，以赤壁之战为分界线，曹丕、曹植的政治生涯开始发生巨大的变化。

曹氏父子的主要文学成就是在建安时期(曹植稍有例外，详后)。建安时期，曹操凭借政治和军事上的优势，抒写了许多面向现实和追求建功立业的诗文。这些诗文铸造了建安文学的灵魂，对曹丕、曹植及“建安七子”的创作产生了积极的影响。可以说，在曹操的努力下，建安文学才发生了质的变化。

建安文学有两个重要的特点，一是面向苦难的现实，把个人抱负及诉求融入建功立业的主旋律之中；二是以文学为载体抒写人生追求的高远境界。追究其形成的原因，这些都与曹操面向苍凉的现实自铸伟词相关。前人曾用“汉魏风骨”(陈子昂《修竹篇序》)概括建安时期的文学成就，客观地讲，这一风格是在曹操的倡导下形成的。

曹操诗歌有三个方面的内容。一是反映了汉末天下大乱、民不聊生的现实；二是表现了统一天下的雄心和锐意进取的精神；三是通过仙游表达追求长生的心愿。前两类诗因直接反映了现实和士人锐意进取的精神，受到后人的重视。学界普遍认为，曹操的《蒿里行》《苦寒行》《却东西门行》《步出夏门行》等反映了现实，所创造的艺术意境对建安慷慨悲凉的诗风起到先鞭作用。

在诗歌创作中，曹操善于抓住典型的细节，在平实的叙述中展示惨烈，在惨烈中思考现实和人生，进而铸造悲凉而高远的艺术情境。“铠甲生虮虱，万姓以死亡。白骨露于野，千里无鸡鸣。生民百遗一，念之断人肠。”（《蒿里行》）这六句耐人咀嚼，可谓回味无穷。当失去家园的士兵必须经受连年不断的征战之苦时，当他们必须忍受铠甲与虮虱带来的痛苦时，这些与千里沃野变成荒原、与遍地裸露的白骨相比又算得了什么？经诗人别具匠心的选择，诗中陈述的每一个细节都给人以触目惊心之感。诚如钟嵘指出的那样：“曹公古直，甚有悲凉之句。”（《诗品》）曹操以诗为史，将悲凉写入时代。

曹操的诗歌创作除了直面人生，营造了悲凉的艺术氛围外，还具有慷慨的风格。从诗的内容看，曹操的慷慨是与高远的人生追求联系在一起的。在《却东西门行》中，诗人从眼前景入笔，一写鸿雁远离故乡，一写飞蓬随风飘起离开生长的本根，通过哀景将情感寄托在被迫转战于各地的征夫身上。“冉冉老将至，何时反故乡”二句并写两面，一写征夫感慨人渐渐老去，借鸿雁、飞蓬等意象抒写思乡的情怀；二是暗用屈原“老冉冉其将至兮，恐修名之不立”（《离骚》）句意，抒写诗人追求建功立业而遥遥无期的喟叹。如果说这一喟叹只是以晦涩的笔墨挑开慷慨之意的话，那么，在《观沧海》中完全可以看到诗人在抒写博大胸怀的过程中所透露出的慷慨气象。

东临碣石，以观沧海。水何澹澹，山岛竦峙。
树木丛生，百草丰茂。秋风萧瑟，洪波涌起。
日月之行，若出其中；星汉灿烂，若出其里。

诗人从登高远望入笔，借山岛、树木、百草等意象抒写大海波澜壮阔的景象，随后又以想象之辞写大海吞吐日月、接纳星汉的壮美之势，以此来暗示诗人有着比大海更为广阔的胸怀，进而展示其追求建功立业、气吞宇宙的豪气。这首辞气古直的诗歌之所以耐人咀嚼，是因为它传达了诗人无比高远的艺术境界。

其实，游仙诗也是曹操诗歌的重要组成部分。如他的《气出唱》三首，同样具有很高的审美价值。在诗中，曹操展开绮丽的想象，吟咏了与仙人遨游天地、宴饮等宏大的场面，这些诗从表面上看有脱离现实的一面，然而，当曹操以质朴的语言、绮丽的想象折射现实时，对士人朝不保夕的忧生意识有曲折的反映。

现存的曹操诗歌大都采用乐府旧题，由于这样的原因，前人在研究时得出了曹操借乐府古题或旧题写时事的结论。这种认识既对也不对。汉袭秦制，自汉武帝扩大乐府的职能和实行采诗制度以后，乐府音乐的程式化遂表现为依声填词的特点。继承《诗经》时代的文化传统，两汉诗歌的主流依旧是歌诗。在这样的背景下，诗歌创作注意音乐形式是必然的。从这一意义上讲，与其说曹操是借古题写时事，倒不如说歌诗的特点决定了音乐是诗歌创作必不可少的元素。事实上，以乐府旧题进行诗歌创作不但存在于曹操诗歌之中，而且是整个时代的风尚和诗歌创作的基本倾向。

曹丕诗歌创作的内容较为单薄，从题材上看，主要有三个方面的内容。一是吟咏男女爱情；二是抒写游子思妇的情感；三是抒写仙游。此外，关心现实和自明心志的诗歌虽有，但仅存《煌煌京洛行》等个别篇目。与曹操相比，曹丕诗歌的内容有游离于现实的一面。出现这样的情况并不奇怪。在曹操的庇护下，曹丕过着贵公子般的生活，可谓历世不深，这样一来，诗歌表现的内容如何能不单薄呢？尽管如此，他在形式上的探索却是值得称道的。从句式看，曹丕诗歌有四言、五言、六言、七言和杂言等形式。这种艺术上的探索与他的审美观有密切的关系。曹丕《典论·论文》将文学分为四科八目，称“诗赋欲丽”。诗歌之丽在曹丕诗歌创作实践中有突出的表现，如《燕歌行》(其一)这一中国现存最早的七言诗，可称之为“诗赋欲丽”理论的实践之作。在这里，曹丕先写“秋风萧瑟天气凉，草木摇落露为霜，群燕辞归雁南翔”的景象。借悲凉萧瑟的秋景，为全诗确定凄怨的情感基调。接下以“念君客游多思肠”，转写思妇愁情，由此生发更为深重的怨愤。“君何淹留寄他方”，愁情萦绕在心头，思妇彻夜难眠，想通过弹琴打消愁绪，然而不但不能化解，反而“泪下沾衣裳”。“明月皎皎照我床，星汉西流夜未央。牵牛织女遥相望，尔独何辜限河梁”四句写景抒情，将思妇深重的思念和难耐的孤独全盘托出。

曹植是第一个大力写五言诗的人。诗歌创作以曹丕称帝为界，分为前后两期。前期的诗歌创作一方面因贵公子的身份过着优游的生活，另一方面天下大乱，曹植豪气勃发，融入时代，表达了追求建功立业的理想，《白马篇》可视为这方面的代表作。这首诗紧扣追求建功立业的主旋律，抒写了曹植以身报国的人生理想。诗从描绘白马少年入笔，先写“幽并游侠儿”超人的武艺，后写其勇赴国难、视死如归的英雄形象。诗风豪迈、慷慨激昂，从中可触摸到曹植要求建功立业的脉搏。

后期，曹植的生活发生巨变，过着名为藩王实为囚徒的生活，甚至行动都受到限制，这些必然会在曹植的诗歌创作中留下深深的印记。他后期创作的《赠白马王彪》可谓一鞭一痕，以独特的生活经历控诉了统治阶层内部兄弟相残的罪恶。曹丕登上帝位后，因害怕地位不稳，因此采取了同室操戈的做法。《赠白马王彪》的写作背景是，曹植等同胞兄弟应召入京朝会。入京后，任城王不明不白地死去。回封邑路上，曹植和白马王曹彪也因监国使者的干预，被迫分道而行。面对如此不幸和深悲剧痛，曹植作此诗和白马王曹彪告别。全诗分为七章。第一章写对京师的眷顾留恋，寓含了不可言状的悲痛。第二章写归途中的跋涉之苦。太谷寥廓、山树苍郁，苍天之下竟然没有坦途。本来，这场兄弟之别已经是生离死别了，再加上大雨滂沱、道路泥泞无法行走，车马疲病等，恶劣的环境进一步渲染和烘托了诗人难以名状的痛苦。第三章指斥小人挑拨离间，但也只能欲哭无泪，唯有“揽辔踟蹰”而已。第四章借秋郊萧瑟苍凉的暮色抒发内心无尽的感伤。第五章抒发人生易逝的深沉感慨。第六章强作旷达，以“万里犹比邻”自我开解，但难掩内心的极度悲痛。末章写在绝望之中与白马王彪诀别。情感深挚、沉痛欲绝，生死诀别之语痛彻心扉。艺术上，这首诗借景抒情，真正做到了情景交融。此外，章节之间顶真手法的运用，真实地表现了诗人内心情感的愤愤难平，郁积难排。

从诗歌史的角度看，曹植最大的贡献是在诗歌实践中继承了《诗经》的比兴传统，把屈原以香草、美人喻人生理想追求的艺术表现手法发展为象征，以前所未有的姿态拓展了诗歌创作的审美空间。这方面可以《美女篇》为代表。这首诗通过叙述美女盛年不嫁，抒写了诗人怀才不遇、壮志难酬的情怀。在文学史上，《美女篇》具有很高的地位。具体地讲，一是曹植继承了屈原确立的文化传统。如在抒写情志方面，屈原时常以美人、香草等物象为载体表达其政治诉求，这首诗亦以美人盛年不嫁为切入点，抒发“佳人慕高义，求贤良独难”的感慨，通篇为比的结果是强化了诗歌的象征性。二是继承了汉乐府的叙事风格，提高了汉乐府的叙述质量。一般认为，《美女篇》在叙述结构、情节、语言等方面承袭了《陌上桑》。然而，仔细推敲就可以发现，《陌上桑》通过层层铺垫和渲染采桑女的天生丽质，旨在塑造一个美的形象。相比之下，《美女篇》则是在塑造美的形象的基础上，抒写别有寄托的情怀。故清代学者丁晏指出：“美女者，以喻君子，言君子有美行，愿得明君而事之，若不遇时，虽见征求，终不屈也。”（《曹集诠评》）可谓揭示了《美女篇》的审美内涵。三是自汉末文人五言诗《古诗十九首》问世以后，真正致力于五言诗创作的文人主要是曹植。然而在曹植五言诗中，《美女篇》又堪称上乘之作，因此，深入解构《美女篇》的创作成就，对于我们全面理解中国文学史及诗歌史具有特别的意义。

三曹诗歌创作是否有共同的题材和思想倾向呢？我以为主要集中在两个方面。一是顺应时代潮流，表达追求建功立业的人生理想和抱负；二是借乐府旧题集中笔墨抒写游仙。前一个问题，先贤多有认识，故略去不论。后一个问题因过去许多人似乎有意回避，认为思想成就不高，故需要提出来。

一般认为，游仙诗始于晋代的郭璞，其实，早在郭璞之前，曹氏父子已开始了创作游仙诗的历程。如曹操的《气出唱》《精列》《陌上桑》《秋胡行》(愿登泰华山)，曹丕的《折杨柳行》，曹植的《升天行》《仙人篇》《游仙》《五游咏》《平陵东行》《苦思行》《远游篇》《飞龙篇》等都是游仙诗的重要收获。可以说，游仙诗的兴起与曹氏父子的身体力行息息相关。在这些诗篇中，曹氏父子或表达追求长生的意愿，或写与仙人共游时的欢乐，或借仙游写养生之道，或表达对世俗世界的厌恶。这些内容自然有远离现实的一面，但如果我们注意到天下大乱及东汉末年党锢事件给士人带来的打击和迫害；注意到始于战国后期的神仙术，在汉武帝的倡导下成为影响社会风气形成的文化因子等事实，那么，应该说曹氏父子大力写作游仙诗既有久远的历史文化背景，又有深刻的现实原因。也就是说，当追求长生成为整个社会的风尚时，当士人因屡受政治迫害而忧愁焦虑时，当现实中的不如意可以借助于游仙获得释放时，这些拧结在一起，遂为曹氏父子写游仙诗提供了现实依据。当然，也应该看到，曹氏父子的游仙诗确实有追求荒诞的一面，我们也不必无原则地加以赞誉。

目录

◎曹丕

◎曹植

◎附录

◎曹　操

气出唱

题解

诗吟咏了遨游天地，登泰山、蓬莱与仙人同乐的宏大景象。气出唱：一作气出倡，乐府旧题。宋人郭茂倩将其收入《乐府诗集·相和歌辞·相和曲》。李善注引《歌录》："古相和歌十八曲，《气出》一，《精列》二。《魏武帝集》有《气出》《精列》二古曲。"该诗共有三首，都是游仙诗。第二首写与仙人共饮，共祝长寿的情景。第三首写到西王母那里做客的情景。此选其一。

驾六龙乘风而行，行四海外路。
下之八邦，历登高山，临溪谷，乘云而行。
行四海外，东到泰山，仙人玉女下来遨游。
骖驾六龙，饮玉浆。河水尽，不东流。
解愁腹，饮玉浆，奉持行。东到蓬莱山，上之天之门。
王阙下，引见得入，赤松相对。四面顾望，视正焜煌。
开王心正兴其气，百道至。
传告无穷，闭其口但当爱气，寿万年。
东到海，与天连。神仙之道，出窈入冥。
常当专之，心恬澹无所愒欲，闭门坐自守，天与期气。
愿得神之人，乘驾云车，骖驾白鹿，
上到天之门，来赐神之药。
跪受之，敬神齐。当如此，道自来。

新解

驾六龙乘风而行，行四海外路——驾驭六条巨龙在天空乘风遨游，远游到四海之外，在天路上行走。路：天路。

下之八邦，历登高山，临溪谷，乘云而行——天路的下面是东方八国，登遍高山，下临溪谷，乘云出行。八邦：八国。秦·吕不韦《吕氏春秋·先识览·察微》有"东夷八国"句。此指临近大海的中国东部。历：遍。

行四海外，东到泰山，仙人玉女下来遨游——远游到四海之外，向东来到泰山，仙人和玉女从天上下来和我一起遨游。遨游：一作翔游。

骖驾六龙，饮玉浆——驾驭六龙，畅饮仙家的美酒。骖：三马共驾一车。这里是驾驶的意思。玉浆：仙家的美酒。

河水尽，不东流——黄河也有干涸的时候，从此不再东流。河：黄河。这里以黄河有干涸的时候，暗喻人寿终有尽时。

解愁腹，饮玉浆，奉持行——痛饮仙家的美酒来解除胸中的忧愁，手捧美酒，我继续前行。奉：同捧。持：拿。

东到蓬莱山，上之天之门——向东到神仙居住的蓬莱山，从这里可以攀上天宫的大门。蓬莱山：三神山之一，传说海中有蓬莱、方丈、瀛洲等三座仙山。天之门：天门。

王阙下，引见得入，赤松相对——来到天宫，等候天帝的接见，猛然间看到仙人赤松子就在我的对面。王阙：传说天帝、仙人居住的宫殿。一作玉关。阙，宫门、城门两侧的高台，中间有道路，台上起楼观。赤松：赤松子，仙人。汉·刘向《列仙传》："赤松子者，神农时雨师也，服水玉以教神农，能入火自烧。往往至昆仑山上，常止西王母石室中，随风雨上下。炎帝少女追之，亦得仙俱去。至高辛时复为雨师，今之雨师本是焉。"

四面顾望，视正焜煌——向四周张望，天宫到处是辉煌灿烂的景象。焜(kūn)煌：一作煌煌，光采盛旺。

开王心正兴其气，百道至——木星、玉井、心星发出耀眼的光芒，它们的精气从四面八方汇集到我的身上。开、王、心：都是星名。开，开明星，即木星。因为它十二年运行一周天，古代用以纪年，所以又称"岁星"。王，一作玉，即玉井星，参(shēn)星下面的四小星。心，心宿，二十八星宿之一。兴：兴旺，明亮。气：众星的精气。

传告无穷，闭其口但当爱气，寿万年——仙人向我传授奥妙无穷的长生不老方法，告诉我，只要闭上嘴巴，爱惜口中的津液，保持元气，就会长寿万年。气：元气。道家认为咽下口中的津液，可以保持元气。

东到海，与天连——向东是与天相连的大海。

神仙之道，出窈入冥——神仙之道，出乎精微幽深，入乎深奥玄妙。出窈入冥：指神仙之道非常精微幽深。窈、冥，深奥难明。

常当专之，心恬澹无所愒欲——我应该专心于成仙之道，只有这样才能够做到内心清净淡泊，没有贪欲。恬澹：清净。愒(kài)欲：贪欲。

闭门坐自守，天与期气——闭门静修，可以保持精气，让精气适应于自然之气。守：指保守精气。期：合，适应。

愿得神之人，乘驾云车，骖驾白鹿，上到天之门，来赐神之药——真心地希望我能乘坐云雾之车，驾驭白鹿，来到天宫的大门，接受神仙赐予的灵丹妙药。

跪受之，敬神齐。当如此，道自来——我跪着接受长生不死的神药，恭恭敬敬地对待仙人。只有这样，仙道才会来临。

新评

追求长生不死的神仙说始于战国后期，最早的求仙诗是秦始皇的《仙真人诗》。自战国后期齐燕方士鼓吹长生不死术以来，祈盼长生、求见神仙遂成为古人孜孜不倦的追求。一般认为，游仙诗始于晋代的郭璞，其实，早在郭璞之前，曹操的《气出唱》已完全具有这一品质。诗以质朴的语言、绮丽的想象描述了曹操渴望长生、冀求神仙的念想。

精　列

题解

这首诗借祈求长生，表达了诗人深感时光流逝的感慨。精列：乐府旧题。郭茂倩将其收入《乐府诗集·相和歌辞·相和曲》。精：指精神灵气，古人认为这是生命的本原。列：同裂，分解。精气分解指人的衰老或死亡。

厥初生，造化之陶物，莫不有终期。
莫不有终期，圣贤不能免，何为怀此忧？
愿螭龙之驾，思想昆仑居。
思想昆仑居，见期于迂怪，志意在蓬莱。
志意在蓬莱，周孔圣徂落，会稽以坟丘。
会稽以坟丘，陶陶谁能度？君子以弗忧。
年之暮，奈何时过时来微。

新解

厥初生，造化之陶物，莫不有终期——万物初生，化育万物，终始循环，难道大自然就没有终结的时候吗？厥：其，此指自然万物。造化：指天地自然万物。陶：本指匠人制作陶器，这里是创造、化育的意思。

莫不有终期，圣贤不能免，何为怀此忧——自然万物都有自己的终期，即使是古代的圣贤也不能避免，那为什么还要为生命走向尽头而担忧呢？何为：为何，为什么。

愿螭龙之驾，思想昆仑居——但愿那无角的螭龙能为我驾车，将我带到魂牵梦绕的昆仑山。螭(chī)龙：传说中无角的龙。昆仑：昆仑山，天帝及配偶神西王母居住的仙山。

思想昆仑居，见期于迂怪，志意在蓬莱——心里想着神仙居住的昆仑山，期望看到山上的神灵怪异。此外，我还有一个心愿是到海上去看一看蓬莱仙山。见期：期望见到。迂怪：神灵怪异。《山海经 · 西山经》：“西南四百里，曰昆仑之丘，是实下都，神陆吾司之。其神状虎身而九面而虎爪，是神也，司天之九部及帝时。”志意：心愿。蓬莱：传说中的海上仙山。

志意在蓬莱，周孔圣徂落，会稽以坟丘——我最大的心愿是到蓬莱仙山求得长生啊。可是，品德高尚的周公和孔圣人也要死去。你没有看见吗？会稽山上的坟茔就埋葬着大禹这样伟大的君主。周孔圣：指周公和孔子。徂落：同殂落，死亡。会稽：山名，主峰在浙江绍兴东南。相传大禹东巡，在会稽山大会诸侯，病死后葬于会稽山。

会稽以坟丘，陶陶谁能度？君子以弗忧——大禹的坟茔就在会稽山上。古往今来，有谁能度过漫长的岁月，永世长存呢？心胸旷达的人应该不会为死而感到担忧。陶陶：漫长的意思。此指漫长的岁月。君子：指心胸宽广，有作为、有见识的人。弗：不。

年之暮，奈何时过时来微——不知不觉中已到了垂暮之年，时间匆匆地过去，来日不多啊，这又有什么办法呢？时过：一作过时。微：少。

新评

诗人感慨人生短暂，由此产生了“志意在蓬莱”，即希望长生的玄想。然而，诗人深知死亡是不可抗拒的规律，为此，发出了“年之暮奈何”的感慨。这首诗真实地反映了一代政治家曹操希望完成统一大业，而又无法挽留时光的感伤。

度关山

题解

这首诗抒写了诗人的政治理想。度关山：乐府旧题。郭茂倩将其收入《乐府诗集·相和歌辞·相和曲》。其云：“《乐府解题》曰：魏乐奏武帝辞，言人君当自勤苦，省方黜陟，省刑薄赋也。”

天地间，人为贵。立君牧民，为之轨则。
车辙马迹，经纬四极。黜陟幽明，黎庶繁息。
於铄贤圣，总统邦域。封建五爵，井田刑狱。
有燔丹书，无普赦赎。皋陶甫侯，何有失职？

嗟哉后世，改制易律。劳民为君，役赋其力。

舜漆食器，畔者十国，不及唐尧，采椽不斲。

世叹伯夷，欲以厉俗。侈恶之大，俭为共德。

许由推让，岂有讼曲？兼爱尚同，疏者为戚。

新解

天地间，人为贵——天地之间，人是最珍贵的。

立君牧民，为之轨则——立君主统治万民，为万民制定法律制度。牧民：统治人民。统治者把统治人民比作牧养牲畜。轨则：法度，准则。

车辙马迹，经纬四极——君主巡游天下，车辙马迹遍及四方。车辙马迹：指君王巡游，车驾所到之处。辙，车辙，车轮碾压的痕迹。经纬：纵线叫经，横线叫纬。这里用作动词，是走遍的意思。四极：四方，极远之地。

黜陟幽明，黎庶繁息——君主黜退小人，提升德才兼备的人，让百姓繁衍生息。黜：降职或罢免。陟：提升。幽：暗，指人的品德不好且没有才能。明：指品德好而有才能。黎庶：百姓。繁息：指人口增殖。

於铄贤圣，总统邦域——啊！古代美好圣明的君主，统治的国家日益昌盛。於：感叹词。铄：美好。贤圣：指古代贤君。总统：总管，统治。邦域：国家。

封建五爵，井田刑狱——君主把诸侯爵位封为五等，实行井田制，设立邢罚和监狱。封建：封诸侯、建国家，此指古代的分封制。五爵：指公、侯、伯、子、男五等爵位。井田：井田制，周代的土地制度，以方九百亩为一里，划为九区，形如“井”字，故名。

有燔丹书，无普赦赎——烧掉记载犯人罪行的文书，不普遍施行用钱赎罪制度。燔(fán)：焚烧。丹书：古时以朱笔记载犯人罪状的文书。《左传·襄公二十三年》：“初，斐豹，隶也，著于丹书。”杜预注：“盖犯罪没为官奴，以丹书其罪。”赦赎：免除刑罚，用钱赎罪。

皋陶甫侯，何有失职——皋陶和甫侯执法严明，哪里有失职的行为呢？皋陶：传说是东夷部族的首领，大公无私，帝舜因此选拔他掌管刑法。甫侯：吕侯，周穆王时的司寇(最高的司法官)，他制定的法律叫作《吕刑》。他和皋陶二人都以执法严明著称。

嗟哉后世，改制易律——可惜啊，后世的君主改变了古代的制度和法律，真是让人感慨啊。嗟哉：感叹词。改制易律：改变古代的制度和法律。

劳民为君，役赋其力——后世的君主为了个人的私利奴役百姓，横征暴敛，耗费了多少民力啊。役赋：役使，赋敛。

舜漆食器，畔者十国——虞舜生活讲究，使用食具时用油漆刷制，从此天下奢侈之风盛行，乃至于有十几个诸侯背叛他。舜：传说中的圣君，号有虞氏，又称虞舜。漆食器：用漆涂抹饮食用具。汉·刘向《说苑·反质》："尧有天子，饭于土簋，啜于土瓶。其地南至交阯，北至幽都，东西至日所出入，莫不宾服。尧释天下，舜受之。作为食器，斩木而裁之。销铜铁，修其刃，犹漆黑之以为器。诸侯侈。国之不服者十有三。"畔：同叛。十国：十多个诸侯国，此举成数。

不及唐尧，采椽不斲——虞舜比不上唐尧，唐尧从不贪图享受，居住的房屋十分简陋，房顶上的椽子都是用没有经过砍削和雕饰的栎木做的。唐尧：陶唐氏，传说中的圣君。《韩非子·五蠹》："尧之王天下也，茅茨不剪，采椽不斲。"采：一作棌，栎木，劣质木料。椽：屋上承接瓦的木条。斲(zhuó)：同斫。砍，削。

世叹伯夷，欲以厉俗——世人赞美伯夷的高尚品德，是为了以他为榜样劝勉和纠正不好的风俗。伯夷：殷朝末年，孤竹君的长子。孤竹君死后，伯夷为了把国位让给弟弟叔齐，弃国逃走。其事迹详见《史记·伯夷列传》。厉：同励，劝勉。

侈恶之大，俭为共德——奢侈是最大的罪恶，勤俭是共同的美德。"侈恶"二句：用典。《左传·庄公二十四年》："俭，德之共也；侈，恶之大也。"共：一作恭。

许由推让，岂有讼曲——如果人们都能像许由那样谦恭礼让，后世怎么会打官司和发生曲直之辩呢？许由：帝尧时的贤士和隐士。据《史记·伯夷列传》，帝尧打算把天下让给许由，许由认为是对他的侮辱，因此逃走，过着隐居生活。讼：打官司，辩曲直。

兼爱尚同，疏者为戚——如果每一个人都能做到爱人爱己、君民一律平等的话，那么，疏远的人也会变成亲戚。兼爱尚同：战国初期思想家墨翟的主张。兼爱，爱人爱己。尚同，即上同。《墨子·尚同》："天下之百姓，皆上同于天子。"

新评

诗从"人为贵"入笔，表达了诗人以"让"与"兼爱"为基础的大同思想，为了充分表达这一思想，诗人并写两面，一是从"立君牧民"写起，通过叙述古代君主治民的法则，认为退小人任用德才兼备者是国家昌盛的基本保证；二是通过尧舜之间的对比，强调节俭在治理国家中的重要性，进而得出世风日下是因奢侈引起的结论。那么，怎样才能纠正"侈恶之大"呢？诗人主张"俭为共德"，在此基础上，提出"让"与"兼爱"，即君主贤明、君民平等、执法公正、讼狱不兴的大同思想。透过言语，可见诗人渴望国家统一、天下安定的愿望。

薤　露

题解

中平(汉灵帝刘宏年号，184—189)六年，汉灵帝崩，少帝刘辩即位，何太后听政。何太后的哥哥大将军何进打算诛杀擅权的宦官，何太后不许。于是，何进秘密召董卓入京城洛阳，以此胁迫何太后。是年八月，宦官张让等杀死何进，劫持少帝刘辩出走平津(今河南孟津西北)。董卓入京后，独揽朝政，废少帝，立献帝刘协。初平(汉献帝刘协年号，190—193)元年正月，关东各郡起兵声讨董卓。董卓胁迫天子、百官和百姓西迁长安，并焚烧洛阳。这首诗真实地再现了这一历史事实，抒发了诗人政治家的悲愤情怀。薤露：薤露行，原为送葬的挽歌，乐府旧题。郭茂倩将其收入《乐府诗集·相和歌辞·相和曲》。曹操借用古题写时事。薤，多年生草本植物，叶细长，鳞茎和嫩叶可吃。古诗以薤上露水容易消失，喻人生短暂。

惟汉二十世，所任诚不良。沐猴而冠带，知小而谋强。
犹豫不敢断，因狩执君王。白虹为贯日，己亦先受殃。
贼臣持国柄，杀主灭宇京。荡覆帝基业，宗庙以燔丧。
播越西迁移，号泣而且行。瞻彼洛城郭，微子为哀伤。

新解

惟汉二十世，所任诚不良——汉灵帝刘宏任用的何进，确实是没有才能的人。惟：语助词，多用于句首。二十世：此指汉灵帝刘宏。自西汉高祖刘邦建汉到汉灵帝刘宏即位，传二十三代，此举成数。所任：所任用的人，此指专权者外戚何进。

沐猴而冠带，知小而谋强——何进像穿戴衣冠的猴子，缺少政治智慧，却要谋划诛灭宦官的大事。沐猴：猕猴。汉·司马迁《史记·项羽本纪》有“人言楚人沐猴而冠”语，此指何进像穿戴衣冠的猕猴，缺少政治智慧。知：同智，智慧。谋强：策划大事，指诛杀宦官。

犹豫不敢断，因狩执君王——何进不果断，处事犹豫不决，致使君主出巡时被专权的宦官胁持。犹豫不敢断：据南朝宋·范晔《后汉书·何进传》，何进打算杀掉擅权的宦官，太后不从。其弟何苗接受宦官的贿赂，也不同意何进的举动。为此，何进犹豫不决，从而失去了机会，被宦官抢先下手。狩：本指天子出巡，视察天下。此指少帝刘辩被宦官胁持出走平津事。执：捕捉，劫持。何进被杀后，他的部下袁绍等人入宫诛杀宦官，宦官张让逃脱，胁持少帝刘辩出走平津。

白虹为贯日，己亦先受殃——白虹为此穿过红日，何进自己先遭受到了祸难。白虹为贯日：古人认为白虹贯日是凶兆。南朝宋·范晔《后汉书·孝献帝纪》：“(初平元年二月)白虹贯日。三月乙巳，车驾入长安，幸未央宫。己酉，董卓焚洛阳宫庙及人家。戊午，董卓杀太傅袁隗、太仆袁基，夷其族。”白虹，空中的白色云气。贯，穿过。己亦先受殃：指何进在少帝刘辩被害之前，先为宦官所杀。

贼臣持国柄，杀主灭宇京——贼臣董卓把持了朝政，他毒死少帝刘辩，焚毁繁华的京城洛阳。贼臣：指董卓。持国柄：把持国家政权。杀主：指董卓毒死少帝刘辩事。灭宇京：烧毁京城洛阳。据《后汉书·董卓传》，董卓入洛毒死少帝刘辩后，立献帝刘协，独揽朝政大权。为此，关东各郡起兵声讨，董卓见势不妙，遂胁迫汉献帝西迁长安(今陕西西安)，并放火烧毁洛阳。

荡覆帝基业，宗庙以燔丧——董卓倾覆了汉王朝，烧毁了汉王朝的祖庙。荡覆：倾覆，败坏。帝基业：指汉王朝。宗庙：祖庙，此指汉代君主的祖庙，象征政权。燔(fán)丧：烧毁。

播越西迁移，号泣而且行——在董卓的挟持下，朝廷被迫向西迁移，人民流离失所，一路哀号，悲泣着向长安行走。播越：流离失所。且：同徂，往，去。董卓胁迫汉献帝刘协西迁，强迫洛阳近百万的百姓同行，沿途死亡甚多，积尸盈路。

瞻彼洛城郭，微子为哀伤——遥望那残破不堪的洛阳城郭，我像微子那样发出了悲伤的哀歌。郭：外城。这里指洛阳城郊。微子：微子启，殷纣王的哥哥。汉·司马迁《史记·宋微子世家》："微子曰：'父子有骨肉，而臣主以义属。故父有过，子三谏不听，则随之而号之；人臣三谏不听，则其义可以去矣。'于是太师、少师乃劝微子去，遂行。……其后箕子朝周，过故殷虚。感宫室毁坏，生禾黍，箕子伤之，欲哭则不可，欲泣为其近妇人，乃作《麦秀之诗》以歌咏之。……殷民闻之，皆为流涕。"此二句合用微子、箕子之典。

新评

这首诗描述了汉末天下大乱的历史。面对纷乱的政治形势，诗人将满腔的愤懑之情诉诸笔端。诗可证史，可以与史相互证发。在这首诗中，诗人一是以"所任诚不良"揭露汉末发生大乱的根源；二是以高度概括和精炼的语言对小人当国、贼臣乱政的现实进行了抨击。透过诗中悲凉而沉痛的语调，可见诗人忧国忧民之心。

蒿里行

题解

这首诗描写了东汉末年关东州郡将领讨伐董卓时的争权夺利，以及人民在战乱中所遭受的灾难。蒿里行：送葬时的挽歌，乐府旧题。郭茂倩将其收入《乐府诗集·相和歌辞·相和曲》。这里"借古题写时事"，抒写伤乱之情。蒿里，原为地名，在泰山南，据古代迷信的说法，人死后灵魂归于蒿里。

关东有义士，兴兵讨群凶。初期会孟津，乃心在咸阳。
军合力不齐，踌躇而雁行。势利使人争，嗣还自相戕。
淮南弟称号，刻玺于北方。铠甲生虮虱，万姓以死亡。

白骨露于野，千里无鸡鸣。生民百遗一，念之断人肠。

新解

关东有义士，兴兵讨群凶——关东州郡的侠义之士起兵讨伐董卓及其党羽。关东：指函谷关(今河南灵宝县西南)以东，包括今河南、山东等地区。义士：指关东州郡讨伐董卓的诸将领。汉献帝初平元年(190)，关东州郡起兵讨伐董卓，共推渤海太守袁绍为盟主。群凶：指董卓及其爪牙。

初期会盂津，乃心在咸阳——本来，群雄希望在孟津会合，他们真实的打算是像武王伐纣那样讨凶救民，像刘邦、项羽当年攻入秦都咸阳那样，直逼洛阳，讨伐乱臣董卓，兴复汉室。期：希望。孟津：地名，在今河南孟县南。相传周武王伐纣时，曾在此与诸侯会盟。盂，一作盟。乃心：其心，他们的心。《尚书·康王之诰》："虽尔身在外，乃心罔不在王室。"后以"乃心王室"喻指忠心于国事。咸阳：秦的都城，在今陕西咸阳东。这里指董卓控制的长安(今陕西西安)地区。初平元年(190)二月，汉献帝被董卓要挟迁都长安。

军合力不齐，踌躇而雁行——各路兵马会合在一起，但不能齐心协力。他们的军队像飞雁一样列队成行，在董卓军队面前徘徊不前。踌躇：徘徊，犹豫不决。雁行：指军队排列前行，如飞雁成行。

势利使人争，嗣还自相戕——为了争夺权利和势力范围，不久，参加讨伐董卓的诸侯开始自相残杀。嗣还(xuán)：不久以后。还，旋。戕：残杀。当时，盟军袁绍、公孙瓒等部发生火并事件，故云。

淮南弟称号，刻玺于北方——袁术在淮南称帝，占据北方的袁绍谋立刘虞为帝，刻制了皇帝才能用的大印。"淮南"句：董卓被杀后，袁绍和异母弟袁术分裂，袁术占据淮南(淮河下游南部以至长江以北的地区)，于建安二年(197)在寿春(今安徽省寿县)自立为皇帝。"刻玺(xǐ)"句：初平二年(191)，袁绍谋立刘虞为皇帝，为之刻印。玺，皇帝所用的大印。北方，当时袁绍屯兵河内(今河南五涉县西南)，故称北方。

铠甲生虮虱，万姓以死亡——连年不断的战争，使战士的铠甲上生出了虮虱，使百姓在战乱中流离丧生。铠甲：古代将士的战服。金属制的为铠，皮制的为甲。虮：虱子的卵。

白骨露于野，千里无鸡鸣——原野上覆盖着层层白骨，千里之外杳无人烟。

生民百遗一，念之断人肠——百人中只有一人幸存，想到此，怎能不让人忧愁肠断呢？

新评

在继承汉乐府"感于哀乐，缘事而发"的基础上，曹操担负起开一代诗风的责任。在他的倡导下，汉乐府面向现实的精神得到进一步的发扬。《蒿里行》本为挽歌，曹操“借古题写时事”，推出了新意。诗的前十句对关东义军“军合力不齐”的现状进行了叙述，细玩语意，平实的叙述中蕴涵着诗人对时局的担忧。后六句并写两面，一是通过白描展示战乱给天下苍生带来的痛苦；二是将对现实的关怀寓于其中。这首诗经过诗人别具匠心的选择和概括，每一个细节都给人以触目惊心之感。“白骨露于野，千里无鸡鸣”二句极佳，通过平淡无奇的客观描述，将难以承受的现实展现在眼前，给人以心灵上的震撼。此二句可与王粲的“出门无所见，白骨蔽平原”对读，具有“汉末实录”的品质。在艺术追求上，诗与音乐融为一体，慷慨悲凉而浑厚，将人生的悲情洋溢于诗外。诚如钟嵘《诗品》所说：“曹公古直，甚有悲凉之句。”此诗可为典型。

对酒

题解

这首诗描绘了诗人的政治理想。对酒：乐府诗题。郭茂倩将其收入《乐府诗集·相和歌辞·相和曲》。对：面对。

对酒歌，太平时，吏不呼门。
王者贤且明，宰相股肱皆忠良。
咸礼让，民无所争讼。三年耕有九年储，仓谷满盈。
斑白不负载，雨泽如此，百谷用成。
却走马，以粪其土田。
爵公侯伯子男，咸爱其民，以黜陟幽明。
子养有若父与兄，犯礼法，轻重随其刑。
路无拾遗之私，囹圄空虚，冬节不断人。
耄耋皆得以寿终，恩泽广及草木昆虫。

新解

对酒歌，太平时，吏不呼门——对酒高歌，天下太平的时候，官吏不会跑到百姓的门上大声地催取田租和赋税。

王者贤且明，宰相股肱皆忠良——君王贤良英明，宰相及辅政的大臣个个都是忠良。股肱：大腿和胳膊，此指辅佐君主的大臣。《尚书·益稷》：“元首明哉，股肱良哉，庶事康哉。”

咸礼让，民无所争讼——人人都守礼谦让，老百姓之间不会发生争夺诉讼的纠纷。礼让：守礼，谦让。争讼：因争夺引起的诉讼。

三年耕有九年储，仓谷满盈——耕种三年，可储备一年的粮食。有九年的储蓄，稻谷才能真正地堆满粮仓，才能真正地做到国富民安。三年耕有九年储：古人认为，耕种三年可节馀一年的粮食，国家有九年的储备才能做到国富民安。《礼记·王制》：“国无九年之蓄，曰不足；无六年之蓄，曰急；无三年之蓄，曰国非其国也。三年耕，必有一年之食，九年耕，必有三年之食。以三十年之通，虽有凶旱水溢，民无菜色。”

斑白不负载，雨泽如此，百谷用成——头发斑白的老人不需要背负沉重的东西。雨水如此地滋润，庄稼因此获得丰收。斑白：指头发苍白的老人。负载：肩扛、头顶物品。泛指繁重的体力劳动。《孟子·梁惠王上》：“颁(斑)白者不负戴于道路矣。”雨泽：雨水滋润。百谷：一作五谷，泛指各类粮食作物。用：因此。成：丰收。

却走马，以粪其土田——骏马从战场上退下来，到田里去运送肥料。却：退。走马：骏马，此指战马。粪：动词，运送肥料。老子《道德经》第四十四章：“天下有道，却走马以粪。”土：一作上。

爵公侯伯子男，咸爱其民，以黜陟幽明——有公、侯、伯、子、男等爵位的人都能爱护自己的百姓，都能黜退奸邪，奖励和选拔贤良。爵：爵位。此为动词，有分封之意。公、侯、伯、子、男：古代分封诸侯的五等爵位。黜：降职或罢免。陟：提升。幽：暗。此指品德不好且没有才能的人。明：指品德好、有才能的人。

子养有若父与兄，犯礼法，轻重随其刑——诸侯、官吏像父兄养育自己的子弟那样爱护百姓。如果有人违背了礼法，就按照罪过的轻重决定刑罚。

路无拾遗之私，囹圄空虚，冬节不断人——这样一来，道路上没有拾取他人遗漏之物的自私行为。监狱将会空荡荡的，冬天来临的时候也不再需要处决犯人。囹圄：监狱。断：处决犯人。古代有冬季处决犯人的制度。

耄耋皆得以寿终，恩泽广及草木昆虫——年纪大的人都能长寿而终老，君主的恩德真是深广无边，可以遍及草木和昆虫。耄耋(màodié)：泛指年龄大的人。耄，指八九十岁的年纪。耋，指七八十岁的年纪。泽：一作德。

新评

对酒高歌，激起诗人无限的感慨。诗人认为，没有官吏上门催租、政治清明是人生追求的理想社会。在这一社会中，君圣臣贤、讼狱不兴、五谷丰登、国富民足、路无拾遗、人人皆得寿终，这些作为诗人的理想社会是何等地令人神往。然而，诗人却不得不面对战火不断、百姓痛苦地呻吟的现实，理想与现实的反差实在是太大了。可以说，诗人描绘的人生理想是在批判现实的基础上生发的。一般认为，曹操尚法。从这首诗的内容看，应该说他具有外法内儒的特征，即他所描绘的理想社会是以儒家学说为依据的。

陌上桑

题解

这首诗曲折地表达了诗人关怀现实的心意。陌上桑：乐府旧题。郭茂倩将其收入《乐府诗集·相和歌辞·相和曲》。

驾虹霓，乘赤云，登彼九疑历玉门。
济天汉，至昆仑，见西王母，谒东君。
交赤松，及羡门，受要秘道爱精神。
食芝英，饮醴泉，拄杖桂枝佩秋兰。
绝人事，游浑元，若疾风游欻飘翩。
景未移，行数千，寿如南山不忘愆。

新解

驾虹霓，乘赤云，登彼九疑历玉门——驾驭虹霓，乘红云向天空翱翔，飞越玉门关，登上九疑山。虹霓：为雨后或日出、日没之际天空出现的七色圆弧。虹霓常有内外二环，内环称虹，也称正虹、雄虹；外环称霓，也称副虹、雌虹或雌霓。九疑：山名，又称苍梧山，在今湖南宁远县南。历：经过。玉门：古关隘。在今甘肃敦煌西，为古代通往西域的要道。玉，一作王。

济天汉，至昆仑，见西王母，谒东君——渡过银河，来到昆仑山，专门拜见西王母和东王公。济：渡河。天汉：银河。昆仑：昆仑山，西王母的居所。《山海经·大荒西经》："西海之南，流沙之滨，赤水之后，黑水之前，有大山，名曰昆仑之丘。有神，人面虎身，有文有尾，皆白处之。其下有弱水之渊环之，其外有炎火之山，投物辄然。有人，戴胜，虎齿，有豹尾，穴处，名曰西王母。"谒：见，拜见。东君：东王公，西王母的配偶神。

交赤松，及羡门，受要秘道爱精神——与仙人赤松子和羡门高交往，接受他们传授的成仙和养生之道，以此来保养和爱惜自己的精气。赤松：赤松子，仙人。汉·班固《汉书·古今人物表》："赤松子，帝喾师。"羡门：羡门高，仙人。汉·司马迁《史记·秦始皇本纪》："三十二年，始皇之碣石，使燕人卢生求羡门、高誓。"汉·韦昭注："古仙人。"要秘道：指成仙和养生之道。精神：指人的精华和灵气。

食芝英，饮醴泉，拄杖桂枝佩秋兰——与仙人一道吃着灵芝，喝着甘美的泉水。手拄着用桂枝做成的手杖，身佩芳香的秋兰。芝英：灵芝，菌类，古人认为服食灵芝可以长生不老。醴(lǐ)泉：甘美的泉水。枤桂枝：一本枤枝，无桂字。秋兰：香草，菊科，高三、四尺，秋天开淡蓝色小花。

绝人事，游浑元，若疾风游欻飘翩——排除人世间俗事的干扰，遨游于广袤的大自然之中，像疾风一样翩翩地飘动。人事：指功名利禄、饮食男女等世俗之事。浑元：大气，指大自然。疾风：暴风。欻(xū)：动的样子。飘翩：一作飘飘。

景未移，行数千，寿如南山不忘愆——我在天空中遨游，在日光没有移动的瞬间，我已飞越了几千里。即使我的寿命可与南山相比，也不会忘记过去的错误。景：日光。景未移：形容时间很短。寿如南山：寿命像南山一样长久。愆：过错，过失。

新评

诗以“驾虹霓”领起，通过层层渲染表达了诗人向往仙界、与神仙交往以求长生不老的心愿。然而，往事历历在目，人毕竟生活在现实世界之中。末句“寿如南山不忘愆”，富有张力。当一个人希望寻求解脱又不得不面对现实时，自然会意识到自己塑造的理想国是虚无飘渺的。为此，当诗人以浪漫的笔调写飘飘欲仙的感觉时，就不得不反省过去，为曾经有过的错误提出自责。

短歌行二首

题解

短歌行：宴会上演唱的乐曲，乐府旧题。郭茂倩将其收入《乐府诗集·相和歌辞·平调曲》。乐府有《长歌行》，曹丕《燕歌行》有“短歌微吟不能长”句，可知所谓“长歌”“短歌”是指歌诗的长短。该诗有两首，第一首通过赞扬周文王、齐桓公和晋文公的伟业，表达了诗人忠于汉室的心意。第二首抒写了诗人招纳贤才、完成建功立业的迫切愿望。

其　一

周西伯昌，怀此圣德。三分天下，而有其二。
修奉贡献，臣节不坠。崇侯谗之，是以拘系。
后见赦原，赐之斧钺，得使征伐。
为仲尼所称，逮及德行。犹奉事殷，论叙其美。
齐桓之功，为霸之首。九合诸侯，一匡天下。
一匡天下，不以兵车。正而不谲，其德传称。
孔子所叹，并称夷吾，民受其恩。
赐与庙胙，命无下拜。小白不敢尔，天威在颜咫尺。

晋文亦霸，躬奉天王。受赐珪瓒，秬鬯彤弓，
卢弓矢千，虎贲三百人。威服诸侯，师之者尊。
八方闻之，名亚齐桓。
河阳之会，诈称周王，是以其名纷葩。

新解

周西伯昌，怀此圣德。三分天下，而有其二——周文王姬昌怀有崇高而美好的品德。如果把商王朝的天下分成三份，其中有两份归附于西伯姬昌。周西伯昌：周文王姬昌。商纣王曾封他为西伯侯。怀：具有。三分天下：《尚书·泰誓下》："文王德大，故受众方之国，三分天下而有其二。"三，一作叁。

修奉贡献，臣节不坠——他修缮供奉，自觉地向商纣王进献贡品，始终不降低做臣子应遵守的礼节。修奉：修缮供奉。《东观汉记·光武纪》："宜以时修奉济阳城阳县尧帝之冢。"贡献：进奉，进贡。坠：下降，降低。一作隆。

崇侯谗之，是以拘系——崇侯向商纣王大进谗言，姬昌因此被关进设在羑里的牢房。崇侯：名虎，商朝诸侯，子孙以国为姓。拘系：此指姬昌被关进羑里监狱事。以上为第一解。

后见赦原，赐之斧钺，得使征伐——后来，姬昌被赦免，商纣王赐给他斧钺，因此有了征伐的权利。赦原：赦免。钺：大斧。天子赐斧钺给臣子，表示授予征伐和杀生的权力。

为仲尼所称，逮及德行——孔子称赞姬昌的行为，进而赞扬他那高尚的道德品质。仲尼：孔丘，字仲尼，春秋中叶鲁国人，中国古代著名的思想家和教育家。《论语·泰伯》："三分天下而有其二，以服侍殷，周之德可谓至德而已矣。"逮：及，及至。一作达。

犹奉事殷，论叙其美——姬昌始终恭敬地侍奉商朝天子，他的美德受到后人的传颂和赞美。以上为第二解。

齐桓之功，为霸之首——齐桓公建立功业，成为春秋五霸之首。齐桓：齐桓公，姓姜，名小白。他任用管仲治齐，通过改革政治，使齐国走向富强。后来，多次盟会诸侯，以"尊王攘夷"相号召，成就春秋霸业。

九合诸侯，一匡天下——齐桓公在管仲的辅佐下，多次会盟诸侯，匡扶天下，改变了天下纷争的局面。九合诸侯：多次会盟诸侯。《论语·宪问》："子曰：桓公九合诸侯，不以兵车，管仲之力也。如其仁，如其仁。"匡：正。此指改变纷争的混乱局面。《论语·宪问》："子曰：管仲相桓公，霸诸侯，一匡天下，民到于今受其赐。微管仲，吾其被发左衽矣。岂若匹夫匹妇之为谅也，自经于沟渎而莫之知也。"

一匡天下，不以兵车——齐桓公在管仲的辅佐下，没有诉诸武力，就改变了诸

侯纷争的局面。兵车：此指战争，用武力解决问题。

正而不谲，其德传称——齐桓公一身正气，不做欺骗诸侯的事，他的美德为后人传颂称赞。谲：诡诈，欺骗。《论语·宪问》：“子曰：‘晋文公谲而不正，齐桓公正而不谲。”以上为第三解。

孔子所叹，并称夷吾，民受其恩——孔子不但赞美齐桓公，还赞美辅佐他的管仲，认为老百姓受到他们的恩泽。叹：赞美。夷吾：管仲，名夷吾，字仲，春秋初期的政治家。辅佐齐桓公成为春秋五霸之首。

赐与庙胙，命无下拜——天子把祭祀的肉赐给齐桓公，并亲自告诉他从此不需要行跪拜之礼。庙胙：祭祀用的肉。

小白不敢尔，天威在颜咫尺——齐桓公恭敬地说：“天子的威严就在面前，小白不敢不遵守君臣之礼。”小白：齐桓公的名字。尔：这样。天威：天子的威严。咫尺：指距离很近。咫：八寸。以上为第四解。

晋文亦霸，躬奉天王——齐桓公之后，晋文公重耳成为春秋时期的又一个霸主，晋文公亲自侍奉周天子。晋文：晋文公，姓姬，名重耳。继齐桓公之后，建立霸业，成为春秋时期的又一霸主。躬奉：亲自侍奉。天王：指周天子。

受赐珪瓒，秬鬯彤弓，卢弓矢千，虎贲三百人——晋文公得到周天子赐予的珪瓒、美酒，此外，还有红色的弓箭、黑色的弓、上千支箭和三百名武士。珪瓒：用玉作柄的勺一样的器物，祭祀时用来舀酒。秬鬯(jùchàng)：古代用黑黍和郁金香酿造的酒，用于祭祀降神及赏赐诸侯。彤：红色。卢：黑色。虎贲：武士，天子的护卫。以上为第五解。

威服诸侯，师之者尊——晋文公凭借着武力使诸侯屈服，想成就霸业的人都学习他和尊敬他。

八方闻之，名亚齐桓——四面八方的人都听说晋文公的大名，他的声誉仅次于一代霸主齐桓公。亚：次于。

河阳之会，诈称周王，是以其名纷葩——晋文公会盟诸侯时，将周天子召唤到河阳，大有挟天子以令诸侯之势，因此他所成就的霸业受到诸侯的非议。河阳之会：指晋文公在河阳(今河南孟县西)大会诸侯。《左传·僖公二十八年》：“是会(河阳之会)也，晋侯召王，以诸侯见，且使王狩。”晋·杜预注：“晋侯大合诸侯，而欲尊事天子以为名彝，自嫌强大，不敢朝周，喻王出狩，因得尽群臣之礼，皆谲而不正之事。”是以其名：一本作“是其名”。纷葩：此指议论纷纷。一本无葩字。以上为第六解。

新评

在统一中国的过程中，曹操坚持“奉天子以令不臣”的策略，从而取得了政治上的绝对优势。针对这一作为，政敌们遂攻击曹操有代汉自立的野心。为反驳这种言论，曹操一次又一次作诗或作文“自明本志”（曹操《让县自明本志令》）。这首诗旨在通过赞扬周文王、齐桓公“以大奉小”之事，向世人表白自己不会像晋文公那样挟天子以令诸侯的心迹。

其　二

对酒当歌，人生几何？譬如朝露，去日苦多。
慨当以慷，忧思难忘。何以解忧？唯有杜康。
青青子衿，悠悠我心。但为君故，沉吟至今。
呦呦鹿鸣，食野之苹。我有嘉宾，鼓瑟吹笙。
明明如月，何时可掇？忧从中来，不可断绝。
越陌度阡，枉用相存。契阔谈讌，心念旧恩。
月明星稀，乌鹊南飞。绕树三匝，何枝可依？
山不厌高，海不厌深。周公吐哺，天下归心。

新解

对酒当歌，人生几何——对着美酒大声地歌唱，人生是多么短暂啊。当：与对同义。一说是应当的意思。

譬如朝露，去日苦多——人生就像早晨的露珠，匆匆逝去的岁月，中间包含了许许多多的苦恨。朝露：早晨的露水，比喻人生的短促。去日：过去的日子。苦：恨。

慨当以慷，忧思难忘——歌声慷慨激昂，然而，壮志未酬，忧愁的思虑难以忘怀。慨当以慷：慷慨的间隔用法，是说歌声慷慨激昂。当以，衬字，无实际意义。忧思：曹操有统一中国的志向，此时，吴、蜀未平，但年岁已高，故有难以忘怀的忧虑。

何以解忧？唯有杜康——用什么来解除心中的忧愁呢？看来只有美酒杜康啊。杜康：相传是古代发明酒的人。这里指美酒。

青青子衿，悠悠我心——那位身着青色衣服的贤士啊，是你牵动了我连绵不断的思念之情。“青青”二句：用典，出自《诗经》。《诗经·郑风·子衿》：“青青子衿，悠悠我心。纵我不往，子宁不嗣音？”《子衿》本是女子思念情人之作，这里化用成句借指对贤才的思慕。此处又兼用“纵我”二句，暗喻自己与所思慕之人有故旧情谊，并含有“责其忘己”之意。此外，二句可与下面“心念旧恩”句相印证。衿，衣领。青衿，周代学子的服装。悠悠，长久，形容思虑连绵不断。

但为君故，沉吟至今——因为您的缘故啊，我直到今天一直在吟唱《子衿》。沉吟：低声吟咏，指低吟《诗经·郑风·子衿》这首诗。“但为”二句：旧本无此两句，据胡刻《文选》校补。君：指诗人思慕的贤士。

呦呦鹿鸣，食野之苹——鹿儿发现了美味艾蒿，高兴地发出呦呦的鸣叫声，召唤同伴一起前来享用。“呦呦”二句：为《诗经·小雅·鹿鸣》中的成句，《鹿鸣》为宴享宾客的诗，这里用来表达招纳贤士之意。呦呦，鹿鸣声。苹，艾蒿。鹿喜食艾蒿，找到后互相召唤，发出呦呦的叫声。

我有嘉宾，鼓瑟吹笙——如果见到思念的贤士，我一定会为他弹奏琴瑟和吹笙，以表达我的渴望之情。瑟、笙：两种乐器名。

明明如月，何时可掇——抬头望见一轮明月，明月啊，你什么时候才能停止运转？时光飞快地流逝，真是难以挽留啊。掇：通辍，停止。一作撮。

忧从中来，不可断绝——面对皎洁的月亮，我求贤若渴的忧愁从胸中喷涌而出，却一直无法停止。

越陌度阡，枉用相存——此时此刻，我渴望已久的贤士穿越过一条条的道路，屈尊来到我的身边，向我致以问候。陌、阡：田间小路。南北曰阡，东西曰陌。枉：屈尊，屈就。用：介词，以。存：问候，拜望。

契阔谈讌，心念旧恩——贤士与我欢饮，畅谈过去相聚的时光。我们的心中都十分感念旧日的情谊。契阔：《诗经·邶风·击鼓》：“死生契阔。”毛传：“契阔，勤苦也。”旧恩：旧日的情谊。

月明星稀，乌鹊南飞——不知不觉中，月亮更加明亮，天空中的星星越来越稀，栖息的乌鹊向南飞去。原来，天快亮了。稀：一作希。

绕树三匝，何枝可依——晨鸦绕着大树转了很多圈，却不知道哪个树枝可以依靠。匝：圈。三：非确指，表示多。这两句和前两句即景生情，从乌鹊择木而栖，想到贤士择明主而依之事。为此，诗人希望贤士归来，与自己共建功业。何：一作无。依：一作栖。

山不厌高，海不厌深——山永远不会满足于高，海永远不会满足于深。我将用山海般的情怀欢迎一个又一个的贤士。厌：满足。《管子·形势解》：“海不辞水，故能成其大；山不辞土石，故能成其高；明主不厌人，故能成其众；士不厌学，故能成其圣。”

周公吐哺，天下归心——我要以周公为楷模，真诚地对待每一位贤士。当年，正在吃饭的周公听说贤士来了，一次又一次地停止吃饭前去迎接贤士。正是因为这样，他才赢得天下的人心啊。周公：周公旦，周武王的弟弟，武王去世后，周公旦辅佐成王。在这里，曹操以周公自比，表达了求贤若渴的心情。哺：咀嚼食物。汉·司马迁《史记·鲁周公世家》：“周公戒伯禽曰：‘我文王之子，武王之弟，成王之叔父，我于天下亦不贱矣。然我一沐三捉发，一饭三吐哺，起以待士，犹恐失天下之贤人。子之鲁，慎无以国骄人。”按，魏晋乐府将《短歌行》分为六解，但无“越陌度阡”以下八句。

新评

首句扣题，以“对酒当歌”领起，将情感的抒发放到宴乐时特定的场景。三四句言人生如同“朝露”，以“苦”概括往日留下的遗憾。五至八句开阖有度，以“忧思难忘”带出“何以解忧？唯有杜康”二句。透过言语，诗人的本意似表现为借酒浇愁。然而，是什么困扰着诗人？诗人的忧思因何而起呢？回顾历史，作为政治家的曹操为完成统一中国的大业，曾数次颁布“求贤令”，并提出“唯才是举”的政治主张，由于这样的缘故，美酒杜康自然无法化解诗人别有所属的愁思。“青青子衿，悠悠我心”二句化用《诗经・郑风・子衿》句，一写诗人起伏不定的情怀，二是为“沉吟至今”的原因蓄势。随后，诗人引用《诗经・小雅・鹿鸣》“呦呦鹿鸣，食野之苹”成句，通过超越时空的思索表达渴望贤士归依的急迫心情。“明明如月，何时可掇”二句通过写眼前景抒写人生有限、时光匆匆逝去的感慨，借此为“忧从中来”作必要的铺垫，以承担招贤纳士的急切情怀。末二句用典，以周公自比，表明招揽人才共建大业的心意。全诗情感真挚，古朴自然，是不可多得的佳作。

秋胡行二首

题解

秋胡行：乐府旧题。郭茂倩将其收入《乐府诗集・相和歌辞・清调曲》。《三国志・魏书・武帝纪》：建安（汉献帝刘协年号，196—220）二十年三月，“公（曹操）西征张鲁，至陈仓，将自武都入氐。……夏四月，公自陈仓以出散关，至河池。”这两首诗当作于此时。第一首写游仙不得，决心继续完成西征张鲁的事业。第二首写诗人知求仙之虚妄，而将志向归于忧世进取。

其　一

晨上散关山，此道当何难。晨上散关山，此道当何难。
牛顿不起，车堕谷间。坐盘石之上，弹五弦之琴。
作清角韵，意中迷烦。歌以言志，晨上散关山。

有何三老公，卒来在我傍？有何三老公，卒来在我傍？
负揜被裘，似非恒人。
谓卿云何，困苦以自怨，徨徨所欲，来到此间。
歌以言志，有何三老公？

我居昆仑山，所谓者真人。我居昆仑山，所谓者真人。
道深有可得，名山历观，遨游八极，枕石漱流。
饮泉沈吟不决，遂上升天。歌以言志，我居昆仑山。

去去不可追，长恨相牵攀。去去不可追，长恨相牵攀。
夜夜安得寐，惆怅以自怜。正而不谲，乃赋依因。
经传所过，西来所传。歌以言志，去去不可追。

新解

晨上散关山，此道当何难——早晨，行进在散关山上，道路是多么地艰难！散关山：山名，在今陕西宝鸡市西南。关在岭上，为秦蜀往来要道。

牛顿不起，车堕谷间——健牛因困顿倒下，倾刻间，车辆坠入山谷。顿：因困顿而倒下。

坐盘石之上，弹五弦之琴——坐在大石头上，弹起五弦琴，心中有许多感慨。盘石：同磐石，大石头。盘，一作槃。五弦之琴：古乐器名。汉·司马迁《史记·乐书》："昔者舜作五弦之琴，以歌南风。"三国魏·王肃注："南风，育养民之诗也。其辞曰：'南风之薰兮，可以解吾民之愠兮。'"用此典暗喻忧怀国事。

作清角韵，意中迷烦——那音调凄怨的清角古曲啊，让我感到迷乱和烦忧。清角：古曲，相传为黄帝所作。《韩非子·十过》："平公(晋平公)曰：'清角可得闻乎？'师旷曰：'不可。昔者黄帝合鬼神于泰山上，驾象车而六蛟龙，毕方并辖，蚩尤居前，风伯进扫，雨师洒道，虎狼在前，鬼神在后，腾蛇伏地，凤皇覆上，大合鬼神，作为清角。今主君德薄，不足听之。听之，恐将有败。'"晋平公坚持要听，师旷只好为他演奏。结果，天刮起了大风，下起了大雨，连帷幕都刮坏了。后来晋国大旱，赤地三年。曹操用此典有以德者自比之意。

歌以言志，晨上散关山——早晨，我终于登上了散关山，写下这首诗来表达我的心意。歌以言志：用诗歌表达心意。《尚书·尧典》："诗言志，歌永言。"这句为配乐演唱时所加，与正文无关。下同。以上为第一解。

有何三老公，卒来在我傍——有三位不知名的老翁，突然来到我的身旁。三老公：联系下文，当指仙人。卒：同猝，突然。

负揜被裘，似非恒人——他们身穿狐裘，外披罩衣，看起来不像是平常人。揜：古时穿在皮衣外面的罩衣，即裼衣。《礼记·玉藻》："君衣狐白裘，锦衣以裼之。"被：同披。恒人：平常人，普通人。

谓卿云何，困苦以自怨，徨徨所欲，来到此间——三位老翁问我为什么会这样地困苦和自我怨恨呢？为什么会心神不安地来到这里？心中有什么欲求？徨徨：

同惶惶，心神不安的样子。

歌以言志，有何三老公——三位不知名的老翁啊，我要用诗歌表达我的心意。以上为第二解。

我居昆仑山，所谓者真人——我们住在昆仑山，就是人们所说的神仙。昆仑山：山名，传说神仙居住的地方。真人：仙人。

道深有可得，名山历观，遨游八极，枕石漱流——虽然成仙之道深不可测，但是只要诚心追求，就一定会得到。我们遍观名山，遨游八方极远之处，枕着石头睡觉，用流水漱洗。有：一作未。历观：一作历观行。遨游：游玩。八极：八方极远的地方。以上六句均为三老公的话。

饮泉沈吟不决，遂上升天——喝着山泉水，正当我犹豫不决的时候，三位老翁已经飞身上天了。

歌以言志，我居昆仑山——用诗歌来表达我的心意，我们住在昆仑山。以上为第三解。

去去不可追，长恨相牵攀——仙人走了，已经很难再追回来。我真恨自己为世事牵绊，不能追随他们而去。牵攀：指为人间俗务纠缠，即不能忘却功业。

夜夜安得寐，惆怅以自怜——自从仙人走了以后，我每夜都不能安睡，惆怅哀怨啊，自我怜悯。

正而不谲，乃赋依因——齐桓公德行端正，从来没有欺诈行为。因此，有德能的宁戚通过唱歌前去依附他。正而不谲：《论语·宪问》："子曰：晋文公谲而不正，齐桓公正而不谲。"谲，诡诈，欺骗。乃赋依因：凭借唱歌，使君王发现自己。春秋时齐人宁戚，曾经经商，住在齐国东门外。齐桓公夜出，宁戚正在喂牛，便扣着牛角唱歌。桓公听到后，认为是贤才，便用他为卿。这里曹操以齐桓公自比，希望宁戚那样的贤才能为他所用。乃，一作辞。

经传所过，西来所传——经传记载了齐桓公西伐大夏的事情，这一功劳为后世传颂。经传所过：历史文献记载的往事。过，往，过去的。西来所传：汉·司马迁《史记·齐太公世家》："于是桓公称曰：'寡人南伐至召陵，望熊山；北伐山戎、离枝、孤竹；西伐大夏，涉流沙；束马悬车登太行，至卑耳山而还。'"曹操以齐桓公西伐大夏事，暗喻自己西征张鲁。

歌以言志，去去不可追——用诗歌来表达我的心意，仙人离去不可追。以上为第四解。

新评

此诗分为四解。第一解写因征途艰险带来的烦忧。第二解借仙人三老公之口询问诗人的忧愁。第三解写仙人邀请诗人离开俗世，诗人犹豫之时，仙人已经远行。第四解写诗人回到现实，决心像齐桓公那样招揽贤才，完成西征的功业。诗并写两面，突出了诗人追求个人完善与建功立业间的矛盾。在这首诗中，诗人表明了以齐桓公为榜样匡扶天下的决心，联系其他诗篇看，除齐桓公是诗人赞美的对象外，周公、管仲等也是诗人高度赞赏的对象。之所以这样，是因为诗人特殊的政治地位一再地引起政敌的攻击，为此，他需要向世人表白没有篡汉的野心。

其　二

愿登泰华山，神人共远游。愿登泰华山，神人共远游。
经历昆仑山，到蓬莱。飘飖八极，与神人俱。
思得神药，万岁为期。歌以言志，愿登泰华山。

天地何长久，人道居之短。天地何长久，人道居之短。
世言伯阳，殊不知老。赤松王乔，亦云得道。
得之未闻，庶以寿考。歌以言志，天地何长久。

明明日月光，何所不光昭。明明日月光，何所不光昭。
二仪合圣化，贵者独人不？万国率土，莫非王臣。
仁义为名，礼乐为荣。歌以言志，明明日月光。

四时更逝去，昼夜以成岁。四时更逝去，昼夜以成岁。
大人先天，而天弗违。不戚年往，世忧不治。
存亡有命，虑之为蚩。歌以言志，四时更逝去。

戚戚欲何念，欢笑意所之。戚戚欲何念，欢笑意所之。
壮盛智惠，殊不再来。爱时进趣，将以惠谁？
泛泛放逸，亦同何为。歌以言志，戚戚欲何念。

新解

愿登泰华山，神人共远游——我真心地希望登上泰华山，和神仙一起远游。泰华山：华山，在陕西华县。

经历昆仑山，到蓬莱——经过昆仑山，来到蓬莱仙山。经历：经过。昆仑山：古代神话传说中的我国西方神山。蓬莱：传说东海有方丈、瀛洲、蓬莱等三座神山，此为其一。

飘飖八极，与神人俱——和神仙们一起在天空中遨游八方。

思得神药，万岁为期——我想得到长生不老的神药，活到一万岁。期：期限。

歌以言志，愿登泰华山——用诗歌表达心意，我愿登上高高的泰华山。以上为第一解。

天地何长久，人道居之短——天地是多么地长久，与之相比，人生是多么地短暂。人道：人生。居：停留。

世言伯阳，殊不知老——世人都说老子清静淡泊，从来都不知道年岁已老。伯阳：指老子。老子姓李，名耳，字聃，又字伯阳，楚国苦县(河南鹿邑县东)人。曾任周朝史官，是道家学派的创始人。殊：极，绝。

赤松王乔，亦云得道——又说赤松子和王子乔得道成仙。赤松：赤松子，仙人。王乔：王子乔，仙人。

得之未闻，庶以寿考——没有听说过真正得道成仙的，也许得道的人可以长寿延年。庶：也许，差不多。寿考：长寿。考，老。

歌以言志，天地何长久——用诗歌来表达我的心意，天地是多么长久。以上为第二解。

明明日月光，何所不光昭——光明的日月啊照耀四方，何处没有它们的光芒呢！昭：光明。

二仪合圣化，贵者独人不——天地化育万物，最尊贵的难道不是人吗？二仪：天地。圣化：化育万物。不：同否。

万国率土，莫非王臣——各个诸侯管辖自己的封地，难道他们不是天子的臣民吗？《诗经·小雅·北山》："溥天之下，莫非王土；率土之滨，莫非王臣。"率：统率，管辖。

仁义为名，礼乐为荣——以施行仁义为本分，以遵行礼乐为荣耀。名：名分，即本分，职分。

歌以言志，明明日月光——用诗歌表达心意，光明的日月啊照耀四方。以上为第三解。

四时更逝去，昼夜以成岁——春夏秋冬交替远去，昼夜推移，成为一年。四时：春、夏、秋、冬。更：交替。

大人先天，而天弗违——有德行的人遵从天意，所以他们行为始终与上天保持一致。大人：有德行的人。

不戚年往，世忧不治——他们从不忧虑年岁老去，只会忧虑社会不安定。戚：悲戚，忧虑。

存亡有命，虑之为蚩——生和死都由天命决定，因此，担心生死是愚蠢的行为。蚩：愚蠢，无知。

歌以言志，四时更逝去——用诗歌来表达我的心意，春夏秋冬交替远去。以上为第四解。

戚戚欲何念，欢笑意所之——忧伤的时候将有什么想法呢？让欢笑永随自己的心意。戚戚：忧伤的样子。

壮盛智惠，殊不再来——盛壮年华和聪明智慧，将永远不会返回。壮盛：一作盛壮。惠：一作慧。

爱时进趣，将以惠谁——珍惜时光，努力进取，将有惠于谁呢？进趣：进取。

泛泛放逸，亦同何为——轻浮放荡，逸乐苟安，又是怎样的行为呢？泛泛：漂浮，放任。放逸：放纵逸乐。

歌以言志，戚戚欲何念——用诗歌表达心意，忧伤的时候将有什么想法呢？以上为第五解。

新评

诗分五解。第一解抒写诗人冀求与仙同游、长生不老的心意。第二解表达诗人自知无法得道成仙，但希望延年益寿的玄想。第三解按照儒家的思想路线提出人为贵的思想，主张通过推行仁义、制定礼乐，来实现人生价值。第四解因“存亡有命”感叹时光有限。第五解紧承上意，抒写诗人否定放纵苟安、及时行乐的喟叹。在这里，诗人通过感慨生命短暂，在否定消极的人生态度时，以昂扬的斗志展示了入世进取的博大胸怀。

苦寒行

题解

建安（汉献帝刘协年号，196—220）十一年，曹操在征讨高干的途中写下了这首诗。高干是袁绍的外甥，投降曹操后，不久又起兵反曹。诗描绘了行军途中的艰苦。苦寒行：乐府旧题。郭茂倩将其收入《乐府诗集·相和歌辞·清调曲》。按，《乐府诗集》将《苦寒行》列在魏文帝曹丕的名下，误。据《宋书·乐志》，这首诗应为曹操的作品。

北上太行山，艰哉何巍巍！羊肠坂诘屈，车轮为之摧。
树木何萧瑟，北风声正悲！熊罴对我蹲，虎豹夹路啼。
溪谷少人民，雪落何霏霏。延颈长叹息，远行多所怀。
我心何怫郁，思欲一东归。水深桥梁绝，中路正徘徊。
迷惑失故路，薄暮无宿栖。行行日已远，人马同时饥。
担囊行取薪，斧冰持作糜。悲彼东山诗，悠悠使我哀。

新解

北上太行山，艰哉何巍巍——向北登上高耸入云的太行山，道路是多么地艰险啊。上：一作登。太行山：此指河内一带的太行山，在今河南沁阳北。太行山起自河南济源，北入山西，入河北。曹操自邺(今河北临漳西南)入太行山，攻高干据守的壶关(今山西长治东南)，故称"北上"。巍巍：高耸的样子。

羊肠坂诘屈，车轮为之摧——行进在盘旋曲折的羊肠小路上，车轮几乎都要损坏了。羊肠坂：指从沁阳经天井关到晋城的山路。坂，斜坡。诘屈：盘旋曲折的样子。屈：一作曲。摧：损坏，折断。

树木何萧瑟，北风声正悲——秋风吹动树木，发出凄惨的悲号声。树木：一作垅树。萧瑟：秋风吹动树木的声音。战国楚·宋玉《九辨》："悲哉秋之为气也，萧瑟兮草木摇落而变衰。"瑟，一作索。

熊罴对我蹲，虎豹夹路啼——熊罴蹲在我的面前，挡住了前进的道路；山谷中虎豹的啼叫声夹路而来，令人心惊胆战。罴(pí)：动物，似熊而体大，俗称人熊。

溪谷少人民，雪落何霏霏——山涧中很难见到人影，到处是大雪纷扬的景象。霏霏：雪下得很密的样子。

延颈长叹息，远行多所怀——伸长脖子发出深深的叹息，远征的路上我感慨万千。延颈：伸长脖子。叹息：一作太息。

我心何怫郁？思欲一东归——我的心里是多么忧伤啊，真想停下来，就此返回在东边的故乡。怫郁：忧伤不乐。东归：指回到故乡谯县(今安徽亳县)。

水深桥梁绝，中路正徘徊——河水深不见底，桥梁已经断绝，站在道路的中间，我徘徊不前。中路：一作中道。

迷惑失故路，薄暮无宿栖——天色迷茫找不到来时的旧路，暮色降临，找不到住宿的地方。故路：一作径路。薄暮：傍晚。薄暮无宿栖：一作暮无所宿栖。

行行日已远，人马同时饥——落日渐渐地远去，路途遥远，将士和战马都处于饥饿之中。

担囊行取薪，斧冰持作糜——背着行李去找柴火，凿开冻冰，用它来煮稀粥。担：一作檐。囊：一作橐。行：一作以。取：一作采。斧冰：凿冰。斧，动词，凿。持：一作待。糜：粥。

悲彼东山诗，悠悠使我哀——那曲调悲伤的《东山》诗啊，激起我思念家乡的哀情。悲：一作哀。东山：《诗经·豳风》篇名。相传周公旦东征，离乡三年，归来时随征的战士写下这首思念家乡的诗。悠悠：思念深长的样子。使：一作令。哀：一作悲。

新评

诗以"艰哉何巍巍"总领全篇，通过征途所见突出一个"艰"字。"树木何萧瑟，北风声正悲"二句为全诗奠定了萧瑟悲凉的基调，使诗笼罩在一片凄哀险恶的气氛中。为了进一步渲染凄哀险恶的气氛，诗人又以羊肠小路、恐怖战栗的熊吼虎叫、罕无人迹的漫漫大雪等物象感叹行军的艰难。以此为铺垫，顺势提出"思欲一东归"的念想。末二句并写两面，一写诗人同情长期征战的战士，渴望战争结束、实现统一的心情；一写诗人以周公自比，排除万难、取得征讨胜利的决心。整首诗弥漫着悲凉之气，抒情真挚感人。

善哉行二首

题解

善哉行：乐府旧题。郭茂倩将其收入《乐府诗集·相和歌辞·瑟调曲》。该诗有二，第一首借吟咏古事表明了诗人的政治态度。第二首自述身世，表达壮志难酬的悲愤与苦闷。

其　一

古公亶甫，积德垂仁。思弘一道，哲王于豳。
太伯仲雍，王德之仁。行施百世，断发文身。
伯夷叔齐，古之遗贤。让国不用，饿殂首山。
智哉山甫，相彼宣王。何用杜伯，累我圣贤。
齐桓之霸，赖得仲父。后任竖刁，虫流出户。
晏子平仲，积德兼仁。与世沈德，未必思命。
仲尼之世，王国为君。随制饮酒，扬波使臣。

新解

古公亶甫，积德垂仁——古公亶甫积德行义，因广施仁爱，得到老百姓的拥护。古公亶甫：周文王的祖父。"古公"是他的称号，后被尊为"太王"。甫，一作父。垂仁：施仁爱。汉·司马迁《史记·周本纪》："古公亶父复修后稷、公刘之业，积德行义，国人皆载之。薰育戎狄攻之，欲得财物，予之。已复攻，欲得地与民。民皆怒，欲战。古公曰：'有民立君，将以利之。今戎狄所为攻战，以吾地与民。民之在我，与其在彼，何异？民欲以我故战，杀人父子而君之，予不忍为。'乃与私属遂去豳，度漆、沮，逾梁山，止于岐下。豳人举国扶老携弱，尽复归古公于岐下。及他旁国闻古公仁，亦多归之。"

思弘一道，哲王于豳——一心想着发扬光大后稷、公刘广施仁政的治国方略，古公亶甫迁徙到豳地以后，成为受大家爱戴的贤明君主。弘：发扬光大。一道：同一道理，此指广施仁义的治国方略。汉·班固《汉书·董仲舒传》："是以禹继舜，舜继尧，三圣相受，而守一道。”豳：地名，在今陕西彬县、旬邑一带。哲王：贤明的君主。以上为第一解。

太伯仲雍，王德之仁——太伯和仲雍都有王者仁义的德行。太伯：古公亶甫的长子。仲雍：虞仲，古公亶甫的次子。当时，太伯和仲雍得知古公亶甫准备把王位传给他们的弟弟季历，进而将王位传给季历的儿子姬昌，于是，二人离开国家，来到南方的荆蛮之地。《史记·周本纪》：“长子太伯、虞仲知古公欲立季历以传昌，乃二人亡如荆蛮，文身断发，以让季历。”

行施百世，断发文身——太伯、仲雍让国的德行流传百世。他们来到南方之后，尊重当地的风俗，剪断了头发，在身上刺上了花纹。断发文身：剪断头发，在身体上刺花纹。这是中国古代南方少数民族的习俗。以上为第二解。

伯夷叔齐，古之遗贤——伯夷和叔齐是古代的圣贤。伯夷：殷朝末年孤竹君的长子。孤竹君死后，因与其弟叔齐互相让国，弃国逃走。《孟子·万章下》：“伯夷，圣之清者也。”

让国不用，饿殂首山——他们互相让国，不为世用，饿死在首阳山上。殂：死。首山：首阳山，旧说不一，在今山西运城永济南。以上为第三解。

智哉山甫，相彼宣王——仲山甫是多么地有智慧啊，他辅佐周宣王，从而使周王朝出现了中兴的局面。山甫：仲山甫，周宣王的大臣。他辅佐宣王革新政治，使周王朝出现了中兴的局面。相：辅佐。

何用杜伯，累我圣贤——为什么杀害杜伯，就会损害周宣王和仲山甫君臣的好名声呢？何用：为什么。杜伯：周宣王的大臣，无罪被杀。累：连累。圣贤：圣君贤相。这里指周宣王和仲山甫。以上为第四解。

齐桓之霸，赖得仲父——齐桓公称霸，依靠的是管仲。齐桓：齐桓公。赖：依靠，依赖。仲父：指管仲。

后任竖刁，虫流出户——后来，齐桓公任用小人竖刁，他的五个儿子又争权夺利，致使齐桓公死后无人收敛，尸体腐烂后生出的蛆虫爬到门外。竖刁：齐桓公宠信的宦官。管仲死后，齐桓公不听管仲临终时的遗言，任用竖刁等奸佞之辈，致使朝政出现混乱的局面。《史记·齐太公世家》：“桓公病，五公子各树党争立。及桓公卒，遂相攻，以故宫中空，莫敢棺。桓公尸在床上六十七日，尸虫出于户。”以上为第五解。

晏子平仲，积德兼仁——晏婴广积善德，而且具有仁义的品质。晏子：晏婴，字仲，谥平，春秋时齐国的大臣。《史记·管晏列传》：“晏平仲婴者，莱之夷维人也。事齐灵公、庄公、景公，以节俭力行重于齐。既相齐，食不重肉，妾不衣帛。其在朝，君语及之，即危言；语不及之，即危行。国有道，即顺命；无道，即衡(抗拒)命。以此三世显名于诸侯。”

与世沈德，未必思命——他在世上保持高洁的德行，从没有考虑过要做一些迎合君主的事情。与：从，随着。沈德：潜德，保全德行。一本作“沉浮”。以上为第六解。

仲尼之世，王国为君——孔子生活的时代，王室衰微，出现了诸侯打着周天子的旗号称霸的局面。仲尼：孔丘，字仲尼。王国：指诸侯之国。君：君主。

随制饮酒，扬波使臣——管仲平定西戎有功，周天子用上卿之礼招待他，他只接受下卿之礼，饮酒时不越制度。君子听说后，高度赞扬管仲。制：礼制，周代的礼乐制度。扬波：当作扬彼。使臣：一作使官。据《左传·僖公十二年》，管仲平定西戎保护了周王室的安全，周天子用上卿之礼款待他，管仲遵守礼制，只受下卿礼。为此，君子称赞他。以上为第七解。

新评

诗具有咏史的品质。在这首诗中，诗人一是赞美了开创周王朝基业的古公亶甫，表明以德服人的政治态度；二是在赞扬太伯、仲雍、伯夷、叔齐等让国的品质时，提出以古人风范律己的思想；三是用周宣王、齐桓公任用小人之事，思考其身亡国乱的经验教训；四是通过赞扬晏婴、管仲，表明尊奉汉室、谦虚礼让的政治态度。其中，暗寓了诗人以晏婴、管仲自居的心意。也就是说，咏古的目的旨在抒写情怀。

其　二

自惜身薄祜，夙贱罹孤苦。既无三徙教，不闻过庭语。
其穷如抽裂，自以思所怙。虽怀一介志，是时其能与！
守穷者贫贱，惋叹泪如雨。泣涕于悲夫，乞活安能睹？
我愿于天穷，琅邪倾侧左。虽欲竭忠诚，欣公归其楚。
快人由为叹，抱情不得叙。显行天教人，谁知莫不绪。
我愿何时随？此叹亦难处。今我将何照于光曜？释衔不如雨。

新解

自惜身薄祜，夙贱罹孤苦——真可怜啊，我的福气太小，生来低贱，又孤苦零丁，无依无靠。祜(hù)：福。一作佑。夙：旧，平素。罹：遭遇困难或不幸。据晋·陈寿《三国志·魏书·武帝纪》，曹操父曹嵩为宦官曹腾的养子，故曹操有出身低贱之叹。

既无三徙教，不闻过庭语——我从小既没有受到孟母三次搬家那样的教诲，也没有受到孔子过庭而问的父教。三徙教：孟母为教育孟子三次搬家。相传孟子幼时，邻里环境不好，孟母三次搬家，让孟子得到了好的学习环境。此指母教。过庭：路过庭院。孔鲤从庭院中走过，其父孔丘(孔子)令其学《诗》学《礼》。《论语·季氏》：

"陈亢问于伯鱼曰：'子亦有异闻乎？'对曰：'未也。尝独立，鲤趋而过庭，曰：'学《诗》乎？'对曰：'未也。''不学《诗》，无以言。'鲤退而学《诗》。他日又独立，鲤趋而过庭，曰：'学《礼》乎？'对曰：'未也。''不学《礼》，无以立。'鲤退而学《礼》。闻斯二者。陈亢退而喜曰：'问一得三，闻《诗》，闻《礼》，又闻君子之远其子也。'"此指父教。以上为第一解。

其穷如抽裂，自以思所怙——不能伸展雄心壮志让我感到抽肠裂肤般的痛苦，因此，我想起了父亲的境遇。抽裂：抽肠裂肤，形容十分痛苦。怙：依靠，这里指父亲。

虽怀一介志，是时其能与——虽然我只怀有一个很小的愿望，然而，什么时候才能实现呢？一介志：很小的愿望，自谦之辞。曹操青年时代曾有"欲为一郡守，好作政教以建立名誉"（曹操《让县自明本志令》）的愿望，但因受权贵排挤，被迫辞官回家。介，同芥，极小的东西。以上为第二解。

守穷者贫贱，惋叹泪如雨——不能显达的人处于贫贱的地位，真是让人伤心叹息，泪流如雨啊。惋叹：悲叹，叹惜。叹，一作欢。

泣涕于悲夫，乞活安能睹——我流泪而悲伤啊，为了乞求活路而奔波，那情景真是不堪目睹啊。安：一作要。以上为第三解。

我愿于天穷，琅邪倾侧左——我愿将心中的憾恨倾诉给上天，是因为隐居在琅邪的父亲突然遭到杀害。天穷：当作天穹，即苍天。琅邪：郡名，地在今山东胶南诸城一带。董卓之乱时，曹嵩避乱琅邪，被徐州刺史陶谦的部下杀害。倾：倾倒，此喻曹操父亲曹嵩遭受杀害之事。左：山左，指东方，时琅邪在曹操据守之地的东面，故称。

虽欲竭忠诚，欣公归其楚——虽然想为国家竭尽忠诚，但未能成功。令人欣喜的是，在董承的护卫下，天子又回到了洛阳。欣：喜悦。《左传·昭公元年》："诸侯其谁不欣焉望楚而归之，视远如迩。"初平（汉献帝刘协年号，190—194）元年，董卓胁迫汉献帝迁都长安。兴平（汉献帝刘协年号，194—196）二年，董承等诛董卓，并护送汉献帝东迁，建安（汉献帝刘协年号，196—220）元年七月，汉献帝回到洛阳，受到诸侯的欢迎。以上为第四解。

快人由为叹，抱情不得叙——这件事虽然大快人心，但有令人叹息的地方。我没能参与到迎接天子的行列，因此，对天子的忠贞无法表达。快人由为叹：一作喟然以惋叹。快人，使人欣喜。由，同犹。一作曰。为叹，为之叹息。曹操因不能亲迎天子以表忠心，为之叹息。《三国书·魏书·武帝纪》："（建安元年）太祖（曹操）将迎天子，诸将或疑，荀彧、程昱劝之，乃遣曹洪将兵西迎，卫将军董承与袁术将苌奴拒险，洪不得进。"

显行天教人，谁知莫不绪——有心建功立业，协助天子教化人民，谁知道却不能完成前人未竟的事业。显行：大德行。这里指建功立业。天教人：用天子的政令教化万民，这里指实现政治抱负。绪：前人未竟的事业或功业。以上为第五解。

我愿何时随？此叹亦难处——我的愿望什么时候才能实现呢？这种叹息将难以停止。处：停止。

今我将何照于光曜？释衔不如雨——现在，我将用什么样的光辉惠泽于人民呢？我所含的忧愁永远没有尽期，还不如总有一天会停下的雨水。光曜：喻恩泽。曜，一作耀。战国秦·吕不韦《吕氏春秋·孝行》："爱敬尽于事亲，光曜加于百姓。"释衔：解除忧愁。衔，含。以上为第六解。

新评

诗前三解自述身世和失志不遇的痛苦，读之，催人泪下。四五解由其父惨死引起的悲痛入笔，先言侍父已无机会，再言迎君侍驾时遭受误解。第六解写因壮志难酬带来的愁绪，有心报国，然无法了却心愿，这种欲罢不能的情感借助于抒写矛盾心理坦露出来。可谓感人至深。

步出夏门行

题解

建安十年(205)，曹操打败占据冀州的袁绍。此时，袁绍的残余势力袁尚、袁熙投奔北方不断侵扰中原的乌桓。建安十二年(207)五月，为解除边境危机和消灭袁绍的残余势力，曹操率军北征乌桓，途中写下这一组诗。步出夏门行：乐府旧题，又称《陇西行》。郭茂倩将其收入《乐府诗集·相和歌辞·瑟调曲》。《晋书·乐志下》题作"碣石篇"。该诗共五章，第一章《艳》为序曲，写行军途中因大水阻滞引起的愁绪。以下四章皆可独立成篇。《观沧海》借登山望海写诗人的豪迈胸怀。《冬十月》写十月北征途中所见。《河朔寒》描述了河朔地区的风土人情，并抒发了诗人的忧虑。《晋书·乐志》将《河朔寒》题为"土不同"。《神龟虽寿》抒写了诗人老当益壮的奋发向上精神。夏门，洛阳的城门。北魏·郦道元《水经注·谷水》云："大夏门，故夏门也。"按，曹操建安十二年回邺到夏季出兵，其间可能到过洛阳。

艳

云行雨步，超越九江之皋。
临观异同，心意怀游豫，不知当复何从。
经过至我碣石，心惆怅我东海。

新解

云行雨步，超越九江之皋——伴随着滚滚黑云，大雨瓢泼而下，江水上涨，漫过了九江的堤岸。九江：水名，在洛阳夏门附近。皋：岸，水边高地。

临观异同，心意怀游豫，不知当复何从——临行时观察形势，部下对北征看法不一。心里犹豫不决，不知该如何作出决定。临观：临行时观察形势。异同：指部下对北征乌桓还是南征刘表意见不一，事见《三国志·魏书·郭嘉传》。游豫：同犹豫，拿不定主意。

经过至我碣石，心惆怅我东海——行军至碣石山，心中忧郁难解。于是，登山观海以慰愁情。碣石：山名，一说为《汉书·地理志》所载右北平郡骊成县(今河北乐亭西南)西南的大碣石山，一说在河北省昌黎西北。东海：指渤海。

新评

首二句写景，以“云行雨步”领起，以“超越九江之皋”补足，纵写大雨滂沱汹涌澎湃之势。从章法上讲，首二句具有为“临观异同”三句蓄势的品质，以恶劣的环境烘托渲染内心的不畅。末二句顺势而下，表达诗人希望能借登山望海一解愁怀的愿望。这首诗将写景、叙事、抒情巧妙地融为一体，风格古朴，韵味悠长。

观沧海

东临碣石，以观沧海。水何澹澹，山岛竦峙。
树木丛生，百草丰茂。秋风萧瑟，洪波涌起。
日月之行，若出其中；星汉灿烂，若出其里。
幸甚至哉，歌以咏志。

新解

东临碣石，以观沧海——站在高高的碣石山上，向东观望深蓝色的茫茫大海。沧海：大海。沧，通苍。海水色苍，故称。

水何澹澹，山岛竦峙——只见波涛汹涌，山岛傲然耸立在大海之中。何：一作河。澹澹：水波摇荡的样子。竦：一作疏。同耸，高起之状。峙：凸起的样子。

树木丛生，百草丰茂——树木郁郁葱葱，野草一片茂盛的景象。

秋风萧瑟，洪波涌起——秋风吹动草木，吹过大海，海面上顿时涌起了巨大的波浪。萧瑟：秋风吹动草木发出的响声。波：一作涛。

日月之行，若出其中——正在空中运行的日月像是从波澜壮阔的大海中升起。

星汉灿烂，若出其里——满天的星斗也好像运行在大海之中。星汉：银河。

幸甚至哉，歌以咏志——多么值得庆幸啊，用诗歌来吟唱我的志向。这两句是合乐时所加，跟正文没有直接的关系。幸：庆幸。至：极。咏：一作言。

新评

首二句交待起因，写诗人登高远望。三至八句以“水何澹澹”入笔，以“洪波涌起”收笔，借山岛、树木、百草等意象抒写大海波澜壮阔的景象。九至十二句以想象之辞写大海吞吐日月、接纳星汉的壮美之势，借此暗示诗人有比大海更为广阔的胸怀。这首诗在继承《诗经》四言诗传统的过程中又有突破性的发展。诗通篇写景，然处处有人，可谓是达到了情景交融的完美的艺术境界。这首诗作为中国最早的山水诗，辞气古直，铿锵有力，充分展示了曹操追求建功立业、气吞宇宙的豪气。

冬十月

孟冬十月，北风徘徊。天气肃清，繁霜霏霏。
鹍鸡晨鸣，鸿雁南飞。鸷鸟潜藏，熊罴窟栖。
钱镈停置，农收积场。逆旅整设，以通贾商。
幸甚至哉，歌以咏志。

新解

孟冬十月，北风徘徊——初冬十月，北风呼啸，不停地吹向大地。孟冬：冬季的第一个月。孟，始。徘徊：举步不前，此指北风不停地吹。

天气肃清，繁霜霏霏——天气一片清冷，浓霜纷纷下落。肃清：冷清。霏霏：繁多，此指霜下得很厚。

鹍鸡晨鸣，鸿雁南飞——清晨，当大地上响起鹍鸡啼叫声的时候，大雁已集合起队伍向南飞去。鹍(kūn)鸡：鸟名，黄白色，红嘴长颈，形似鹤。鸿雁：一作鸿过。

鸷鸟潜藏，熊罴窟栖——冬天来临，凶猛的鸟儿躲藏起来，熊罴在洞穴中冬眠。鸷鸟：猛禽。如鹰、雕等。鸷，一作蛰。罴：一种大熊。栖：息，此指冬眠。

钱镈停置，农收积场——农具收藏起来，场上堆满了收割的庄稼。钱：平整土地和锄草的农具，类似铁铲。镈(bó)：锄草用的农具，类似锄头。停置：放置不用。

逆旅整设，以通贾商——客店重新开张，接待南来北往的商人。逆旅：客店。整设：整理，开设。冬天农事完毕，正是商业活跃季节，所以客店都开张了。整：一作正。通：通行，指接待。贾商：泛指商人。贾，坐商。商，行商。

幸甚至哉，歌以咏志——多么值得庆幸啊，用诗歌来吟唱我的志向。

新评

这首诗描绘了初冬时节北方的自然和生活图景。前八句用北风徘徊、繁霜霏霏、鹍鸡晨鸣、鸿雁南飞、鸟兽潜藏等物象写北方自然风光。九至十二句写农家告别繁忙的农活，开张客店的情景。面对这种安宁和谐的景象，诗人与出征将士为完成北征乌桓的大业，踏上了艰难北征之路，读之，令人肃然起敬。

河朔寒

乡土不同，河朔隆寒。流澌浮漂，舟船行难。
锥不入地，蘴籁深奥。水竭不流，冰坚可蹈。
士隐者贫，勇侠轻非。心常叹怨，戚戚多悲。
幸甚至哉，歌以咏志。

新解

乡土不同，河朔隆寒——各地的风土人情有很大的不同，此时此刻，黄河以北的地区天气寒冷。乡土：指各地风土人情。河朔：泛指黄河以北地区。隆寒：严寒。

流澌浮漂，舟船行难——河中漂浮着冰块，舟船难以行走。澌(sī)：漂浮的冰块。

锥不入地，蘴籁深奥——冰封大地，坚硬得连锥子都无法刺破。蒿草聚集在一起，到处是一片荒凉的景象。蘴(fēng)：芜菁，蔬类植物，俗称大头芥。一作丰。籁：当作蕼(lèi)，蒿类植物。奥：聚集。

水竭不流，冰坚可蹈——河水枯竭不再流动，结成厚厚的坚冰，人可以走到上面任意踩踏。蹈：踩，践踏。

士隐者贫，勇侠轻非——隐居在河朔地区的士人生活贫贱，这里的侠士勇武好斗，容易犯法。轻非：轻视非法的行为，即轻易犯法。

心常叹怨，戚戚多悲——看到这些，我的心充满了叹息和怨恨，情不自禁地伤心难过。

幸甚至哉，歌以咏志——多么值得庆幸啊，用诗歌来吟唱我的志向。

新评

这首诗描写了河朔地区的风土民情。前八句选取典型场景将笔墨落实在河朔气候寒冷，“流澌浮漂”“锥不入地”“冰坚可蹈”，令人不寒而慄。随后两句写河朔士人贫困、侠士任气轻法之事。由此引起诗人的忧心，从而感受到社会安定以及北征的重要。

神龟虽寿

神龟虽寿，犹有竟时。腾蛇乘雾，终为土灰。
老骥伏枥，志在千里。烈士暮年，壮心不已。

盈缩之期，不但在天。养怡之福，可得永年。
幸甚至哉，歌以咏志。

新解

神龟虽寿，犹有竟时——神龟虽然长寿，也有死去的时候。神龟：龟的寿命很长，古人将它视为长寿的象征，故称。《庄子·秋水》："吾闻楚有神龟，死已三千岁矣。"竟：终，此指死亡。

腾蛇乘雾，终为土灰——传说中的飞蛇虽然能乘雾而行，但终将化为土灰。腾蛇：古代传说中一种能乘雾而飞的蛇。黄节《魏文帝魏武帝诗注》认为当作"螣蛇"。

老骥伏枥，志在千里——年老体衰的千里马伏在槽枥之中，但它的志向却在千里之外。老骥：一作骥老，一作老马。骥，千里马。枥：马槽。一作历。

烈士暮年，壮心不已——有雄心的人虽然到垂暮之年，但他的壮志仍然不会停止。烈士：指有雄心壮志的人。烈，一作列。不已：不止。

盈缩之期，不但在天——人的寿命虽有长有短，并不是完全受上天支配。盈缩：此指寿夭。盈，长。缩，短。

养怡之福，可得永年——只要自己保养得好，也可以延年益寿。养怡：保养身心健康。怡，一作恬。

幸甚至哉，歌以咏志——多么值得庆幸啊，用诗歌来吟唱我的志向。

新评

曹操身老志坚、奋发有为的精神为人赞叹。"老骥伏枥，志在千里。烈士暮年，壮心不已"的积极乐观精神感染了无数后人勇敢奋进。"盈缩之期，不但在天"诠释了这位伟大的政治家不重天命、重人事的务实精神，苏东坡《浣溪沙》云："谁道人生无再少？君看流水尚能西。休将白发唱黄鸡。"可视为此诗的脚注。全诗慷慨豪壮、豪迈激昂，堪称建安风骨的典范之作。

却东西门行

题解

诗抒写了征夫的思乡之情。却东西门行：乐府旧题。郭茂倩将其收入《乐府诗集·相和歌辞·瑟调曲》。余冠英《三曹诗选》："乐府有《东门行》，又有《东西门行》。《东西门行》大概是合并《东门行》和《西门行》的调子。曹操此题作《却东西门行》，'却'和'顺'有人以为是倒唱和顺唱之别，这些都是乐调的变化。"

鸿雁出塞北，乃在无人乡。举翅万里馀，行止自成行。
冬节食南稻，春日复北翔。田中有转蓬，随风远飘扬。
长与故根绝，万岁不相当。奈何此征夫，安得去四方？
戎马不解鞍，铠甲不离傍。冉冉老将至，何时反故乡？
神龙藏深泉，猛兽步高冈。狐死归首丘，故乡安可忘？

新解

鸿雁出塞北，乃在无人乡——鸿雁来自遥远的塞北，那是个没有人的地方。

举翅万里馀，行止自成行——鸿雁振翅高飞上万里，飞行和栖息时候自然排列成行。举翅：振翅高飞。行止：飞行和宿止。万里馀：一作万馀里。

冬节食南稻，春日复北翔——冬天到了，它们去南方吃水稻，春天来了，再飞回塞北。

田中有转蓬，随风远飘扬——田野里的飞蓬随风飘到远方。转蓬：草名，又名飞蓬。茎长尺馀，叶小似柳，开白色小花。秋天叶枯，花絮随风飘扬。喻指人远离故乡，没有定所。

长与故根绝，万岁不相当——飞蓬离开赖以生存的草根后，一万年都不会再次相遇。当：遇合。

奈何此征夫，安得去四方——面对此情此景，征夫该怎么办呢？怎么才能离开那闪烁着刀光剑影的战场？奈何：怎么办。安得：怎么才能。去：离开。四方：指各地战场。

戎马不解鞍，铠甲不离傍——因战事频繁，征夫休息时从不解开马鞍，铠甲始终放在身旁。戎马：战马，借指从军作战。

冉冉老将至，何时反故乡——不知不觉中已经年老，什么时候才能返回故乡？冉冉：渐渐地。战国楚·屈原《离骚》："老冉冉其将至兮，恐修名之不立。"

神龙藏深泉，猛兽步高冈——神龙喜爱潜藏在深深的潭水中，凶猛的野兽喜欢漫步在高高的山冈上。冈：一作岗。

狐死归首丘，故乡安可忘——狐狸死的时候，头始终朝着它所生长的地方。出征的士兵又怎能忘记自己的故乡呢？首丘：头向山丘。相传狐狸死时头向着出征时的山丘，以示不忘生长的地方。战国楚·屈原《哀郢》："鸟飞反故乡兮，狐死必首丘。"

新评

诗从眼前景写起，鸿雁远飞万里终返故乡，而征夫像离开本根的飞蓬，不得不征战于各地。"冉冉老将至，何时反故乡"并写两面，一写征夫感慨人渐渐老去，借鸿雁、飞蓬等意象抒写思乡的情怀；二是暗用屈原"老冉冉其将至兮，恐修名之不立”(《离骚》)句意,抒写诗人追求建功立业而遥遥无期的喟叹。末四句宕开一笔,借神龙、猛兽、狐狸热爱故乡之情,写思乡情绪。在诗人反复渲染下,遂将浓浓的思乡之情扩展到诗外。

善哉行

题解

诗人宴会宾客,表达了求贤及追求恬淡生活的心情。善哉行:乐府旧题。

朝日乐相乐,酣饮不知醉。悲弦激新声,长笛吐清气。
弦歌感人肠,四坐皆欢悦。寥寥高堂上,凉风入我室。
持满如不盈,有德者能卒。君子多苦心,所愁不但一。
慊慊下白屋,吐握不可失。众宾饱满归,主人苦不悉。
比翼翔云汉,罗者安所羁?冲静得自然,荣华何足为!

新解

朝日乐相乐,酣饮不知醉——白天我尽情欢乐,痛快地畅饮不知道沉醉。朝:一作今。

悲弦激新声,长笛吐清气——琴弦发出悲壮的声音激扬着新的乐曲,长笛吹出清澈动人的乐音。悲弦:琴弦发出悲壮的声音。弦,一作筝。激:激扬,指音调高昂。新声:新的曲调。清气:清澈的音响。以上为第一解。

弦歌感人肠,四坐皆欢悦——琴弦伴着歌声感人肺腑,满座的宾客都很高兴。

寥寥高堂上,凉风入我室——欢宴的厅堂十分广阔,习习凉风吹进我的房间。寥寥:广阔,空旷。以上为第二解。

持满如不盈,有德者能卒——斟满酒但不溢出,有德行的人才能保持这种状态。持满:指敬酒时持酒满杯。卒:末尾,结局。

君子多苦心,所愁不但一——胸怀宽广的人大都会在一些事情上花费精力,而且所忧虑的不仅仅是一件事。以上为第三解。

慊慊下白屋,吐握不可失——谦恭地接待贫困士子,像周公吐哺握发那样招揽贤才,唯恐错过最佳时机。慊慊:同谦谦,谦逊。下:指虚心接待位卑的贤士。白屋:茅屋,贫贱者居住的地方,此指出生寒微的贤士。吐握:用周公吐哺握发典。见《短歌行》其一注。

众宾饱满归,主人苦不悉——客人酒足饭饱地离开了,只有主人唯恐没能尽其所有。悉:尽其所有。以上为第四解。

比翼翔云汉，罗者安所羁——鸟儿在广袤天空中比翼双飞，张网捕鸟的人哪里能捕捉到它们呢？罗者：张网捕鸟的人。罗，捕鸟的网。羁：束缚，捕捉。

冲静得自然，荣华何足为——恬静淡泊可以得自然之道，何必要苦苦地追求荣华富贵呢？冲静：恬静淡泊，即不追逐名利。以上为第五解。

新评

诗从宴饮入笔，抒写情怀。通过诗人抒写的内容，可知诗人希望招揽天下贤士，以实现追求建功立业的雄心壮志。大概是世事艰难，诗人又心生追求恬淡生活的念头。

塘上行

题解

诗吟咏弃妇的愁绪。塘上行：乐府旧题。郭茂倩将其收入《乐府诗集·相和歌辞·清调曲》。前人认为此诗的著作权有四，一是为无名氏所作的古辞，二是为甄后所作，三是魏文帝曹丕所作，四是为曹操所作。郭茂倩《乐府诗集》将这首诗归到曹操的名下，但注解时又将著作权归到甄后的名下。按，《乐府诗集》录此诗时分为“晋乐”与“本辞”两首，此处为“本辞”。“晋乐”有五解，每解首句复迭。诗句与“本辞”略有文字上的出入，“新解”部分将一一指出。

蒲生我池中，其叶何离离。傍能行仁义，莫若妾自知。
众口铄黄金，使君生别离。念君去我时，独愁常苦悲。
想见君颜色，感结伤心脾。念君常苦悲，夜夜不能寐。
莫以豪贤故，弃捐素所爱。莫以鱼肉贱，弃捐葱与薤。
莫以麻枲贱，弃捐菅与蒯。出亦复苦愁，入亦复苦愁。
边地多悲风，树木何修修。从军致独乐，延年寿千秋。

新解

蒲生我池中，其叶何离离——蒲草生长在池塘中，它的叶子是多么地浓密啊。离离：浓密的样子。

傍能行仁义，莫若妾自知——你能广行仁义，没有人像我这样地了解你。傍：广。仁义：晋乐作“人仪”，《宋书·乐志》作“仪仪”。莫若妾：晋乐作“莫能缕”。

众口铄黄金，使君生别离——众人向你大进谗言，让你从此和我活生生地分离。铄黄金：即铄金。伤人的谗言。战国楚·屈原《惜诵》：“故众口其铄金兮，初若是而逢殆。”汉·王逸《楚辞章句》:“言众口所论,万人所言,金性坚刚,尚为销铄,以喻谗言多,使君乱惑也。”别离:晋乐作“离别”。以上为晋乐第一解。

念君去我时,独愁常苦悲——想起夫君离我而去的情景,我经常独自愁苦和悲伤。

想见君颜色,感结伤心脾——只要想起夫君的面容,思念之情便刺伤我的心。感:思念。

念君常苦悲,夜夜不能寐——想念夫君常常发出愁苦的悲叹,我夜夜都不能入睡。“念君”二句:晋乐作“今悉夜夜愁不寐”。以上为晋乐第二解。

莫以豪贤故,弃捐素所爱——不要因为有地位有名望的人说了一些不好听的话,就遗弃自己的所爱。豪贤:有地位有名望的人。弃捐:指妇女被丈夫遗弃。以:晋乐作“用”。

莫以鱼肉贱,弃捐葱与薤——不要因为鱼肉的价格开始便宜,就抛弃长期相伴的葱和薤菜。薤(xiè):多年生草本植物。地下有圆锥形鳞茎,新鲜鳞茎可作蔬菜。以:晋乐作“用”。贱:晋乐作“贵”。

莫以麻枲贱,弃捐菅与蒯——不要因为麻枲便宜,就抛弃可以制绳、织席的菅和蒯。以:晋乐作“用”。枲(xǐ):大麻的雄株。纤维可织麻布。菅:植物名,多年生草本,茎可制绳织履。蒯:植物名,多年生草本,茎可织席、制绳或造纸。以上为晋乐第三解。按,此诗缺晋乐第四解,其第四解云:“倍恩者苦枯,倍恩者苦枯,蹶船常苦没。教君安息定,慎莫致仓卒。念与君一共离别,亦当何时共坐复相对?”

出亦复苦愁,入亦复苦愁——出门的时候因思念夫君而苦愁,进门的时候也因思念夫君而苦愁。复:又,更,再。

边地多悲风,树木何翛翛——边地到处是凄厉的寒风,吹到树木上发出令人难以承受的响声。悲风:凄厉的寒风。翛翛(shū):象声词。一作修修,晋乐作“萧萧”。

从军致独乐,延年寿千秋——你投身军旅,我给你送上独特的音乐,真心祝愿你健康长寿。延年:延长寿命。千秋:千年,喻岁月长久。从军致独乐:晋乐作“今日乐相乐”。以上为晋乐第五解。

新评

诗为代言体,从不同的层面抒写了弃妇复杂而多变的心理。首二句以蒲草起兴,引起咏叹之词。“众口铄黄金”暗用屈原《惜诵》典,交待造成生别离的原因。“念君”六句,直言离别后带来的痛苦。“莫以”六句用排比句式苦口婆心地劝说夫君回心转意。“出亦复苦愁,入亦复苦愁”二句拓展了离愁的空间和时间。“边地”二句因眼前景联想到边地的情景,借此传达了弃妇对夫君的关心。末二句极有韵味,虽遭遗弃,但还能处处为夫君打算,真心地希望夫君健康长寿,从而将弃妇哀怨凄惋的心理活动惟妙惟肖地表达出来。

◎曹 丕

短歌行

题解

诗作于建安(汉献帝刘协年号, 196—220)二十五年曹操去世以后,诗人细腻地表达了失父的哀伤。短歌行:乐府旧题,宴会上演唱的乐曲。郭茂倩将其收入《乐府诗集·相和歌辞·平调曲》。乐府有《长歌行》,曹丕《燕歌行》有“短歌微吟不能长”句,可知“长歌”“短歌”是指歌诗的长短。

仰瞻帷幕,俯察几筵。其物如故,其人不存。
神灵倏忽,弃我遐迁。靡瞻靡恃,泣涕连连。
呦呦游鹿,衔草鸣麑。翩翩飞鸟,挟子巢栖。
我独孤茕,怀此百离。忧心孔疚,莫我能知。
人亦有言,忧令人老。嗟我白发,生一何早。
长吟永叹,怀我圣考。曰仁者寿,胡不是保。

新解

仰瞻帷幕,俯察几筵——抬头看着低垂的帐幔,低头看着桌子和竹席。瞻:看,望。帷幕:帐幕,帐幔。察:看。几:小桌子。筵:竹席。

其物如故,其人不存——这些物品还是原来的模样,可是它的主人已经不在了。以上为第一解。

神灵倏忽,弃我遐迁——像神灵突然远逝,父亲突然离我远去。倏忽:疾速。遐迁:远离。此指去世。

靡瞻靡恃,泣涕连连——从此,我失去了一个可以敬仰和依靠的人,一想到这些,我就泪流满面。靡:无。瞻:敬仰。《诗经·小雅·小弁》:“靡瞻匪父,靡依匪母。”恃:依靠。《诗经·小雅·蓼莪》:“无父何怙,无母何恃。”泣涕:眼泪。连连:通涟涟,流泪的样子。以上为第二解。

呦呦游鹿,衔草鸣麑——游走在荒野中的母鹿呦呦地鸣叫着,衔着草呼唤它的小鹿。呦呦:鹿鸣声。《诗经·小雅·鹿鸣》:“呦呦鹿鸣,食野之苹。”麑:幼鹿。

翩翩飞鸟,挟子巢栖——翩翩飞舞的鸟儿,挟带着幼鸟栖息在巢穴中。以上四句分别以母鹿唤麑、鸟儿挟子为喻,写父亲对自己的关爱。以上为第三解。

我独孤茕，怀此百离——失去父亲后，我感到孤独无依，心中有数不尽的忧愁。孤茕：孤独无依。百离：种种忧愁。离，忧愁，悲哀。

忧心孔疚，莫我能知——我因忧愁大病了一场，有谁能知道我内心的痛苦。孔：甚，很。疚：病痛。一作疾。以上为第四解。

人亦有言，忧令人老——有人说，忧愁使人衰老。我何尝不知道这样的道理？忧令人老：《古诗十九首·行行重行行》："思君令人老，岁月忽已晚。"

嗟我白发，生一何早——令人叹息啊，我因怀念父亲，头上早早地生出了白发。嗟：叹息。以上为第五解。

长吟永叹，怀我圣考——长久地低吟，永久地叹息，只是为了怀念我尊敬的父亲。吟：叹息，呻吟。永：永久，永远。圣考：指曹操。圣，敬词。考，对死去的父亲的称呼。一作老。

曰仁者寿，胡不是保——都说仁慈的人会长寿，为什么不保佑我的父亲长寿呢？仁者寿：《论语·雍也》："子曰：'知者乐水，仁者乐山；知者动，仁者静；知者乐，仁者寿。'"以上为第六解。

新评

首四句触物伤情，引出怀念父亲的悲情。六至八句铺陈，直抒父亲去世后的伤痛。九至十二句借用《诗经》成句，以物起兴，真切地抒发了失父的孤独无依。至此，蓄势已足，然而，诗人意犹未尽，又以早生白发的意象进一步补足失去父亲的悲痛，可谓是催人泪下。关于此诗，黄节在《魏武帝魏文帝诗注》中另有见解："延康元年七月，军次于谯。大飨六军及父老百姓。设伎乐百戏。是时武帝崩才数月。而文帝纵乐如是。乃知此诗词虽唉切，而全属伪饰也。"可备一说。

秋胡行二首

题解

秋胡行：乐府旧题。郭茂倩将其收入《乐府诗集·相和歌辞·清调曲》。诗有二，第一首阐释知人善任的重要性。第二首写男子对所恋女子的相思爱慕之情。

其一

尧任舜禹，当复何为？百兽率舞，凤凰来仪。
得人则安，失人则危。唯贤知贤，人不易知。
歌以咏言，诚不易移。鸣条之役，万举必全。
明德通灵，降福自天。

新解

尧任舜禹，当复何为——尧任用舜和禹，这是为了什么？尧：传说中的圣王。曾多次考察舜的品行，后来将王位传给舜，开创了“禅让”的历史。禹：传说中治水的英雄，因有圣德，舜将王位传给他。

百兽率舞，凤凰来仪——因尧、舜、禹有高尚的品德，为了表示拥护，百兽跳起欢乐的舞蹈，凤凰也从远处飞来。率：都。仪：来。《尚书·益稷》：“《箫韶》九成，凤皇来仪。夔曰：‘於！予击石拊石，百兽率舞。’”

得人则安，失人则危——得到有德的人天下就会安定，失去有德的人天下就会危险。

唯贤知贤，人不易知——只有贤者才能辨别贤人，一般的人是不容易辨别贤人的。知：认识，了解，辨别。

歌以咏言，诚不易移——写诗来歌唱啊，我招揽贤士的真心永远不会改变。咏：一作永。诚：真诚，真心。移：改变。

鸣条之役，万举必全——商汤灭夏的鸣条战役，因为万事都准备得周密，所以才取得了成功。鸣条之役：商汤率领军队在鸣条击败夏朝军队、灭亡夏朝的一次战役。鸣条，古地名，在今河南封丘东。汉·司马迁《史记·殷本纪》：“桀败于有娀之虚，桀奔于鸣条，夏师败绩。”唐·张守节《史记正义》引《括地志》：“高涯原在蒲州安邑县北三十里南阪口，即古鸣条陌也。鸣条战地，在安邑西。”

明德通灵，降福自天——圣明的德行可以传达给天帝，上天从而降下福瑞。明德：一作德道。明，圣明。通灵：一作通言。灵，天，天帝。降福：一作福降。

新评

诗表达招揽人才的诚心。首四句用典，表明效法圣王的心迹。五六句将笔墨落实在“得人则安，失人则危”方面。后四句借鸣条之役再次强调得人才得天下的重要性。

其　二

泛泛绿池，中有浮萍。寄身流波，随风靡倾。
芙蓉含芳，菡萏垂荣。朝采其实，夕佩其英。
采之遗谁，所思在庭。双鱼比目，鸳鸯交颈。
有美一人，婉如清扬。知音识曲，善为乐方。

新解

泛泛绿池，中有浮萍——碧绿的池水几乎漫溢出水池，水中飘浮着没有依靠的浮萍。泛泛：水多漫溢的样子。浮萍：水面草本植物，叶扁平，呈椭圆形或倒卵形，表面绿色，背面紫红色，叶下生须根，花白色。可入中药。

寄身流波，随风靡倾——浮萍托身于流动的波涛，随风飘荡和倾斜。靡：倒下。倾：斜。

芙蓉含芳，菡萏垂荣——荷花含着醉人的芬芳，枝干上悬挂着盛开的花朵。芙蓉、菡萏：均指荷花。垂：悬挂。荣：开花，比喻兴盛。

朝采其实，夕佩其英——清晨去采摘它的果实，傍晚佩戴着它的花儿。英：花。

采之遗谁，所思在庭——采来赠送给谁？所思念的人在庭院里。遗(wèi)谁：一作谁遗。遗，赠送。庭：庭院。

双鱼比目，鸳鸯交颈——比目鱼并肩而行，鸳鸯将脖子靠在一起，亲密地游戏。这两句都是形容关系亲密，形影不离。比目：指鱼儿比并而行，喻形影不离。交：接触。颈：脖子。

有美一人，婉如清扬——有一个美丽的女子，温顺美好，纯洁美丽。此二句为《诗经·郑风·野有蔓草》的成句。婉如：温顺美好。清扬：纯洁美丽。一作青阳。

知音识曲，善为乐方——她懂得音乐和曲谱，精通乐律。乐方：音乐的法度。

新评

首四句以随波逐流的浮萍起兴，写男子求女时的失落。五至十句以芳荷起兴，将情思寄托在“所思在庭”方面。十一、十二两句以比目鱼、鸳鸯反衬自己的孤独与失落。末四句以赞赏的笔调写女子美丽的容貌、温雅的性格和超凡的音乐才华，借此，进一步扩展男子求女不得的孤独。

善哉行二首

题解

善哉行：乐府旧题。郭茂倩将其收入《乐府诗集·相和歌辞·瑟调曲》。第一首抒发了游子客居他乡，久而不归的忧伤之情。第二首是情诗，写一女子的美貌及音乐才能，使人相思难忘。

其　一

上山采薇，薄暮苦饥。溪谷多风，霜露沾衣。
野雉群雊，猴猿相追。还望故乡，郁何垒垒。
高山有崖，林木有枝。忧来无方，人莫之知。
人生如寄，多忧何为？今我不乐，岁月如驰。

汤汤川流，中有行舟。随波转薄，有似客游。

策我良马，被我轻裘。载驰载驱，聊以忘忧。

新解

上山采薇，薄暮苦饥——上山去采摘薇草，天要黑了，仍然饥渴难耐。采薇：《诗经·小雅》："采薇采薇，薇亦柔止。……忧心烈烈，载饥载渴。"诗写戍卒征战之苦，和本诗旨趣相同。薇，豆科植物，野生，可食。薄暮：傍晚，太阳快落山的时候。薄，迫近。

溪谷多风，霜露沾衣——山涧中的风很大，霜露沾湿了我的衣服。溪谷：有流水的山谷。以上为第一解。

野雉群雊，猴猿相追——野鸡成群地鸣叫着，猿猴互相追逐嬉戏。雉：野鸡。雊(gòu)：野鸡鸣叫。

还望故乡，郁何垒垒——回头远望故乡，重重叠叠、郁郁葱葱的草木多么茂盛啊。郁：繁盛的样子。垒垒：重叠的样子。以上为第二解。

高山有崖，林木有枝——高大的山峰尚有边际，林中的树木尚有枝叶。此二句与《诗经·卫风·氓》"淇则有岸，隰则有泮"句意同。崖：边际，界域。一作林。林：一作崖。

忧来无方，人莫之知——只有我的忧愁来时不定，没有人真正地了解知道我啊。无方：无常，无定。之知：一作知之。唐·欧阳询《艺文类聚·舟车部》："越人拥楫而歌曰：'今夕何夕兮，搴洲中流。今日何日兮，得与王子同舟。山有木兮木有枝，心悦君兮君不知。"以上为第三解。

人生如寄，多忧何为——人生短暂，如同寄存在世上，多愁善感有什么用呢？如：一作若。寄：寄存，暂居。

今我不乐，岁月如驰——如今我抑郁寡欢，岁月像快速奔跑一般匆匆逝去。今我不乐：《诗经·唐风·蟋蟀》："今我不乐，日月其除。"以上为第四解。

汤汤川流，中有行舟——在急速流淌的河水中，有一只行驶的小舟。汤汤(shāng)：河水急流的样子。

随波转薄，有似客游——它随着波浪回旋停泊，好似客居在外的游子，行踪不定。转薄：一作转泊，一作回转。转，回旋。薄，通泊，停泊。以上为第五解。

策我良马，被我轻裘——我穿上轻柔的裘衣，用鞭子催动我的骏马。策：马鞭。此用作动词，鞭打。被：同披，穿。裘：用毛皮制成的御寒衣服。

载驰载驱，聊以忘忧——骑着马飞快地奔驰，暂且忘记心中的忧愁。载驰载驱：一边鞭打马匹，一边奔驰前进。《诗经·鄘风·载驰》："载驰载驱，归唁卫侯。"载，助词。驰，车马疾行。驱，鞭马前进。聊：暂且。以上为第六解。

新评

此诗借乐府旧题写游子思乡之情。首句用典，借《诗经·采薇》“载饥载渴”的意象写羁旅之苦。三至六句写景，山谷多风、霜露沾衣、野鸡群鸣、猿猴相追，诗人以衰败的荒凉无人衬托游子的孤独凄凉。回望故乡，历历在目。游子的忧愁究竟来自何方？游子为什么远离故乡呢？诗人没有说。可是，如果我们联系《诗经·采薇》抒写戍卒征战之苦的内容，似可以找到答案。《毛诗序》认为，《诗经·载驰》的作者是许穆夫人。今人认为这首诗抒发了爱国主义情感。诗的结句化用《诗经·载驰》成句，据此也可见游子羁旅他乡还与保家卫国相关。诗含蓄蕴藉，真挚感人。

其 二

有美一人，婉如清扬。妍姿巧笑，和媚心肠。
知音识曲，善为乐方。哀弦微妙，清气含芳。
流郑激楚，度宫中商。感心动耳，绮丽难忘。
离鸟夕宿，在彼中洲。延颈鼓翼，悲鸣相求。
眷然顾之，使我心愁。嗟尔昔人，何以忘忧。

新解

有美一人，婉如清扬——有一位美丽的女子，温顺柔雅，纯洁美丽。“有美”二句：化用《诗经·郑风·野有蔓草》成句。婉如，温顺美好。清扬，纯洁美丽。清，清纯，高洁。扬，指容貌美丽。

妍姿巧笑，和媚心肠——她身姿优美，笑容优雅，性情温和，心地善良。妍姿：美丽的姿色。妍，美好。巧笑：优美的笑。《诗经·卫风·硕人》：“巧笑倩兮，美目盼兮。”和：温和。媚：美好。

知音识曲，善为乐方——她懂得音乐，熟悉曲谱，精通乐律。善为乐方：精通乐律。乐方，音乐的法度。

哀弦微妙，清气含芳——哀伤的弦音里寄托着微妙的情感，清新的乐声中蕴含着花朵的芳香。芳：芳香。指乐曲给人的美好感受，有如闻到花香一样。

流郑激楚，度宫中商——她的演奏像郑声一样流畅，像楚音一样激越；她演奏的技术十分高超，符合音律。郑：郑声。春秋时郑国的乐曲通俗而生动，是与庄重的雅乐相对的一种新声。楚：指古代楚国的曲调，音调激越。度宫中商：一作度中宫商。度，按曲谱演奏。宫、商，代指乐律。中国古代音乐有宫、商、角、徵、羽五个音阶。中，符合。

感心动耳，绮丽难忘——她的音乐感动了我的内心，震撼着我的耳朵，美好的感觉让我难以忘怀。绮丽：美丽。

离鸟夕宿，在彼中洲——离群的孤鸟傍晚栖息在水中的陆地上。离鸟：离群的孤鸟。中洲：即洲中。洲，水中高地。

延颈鼓翼，悲鸣相求——它伸长脖子，扇动翅膀，悲哀地鸣叫，寻求同伴。延：伸。

眷然顾之，使我心愁——含情脉脉地看着孤单的鸟儿，我的心里充满忧愁。眷然顾之：含情脉脉地看着她。《诗经·小雅·大东》："眷然顾之，潸焉出涕。"眷然，含情脉脉的样子。顾，看。

嗟尔昔人，何以忘忧——真不知道古人是怎样来忘却这种忧愁的？嗟尔：感叹词。尔，语词，无义。昔人：古人，从前的人。

新评

诗先用《诗经》成句起兴，写女子娇好的外貌。次用女子的音乐才能，写其内美。最后用"离鸟"起兴，委婉地表达"求之不得，寤寐思服。悠哉悠哉，辗转反侧"（《诗经·周南·关雎》）的相思难耐之情。末二句似别有寄托，或为求贤，或为求友，耐人咀嚼。

丹霞蔽日行

题解

这首诗通过描写自然景物引出深沉的人生慨叹。丹霞蔽日行：乐府旧题。郭茂倩将其收入《乐府诗集·相和歌辞·瑟调曲》。

丹霞蔽日，采虹垂天。谷水潺潺，木落翩翩。
孤禽失群，悲鸣云间。月盈则冲，华不再繁。
古来有之，嗟我何言。

新解

丹霞蔽日，采虹垂天——红色的云霞遮住了太阳，悬挂在天边。丹霞：红色的云，即下句所言采虹。垂天：挂在天边，悬挂在天空。

谷水潺潺，木落翩翩——山谷中的溪水潺潺作响，树上的叶子翩翩落下。潺潺：水流声。木：树。翩翩：飞舞的样子，此指树叶飘落的样子。

孤禽失群，悲鸣云间——一只迷失方向的孤鸟在云层中悲哀地鸣叫。

月盈则冲，华不再繁——月亮圆了将会残缺，凋谢的花儿将不再繁荣。盈：满。

冲：虚，空，亏。华：同花。

古来有之，嗟我何言——自古以来都是如此，面对此景，我还有什么可说的呢？嗟：叹息声。

新评

前六句描述大自然中的景物，观察细致，文字简约。七八两句借盈亏互替曲折地表达人生有限、时光易逝的感慨。

煌煌京洛行

题解

诗对战国和汉初的若干重要人物进行了评价。煌煌京洛行：乐府旧题。郭茂倩将其收入《乐府诗集·相和歌辞·瑟调曲》。

夭夭园桃，无子空长。虚美难假，偏轮不行。
淮阴五刑，鸟尽弓藏。保身全名，独有子房。
大愤不收，褒衣无带。多言寡诚，只令事败。
苏秦之说，六国以亡。倾侧卖主，车裂固当。
贤矣陈轸，忠而有谋。楚怀不从，祸卒不救。
祸夫吴起，智小谋大。西河何健，伏尸何劣。
嗟彼郭生，古之雅人。智矣燕昭，可谓得臣。
峨峨仲连，齐之高士。北辞千金，东蹈沧海。

新解

夭夭园桃，无子空长——园子里的桃花十分艳丽，桃树上虽然不结果实，却生长得十分茂盛。夭夭：艳丽繁盛的样子。

虚美难假，偏轮不行——只有华丽外表的人无法依靠，就像只有一个轮子的车辆无法行走一样。虚美：华而不实，徒有美丽的外表。假：借，凭借。偏轮：一个车轮。以上为第一解。

淮阴五刑，鸟尽弓藏——淮阴侯韩信为刘邦平定天下，立下了赫赫战功。功成后身受五刑之苦，就像鸟儿没有了，好的弓箭被藏置起来了一样。这两句比喻战争中的功臣在战后无用而被弃置。淮阴：指淮阴侯韩信。五刑：中国古代的五种刑法。商周时期指墨刑、劓刑、剕刑、宫刑、大辟。历代稍有变化。《史记·淮阴侯列传》只言“夷信三族”，未言“受五刑”。但《汉书·刑法志》载夷三族的人要先受黥、劓、断趾等刑法，因而夷三族者也具“五刑”。鸟尽弓藏：汉·司马迁《史记·淮阴侯列传》：“信曰：‘果若人言，狡兔死，良狗亨(烹)；高鸟尽，良弓藏；敌国破，谋臣亡。天下已定，我固当亨。”

保身全名，独有子房——历史上有许多功臣，可是能功成身退、保全性命和名节的，只有留侯张良。子房：张良，字子房。据《史记·留侯世家》，张良为韩国人，秦灭韩后，他立志为韩报仇，协助刘邦灭秦建汉，被封为留侯。此后，张良远离世事，“从赤松子游”，因此曹丕说他“保身全名”，并把他和韩信对比。

大愤不收，褒衣无带——头巾太大了不能收束头发；衣服太宽大了，无法用衣带约束。此喻大而无当。愤：疑为“帻”字之误，指包发的头巾，和下文的“衣”相对。褒衣：肥大的衣服。带：腰带。

多言寡诚，只令事败——因说大话的人缺少诚意，他们只能使事情失败。诚：一作成，即说大话的人很难成功。以上为第二解。

苏秦之说，六国以亡——苏秦怀着个人的私心游说六国联合抗秦，六国因此走向灭亡。苏秦：战国时期著名的纵横家，曾游说六国联合抗秦，攫取了六国相印。说(shuì)：游说，说服。六国：指先后被秦灭掉的齐、楚、燕、韩、赵、魏。以：因而。

倾侧卖主，车裂固当——苏秦密谋出卖齐国的君主，遭受车裂之刑是理所当然的。倾侧：倾覆，颠覆。苏秦做齐国卿相时与燕王勾结，计划颠覆齐国，和燕国共分齐国的土地，阴谋败露后被齐王车裂。车裂：古代一种酷刑。将人的头部和四肢分别系在五辆车上，马向不同的方向拉车，人体被撕裂成几块，即“五马分尸”。当：应该，应当。

贤矣陈轸，忠而有谋。楚怀不从，祸卒不救——贤良的陈轸啊，忠诚而又有智谋。可惜，楚怀王不听从陈轸的计策，最终遭受祸难，乃至于无法挽回。陈轸：楚怀王的大臣。据《史记·张仪列传》，张仪为秦国去游说楚怀王和齐国绝约，并答应割让商於之地六百里给楚国，楚王同意，群臣毕贺。惟独陈轸认为这会上当受骗，怀王不听陈轸劝告。后来果如其言，楚齐绝约之后，秦不但不履行诺言割让土地，反而会同齐国攻打楚国，楚国大败，割二城给秦国以息战争。卒：终于。不救：没有办法挽回。以上为第三解。

祸夫吴起，智小谋大——吴起这个惹祸的家伙，明明没有什么智慧，却要谋划大事。祸夫：惹祸的人。吴起：魏国人，著名的军事家。

西河何健，伏尸何劣——吴起任西河守时是多么地有建树啊，他伏在楚悼王尸体上被杀死，又是多么地卑劣啊。西河：河名。吴起曾任魏国的西河守，防御秦国，成就卓著。何：何其，多么。健：强大有力。这里指卓著，有建树。伏尸：指吴起投奔楚国后，深得楚悼王信任，政治上推行削弱公族势力的政策，遭到守旧贵族的激烈反对。悼王死后，楚贵族打算除掉吴起，吴起为保全性命，有意伏在悼王尸体上想躲过一劫，但依旧被乱箭射死。劣：恶，坏。以上为第四解。

嗟彼郭生，古之雅人——郭隗啊，真是古代的正人君子。郭生：指郭隗。郭，一作乐。雅人：正人君子。

智矣燕昭，可谓得臣——智慧的燕昭王，可以说是一位善于任用贤臣的君主。燕昭：燕昭王。据《战国策·燕策一》，燕昭王即位之初准备招揽贤士。郭隗对他说："今王诚欲致士，先从隗始。隗且见事，况贤于隗者乎？岂远千里哉！"于是昭王师事郭隗，乐毅、邹衍、剧辛等咸来归附。

峨峨仲连，齐之高士——高大威武的鲁仲连是齐国品德高尚的人。峨峨：高大的样子。仲连：战国时齐国的名士。高士：品德高尚的人。

北辞千金，东蹈沧海——他拒绝了赵国的千金之赠，也不接受齐国的封赏，隐居在茫茫的大海中。北辞千金：据《史记·鲁仲连列传》，赵国受到秦国威胁，准备尊秦为帝。此时，身在邯郸的鲁仲连说服了赵国的执政者平原君和魏国使者辛垣衍，使赵国放弃了那种屈辱的打算，维护了尊严。平原君欲与千金酬谢，鲁仲连坚决拒绝，说："所贵于天下之士者，为人排患、释难、解纷乱而无取也。即有取者，是商贾之事也，而连不忍为也。"东蹈沧海：鲁仲连曾帮助齐将田单攻下燕国的聊城。齐国要封他爵位，他逃隐于海上。以上为第五解。

新评

通过评价历史人物，表明了诗人的立场和观点。前四句直言人才应具有真才实学，而不应徒有华丽的外表。五至八句论韩信与张良之事，通过对比表达赞赏张良的态度。九至十二句言成事不能凭借空谈，应该实干。十三至二十四句通过评价历史人物的功过是非，从不同的层面补足前意。高度赞扬鲁仲连，与前面赞扬张良形成了呼应之势，至此也表明了诗人的人生态度。

钓竿行

题解

这首诗赞美了一个美丽女子不受诱惑的纯贞心灵。钓竿行：乐府旧题。郭茂倩将其收入《乐府诗集·鼓吹曲辞》。晋·崔豹《古今注》："钓竿者，伯常子避仇河滨为渔者，其妻思之而作也。每至河侧，辄歌之。"

东越河济水，遥望大海涯。钓竿何珊珊，鱼尾何簁簁。
行路之好者，芳饵欲何为？

新解

东越河济水，遥望大海涯——向东渡过黄河和济水，远远地望着大海。越：渡河。河：黄河。济水：黄河下游支流。海涯：海滨。

钓竿何珊珊，鱼尾何簁簁——钓鱼的竿子在水中来回摆动，鱼的尾巴像沾湿的羽毛一样在水中摇来摇去。珊珊：玉佩碰撞时发出的响声。此处形容鱼儿上钩后，钓竿发生的颤动。一作姗姗。簁簁(shī)：犹漇漇，羽毛濡湿的样子。古人常用钓鱼隐喻男女求偶的行为。

行路之好者，芳饵欲何为——那些对我表示爱慕之情的过路人，为什么要用芳香的诱饵引诱我？好：爱慕。芳饵：诱饵。

新评

此诗用乐府旧题，赞美了女子的坚贞，颇具民歌风味。语言清丽自然，明白如话。象征手法的运用，使诗歌具有了含蓄蕴藉的韵味。

十 五

题解

此诗写登山远望所见的景物。十五：乐府旧题，古辞不存。郭茂倩将其收入《乐府诗集·相和歌辞·相和曲》。清人朱乾《乐府正义》认为《十五从军行》即为此诗的古辞。

登山而远望，溪谷多所有。楩楠千馀尺，众草之盛茂。
华叶耀人目，五色难可纪。雉雊山鸡鸣，虎啸谷风起。
号罴当我道，狂顾动牙齿。

新解

登山而远望，溪谷多所有——登上高山向远处眺望，山涧中有很多的景致。多所有：有许多景物。

楩楠千馀尺，众草之盛茂——楩树和楠木高达一千多尺，树下各种各样的小草正茂盛地生长。楩：南方生长的乔木，即黄楩木。楠：楠木，优质木材，主要生长在云南、贵州一带。之：一作芝。

华叶耀人目，五色难可纪——绚丽的花儿和叶子跃入眼睛，五颜六色，真是让人无法记住。华：同花。纪：同记。

雉雊山鸡鸣，虎啸谷风起——野鸡和山鸡不停地鸣叫，猛虎长啸，山谷中狂风四起。雉：野鸡。雊：野鸡鸣叫。啸：鸟兽长声鸣叫。

号罴当我道，狂顾动牙齿——熊罴号叫着挡住我的道路，回过头疯狂地瞪着我，牙齿咬得吱吱作响，真是一幅恐怖而又狰狞的景象。号：号叫。清·朱乾《乐府正义》引《水经注》云："魏文帝猎于大石山，虎超乘舆。孙礼拔剑投虎于是山，山在洛阳南。"罴：熊的一种。顾：回头看。

新评

登高远望，先是写所见之草木，后写所见之禽兽。结构清晰明了，写景生动翔实，如在眼前。

善哉行

题解

这是一首借音乐自律自省的诗。善哉行：乐府旧题。

朝游高台观，夕宴华池阴。大酋奉甘醪，狩人献嘉禽。
齐倡发东舞，秦筝奏西音。有客从南来，为我弹清琴。
五音纷繁会，拊者激微吟。淫鱼乘波听，踊跃自浮沉。
飞鸟翻翔舞，悲鸣集北林。乐极哀情来，寥亮摧肝心。
清角岂不妙，德薄所不任。大哉子野言，弭弦且自禁。

新解

朝游高台观，夕宴华池阴——清晨登上高高的楼台，傍晚到华池的南面宴饮。观：楼台。一作侧。阴：水的南面。

大酋奉甘醪，狩人献嘉禽——主管造酒的官吏进奉甘甜的美酒，主管狩猎的官吏献上猎获的美味。大酋：主管造酒的官吏。甘醪：指美酒。醪，带糟滓的酒。狩人：掌管狩猎的官吏。以上为第一解。

齐倡发东舞，秦筝奏西音——齐国的倡伎跳起东方的舞蹈，秦地的古筝演奏着西方的乐音。齐倡：齐国的倡伎。因齐国在魏都的东边，故曰东舞。倡，一作唱，一作瑟。秦筝：秦地的古筝。因秦在魏都的西边，故曰西音。

有客从南来，为我弹清琴——有一位从南方来的客人，为我弹琴，发出清越曼妙的声音。以上为第二解。

五音纷繁会，拊者激微吟——各种乐音纷繁交会，敲鼓人敲出的鼓声激发起轻声的歌唱。五音：指音乐。古代音乐由宫、商、角、徵、羽五个音阶构成。拊：一种形似鼓的乐器。激：激发。微吟：轻声歌唱。

淫鱼乘波听，踊跃自浮沉——大鱼乘着波浪静听音乐，一会儿跃出水面，一会儿沉到水底。淫鱼:大鱼。淫,大。以上为第三解。

飞鸟翻翔舞,悲鸣集北林——鸟儿随着音乐翻飞舞蹈,栖息在北边的树林里,悲哀地发出鸣叫。

乐极哀情来,寥亮摧肝心——欢乐之极,悲哀之情涌起,清越响亮的音乐撼人肺腑。寥亮:清越响亮。以上为第四解。

清角岂不妙,德薄所不任——悲戚的清角音难道不美妙吗?只是德行浅薄的人不能承受。角:五音之一。清角之音最为悲切。据《淮南子·十过篇》,春秋时,晋平公要求音乐家师旷奏清角音。师旷说:恐主君德薄,不足以听之。平公坚持要听,因此引来灾异(国家发生自然灾害)。任:承受,担当。

大哉子野言,弭弦且自禁——师旷的话说得真好,姑且停止演奏,自我约束吧。子野:指古乐师师旷,字子野。弭:停止。以上为第五解。

新评

此诗写宴乐,对音乐的描写十分细致。先从正面写东、西、南各方乐舞聚集,纷繁交会在一起,甚是热闹。随后,通过衬托的手法写乐音的美妙,借鱼儿、鸟儿听乐时的神态赞美音乐的美妙。“清角岂不妙,德薄所不任”,诗意陡然一转,引出主旨:美妙的音乐只有德高之人才能享受。由对音乐津津有味的欣赏转向了自我反省和警戒,从而表达了诗人别样的情怀。

折杨柳行

题解

诗通过吟咏神仙,说明神仙的虚妄性,可谓是一首“游仙”的诗歌。折杨柳行:乐府旧题。郭茂倩将其收入《乐府诗集·相和歌辞·瑟调曲》。此诗又题为《游仙诗》。沈约《宋书·乐志》称其为《大曲》。

西山一何高,高高殊无极。上有两仙童,不饮亦不食。
与我一丸药,光耀有五色。服药四五日,身体生羽翼。
轻举乘浮云,倏忽行万亿。流览观四海,茫茫非所识。
彭祖称七百,悠悠安可原。老聃适西戎,于今竟不还。
王乔假虚辞,赤松垂空言。达人识真伪,愚夫好妄传。
追念往古事,愦愦千万端。百家多迂怪,圣道我所观。

西山一何高，高高殊无极——西山是多么高啊，高得望不到顶。西山：山名。据黄节《魏武帝魏文帝诗注》考证，该山在邺城(今河北临漳)之西。高高：一作望望，一作高处。殊：甚，极。无极：没有尽头。

上有两仙童，不饮亦不食——山顶上有两个仙童，不喝水也不吃东西。上有两仙童：一作西山有双童。两仙童，梁·任昉《述异记》："相州栖霞谷昔有桥顺，二子于此得仙，服飞龙一丸，十年不饥。故魏文诗曰'西山有仙童，不饮亦不食'，即此也。"

与我一丸药，光耀有五色——仙童送给我一粒仙丹，光彩夺目，五光十色。与：给。以上为第一解。

服药四五日，身体生羽翼——服仙丹之后四五天，身上长出来一对覆满羽毛的翅膀。身体：一作胸臆，又作身轻。生羽翼：传说得道成仙后，人的臂膀将生出翅膀，可以飞升天空。

轻举乘浮云，倏忽行万亿——轻轻地浮起，坐在飘动的云彩上，转眼间就飞到了很高很远的地方。举：浮起。倏忽：很快地。万亿：形容非常高远。

流览观四海，茫茫非所识——放眼观望天下，苍苍茫茫，已不再是以前所认识的世界。流览：放眼眺望。四海：天下。茫茫：一作芒芒。以上为第二解。

彭祖称七百，悠悠安可原——传说彭祖活了七百岁，如此久远的事，怎么能深入地探究呢？彭祖：传说中的长寿者。事见刘向《列仙传》。悠悠：渺远。原：探求，追究。

老聃适西戎，于今竟不还——老子去了西戎，至今还没有回来。老聃：老子。姓李，名耳，字聃。曾任周朝的史官。后见周室衰微，离周西行，至函谷关，守关令尹喜留他在关上著书，于是作《老子》，此后不知所终。后来，崇信神仙术的道家尊老子为始祖。适：往。西戎：古代西北游牧民族的总称。此处泛指西北地区。竟：终于，到底。

王乔假虚辞，赤松垂空言——世上根本就没有王子乔，有关他的传说都是虚假的；仙人赤松子也不复存在，流传下来的故事也是虚假的。王乔：即王子乔，传说中的仙人。汉·刘向《列仙传》："王子乔者，周灵王太子晋也。好吹笙，作凤凰鸣，游伊洛之间。道士浮丘公接以上嵩高山三十馀年。后求之于山上，见柏良曰：告我家，七月七日，待我于缑氏山巅。至时果乘白鹤驻山头，望之不得到，举手谢时人，数日而去。"假：假冒，虚假。赤松：赤松子，传说中的仙人。汉·刘向《列仙传》："赤松子者，神农时雨师也，服水玉以教神农，能入火自烧。往往至昆仑山上，常止西王母石室中，随风雨上下。炎帝少女追之，亦得仙俱去。至高辛时复为雨师，今之雨师本是焉。"垂：流传。以上为第三解。

达人识真伪，愚夫好妄传——明达事理的人能够识别真假，愚笨无知的人喜欢传播虚假的消息。达人：明达事理的人。妄传：胡乱、盲目地传播。

追念往古事，愦愦千万端——追究忆念古老的传说和故事真是混乱庞杂、千头万绪啊。愦愦：混乱。

百家多迂怪，圣道我所观——诸子百家谈论的仙人大多迂腐怪癖，根本不可信。孔孟传下来的圣人之道才是可信的，应该成为我读书时的选择。百家：指先秦的诸子百家。迂怪：迂腐而又怪癖。圣道：圣人之道，指儒家的孔孟之道。观：看，此指读书。以上为第四解。

新评

诗从写游仙始，批判诸子学说终。前半写登西山遇仙童，得授仙丹，服食飞升事，然而诗人深知彭祖、老聃、王子乔、赤松子得道成仙事虚无荒诞。为此，笔锋一转，用"达人识真伪，愚夫好妄传"正面批判虚幻的神仙学说。末二句转向现实，通过否定"迂怪"的诸子百家之说，肯定积极入世的孔孟"圣道"，表达了诗人以孔孟思想治国的理想。

燕歌行二首

题解

燕歌行：乐府旧题。郭茂倩将其收入《乐府诗集·相和歌辞·平调曲》。乐府诗题目上冠以地名是表示音乐的地方特点，燕为北方边地(在今河北省北部一带)，因其地多为古代征戍之地，故《燕歌行》多写离别。该诗有两首，都是思妇诗。

其 一

秋风萧瑟天气凉，草木摇落露为霜，
群燕辞归雁南翔。
念君客游多思肠，慊慊思归恋故乡。
君何淹留寄他方？贱妾茕茕守空房。
忧来思君不敢忘，不觉泪下沾衣裳。
援琴鸣弦发清商，短歌微吟不能长。
明月皎皎照我床，星汉西流夜未央。
牵牛织女遥相望，尔独何辜限河梁。

新解

秋风萧瑟天气凉，草木摇落露为霜，群燕辞归雁南翔——萧瑟的秋风吹来，天气渐渐地变凉了。此时，百草衰残，树叶凋零，露水凝结成霜。燕子成群地辞别归去，大雁也飞向了南方。萧瑟：风声。楚·宋玉《九辨》："悲哉，秋之为气也。萧瑟兮草木摇落而变衰。"摇落：凋残，凋落。摇，一作零。辞：一作争。雁：一作鹄。

念君客游多思肠，慊慊思归恋故乡——思念客游在外的丈夫，愁肠欲断。我猜想在外的丈夫也思念着家乡，希望早日归来。多思肠：一作思断肠。慊慊：心不满足。

君何淹留寄他方？贱妾茕茕守空房——你为什么要长久地寄居在他乡？让我孤独地守着空荡荡的房子？君何：一作何为。淹留：久留。茕茕：孤独的样子。因上句设想对方必然思归，故有此问。

忧来思君不敢忘，不觉泪下沾衣裳——思念远人，忧愁难解，又不能忘怀，我不知不觉流下眼泪，沾湿了衣襟。敢：一作可。

援琴鸣弦发清商，短歌微吟不能长——取下琴，拨动琴弦，弹奏清商之曲，低声吟唱着悲凉而哀怨的短歌。援：取。琴：一作瑟。清商：乐曲名，是东汉以来在民间曲调上形成的一种新乐调，音节短促，音调悲凉。微吟：低唱。

明月皎皎照我床，星汉西流夜未央——皎洁的月光照到我的床上，银河星转，向西方流去，夜已经很深了。星汉：银河。西流：转向西方。星汉西流，表示夜已很深。夜未央：夜已深而未尽之时。

牵牛织女遥相望，尔独何辜限河梁——牵牛星和织女星隔着银河遥遥相望，你们有什么罪过要被银河阻隔，长久地分离呢？尔：指被银河隔开的牵牛星和织女星。辜：罪。河梁：河上的桥，这里指银河。

新评

这是一首现存最早的七言诗。首三句写悲凉萧瑟的秋日之景，为全诗奠定凄怨的情感基调。"念君客游多思肠"，转写思妇愁情。思念深重的妇人甚至想象对方也在日夜思归，由此生发的是更为深重的怨愤。愁情萦绕，思妇难眠，想通过弹琴打消思念的愁绪，不但不能化解，反而"泪下沾衣裳"。为此，思妇要为隔河相望的牵牛织女打抱不平。"尔独何辜限河梁"，虽然问得荒唐，但十分贴切。至此将思妇深重的思念和难耐的孤独全盘托出。全诗情感真挚，语言平和优雅，音节和谐流畅。

其　二

别日何易会日难，山川悠远路漫漫。
郁陶思君未敢言，寄书浮云往不还。
涕零雨面毁形颜，谁能怀忧独不叹？

耿耿伏枕不能眠，披衣出户步东西。
展诗清歌聊自宽，乐往哀来摧心肝。
悲风清厉秋气寒，罗帷徐动经秦轩。
仰戴星月观云间，飞鸟晨鸣，声气可怜。
留连怀顾不自存。

新解

别日何易会日难，山川悠远路漫漫——分别是多么容易，相会又是多么难啊，山川绵绵不尽，长路漫漫，相隔遥远。漫漫：长长的。以上为第一解。

郁陶思君未敢言，寄书浮云往不还——我的思念虽聚积在心，却不敢用言语表白，于是托浮云给你寄去书信，没想到，还是有去无回。郁陶：思念聚积。书：一作声。以上为第二解。

涕零雨面毁形颜，谁能怀忧独不叹——为了你，我泪流不止，如雨洗面，身体憔悴，容颜衰老。有谁能怀着思念的忧愁而不发出叹息呢。涕零：流泪。零，落。雨面：如雨洗面。雨，用如动词。形：一作容。以上为第三解。

耿耿伏枕不能眠，披衣出户步东西——心里忧愁不安，伏在枕头上难以入睡，于是披上衣服走出屋门，在庭院中东西徘徊。耿耿：不安的样子。《诗经·鄘风·柏舟》："耿耿不寐，如有隐忧。"西：一作偏。以上为第四解。

展诗清歌聊自宽，乐往哀来摧心肝——展开诗篇，轻声低唱，姑且自我宽解。欢乐逝去，悲哀袭来，摧人肺腑。展诗：展开诗篇。清歌：没有伴奏的独唱。诗、歌均指本诗。心：一作肺。以上为第五解。

悲风清厉秋气寒，罗帷徐动经秦轩——悲怨的秋风清冷凄厉，秋气逼人，吹起罗帷，打在用秦地木头制作的窗户上。厉：指声音高而急。以上为第五解。

仰戴星月观云间，飞鸟晨鸣，声气可怜——抬起头，观看在云间穿行的星星和月亮。此时此刻，晨鸟飞起，那凄哀的鸣叫声让人怜爱。戴：一作看。"飞鸟"二句：一作飞鸟晨鸣声可怜。

留连怀顾不自存——这一切都让人留恋不舍、思念不已，我心中的悲伤无法得到安慰和自我排解。留连：留恋不舍。怀顾：思念。不自存：一作不能存。存，抚慰，安慰。以上为第六解。

新评

诗以细腻的笔触，浅近的语言，描绘出闺中思妇的缠绵情思。末三句触物伤情，含蓄蕴藉地表达了复杂的情感。

临高台

题解

这是一首为入乐演唱而作的诗歌。临高台：乐府旧题，为《汉铙歌》十八曲中的第十六曲。郭茂倩《乐府诗集·鼓吹曲辞·汉铙歌》云："《乐府解题》曰：古词言：'临高台，下见清水，中有黄鹄飞翻，关弓射之，令我主万年。'"

临台行高，高以轩。下有水，清且寒。
中有黄鹄往且翻。行为臣，当尽忠。
愿令皇帝陛下三千岁，宜居此宫。
鹄欲南游，雌不能随。我欲躬衔汝，口噤不能开，
我欲负之，毛衣摧颓。五里一顾，六里徘徊。

新解

临台行高，高以轩——登上高高的有栏杆的台阁。行：当为衍文。轩：栏槛。

下有水，清且寒。中有黄鹄往且翻——下面有清澈寒冷的泉水，中间有黄鹄往来翻飞。

行为臣，当尽忠——既然身为臣子，就应当竭尽忠诚。行为臣：一作既为臣。

愿令皇帝陛下三千岁，宜居此宫——但愿皇帝三千岁，永远居住在这个宫殿里。令：一作今。

鹄欲南游，雌不能随——鸿鹄想向南方遨游，雌鹄不能相随。

我欲躬衔汝，口噤不能开——我想弯下腰叼着你(雌鹄)，可是嘴巴紧紧地锁住，无法张开。我：指雄鹄。躬：将身腰弯下。噤：闭口，此指锁住嘴巴。

我欲负之，毛衣摧颓——我想背着你(雌鹄)，无奈羽毛凋零，无力承受。我：指雄鹄。摧颓：凋零。

五里一顾，六里徘徊——因此，我每行五里就回头张望一次，每行六里就会犹豫不前。顾：回头看。

新评

诗前半系改写《汉铙歌》而来。"鹄欲南游"以下部分为收录在《乐府诗集·相和歌辞·艳歌何尝行》的"古辞"。这表明，曹丕因乐府旧题进行创作时，虽选择了"鼓吹曲"中的"汉铙歌"调，但同时吸收了隶属"相和曲"的"古辞"。郭茂倩《乐府诗集》卷三十九引《古今乐录》曰："王僧虔《技录》云：'《艳歌何尝行》，歌文帝

《何尝》、古《白鹄》二篇。'" 就是说，早在曹丕时期，依声填词时人们已开始尝试用不同的音乐或乐谱来演唱同一首歌诗。

陌上桑

题解

诗写战士的征战之苦和思乡之情。陌上桑：乐府旧题。郭茂倩将其收入《乐府诗集·相和歌辞·相和曲》。

弃故乡，离室宅，远从军旅万里客。
披荆棘，求阡陌。侧足独窘步，路局苲。
虎豹嗥动，鸡惊禽失，群鸣相索。
登南山，奈何蹈盘石，树木丛生郁差错。
寝蒿草，荫松柏，涕泣雨面沾枕席。
伴旅单，稍稍日零落，惆怅窃自怜，相痛惜。

新解

弃故乡，离室宅，远从军旅万里客——抛弃故乡，远离家园，跟随军队客居万里之外的他乡。室宅：家园。

披荆棘，求阡陌——拨开荆棘丛生的灌木丛，寻找道路。披：拨开。荆棘：泛指山野中丛生多刺的灌木。荆，荆条，无刺。棘，酸枣，有刺。阡陌：纵横交错的田间小路。

侧足独窘步，路局苲——道路狭窄，侧着脚勉强通过，行步困难。窘步：因行步急促而感到困难。局苲(zhǎ)：局促，狭窄。苲，当作窄。

虎豹嗥动，鸡惊禽失，群鸣相索——虎豹嗥叫惊动了鸡禽，逃散的鸡禽鸣叫着寻找伙伴。嗥：嗥叫。失：指受惊而失魂落魄。索：寻找。

登南山，奈何蹈盘石，树木丛生郁差错——登上南山，踏在巨大的石头上，眼前是一片树木丛生、枝干交错的景像。奈何：此二字与正文无关，为入乐时所加。曹丕诗《大墙上蒿行》《艳歌何尝行》中亦有此二字。蹈：踏。盘石：磐石，大石头。郁：茂密的样子。差错：枝干交错。

寝蒿草，荫松柏，涕泣雨面沾枕席——露宿在野草上，睡卧在松柏树下。征战之苦让人难以忍受，眼泪像雨水洗面那样涌到了脸上，不知不觉中沾湿了枕头和席子。寝：睡，卧。蒿草：泛指野草。荫：遮蔽，覆盖。涕泣：流泪痛哭。雨面：如雨洗面。

伴旅单，稍稍日零落——旅伴越来越少，面对此景，我十分孤独和失落，此时此刻，暗淡无光的夕阳正慢慢地落下。伴旅：旅伴，同伴。稍稍：渐渐。零落：凋落。此指人的死亡。

惆怅窃自怜，相痛惜——征战的人心怀惆怅，暗自怜惜，互相心痛惋惜着彼此悲惨的遭遇。窃：私下里，暗暗地。痛惜：心痛惋惜。

新评

首三句将笔墨集中在“弃故乡，离宅室”的出征战士身上。随后，描绘征战之苦：前进的道路上布满了荆棘，到处是野兽的嗥叫，被迫露宿在蒿草之中，此外，还要随时遭受死亡的威胁。可以说，正是因为有了这些让人心悸的景象，征夫的思乡之情才会更加强烈。诗描绘出征的环境真实细腻，为渲染征夫之苦奠定了基础。

秋胡行

题解

这首诗写一男子等待情人时焦急而又无奈的心情。秋胡行：乐府旧题，古辞亡佚。郭茂倩将其收入《乐府诗集·相和歌辞·清商曲》。

朝与佳人期，日夕殊不来。嘉肴不尝，旨酒停杯。
寄言飞鸟，告余不能。俯折兰英，仰结桂枝。
佳人不在，结之何为？从尔何所之？乃在大海隅。
灵若道言，贻尔明珠。企予望之，步立踟蹰。
佳人不来，何得斯须？

新解

朝与佳人期，日夕殊不来——早晨与佳人约会，到了傍晚她还没有来。期：约会。日夕：傍晚。殊：犹，尚。

嘉肴不尝，旨酒停杯——因此，面对美食也没有心思去品尝，面对美酒也停下了酒杯。这是极言不见佳人的失落情绪。嘉肴：美食。旨酒：美酒。

寄言飞鸟，告余不能——托飞鸟传信，告诉佳人我不能再等待了。能：通耐，受得住。

俯折兰英，仰结桂枝——弯下腰，俯身折取兰花；昂起头，向上攀折一束桂枝。兰、桂：都是芳草名。古代常以男女互赠的形式传递情意。兰英：兰花。结：束系，结扎。桂：一作佳。

佳人不在，结之何为——佳人不在，束起的兰花、桂枝送给谁呢？

从尔何所之？乃在大海隅——追随到哪里才能见到你？听说要到遥远的大海边。“从尔”二句：化用汉乐府《有所思》“有所思，乃在大海南”句意。从，跟随，追逐。尔，指佳人。之，往。乃在，一作乃至。隅，边远的地方。

灵若道言，贻尔明珠——海神灵若传句话吧，我要给佳人送上一颗美丽的夜明珠。灵若：即海若，海神名。道言：导言，传话。道，通导。楚·屈原《离骚》：“理弱而媒拙兮，恐导言之不固。”贻：赠送。

企予望之，步立踟蹰——我希望赶快见到你，没有见到佳人的身影，我踱来踱去，坐立不安。企：盼望，希望。踟躇：徘徊不前，缓行。《诗经·邶风·静女》：“爱而不见，搔首踟躇。”

佳人不来，何得斯须——佳人始终不来，我哪里还能忍耐片刻？斯须：片刻。

新评

首二句“朝”“夕”对举，极言等待时间之长。为了见到佳人，急切的男子面对美酒佳肴均索然无味，为此，他要寄言飞鸟，要“折兰英”“结桂枝”来表达心意，然而，期盼的佳人始终没有出现。诗通过选取细节描绘了赴约男子焦急等待而又无奈的形象。

上留田行

题解

这首诗借古辞反映了贫富差距悬殊的社会现实。上留田行：乐府旧题。郭茂倩将其收入《乐府诗集·相和歌辞·瑟调曲》。上留田，地名。该地有一人，父母死后不养活弟弟，邻人为其弟作歌以讽其兄。曹丕此诗依古辞而作。

居世一何不同！
上留田，富人食稻与粱，上留田，贫子食糟与糠。
上留田，贫贱亦何伤！上留田，禄命悬在苍天。
上留田，今尔叹息，将欲谁怨？上留田。

新解

居世一何不同——活在世上，人和人是多么不同啊！

上留田，富人食稻与粱，上留田，贫子食糟与糠——上留田啊，富人吃精美的稻粱，贫苦人吃粗劣的糟糠。上留田：乐府诗中配乐时的和声，只关乎乐调的节奏，与文意无关。下同。粱:精美的饭食。《左传·哀公十三年》:“粱则无矣,粗则有之。”唐·孔颖达疏:“食以稻粱为贵,故以粱表精。”糟糠:指粗劣的食物。糟,酿酒所馀的渣滓。糠,谷物脱粒后所剩的皮。

上留田,贫贱亦何伤!上留田,禄命悬在苍天——上留田啊,贫苦低贱的人是多么地忧伤啊,富贵贫贱的命运要由上天来决定。亦何:一作一何。禄命:迷信所说的决定人生富贵贫贱的命运。悬:吊挂。苍天:青天。此指上天、天命。

上留田,今尔叹息,将欲谁怨?上留田——上留田啊,如今不停地叹息,这一切应该埋怨谁呢?上留田啊!今:一作命。谁怨:倒装,即怨谁。

新评

诗借农夫之口,对贫富悬殊的现象进行了揭露。诗透辟警醒,文字古朴,保留了民间乐府的稚拙风格。

大墙上蒿行

题解

这是一首招隐诗,通过详细描摹人世间的各种享受,旨在劝隐士出山做官。大墙上蒿行:乐府旧题,古辞失传。郭茂倩将其收入《乐府诗集·相和歌辞·瑟调曲》。

阳春无不长成。草木群类,随大风起,
零落若何翩翩,中心独立一何茕!
四时舍我驱驰,今我隐约欲何为?
人生居天壤间,忽如飞鸟栖枯枝。
我今隐约欲何为?
适君身体所服,何不恣君口腹所尝?
冬被貂鼲温暖,夏当服绮罗轻凉。
行力自苦,我将欲何为?
不及君少壮之时,乘坚车,策肥马良。
上有仓浪之天,今我难得久来视;
下有蠕蠕之地,今我难得久来履。
何不恣意遨游,从君所喜?
带我宝剑,今尔何为自低卬?悲丽平壮观。

白如积雪，利如秋霜；驳犀标首，玉琢中央；
帝王所服，辟除凶殃。御左右，奈何致福祥。
吴之辟闾、越之步光，楚之龙泉、韩有墨阳。
苗山之铤、羊头之钢，知名前代，咸自谓丽且美，
曾不如君剑良，绮难忘！
冠青云之崔嵬，纤罗为缨，饰以翠翰，既美且轻。
表容仪，俯仰垂光荣。
宋之章甫，齐之高冠，亦自谓美，盖何足观！
排金铺，坐玉堂。风尘不起，天气清凉。
奏桓瑟，舞赵倡。女娥长歌，声协宫商。
感心动耳，荡气回肠。
酌桂酒，脍鲤鲂。与佳人期为乐康。
前奉玉卮，为我行觞。
今日乐，不可忘，乐未央。
为乐常苦迟，岁月逝，忽若飞。
何为自苦，使我心悲！

新解

阳春无不长成——阳春三月，万物没有不成长的。阳春：温暖的天气，又指三月。长成：成长，生长。

草木群类，随大风起——如果遇到大风，各种草木将随风而起伏。

零落若何翩翩，中心独立一何茕——草木凋零，随风飘落，只剩下茎干孤独地树立着。零落：凋零，凋落。翩翩：飘落的样子。中心：指草木的茎干。茕：孤独。

四时舍我驱驰，今我隐约欲何为——时光不顾及我们的愿望而匆匆奔驰，如今我隐居起来，又想做什么呢？四时：指时光。驱驰：奔跑。隐约：隐逸，隐居。

人生居天壤间，忽如飞鸟栖枯枝——人生活在天地之间，时间急速地流过，就像飞鸟栖息在枯败的树枝上难以持久。天壤：即天地。忽：急速，快速。飞鸟栖枯枝：比喻处境危险，难以持久。

我今隐约欲何为——如今，我隐居起来又想做什么呢？

适君身体所服，何不恣君口腹所尝——既然身着适合体形的衣服，为什么不放纵自己的饮食呢？适：适合。服：穿衣服。君：敬词。此诗中的"君"和"我"本指一人，乃诗人变换的抒情手法，自问自答。恣：任凭，放纵。口腹所尝：指饮食。

冬被貂鼲温暖，夏当服绮罗轻凉——冬天穿貂皮和鼲皮做的大衣，非常温暖。

夏天应当穿绮罗做的衣衫，轻松而又凉快。被：同披，穿衣。貂鼲：貂鼠和灰鼠，生活在东北森林中，其皮可制裘，极为名贵。绮罗：轻软的丝织品。

行力自苦，我将欲何为——奋力而行必然会自讨苦吃，我究竟打算做什么呢？行力自苦：奋力而行，自讨苦吃。

不及君少壮之时，乘坚车，策肥马良——既然这样，还不如在你年少力壮的时候，乘坐着坚固宽敞的大车，驾驭肥壮的骏马。不及：不如。乘坚车：袭用汉乐府诗《孤儿行》"乘坚车，驾驷马"句。策：驾驭。

上有仓浪之天，今我难得久来视——上有青天，如今我却无法长久地观看。仓浪：青仓之色。此句袭用汉乐府诗《东门行》："上用仓浪天故。"

下有蠕蠕之地，今我难得久来履——下有柔软的大地，如今我却无法长久地踩踏行走。这两句和前两句都是人生在世，难以长久之意。蠕蠕：昆虫爬动的样子。这里是柔软的意思。履：踩踏，行走。

何不恣意遨游，从君所喜——为什么不任意漫游，按照你自己的喜好？恣意：任意，随意。遨游：漫游。从：听从，按照。

带我宝剑，今尔何为自低卬——请带上我的宝剑吧，可是宝剑为什么会上下跳动不止呢？尔：指宝剑。低卬：低昂，一高一低地动。此指宝剑上下跳动。

悲丽平壮观——舞剑的时候，悲壮美丽而又整齐壮观。悲：悲壮。丽：美好，光彩焕发。平：整齐，平坦。

白如积雪，利如秋霜——白得像山上终年的积雪，锋利得像秋天的寒霜，一派肃杀之气。如：一作若。

驳犀标首，玉琢中央——剑柄的顶端用犀牛角制成，上面雕刻着猛兽驳的形象，剑柄中间用美玉装饰。驳：传说中能吃虎豹的猛兽。《山海经·西山经》："有兽焉，其状如马，而白身黑尾，一角，虎牙爪，音如鼓音，其名曰驳。是食虎豹，可以御兵。"犀：犀牛。标：顶端。一作摽。琢：雕琢，装饰。

帝王所服，辟除凶殃——宝剑由帝王佩带，带着它可以祛除凶险祸难。服：佩带。辟除：祛除；禳除。殃：祸难，灾难。

御左右，奈何致福祥——带着它，可以驾驭左右近臣，获得福贵和祥瑞。御：驾驭，任用。左右：皇帝身边的近臣。奈何：此二字与正文无关，为和乐时所加。致：获得，招致。

吴之辟闾、越之步光，楚之龙泉、韩有墨阳——吴国有辟闾、越国有步光、楚国有龙泉、韩国有墨阳等著名的宝剑。辟闾：剑名，又名湛卢，春秋时期著名剑工欧冶子所铸。步光：剑名，越王勾践所佩。龙泉：剑名，即龙渊，后避唐高祖李渊之讳改，此为欧冶子和干将合铸的宝剑。墨阳：剑名。本为战国时期韩国地名，其地产剑。

苗山之铤、羊头之钢——此外，还有苗山锻造的铤和白羊子刀。汉·刘安《淮南子·修务训》:“苗山之铤,羊头之销,虽水断龙舟,陆剸兕甲,莫之服带。”汉·高诱注:“苗山,楚山。利金所出。羊头之销,白羊子刀。”铤,未经冶铸的铜铁,此指刀一类兵器。

知名前代,咸自谓丽且美——这些都是前代著名的刀剑,可谓是美好华丽。咸:都。

曾不如君剑良,绮难忘——可是,它们都不如你的剑精良。你的剑美好华丽,真是令人难忘。曾:乃,却。良:好。绮:美好华丽。

冠青云之崔嵬,纤罗为缨——高高的帽子直插云霄,它的系带用纤罗做成。冠:帽子。崔嵬:高耸的样子。缨:系冠的系带。楚·屈原《涉江》:“冠切云之崔嵬。”

饰以翠翰,既美且轻——上面装饰着翡翠鸟和赤色山鸡的羽毛,既美丽又轻巧。翠翰:翡翠鸟和赤色山鸡。此指二者的羽毛。

表容仪,俯仰垂光荣——容颜美丽,仪表大方,一举一动都留下耀人的光辉。表:外表,仪表。容仪:容貌,容颜。俯仰:一低头、一抬头的动作。此指人的一举一动。垂:留下。光荣:光彩,光辉。

宋之章甫,齐之高冠。亦自谓美,盖何足观——宋国的章甫冠,齐国的高山冠,虽然自称美丽,但没有什么值得观赏的地方。章甫:古代宋国人的一种帽子。高冠:即高山冠。流行于古代齐国。盖:发语词,无实义。

排金铺,坐玉堂——推开以金为铺首的大门,坐在豪华富贵的厅堂上。排:推开。金铺:此指门。铺,铺首,即铜制的衔门环底座。玉堂:豪华富贵的居室。

风尘不起,天气清凉——没有风和尘土,天气清新凉快。

奏桓瑟,舞赵倡——倾听用齐瑟演奏的音乐,观看赵国邯郸女子的舞蹈。桓瑟:齐国的瑟。赵倡:赵国都城邯郸盛行的女乐。

女娥长歌,声协宫商——美女放声唱歌,乐曲和音律是多么地和谐。女娥:唐尧之二女娥皇和女英。此泛指美女。汉·张衡《西京赋》:“女娥坐而长歌。”声协宫商:乐曲合乎音律。协,符合。宫商,我国古代的五个音阶——宫、商、角、徵、羽中的两个。

感心动耳,荡气回肠——歌声伴着乐音传入耳中,令人陶醉,沁人肺腑。荡气回肠:形容乐音十分动人、感人肺腑。

酌桂酒,鲙鲤鲂——喝着用玉桂浸制的美酒,吃着切细的精美的鲤鱼肉和鳊鱼肉。酌:饮酒,喝酒。桂酒:用玉桂浸制的美酒。泛指美酒。鲙:同脍,切得很细的鱼和肉。鲤:鲤鱼。鲂:即鳊鱼,又称三角鳊,味美。

与佳人期为乐康——和美人约定,共同享受欢乐和安康。期:邀约,约定。

前奉玉卮,为我行觞——佳人在我的面前捧着玉制的酒杯,为我斟酒。奉:即捧。卮:古代一种酒器。行觞:斟酒敬人。觞,酒器。

今日乐,不可忘,乐未央——今日的欢乐不能忘怀,欢乐永远没有尽头。未央:

未尽，没有尽头。

为乐常苦迟，岁月逝，忽若飞——常常苦于欢乐来得太迟，时光消逝得如此迅速，如飞一般。逝：消逝。忽：快速，疾速。

何为自苦，使我心悲——你为什么要自讨苦吃？让我感到无限的悲伤。

新评

诗从自然界的草木荣枯联想到时光流逝、人生短暂，并通过描绘人生中诸如服饰、宫室、女乐、酒食等多种享受，劝告隐士出山做官。这一主旨似与淮南小山的《招隐》用意相同。在艺术表现上，诗采用铺排的手法，句式参差错落，三言至八言齐备。清人王夫之将此诗视为长句长篇的开山之祖，此说有一定的道理。

艳歌何尝行

题解

此诗写一富家子弟，终日不务正业，致使妻子相弃事。艳歌何尝行：乐府旧题。郭茂倩将其收入《乐府诗集·相和歌辞·瑟调曲》。

何尝快独无忧，但当饮醇酒，炙肥牛。
长兄为二千石，中兄被貂裘。
小弟虽无官爵，鞍马馺馺，
往来王侯长者游。
但当在王侯殿上，快独樗蒲六博，对坐弹棋。
男儿居世，各当努力。蹙迫日暮，殊不久留。
少小相触抵，寒苦常相随。忿恚安足诤。
吾中道与卿共别离。约身奉事君，礼节不可亏。
上惭仓浪之天，下顾黄口小儿。
奈何复老心皇皇，独悲谁能知？

新解

何尝快独无忧，但当饮醇酒，炙肥牛——何尝没有忧愁？只是应当痛饮味厚的美酒，烧烤肥牛的肉。快独：疑为合乐时所加，和下文奈何用法同。但：只。醇酒：味厚的美酒。炙：烧烤。以上为第一解。

长兄为二千石，中兄被貂裘——大哥当俸禄二千石的大官，二哥身穿貂皮大衣，也享有荣华富贵。二千石：汉代郡守，秩二千石。被：通披，穿。貂裘：貂皮做成的大衣，极为珍贵。裘，皮衣。以上为第二解。

小弟虽无官爵，鞍马馺馺，往来王侯长者游——小弟我虽然没有什么官职和爵位，却也常常骑着骏马，快速行驶，和一些王侯富贵之人互相往来。官爵：官职和爵位。馺馺：马急速奔跑的样子。长者：指达官贵人。以上为第三解。

但当在王侯殿上，快独樗蒲六博，对坐弹棋——在王侯的殿堂中，我玩着樗蒲、六博等游戏，和王侯面对面地坐着弹棋娱乐。樗蒲：古代博戏。博戏中用于掷采的投子最初是用樗木制成，故称樗蒲。又由于这种木制掷具系五枚一组，所以又叫五木之戏，或简称五木。六博：古代的棋，两人用十二枚黑白各半的棋子对弈，每人六个棋子，故名。对坐：一作坐对。弹棋：古代游戏。两人对局，黑白棋子各六枚，在石制的局上排列，更次弹之。以上为第四解。

男儿居世，各当努力——男儿生活在世界上，应该努力成就一番事业。按，以下诗句为妻子劝诫语。

蹙迫日暮，殊不久留——眼看日暮降临，时间不会长久地停留。蹙迫：仓促急迫。言时间紧迫。蹙，仆倒。殊：很，非常。以上为第五解。

少小相触抵，寒苦常相随，忿恚安足诤——你很小的时候就不听别人的规劝，今后你会经常与饥寒劳苦相伴的。看你这副愤怒的样子，谁能对你直言规劝呢？以下为趋曲，即乐曲的尾声。触抵：即抵触。忿恚：忿怒。诤：直言规谏。

吾中道与卿共别离——我在中途和你离别。中道：中途。卿：夫妇之间的昵称。此为妻对夫的昵称。

约身奉事君，礼节不可亏——我打算侍奉你一生，是因为夫妇的礼节不能违背。约：约束。亏：违背。

上惭仓浪之天，下顾黄口小儿——对上有愧于苍天，对下要照顾尚未成年的小儿。化用汉乐府《东门行》“上用仓浪天故，下当用此黄口儿”句。仓：青色。黄口小儿：指幼儿。黄口，指雏鸟，其口为嫩黄色。

奈何复老心皇皇，独悲谁能知——我即将老去，心里常惊惶不安。我独自悲愁，有谁知道呢？奈何：和乐时所加。皇皇：惶惶，不安的样子。以上为第六解。

新评

诗前半描述富贵公子的放荡不羁生活。他生于“长兄为二千石，中兄被貂裘”的富贵人家，终日和王侯贵族交游，赌博游戏，没有节制。“男儿居世”以下数句以妻子的口吻表达对其放荡生活的斥责和担忧，其中含有规劝之意。“吾中道与卿共别离”句以下抒发弃妇情怀，将悲痛洋溢诗外。

月重轮行

题解

诗以日、月、星三辰起兴，论述圣明与愚昧的区别。月重轮行：曹丕自创的乐府新题。郭茂倩将其收入《乐府诗集·相和歌辞·瑟调曲》。

三辰垂光，照临四海。
焕哉何煌煌，悠悠与天地久长。
愚见目前，圣睹万年。明暗相绝，何可胜言。

新解

三辰垂光，照临四海——日、月、星的光芒照耀着整个天下。三辰：指日、月、星。四海：指天下。

焕哉何煌煌，悠悠与天地久长——它们焕发的光彩，多么明亮夺目，和天地一样长久。焕：焕发光彩，放射光芒。煌煌：指光彩夺目。悠悠：长久的样子。

愚见目前，圣睹万年——愚笨的人只能顾及眼前，圣明超凡的人则可以预见万年之后的事。愚：愚笨的人。圣：事无不通，光大而英明，超越凡人的人。睹：看。

明暗相绝，何可胜言——圣明和愚昧的不同，哪里能说尽呢？明：圣明，明智。暗：愚昧。绝：远隔。这里是不同的意思。胜：尽。

新评

一“明”一“阁”，通过对比，表明了诗人对圣明之人的赞叹和对愚昧之人的贬斥，仔细玩味，其中似暗含诗人对用人标准的看法。

饮马长城窟行

题解

这首诗写黄初（魏文帝曹丕年号，220—227）三年曹丕伐吴事。饮马长城窟行：乐府旧题，又曰《饮马行》。郭茂倩将其收入《乐府诗集·相和歌辞·瑟调曲》。

浮舟横大江，讨彼犯荆虏。武将齐贯钺，征人伐金鼓。
长戟十万队，幽冀百石弩。发机若雷电，一发连四五。

新解

浮舟横大江，讨彼犯荆虏——划着船横渡大江，去讨伐侵犯荆州的敌人。犯荆虏：侵犯荆州的敌人，指孙权。虏，敌人。

武将齐贯钍，征人伐金鼓——武将们穿戴整齐，手里拿着钍箭。出征的战士们敲击着钲和鼓。贯：穿戴。钍(pī)：一作甲。钍箭，箭头较薄而阔，箭杆较长。伐：敲击。金：指军中作信号用的乐器钲。

长戟十万队，幽冀百石弩——十万战士手里拿着长戟，幽州和冀州的士兵佩带着威力达百石的弓箭。戟：古代兵器名。合戈、矛为一体，略似戈，兼有戈之横击、矛之直刺两种作用，杀伤力比戈、矛为强。幽：幽州，今河北北部及辽宁一带。冀：冀州，今陕西和山西间黄河以东，河南和山西间黄河以北，山东西北和河北东南部地区。百石弩：威力有百石之强的弓箭。石，量词。计算容量及重量的单位，十斗为一石。

发机若雷电，一发连四五——发机射出石头像雷电那样迅速，一下子就射出四五颗石头。发机：古代武器名，用以发射石块。电：一作迅。

新评

诗歌借乐府旧题写伐吴之事。通过写战争声势之浩大、队伍之齐整、武器之精强，将伐吴将士们强烈的自信心和为国献身的决心刻画得淋漓尽致。全诗慷慨激越，悲壮昂扬，令人振奋。

黎阳作四首

题解

这四首诗应作于建安(汉献帝刘协年号，196—220)八年。是年三月，曹操率军攻打黎阳，大破袁谭、袁尚军。五月还许，八月曹操征刘表，十月又到黎阳。本年曹丕从征，作此组诗。《黎阳作》共有四首，四言二首，五言一首，六言一首。第一首写征战之苦，救民之心，靖乱之志。第二首写军士们冒雨在泥泞的道路上行军的艰难情状。第三首写出征队伍威武雄壮的气势。第四首写曹丕路过黎阳，北望故乡时的感慨。黎阳：地名，今河南浚县。

其 一

朝发邺城，夕宿韩陵。霖雨载涂，舆人困穷。
载驰载驱，沐雨栉风。舍我高殿，何为泥中？
在昔周武，爰暨公旦。载主而征，救民涂炭。

彼此一时，唯天所赞。我独何人，能不靖乱？

新解

朝发邺城，夕宿韩陵——早晨从邺城出发，傍晚住宿在韩陵山上。邺城：古都名，旧址在河北临漳西南邺镇东。曹操打败袁绍后，据之为基地，后为魏都。与长安、谯、许昌、洛阳合称“五都”。韩陵：韩陵山，在今河南安阳东北，是从邺城到黎阳的必经之地。

霖雨载涂，舆人困穷——大雨连续下了几天，道路泥泞，驾车的人深感疲倦困乏。霖雨：久雨。载：充满。舆人：驾车的人。

载驰载驱，沐雨栉风——驱马快速地行进，大雨浇泼到身上，大风劲吹着头发。载驰载驱：《诗经·鄘风·载驰》：“载驰载驱，归唁卫侯。”沐雨栉风：形容辛苦奔波，饱经风雨。《庄子·天下篇》：“昔者禹之湮洪水，决江河而通四夷九州也。名山三百，支山三千，小者无数。禹亲自操耜而九杂天下之川，腓无胈，胫无毛，沐甚风，栉疾雨，置万国。”沐，洗澡。栉，梳头。

舍我高殿，何为泥中——离开高大的宫殿，为什么要奔波于泥泞的泥水中？舍：放弃。高殿：高高的房屋。指安逸的住处。

在昔周武，爰暨公旦。载主而征，救民涂炭——昔日的周武王还有他的弟弟周公旦，载着文王的牌位去讨伐商纣王，拯救人民于水深火热之中。周武：指周武王姬发。爰：乃。暨：及。公旦：指周公姬旦，周武王之弟。载主而征：指周武王带领诸侯起兵伐纣时，载着周文王的木主(牌位)，表示奉父命而伐，不敢自专其事。涂炭：泥沼和炭火，比喻水深火热的困境。

彼此一时，唯天所赞——那时的武王伐纣和此时的进军黎阳一样，都是上天所赞同的。彼：指当年的武王伐纣。此：指如今的进军黎阳。唯：句首语气词，无义。天：上天，天意。赞：赞同。

我独何人，能不靖乱——我跟别人没什么两样，岂能不去参加平叛呢！独：句中语气词，无义。能：岂能。一作徐。靖：平定。一作静。乱：动乱，叛乱。

新评

前六句写征战之苦，“霖雨载涂”“沐雨栉风”的艰苦情状令人战栗。接着以设问的形式，并比附武王伐纣，说明出征黎阳的正义性和诗人的爱民情怀。从而礼赞了战士们不辞辛苦、为国献身的豪迈气概，沉郁悲壮。末二句自明靖乱之志，慷慨激昂。全诗古朴苍劲，颇具风骨。

其　二

殷殷其雷，濛濛其雨。我徒我车，涉此艰阻。

遵彼洹湄，言刈其楚。班之中路，涂潦是御。
辚辚大车，载低载昂。嗷嗷仆夫，载仆载僵。
蒙涂冒雨，沾衣濡裳。

新解

殷殷其雷，濛濛其雨——雷声殷殷，细雨迷濛。殷殷：象声词，雷声。濛濛：细雨。

我徒我车，涉此艰阻——我的士兵和车马，在艰难险阻中辛苦地跋涉。徒：泛指兵卒。涉：行走，跋涉。

遵彼洹湄，言刈其楚——沿着洹水的河岸，去砍伐坚硬的灌木。遵：循，沿着。洹：洹水，水名，又名安阳河，在河南北部，源出林县，流经安阳至内黄入卫河。湄：岸边，水草相接的地方。言：语助词。刈：收割。楚：一种枝干坚硬的灌木。《诗经·周南·汉广》："翘翘错薪，言刈其楚。"

班之中路，涂潦是御——驾着车马行驶在遍布积水的道路上。班：遍及，周遍。中路：路中。涂：同途，道路。潦：积水。御：驾驭车马。

辚辚大车，载低载昂——车子发出辚辚的响声，行走在高低不平的路上。辚辚：象声词，指车行走时发出的声音。载：语助词。

嗷嗷仆夫，载仆载僵——驾车的车夫一会儿向前倾倒，一会儿直立起来，发出嘈杂的惊呼声。嗷嗷：形容众声嘈杂。仆夫：驾车的人。仆，向前倾跌。僵：直立。

蒙涂冒雨，沾衣濡裳——大雨倾盆，将士们冒雨行军。路上的泥水飞溅，转眼间沾满了衣裳。蒙：遭受。涂：泥。冒：覆盖。濡：沾湿。裳：古代称下身穿的衣裙，男女皆服。

新评

诗详细地描述将士们雨中行军的艰辛。大雨倾盆、道路泥泞，大车"载低载昂"，车夫"载仆载僵"，泥水沾满衣裳，这一切展现在我们眼前，可谓是悲壮慷慨，使人对出征的将士肃然起敬。

其　三

千骑随风靡，万骑正龙骧。金鼓震上下，干戚纷纵横。
白旄若素霓，丹旗发朱光。追思太王德，胥宇识足臧。
经历万岁林，行行到黎阳。

新解

千骑随风靡，万骑正龙骧——千军万马随风披靡，像神龙腾飞一般勇往直前。

这两句极言军队排山倒海的威势。靡：倒下。骧：马首昂举，引申为上扬之意。

金鼓震上下，干戚纷纵横——金鼓声震动着天地，进攻与防御的武器交错在一起。金：指军中作信号用的乐器钲。上下：指天地。干戚：泛指武器。干，防御用的盾牌。戚，斧类兵器。

白旄若素霓，丹旗发朱光——白色的大旗就像白色的虹霓冲天而起，红色的旗帜发出耀眼的红光。白旄：旗帜，指用白色的旄牛尾巴装饰在旗杆顶端的大旗。霓：副虹。大气中有时跟虹同时出现的一种光的现象。形成的原因和虹相同，只是光线在水珠中的反射比形成虹时多了一次，彩带排列的顺序和虹相反，红色在内，紫色在外。颜色比虹淡。丹旗：红色的旗帜。朱：红色。

追思太王德，胥宇识足臧——追怀思念先王的美德，要充分认识到疆土是多么美好。太王：先王。一作大王。胥宇：疆土。识：认识到。臧：善，好。

经历万岁林，行行到黎阳——经过万岁林，将士们一直行走到黎阳。万岁林：未详，疑为地名。

新评

诗先从军马、金鼓、武器、旗帜等展示出征队伍的气势，然后强调此次征伐保卫疆土的正义性，以增强克服征战之苦、战争必胜的信念。和前两首的古朴苍劲不同，全诗洋溢着昂扬豪迈的激情、必胜的信念，鼓舞人心，可以说是一首战前的励志诗。

其　四

奉辞讨罪遐征，晨过黎山巉峥。东济黄河金营，北观故宅顿倾。
中有高楼亭亭，荆棘绕蕃丛生。南望果园青青，霜露惨凄宵零，
彼桑梓兮伤情。

新解

奉辞讨罪遐征，晨过黎山巉峥——奉命远征去讨伐有罪恶的人，清晨经过高峻险要的黎山。奉辞：奉命。讨罪：讨伐罪恶的人。遐征：远征。黎山：又称大伾山、黎阳山，在今河南浚县东。巉：山势高险的样子。峥：高峻，高耸。

东济黄河金营，北观故宅顿倾——向东渡过黄河是坚固的金色兵营，向北观望故乡，曾经住过的房屋已经倒塌。济：渡过。故宅：出生或长期居住过的地方，又指故乡。顿倾：倒毁，倒塌。

中有高楼亭亭，荆棘绕蕃丛生——庭院中耸立着一座高楼，生长茂密的荆棘一丛丛地缠绕着篱笆墙。亭亭：高耸的样子。荆棘：泛指山野丛生的带刺的小灌木。

蕃:篱墙。

南望果园青青,霜露惨凄宵零——向南望去,青青的果园,在霜露侵袭下凋零殆尽,到处是一片凄惨的景象。宵零:凋零,凋落。

彼桑梓兮伤情——故乡一副败落的景象,真让我悲伤啊。桑梓:借指故乡或乡亲父老。《诗经·小雅·小弁》:“维桑与梓,必恭敬止。”宋·朱熹《诗集传》:“桑、梓,二木。古者五亩之宅,树之墙下,以遗子孙给蚕食、具器用者也。……桑梓父母所植。”

新评

诗人出征途中,北望经董卓之乱后的故乡,但见故宅倾颓,荆棘丛生,果树凋零,顿生悲伤凄怆之情。情感深沉,古朴悲怨,和曹植的《送应氏》第一首有异曲同工之妙。

于谯作

题解

诗写曹丕在谯宴群臣的情景。据《三国志·魏书·文帝纪》,建安二十五年(220)正月,曹操病故,曹丕嗣位丞相、魏王,领冀州牧,改建安为延康。是年七月(一说八月)在谯(今安徽亳州)大飨六军和百姓。诗即作于此时。

清夜延贵客,明烛发高光。丰膳漫星陈,旨酒盈玉觞。
弦歌奏新曲,游响拂丹梁。馀音赴迅节,慷慨时激扬。
献酬纷交错,雅舞何锵锵!罗缨从风飞,长剑自低昂。
穆穆众君子,和合同乐康。

新解

清夜延贵客,明烛发高光——在清凉的夜晚宴请高贵的宾客,高高的蜡烛发出明亮的烛光。清夜:清凉的夜晚。延:邀请。此指宴飨六军。贵:一作宾。烛:一作灯。

丰膳漫星陈,旨酒盈玉觞——丰盛的饭菜摆满了桌子,就像天上排列的星星一样。玉制的酒杯里盛满了美酒。丰膳:丰盛的饭食。陈:陈列,摆放。旨酒:美酒。玉觞:玉制的酒杯。

弦歌奏新曲,游响拂丹梁——琴弦演奏出新的曲子,馀音掠过红色的屋梁,在空气中久久回旋。弦歌:以琴瑟伴奏而歌。游响:乐曲的馀音。拂:掠过。丹梁:

漆成红色的屋梁。

馀音赴迅节，慷慨时激扬——馀音未尽，又奏起急促的乐曲。伴随着激昂奔放的情绪，乐曲更加激越昂扬。馀：一作繁。赴：应合，顺应。迅节：急促的旋律。迅，一作促。慷慨：情绪激昂。一作忼慨。激扬：激越昂扬。

献酬纷交错，雅舞何锵锵——彼此献诗酬答，纵横交错，甚为踊跃。表演温雅的文舞和武舞，是多么地铿锵感人！献酬：相互作诗作为酬答。纷：纷纷，踊跃。雅舞：郊庙朝飨所跳的文、武二舞。相传黄帝之《云门》、尧之《大咸》、舜之《大韶》、禹之《大夏》为文舞；殷之《大濩》、周之《大武》为武舞。周存六代之乐，至秦存《韶》《武》。汉魏以后，又有庙舞。这些皆称雅舞。锵锵：乐曲之声。

罗缨从风飞，长剑自低昂——跳文舞的身上的丝带随风飘舞扬，跳武舞的手中的长剑高低起伏。前一句指文舞，后一句指武舞。罗缨：舞者身上的丝带。低昂：忽高忽低。

穆穆众君子，和合同乐康——衷心祝愿各位端庄恭敬的君子，和谐融洽，欢乐安康。穆穆：端庄恭敬。和合：和谐，融洽。

新评

诗歌写曹丕初为魏王时宴享群臣的情景。首二句以“清夜”和“明烛”对举，将“延贵客”的时间定在灯火通明的夜晚。三四句直陈晚宴盛大的场景，以此引出下文，为“弦歌奏新曲”蓄势。以下数句，诗人将笔墨有意识地落实在“雅舞”方面，既透露了诗人向往宫廷生活的儒雅和谐之气，同时也表达了诗人追求盛世的念想。

孟　津

题解

诗通过宴饮，表达了诗人即将返邺的兴奋和志满意得的心情。孟津：黄河古渡口，在今河南孟津东北、孟县西南。

良辰启初节，高会构欢娱。通天拂景云，俯临四达衢。
羽爵浮象樽，珍膳盈豆区。清歌发妙曲，乐正奏笙竽。
曜灵忽西迈，炎烛继望舒。翊日浮黄河，长驱旋邺都。

新解

良辰启初节，高会构欢娱——立春这一节气开启了新年第一个美好的时节，在高高的楼台上举行宴会，令人感到欢乐。良辰：美好的时光。启：开始。初节：

二十四节气的第一个，即立春，在阴历的每年二月六日或七日。高会：在高台上举行宴会。会构：一作构极。欢娱：快乐。

通天拂景云，俯临四达衢——坐在高高的楼台上，向上可以碰触到祥瑞的云彩；向下可以俯视四通八达的孟津。通天：上通于天，形容极高。拂：触到，接近。景：祥瑞。俯临：俯视。四达：四通八达。衢：大道。四达衢，指孟津。

羽爵浮象樽，珍膳盈豆区——羽觞和象樽里飘浮着酒的香气，豆和区中盛满了美味佳肴。羽爵：羽觞，古代的饮酒器。状如雀鸟，左右形如两翼。一说插鸟羽于爵中，促人速饮。羽，一作明。象樽：象牙制的或形状似象的一种酒杯。珍膳：美味佳肴。盈：盛满。豆：古代食器。亦用作装酒肉的祭器。形似高足盘，大多有盖。多为陶质，也有用青铜、木、竹制成的。区：量器名。《左传·昭公三年》："齐旧四量：豆、区、釜、钟。"晋·杜预注："四豆为区。区，一斗六升。"

清歌发妙曲，乐正奏笙竽——乐人在宴会上演奏笙竽，伴随着美妙的乐曲，美人启齿唱歌，歌声清甜圆润。乐正：乐官名。周官有乐正，为乐官之长。乐师为小乐正，为乐官之副。此指演奏人员。笙、竽：古代管乐器。笙大者十九簧，小者十三簧。竽形似笙，管三十六簧。

曜灵忽西迈，炎烛继望舒——时间过得很快，转眼间，白日西斜，暮色降临。于是点亮烛火，借着月光，继续欢乐。曜灵：太阳。西迈：西斜。炎烛：灯火。望舒：神话传说中为月亮驾车的仙人，后用为月亮的代称。

翊日浮黄河，长驱旋邺都——明天就要渡过黄河，长驱直入，就要凯旋邺都了。翊日：同翌日，明日。浮：渡过。孟津在黄河北，归邺须渡过黄河，故称。旋：返还。邺都：地名，今河北临漳。

新评

据张可礼《三曹年谱》，建安二十年(215)曹操西征张鲁。这年的十一月，张鲁归降曹操。次年二月，曹操归邺。此诗当作于建安二十一年(216)初立春之日。次日，曹丕即随父归邺，故诗有"翊日浮黄河，长驱旋邺都"句。诗刻意营造了兴奋热烈的氛围，"通天拂景云，俯临四达衢"，从一个侧面展示了诗人宏大的志向。

芙蓉池作

题解

诗写诗人夜游芙蓉池的所见所想。芙蓉池：邺城(今河北临漳)铜雀园中之一景。芙蓉，即荷花。铜雀园在邺城之西，因建有铜雀台而得名。曹丕任五官中郎将时，一些文人依附于他，形成邺下文人集团。曹丕为领袖人物，曹植为重要成员，"建安七子"多数参与。一时诗酒酬酢，欢宴游赏。建安二十二年(217)，"建安七子"

全部谢世，邺下文人集团的活动遂告结束。

乘辇夜行游，逍遥步西园。双渠相溉灌，嘉木绕通川。
卑枝拂羽盖，修条摩苍天。惊风扶轮毂，飞鸟翔我前。
丹霞夹明月，华星出云间。上天垂光彩，五色一何鲜。
寿命非松乔，谁能得神仙。遨游快心意，保己终百年。

新解

乘辇夜行游，逍遥步西园——夜里乘着辇车去游玩，在西园里安闲自得地散步。辇：人拉的车。逍遥：悠游自得，安闲自在。西园：园名。在邺城西。三国魏·王粲《杂诗》："日暮游西园，冀写忧思情。"

双渠相溉灌，嘉木绕通川——两条河渠相通，通川被美丽的树木环绕。溉灌：即灌溉。嘉：一作佳。通川：西园中的水名。

卑枝拂羽盖，修条摩苍天——低垂的树枝轻拂着羽盖，风儿吹起长长的枝条，迫近青天。卑：低垂。拂：掠过，碰触。羽盖：用羽毛装饰的车盖。修：长。摩：迫近。

惊风扶轮毂，飞鸟翔我前——疾风追随着车轮，鸟儿在我面前飞来飞去。惊风：疾风。扶：沿着，随着。毂：车轮中心的圆木，周围与车辐的一端相接。中有圆孔，用以插轴。轮毂，指车轮的轴头。

丹霞夹明月，华星出云间——晚霞伴着明月同时出现在天空，明亮的星星在云层中若隐若现。丹霞：晚霞，呈红色。华星：明亮的星。

上天垂光彩，五色一何鲜——夺目的光彩垂悬在空中，五种颜色交织在一起，是多么地鲜艳！五色：青、赤、黄、白、黑，古以此为正色。此指彩虹的多种颜色。一何：多么。

寿命非松乔，谁能得神仙——既然寿命不能和赤松子、王子乔相比，那么，还有谁能成为神仙呢？松乔：即赤松子和王子乔。见前《折杨柳行》注。

遨游快心意，保己终百年——欢快地嬉游，保持快乐的心情，从而使自己长命百岁。遨游：游乐，嬉游。

新评

诗人借西园的美丽景色抒写了闲适之情。流水嘉木，惊风飞鸟，丹霞明月，华星点点，一切是那么地令人心旷神怡，畅游其间，能不陶醉吗？末二句直抒胸臆，以"保己终百年"作结束语，从表面上看，这一思想远离追求建功立业的主旋律，似乎太悠闲自得。然而，如果考虑到诗人生活的时代正是腥风血雨的年代，那么，诗人夜游芙蓉池的感受，何尝不是人性中追求美好的真实写照呢？

于玄武陂作

题解

这是一首纪游写景之作。玄武陂：即玄武池。在邺城(今河北临漳)西南，曹操为操练水师而开凿。陂(bēi)，池。

兄弟共行游，驱车出西城。野田广开辟，川渠互相经。
黍稷何郁郁，流波激悲声。菱芡覆绿水，芙蓉发丹荣。
柳垂重荫绿，向我池边生。乘渚望长洲，群鸟讙哗鸣。
萍藻泛滥浮，澹澹随风倾。忘忧共容与，畅此千秋情。

新解

兄弟共行游，驱车出西城——兄弟共同出行游乐，驱赶车马走出邺城西门。兄弟：指曹丕、曹植等人。西城：指邺城之西门。

野田广开辟，川渠互相经——野外的田地宽广开阔，河渠纵横交织。经：经过。此为交叉之意。

黍稷何郁郁，流波激悲声——庄稼郁郁葱葱，流水撞击河岸，激起彭湃的波浪，发出悲切的声音。黍稷：泛指农作物。黍，黄米。稷，高粱。郁郁：茂密的样子。激：水流因受阻而腾涌、飞溅。

菱芡覆绿水，芙蓉发丹荣——菱芡覆盖在绿色的水面上，荷花盛开，鲜红娇艳。菱芡：水生植物菱角和鸡头，皆可食用。芙蓉：荷花。丹荣：红花。

柳垂重荫绿，向我池边生——柳枝低垂，浓郁的绿荫遮蔽在池边。

乘渚望长洲，群鸟讙哗鸣——登上水中小小的沙洲，眺望远处的长洲，只见鸟儿成群鸣叫，一片喧哗。乘：登上。渚：小洲，水中的小块陆地。洲：水中的陆地。讙(huān)：喧哗。

萍藻泛滥浮，澹澹随风倾——繁茂的浮萍和水藻错杂在一起，漂浮在水面上，随着水波来回摇动，随着清风时起时伏。萍藻：水生植物浮萍和藻类植物。泛滥：错杂繁多的样子。一作滥泛。澹澹：水波摇动的样子。倾：倒。

忘忧共容与，畅此千秋情——让我们一起忘记忧愁吧，悠闲地心情舒畅，相互间的友谊千秋永存。容与：舒缓安适的样子。千秋情：永恒的友谊，此或仅指兄弟手足之情。

新评

在诗人笔下，玄武池之美景令人神往：田野广阔，庄稼茂盛；池水交错，波涛汹涌；绿水红花，柳荫照水；萍藻泛滥，众鸟喧哗。如此境界，使诗人有“忘忧”之叹。

至广陵于马上作

题解

诗抒写了诗人临江观兵时关于治世策略的思考。黄初六年(225)，魏对东吴用兵，曹丕于十月至广陵(今扬州)故城，临江观兵，戎卒十馀万，旌旗数百里。这是曹丕称帝后的一次重大军事行动，但由于孙权严设固守，又遇天寒冰冻，舟不得入江，最后无功而返。

观兵临江水，水流何汤汤。戈矛成山林，玄甲耀日光。
猛将怀暴怒，胆气正纵横。谁云江水广，一苇可以航。
不战屈敌虏，戢兵称贤良。古公宅岐邑，实始翦殷商。
孟献营虎牢，郑人惧稽颡。充国务耕殖，先零自破亡。
兴农淮泗间，筑室都徐方。量宜运权略，六军咸悦康。
岂如东山诗，悠悠多忧伤。

新解

观兵临江水，水流何汤汤——面对湍急的长江，观看雄壮的军队，军队就像声势浩大的长江一样。江：长江。汤汤(shāng)：河水急流的样子。

戈矛成山林，玄甲耀日光——茂密的戈矛像山林一样，日光照耀在黑色的铠甲上发出夺目的光芒。戈：青铜制成，盛行于商至战国时期的兵器，秦以后逐渐消失。其突出部分名援，援上下皆刃，用以横击和钩杀。一作霜。矛：有柄的长兵器，一头有利刺。玄甲：铠甲。玄，青赤色。

猛将怀暴怒，胆气正纵横——勇猛的将军满怀怒气，赤胆忠心，斗志旺盛。纵横：这里指斗志旺盛，奔放无际。

谁云江水广，一苇可以航——谁说江水宽广？用一只苇叶作舟就可以渡过。航：渡过。《诗经·卫风·河广》：“谁谓河广，一苇杭之。”《毛传》：“杭，渡也。”

不战屈敌虏，戢兵称贤良——不通过战争而使敌人屈服，把兵器收藏起来不用，才能称得上是贤德善良。不战屈敌虏：一作不战能屈敌。《孙子·谋攻》：“不战而屈人之兵，善之善者也。”戢(jí)兵：收藏兵器。

古公宅岐邑，实始翦殷商——古公亶父居住在岐邑，实际上是消灭殷商的开始。古公：即周太王古公亶父，传说为后稷的十二代孙，周文王的祖父。他不愿为争地而战，因而在戎狄攻打豳地时，古公亶父率部族离开豳地迁居到岐山。人们知其仁德而归附，周族得以兴旺发达。宅：居住。岐邑：地名。在今陕西岐山。翦：除灭。

孟献营虎牢，郑人惧稽颡——孟献子以形势险要的虎牢为营，郑国人恐惧万分，叩首称臣。孟献：孟献子，春秋时鲁国大夫仲孙蔑。公元前571年，晋、宋、卫等国攻打郑国，后来鲁国也参加进来。孟献子提出"请城虎牢以逼郑"的建议。事见《左传·襄公二年》。虎牢：古邑名。春秋时属郑国，旧城在今河南荥阳汜水镇。形势险要，为军事重镇。汉初于此置成皋县。稽颡(sǎng)：跪拜。意为臣服。稽，叩头至地。颡，额头。

充国务耕殖，先零自破亡——赵充国致力于开垦田地，发展农业生产，先零羌因此破败灭亡。充国：指西汉名将赵充国(前137—前52)。陇西上邽(今甘肃天水)人。善骑射，通兵法，为人沉勇而有方略。汉武帝时，以破匈奴功拜中郎将。汉宣帝时，以定册功封营平侯。西羌事起，赵充国以七十多岁的高龄，驰马金城，击破先零。后罢兵屯田，振旅而还。曾言"屯田十二便"，寓兵于农，致力于地方的开发与稳定。务：致力于，从事。耕殖：即耕植，指屯田，垦种土地。殖，一作植。先零：汉代羌族的一支，又称先零羌。最初居于今甘肃、青海的湟水流域。后离开湟水。汉宣帝时，复渡湟水，为赵充国所破。后渐渐与西北各羌族融合。

兴农淮泗间，筑室都徐方——在淮水、泗水流域发展农业和屯兵，在徐方建立都城。淮泗：淮河和泗水。淮泗间指曹丕故乡谯郡(今安徽亳州)一带。筑室，即长期留下来屯兵之意。都：建立都城。徐方：即徐戎，古族名。东夷之一。夏至周分布于今淮河中下游。周初建立的徐国在东夷中最称强大，曾数次联淮夷等抗周。春秋时为楚所败，周敬王八年(前512)为吴国所并。

量宜运权略，六军咸悦康——选择一种合适的方案，运用正确的计谋，使军队的主体将士都能享有安乐。量宜：选择一种合适的方案。运：运用，发挥。权略：计谋和韬略。六军：周制，天子有六军，诸侯国有三军、二军、一军不等。每军一万两千五百人。后为军队的统称。咸：都。悦康：安乐。

岂如东山诗，悠悠多忧伤——怎能像《东山》诗描绘的那样，让凯旋的将士充满了积怨和悲伤呢？东山：《诗经·豳风》篇名，写远征士兵归乡途中的思家之情。悠悠：久远。忧：一作悲。

新评

诗人临江观兵，见士卒装备精锐、斗志昂扬，不禁发出"谁云江水广，一苇可以航"的感慨。此语豪迈自信，鼓舞人心。作为魏国的最高统治者，曹丕深知"不战屈敌虏，戢兵称贤良"的古训。随后，诗人从战略的高度追忆古公亶父、孟献子、赵充国之事，以表明"量宜运权略"的思想。末二句以《东山》诗为结，通过为出征将士着想，表达对出征将士返回家园后的关心之情。

杂诗二首

题解

诗题初见于《昭明文选》，题目失传者，皆称“杂诗”。唐人李善注云：“杂者，不拘流例，遇物即言，故云杂也。”亦备一说。该诗有两首，都是游子思乡之作。

其 一

漫漫秋夜长，烈烈北风凉。展转不能寐，披衣起彷徨。
彷徨忽已久，白露沾我裳。俯视清水波，仰看明月光。
天汉回西流，三五正纵横。草虫鸣何悲，孤雁独南翔。
郁郁多悲思，绵绵思故乡。愿飞安得翼，欲济河无梁。
向风长叹息，断绝我中肠。

新解

漫漫秋夜长，烈烈北风凉——秋夜是多么地漫长，烈烈的北风吹来，天气变得寒凉。漫漫：长久。

展转不能寐，披衣起彷徨——翻来覆去，不能入睡，披上衣服，在院子里走来走去。展转：翻来覆去不能入睡。一作辗转。寐：睡。彷徨：徘徊，走来走去。

彷徨忽已久，白露沾我裳——不知不觉中徘徊了很长时间，白露沾湿了我的衣裳。

俯视清水波，仰看明月光——低下头看着清澈的水波，抬起头看着天上的明月。

天汉回西流，三五正纵横——银河转向正西，星星三五成群排列在天边。天汉：银河。回西流：由西南转向正西，表示夜深。三五：指群星。纵横：众多，杂乱。

草虫鸣何悲，孤雁独南翔——草中小虫的鸣叫声多么伤悲，一只大雁孤独地向南飞去。

郁郁多悲思，绵绵思故乡——心中满怀悲怨，思乡之情悠长无际。郁郁：繁茂，多的样子。悲思：一作愁思。绵绵：悠长的样子。

愿飞安得翼，欲济河无梁——希望飞回去，从哪里能得到翅膀呢？想渡河回去，可惜河上没有桥梁。济：渡河。梁：桥。

向风长叹息，断绝我中肠——对着风长长叹息，我的愁肠仿佛要断绝。

新评

汉末动乱频仍，奔波流离属家常便饭。诗从“漫漫秋夜长”入笔，紧扣深秋之夜给游子带来的心悸，抒写了游子思乡之情。经诗人别具匠心的选择，北风、白露、清波、月光等物象在"草虫鸣何悲，孤雁独南翔"的配合下，有力地渲染了孤独无依，冷冷清清的意象。该诗寓情于景，含蓄蕴藉，其笔调与《古诗十九首》有异曲同工之妙。

其　二

西北有浮云，亭亭如车盖。惜哉时不遇，适与飘风会。
吹我东南行，行行至吴会。吴会非我乡，安得久留滞？
弃置勿复陈，客子常畏人。

新解

西北有浮云，亭亭如车盖——西北方有一片浮云，高高地独立在天边，就像张开的车盖一样。浮云：漂浮的云。喻下文中的客子，即游子。《古诗十九首》："浮云蔽白日，游子不顾返。"亭亭：直立、独立的样子。一作团团。如：一作似。车盖：车篷，形如大伞。

惜哉时不遇，适与飘风会——可惜没有遇到合适的时机，正好和一阵暴风相会。适：恰恰，正好。飘风：暴起的风。

吹我东南行，行行至吴会——吹着我向东南飞去，一直飞到吴郡、会稽郡一带。行行：一作南行。吴会：指吴郡和会稽郡。

吴会非我乡，安得久留滞——吴郡和会稽郡并不是我的故乡，怎么能长久地停留呢？留滞：滞留，停留。

弃置勿复陈，客子常畏人——放在一边不要再说了，客居他乡的人常常害怕别人谈起故乡的往事。陈：陈述，述说。客子：客居他乡的人。

新评

诗以漂泊不定的浮云喻游子，借物抒怀，表达了游子深切的思乡之情。末句"客子常畏人"更将思乡之情的无处不在表达得淋漓尽致，可谓是真挚感人。

于明津作

题解

这首诗写游子思恋故乡之情。明津：疑为孟津，古黄河渡口。在今孟津县东北、孟县西南。

遥遥山上亭，皎皎云间星。远望使心怀，游子恋所生。
驱车出北门，遥望河阳城。

新解

遥遥山上亭，皎皎云间星——那山上的亭子啊是那样地遥远，云层中露出几颗明亮的星星。遥遥：远的样子。皎皎：明亮。

远望使心怀，游子恋所生——遥望远方，心中充满了怀念之情，游子格外地留恋生长的地方。

驱车出北门，遥望河阳城——赶着车走出北门，希望能看到那遥远的河阳城。河阳：地名。在今河南孟县西。

新评

诗以“遥遥”领起，或许是“山上亭”与游子家乡的亭子相似，激起游子无限的思乡之情。因为这样的缘故，游子驱车夜行，希望能早点赶到河阳城。在这里，“河阳城”也许是实指，也许是虚指，从语意上看，应是游子魂牵梦萦的家乡。

清河作

题解

这是一首以思妇口吻所写的怨诗。清河：淇水支流，源出内河（今属河南）。

方舟戏长水，湛澹自浮沉。弦歌发中流，悲响有馀音。
音声入君怀，凄怆伤人心。心伤安所念？但愿恩情深。
愿为晨风鸟，双飞翔北林。

新解

方舟戏长水，湛澹自浮沉——两船相并，在悠长的流水中嬉戏游乐，随着水波的荡漾，船儿时浮时沉。方舟：两船并在一起。湛澹：荡漾的样子。一作“澹澹”。

弦歌发中流，悲响有馀音——弦歌之音在河流中间飘荡，悲切动人，馀音袅袅。弦歌：和着琴弦伴奏的歌。中流：河流中间。悲响有馀音：一作悲风飘馀音。

音声入君怀，凄怆伤人心——琴声歌声飘入你的怀中，真是凄怨悲怆、令人伤心啊。君：当指女子。凄怆：悲伤。

心伤安所念？但愿恩情深——是什么样的思念让你如此地伤心呢？只希望恩爱之情能真挚长久。愿：一作顾。

愿为晨风鸟，双飞翔北林——但愿化作晨风中的小鸟，雌雄相伴，在北边的树林里翱翔。晨风：鸟名，即鴥，形似鹞子，羽毛青黄色。《诗经·秦风·晨风》："鴥彼晨风，郁彼北林。"

新评

诗写思妇怨情。前二句触物伤情，见方舟并进则伤己之孤栖。以伤心人观之，万物皆着伤心之色彩，更何况此时哀音入耳呢？三四句即以哀怨的弦歌之声写出思妇的悲怨。末四句直抒思妇之情怀。

代刘勋妻王氏杂诗

题解

这是诗人代刘勋妻所作的一首弃妇诗。

王宋者，平虏将军刘勋妻也。入门二十馀年，后勋悦山阳司马氏女，以宋无子出之。还于道中作诗。

翩翩床前帐，张以蔽光辉。
昔将尔同去，今将尔同归。
缄藏箧笥里，当复何时披？

新解

翩翩床前帐，张以蔽光辉——床前的纱帐随风飘动，把它挂起来是为了遮挡光线。翩翩：飘动的样子。张：张设，即将床帐挂起来。一作可。蔽：遮挡。光辉：日光或月光。

昔将尔同去，今将尔同归——昔日带着你一起离开娘家，今天却要带着你一起返回娘家。将：拿，携带。尔：你，指床帐。去：离开。归：返回。

缄藏箧笥里，当复何时披——把你锁在小竹箱里，什么时候才能再一次把你挂起来呢？缄：封闭。箧：竹制的小箱。笥：竹制方盒。箧笥，指小竹箱。披：挂。

新评

此诗虽为代言诗，然而借物抒怀，却也颇为真挚感人。借床帐比弃妇，犹如班婕妤的《团扇》诗，委婉多致，含蓄蕴藉。

寡妇诗并序

题解

这首诗是诗人在友人阮瑀死后，伤其遗孀孤寡而作。据《三国志·魏书·王粲传》裴松之注，阮瑀卒于建安十七年(212)。诗当作于此后不久。阮元瑜：即阮瑀，字元瑜，陈留(今河南开封)人，“建安七子”之一。曾为曹操的司空军谋祭酒，管记室。

友人阮元瑜早亡，伤其妻孤寡，为作此诗。

霜露纷兮交下，木叶落兮凄凄。候雁叫兮云中，归燕翩兮徘徊。
妾心感兮惆怅，白日急兮西颓。守长夜兮思君，魂一夕兮九乖。
怅延伫兮仰视，星月随兮天回。徒引领兮入房，窃自怜兮孤栖。
愿从君兮终没，愁何可兮久怀。

新解

霜露纷兮交下，木叶落兮凄凄——霜露交错，纷纷落下。树叶凋零，天气寒凉。交：交错，夹杂。木叶：树叶。凄凄：寒凉。一作萋萋。

候雁叫兮云中，归燕翩兮徘徊——即将飞往南方的大雁在云层中鸣叫，即将归去的燕子在空中翩然飞翔，久久地不愿离开。候：指鸟类随季节不同而作定时迁徙、变更栖息地。翩：飞行轻快的样子。徘徊：流连，留恋。

妾心感兮惆怅，白日急兮西颓——感念万物，我十分地悲伤惆怅，太阳急匆匆地从西方落下。颓：落。

守长夜兮思君，魂一夕兮九乖——孤独地守着漫长的夜晚，因整夜都在思念你啊，我的灵魂一次又一次地离开身体。思君：一作君思。九：言多次。乖：背离，违背。

怅延伫兮仰视，星月随兮天回——因心情怅惘，我久久地站立仰望着天空，星星伴随着月亮在天上运转。延伫：久立，引颈而望。回：回旋，运转。

徒引领兮入房，窃自怜兮孤栖——白白地伸长脖子张望，始终不见你的身影，我无可奈何地走进房间，私下里怜惜自己孤宿无伴。徒：白白地，徒然。引领：伸长脖颈，形容殷切期盼。

愿从君兮终没，愁何可兮久怀——真希望跟随你一起死去，怎能长久地忍受因怀念带来的忧愁？终没：逝去，死去。何可：怎么能够。

新评

诗歌代寡妇立言。以秋景起兴，极为细致地描摹寡妇的孤独无依、寂寞难耐之情，以及对故去丈夫的深深怀念。全诗含蓄蕴藉，情思婉转，句式上用骚体，更添缠绵悱恻之感。

夏 日

题解

这是一首写夏日宴饮游乐的诗。

夏时饶温和，避暑就清凉。比坐高阁下，延宾作名倡。
弦歌随风厉，吐羽含徵商。嘉肴重叠来，珍果在一傍。
棋局纵横陈，博弈合双扬。巧拙更胜负，欢美乐人肠。
从朝至日夕，安知夏节长。

新解

夏时饶温和，避暑就清凉——炎热的夏天可以找到冷热适宜的地方。避开炎热吧，到清凉的地方去。温和：指气候不冷不热。一作清和。就：到。

比坐高阁下，延宾作名倡——并肩坐在高高的楼阁下面，邀请宾客前来欣赏著名倡伎的表演。比：并列。一作北。延：邀请，延请。倡：古代表演歌舞杂戏的艺人。

弦歌随风厉，吐羽含徵商——琴声和歌声随风扬起，里面既有羽音，又包含了徵音和商音。厉：谓声音高而急。羽、徵、商：五音中的三音。《周礼·春官·大师》："皆文之以五声：宫、商、角、徵、羽。"

嘉肴重叠来，珍果在一傍——美味的菜肴不断地端上来，珍奇的水果陈放在一旁。嘉肴：味美的菜肴。重叠：形容多。

棋局纵横陈，博弈合双扬——棋盘纵横杂乱地陈列着，局戏和围棋都在激烈地进行着。博弈：局戏和围棋。

巧拙更胜负，欢美乐人肠——巧拙和胜负轮流变换，我们大家都十分欢乐。更：轮流。

从朝至日夕，安知夏节长——从早晨一直欢聚到傍晚，哪里能感觉到夏日的白天变长了呢？日夕：傍晚。

新评

诗从听乐、欢饮、博戏诸方面写夏日一天的游乐，心情欢快，不觉夏日之长。

内容并无甚可取之处。不过，从这首诗中，大体上可以窥知邺下文人的游乐欢饮之趣。

见挽船士兄弟辞别

题解

诗抒写挽船士兵离别家乡时的悲痛。

郁郁河边树，青青野田草。舍我故乡客，将适万里道。
妻子牵衣袂，抆泪沾怀抱。还附幼童子，顾托兄与嫂。
辞诀未及终，严驾一何早。负笮引文舟，饱渴常不饱。
谁令尔贫贱，咨嗟何所道。

新解

郁郁河边树，青青野田草——河边的树木郁郁葱葱，田野里青青的小草一望无边。郁郁：茂盛的样子。

舍我故乡客，将适万里道——舍弃我故乡的亲友，将要去万里之外的地方。舍：舍弃，放弃。客：指朋友。适：往。

妻子牵衣袂，抆泪沾怀抱——妻子扯住我的衣袖，擦去的泪水沾湿了怀抱。袂：袖。抆：擦拭。一作落，一作收。

还附幼童子，顾托兄与嫂——跑回来依偎着自己幼小的孩子，把他托付给兄嫂。还附：跑过来依偎着。顾托：拜托。

辞诀未及终，严驾一何早——告别的话还没有说完，准备好的车马已早早地来到。辞诀：告别的话。严驾：准备好马车。

负笮引文舟，饱渴常不饱——背着用竹篾拧成的绳索，牵引着画船，常常是饥渴难忍。负：背着。笮(zuó)：竹篾拧成的绳索。引：牵引，拉。文舟：画船。饱渴：或为“饥渴”之误。

谁令尔贫贱，咨嗟何所道——谁让你这样地贫困低贱？这还有什么可叹息的呢！令：使得。咨嗟：叹息。

新评

诗细腻地描绘了离别之苦。“妻子牵衣袂，抆泪沾怀抱。还附幼童子，顾托兄与嫂”数句尤为真实可感，如在目前。末二句以反问的形式把矛头指向不公平的命运，将怨愤之情流溢到诗外。

诗

题解

这是一首写打猎的诗。

行行游且猎，且猎路南隅。弯我乌号弓，骋我纤骊驹。
走者贯锋镝，伏者值戈殳。白日未及移，手获三十馀。

新解

行行游且猎，且猎路南隅——一边游玩，一边打猎，不知不觉中来到大路的南边。隅：边远的地方。

弯我乌号弓，骋我纤骊驹——拉弯我黑色的可以鸣叫的弓箭，放开缰绳驰骋我壮健的小黑马。乌号弓：良弓。汉·刘安《淮南子·原道训》："射者扜乌号之弓，弯綦卫之箭。"汉·高诱注："乌号，桑柘，其材坚劲，乌峙其上，及其将飞，枝必桡下，劲能复巢，乌随之，乌不敢飞，号呼其上。伐其枝以为弓，因曰乌号之弓也。"纤：小。骊：深黑色的马。驹：泛指少壮的马。

走者贯锋镝，伏者值戈殳——用锋利的箭射中躲藏的野兽，用戈和殳来逮捕逃跑的野兽。贯：射中，穿透。锋镝：锋利的箭。镝，箭，箭头。值(zhì)：执持。戈：古代兵器，用青铜制成，盛行于商至战国时期，秦以后逐渐消失。其突出部分名援，援上下皆刃，用以横击和钩杀。殳：古代兵器，杖属，用竹或木制成，八棱，顶端装有圆筒形金属，无刃。亦有装金属刺球，顶端带矛的。多用作仪仗。

白日未及移，手获三十馀——太阳还没来得及移动，手中已经猎获了三十多只野兽。

新评

前二句交待打猎的地点。三四句写所用之"弓"和所骑之"驹"，已见气势。五六句则分列"走者"与"伏者"，以写猎者技术的高超。末二句极言时间之短，猎获之丰，从侧面衬托猎者高超的技艺。全诗慷慨豪迈，气势逼人，和所写情事甚为相当。

◎曹　植

箜篌引

题解

这首诗通过写宴饮时的欢乐，抒发了人生易逝的感慨。箜篌引：乐府旧题。郭茂倩将其收入《乐府诗集·相和歌辞·瑟调曲》，题作《野田黄雀行》。

置酒高殿上，亲友从我游。中厨办丰膳，烹羊宰肥牛。
秦筝何慷慨，齐瑟和且柔。阳阿奏奇舞，京洛出名讴。
乐饮过三爵，缓带倾庶羞。主称千金寿，宾奉万年酬。
久要不可忘，薄终义所尤。谦谦君子德，磬折欲何求。
惊风飘白日，光景驰西流。盛时不可再，百年忽我遒。
生存华屋处，零落归山丘。先民谁不死，知命复何忧。

新解

置酒高殿上，亲友从我游——在高高的殿堂上摆设酒宴，亲朋好友和我欢聚一堂。友：一作交。

中厨办丰膳，烹羊宰肥牛——为了准备丰盛精美的食品，厨房中正忙着宰杀和烹饪肥美的牛羊。膳：饭食。

秦筝何慷慨，齐瑟和且柔——秦地的古筝演奏出激昂的乐曲，齐地的琴瑟发出柔和优美的琴声。慷慨：指琴声激昂。

阳阿奏奇舞，京洛出名讴——阳阿尽情地表演奇妙的舞蹈，京都洛阳著名的歌手也引吭高歌。阳阿：舞名，因古代的名倡阳阿善舞，故称。奇：一作妙。

乐饮过三爵，缓带倾庶羞——在歌舞中，喝足了酒，放松衣带，尽情享用各种美味佳肴。三：言足兴，非实指。爵：古代盛酒用的器具，雀形，比尊彝小，可盛一升。缓：宽松。庶羞：多种佳肴。羞，馐。

主称千金寿，宾奉万年酬——主人拿出千金为客人祝寿，客人回祝主人长寿万年。千金寿：祝寿。据《史记·鲁仲连邹阳列传》，战国时，鲁仲连为赵国解除秦兵之围，赵平原君以千金为鲁仲连祝寿。酬：应对，对答。

久要不可忘，薄终义所尤——经过长久的穷困日子都不忘记生平的诺言，只有那样，到了临终的时候才不会发生道义上的过错。要：通“约”，穷困。《论语·宪问》:"久要不忘平生之名,亦可以为成人矣。"义:道义。尤:过错,过失。终:一作我。

谦谦君子德,磬折欲何求——德义仁厚的君子啊,他那副弯腰恭敬的样子,究竟想表达什么样的渴求呢?谦谦:谦虚恭敬的样子。磬折:此指弯腰,表达谦恭。

惊风飘白日,光景驰西流——迅疾的风儿吹向光明的太阳,太阳疾速地向西方落去。惊:迅疾。光景:阳光。

盛时不可再,百年忽我遒——盛壮的年华不会再来,百年的时间转眼间就会过去。不可再:一作不再来。遒:终竟,完尽。一作忧。

生存华屋处,零落归山丘——即便是居住在华丽的房屋中,死后一样要归向寂寞的山丘。零落:喻死亡。

先民谁不死,知命复何忧——我们的祖先有谁能长生不死?如果知道人生都由天命决定的道理,那么就不会因此而忧愁了。知命:知天命,此指懂得事物生灭变化都由天命决定的道理。

新评

诗先写宴饮之乐,由此引发悲情,抒写人生喟叹。郭茂倩引《乐府解题》云:"始言丰膳乐饮,盛宾主之献酬。中言欢极而悲,嗟盛时不再。终言归于知命而无忧也。"(《乐府诗集》卷三九)此语可谓是抓住了这首诗的要领。"惊风飘白日,光景驰西流"二句既是景语亦为情语,承担了诗人盛年易逝的人生感慨。末二句以"知命"故作旷达,以此寄托时不我待的忧思。

野田黄雀行

题解

诗以比兴手法,抒发了朋友遇难而无力援救的痛苦心情。学术界普遍认为,该诗写于黄初(魏文帝曹丕年号,220—227)元年。野田黄雀行:乐府旧题。郭茂倩将其收入《乐府诗集·相和歌辞·瑟调曲》。

高树多悲风,海水扬其波。利剑不在掌,结友何须多。
不见篱间雀,见鹞自投罗。罗家得雀喜,少年见雀悲。
拔剑捎罗网,黄雀得飞飞。飞飞摩苍天,来下谢少年。

新解

高树多悲风,海水扬其波——高大的树木容易引来凄厉的大风,苍茫的大海容易翻卷起汹涌的波涛。这二句比喻环境险恶。

利剑不在掌，结友何须多——锋利的宝剑没有握在手中，又何必结交那么多朋友呢！利剑：锋利的宝剑，喻指权势。

不见篱间雀，见鹞自投罗——你没看到那栖息在篱笆间的雀儿，见到鹞鹰冲来就惊恐万分，慌不择路地投向罗网吗？雀：比喻受害者。鹞(yào)：猛禽名。通称雀鹰、鹞鹰。似鹰而较小。背灰褐色，腹白带赤。善捕小鸟。罗：网。

罗家得雀喜，少年见雀悲——张设罗网的人得到雀儿满心欢喜，少年看到自投罗网的雀儿感到悲伤。罗家：设罗捕雀的人。

拔剑捎罗网，黄雀得飞飞——少年拔剑削开罗网，雀儿因此飞向天空。捎：削除。一作削。

飞飞摩苍天，来下谢少年——雀儿飞向蓝蓝的天空，又飞下来感谢解救它的少年。摩：迫近。

新评

曹丕即位后，凡是和曹植亲近的人都受到了迫害和打击，为此，曹植深感不安。这首诗以《战国策·楚策四》庄辛所讲的寓言为依据，通过比兴，一写诗人内心的痛苦，一写对友人的关切。整首诗语言质朴自然，颇有汉乐府的神韵。

升天行二首

题解

升天行：乐府旧题。郭茂倩将其收入《乐府诗集·杂曲歌辞》。该诗有两首，第一首是游仙诗，表达了诗人超越现实，追踪仙人的心意。第二首通过吟咏扶桑，表达了挽留时间的玄想。

其　一

乘跻追术士，远之蓬莱山。灵液飞素波，兰桂上参天。
玄豹游其下，翔鹍戏其巅。乘风忽登举，彷佛见众仙。

新解

乘跻追术士，远之蓬莱山——追随方士在空中飞行，来到遥远的蓬莱山。乘跻：道家所谓飞行之术。跻，方士穿的鞋子。晋·葛洪《抱朴子·杂应》："若能乘跻者，可以周流天下，不拘山河。凡乘跻，道有三法：一曰龙跻，二曰虎跻，三曰鹿庐跻。"术士：方术之士。此指从事神仙术、追求长生的人。之：往。蓬莱山：传说海中有蓬莱、方丈、瀛洲等三座仙山。

灵液飞素波，兰桂上参天——仙山上，玉膏像飞涌而出的白色波浪，兰桂高高耸立，直插云霄。灵液：仙人食用的玉膏，可长生。梁·萧统《文选》载郭璞《游仙诗》云："圆丘有奇草，钟山出灵液。"唐·李善《文选注》："灵液，谓玉膏之属也。"素波：白色的波浪。

玄豹游其下，翔鹍戏其巅——黑豹在桂树下游玩，飞翔的凤凰在树顶上嬉戏。玄豹：黑豹，神话中的神兽。元·陶宗仪《说郛》卷十四下引《资暇录》云："因览《列女传》，见陶答子妻所云'南山有玄豹，隐雾雨七日不下食者，欲以泽其毛衣而成文章'。"鹍：凤凰的别名。

乘风忽登举，彷佛见众仙——乘风飞速地升上天空，隐隐约约地见到一个个身姿绰约的仙人。忽：迅速。登：升。彷佛：隐隐约约。

新评

战国后期，齐燕方士发明了神仙术。打那以后，追求长生不死遂成为许多人的梦想和不懈的追求。最早的游仙诗是秦始皇的《仙真人诗》，遗憾的是，此诗失传。稍后，大力写游仙诗的是曹操与曹植父子。可以说，经曹氏父子的倡导，游仙诗才成为古代诗歌的重要题材之一。丁晏《曹集诠评》云："《升天行》曹植云：'日月何时留。'植又有《上仙箓》与《神游》《五游》《龙欲升天》等篇，皆伤人世不永，俗情险艰，当求神仙，翱翔六合之外，与《飞龙》《仙人》《远游篇》《前缓声歌》同意。"以此与曹操的游仙诗相比，应该说，无论是数量还是质量，曹植的游仙诗都远胜于曹操。在这首诗中，曹植精心地塑造了一个令人神往的神仙世界。在诗人笔下，兰桂参天，神兽灵鸟自由自在地栖迟，众仙同乐，到处是一片祥和的景象。可以说，这一理想境界寄托着诗人超越现实的人生追求。

其　二

扶桑之所出，乃在朝阳溪。中心陵苍昊，布叶盖天涯。
日出登东干，既夕没西枝。愿得纡阳辔，回日使东驰。

新解

扶桑之所出，乃在朝阳溪——高大的扶桑出自什么地方？原来，它生长在朝阳溪中。扶桑：树木名。据《十洲记》，神树扶桑在大海之中，高数千丈，粗一千馀围，上面伸出两个枝干，一是太阳升起的地方，一是太阳落下的地方。朝阳溪：疑为《尚书·尧典》所说的旸谷。唐·杜佑《通典·边防一·东夷上》："昔尧命羲仲宅嵎夷曰旸谷，盖日之所出也。"

中心陵苍昊，布叶盖天涯——高高的树干直逼青天，铺展开的树叶遮盖到遥远的天边。中心：指树干。陵：同凌，逼近。苍昊：天空。汉·刘熙《释名·释天》："春曰苍天，阳气始发，色苍苍也。夏曰昊天，其气布散，色皓皓也。"布：展开，铺开。天涯：天边。

日出登东干，既夕没西枝——早晨，太阳登上扶桑树东边的枝干；傍晚，隐没到扶桑树西边的枝叶下面。

愿得纡阳辔，回日使东驰——希望能得到回转太阳的马缰绳，让太阳向东方奔驰，永远都不要落下来。纡：回转，掉头。阳辔：羲和为太阳驾车时用的马缰绳。

新评

前六句充满激情，纵笔描绘了扶桑载日运行的壮阔景象。末二句翻出新意，以绮丽的语言表达了诗人希望留住时间的玄想。

仙人篇

题解

诗人表达了向往仙界的思想情绪。仙人篇：乐府旧题。郭茂倩将其收入《乐府诗集·杂曲歌辞》。

仙人揽六著，对博太山隅。湘娥拊琴瑟，秦女吹笙竽。
玉樽盈桂酒，河伯献神鱼。四海一何局，九州安所如。
韩终与王乔，要我于天衢。万里不足步，轻举陵太虚。
飞腾逾景云，高风吹我躯。回驾观紫薇，与帝合灵符。
阊阖正嵯峨，双阙万丈馀。玉树扶道生，白虎夹门枢。
驱风游四海，东过王母庐。俯观五岳间，人生如寄居。
潜光养羽翼，进趋且徐徐。不见轩辕氏，乘龙出鼎湖。
徘徊九天上，与尔长相须。

新解

仙人揽六著，对博太山隅——仙人用六著，在泰山的一个角落里博戏。揽：持，拿。六著：古代的博戏。清·蒋骥《楚辞馀论·招魂》："《古博经》云：二人相对向，局分十一道，两头当中名为水。用棋十二，六白六黑；又用鱼二枚置水中。其掷采以琼为之。锐其头，四面刻眼，亦名齿。互掷行棋，棋行到处则竖之，名为骁棋；即入水食鱼，获筹。"太山：泰山。隅：角落。

湘娥拊琴瑟，秦女吹笙竽——湘娥弹琴鼓瑟，秦女吹奏笙竽。湘娥：湘水女神，帝尧的女儿娥皇和女英。拊：抚，弹的意思。秦女：一作素女。唐·欧阳询《艺文类聚·乐部四》引《列仙传》："萧史者，秦穆公时人。善吹箫，能致孔雀白鹤。穆公女弄玉好之，公妻焉。一旦随凤飞去。"笙竽：古代两种乐器名。《韩非子·解老》："竽也者，五声之长者也。故竽先则钟瑟皆随，竽唱则诸乐皆和。"

玉樽盈桂酒，河伯献神鱼——玉制的酒杯中盛满了珍贵的桂花酒，河伯进献上美味的黄河鲤鱼。桂酒：桂花酒。楚·屈原《九歌·东皇太一》："奠桂酒兮椒浆。"汉·王逸注："切桂以置酒中也。"河伯：黄河水神。神鱼：即黄河鲤鱼。传说鲤鱼越龙门则成龙，故称神鱼。

四海一何局，九州安所如——四海已经是那样地狭小，又怎能到更狭小的九州呢？局：局促，狭小。九州：指中国，旧称中国由九个州组成。据《尚书·禹贡》，九州为冀州、兖州、青州、徐州、扬州、荆州、豫州、梁州、雍州。如：到，往。

韩终与王乔，要我于天衢——仙人韩终和王子乔邀请我登上天路。韩终：传说中的仙人，曾为秦始皇求不死之药。汉·司马迁《史记·秦始皇本纪》："(秦始皇)因使韩终、侯公、石生求仙人不死之药。"王乔：即王子乔，仙人。汉·刘向《列仙传》："王子乔者，周灵王太子晋也。好吹笙，作凤凰鸣，游伊洛之间。道士浮丘公接以上嵩高山三十馀年。后求之于山上，见柏良曰：告我家，七月七日，待我于缑氏山巅。至时果乘白鹤驻山头，望之不得到，举手谢时人，数日而去。"要：同邀，邀请。天衢：天路。

万里不足步，轻举陵太虚——行程万里用不了一步就能跨越，轻轻一跃就可以飞上浩瀚的天空。举：飞，飞起。陵：同凌，上升。太虚：天空。

飞腾逾景云，高风吹我躯——越过吉祥的云彩，在空中飞腾，令人惬意的风儿吹到我的身上。逾：越过。景云：预兆吉祥的云彩，一称庆云，又称卿云。汉·司马迁《史记·天官书》："若烟非烟，若云非云。郁郁芬芬，萧索轮囷，是谓卿云。卿云，喜气也。"

回驾观紫薇，与帝合灵符——回车观赏紫微宫，前去朝拜伟大的天帝。回驾：回车。紫薇：应为紫微，星宿名，此指天帝居住的地方。帝：天帝。合：指符合。符：古代诸侯分封时，国家将符剖分为二，一半给诸侯，另一半由朝廷保存。诸侯来朝，持半符与朝廷保存的一半相勘合，作为其身份的凭证，名曰合符。此处引申为朝拜。

阊阖正嵯峨，双阙万丈馀——天门高高地耸立，两边的楼台高达一万多丈。阊阖：天门。嵯峨：高耸的样子。阙：宫门两旁供瞭望的楼台。

玉树扶道生，白虎夹门枢——茂密的玉树沿着道路生长，大门的两旁站立着不伤生物的仁兽白虎。扶：沿着。白虎：传说中的仁兽。白毛，有黑色花纹，故曰白虎。枢：门斗。此指大门。

驱风游四海，东过王母庐——乘风在四海的上空遨游，向东经过西王母的住处。驱：驱使，驾驭。王母庐：西王母的居处。宋·李昉等《太平御览·道部》引《五岳名山图》:“昆仑三角,其一角正北干晨星,名曰阆风巅。其一角正西,名曰玄圃台。其一角正东,名曰昆仑宫。上有玉楼十二,景云映日,朱霞九光,西王母之治所。”

俯观五岳间,人生如寄居——俯视人间五岳,我突然地感到人生短暂,就像寄居世间一样。

潜光养羽翼,进趋且徐徐——隐居起来潜心修炼,应慢慢地追求成仙之道。潜光:谓隐居。养羽翼:即羽化登仙之意。唐·马总《意林》卷五《仲长统昌言十卷》:“得道者生六翮于臂,长毛羽于腹,飞无际之苍天,度无穷之世俗。”进趋:追求,求取。徐徐:舒缓安稳。

不见轩辕氏,乘龙出鼎湖。徘徊九天上,与尔长相须——你没看到黄帝乘着苍龙飞出鼎湖,在九天上徘徊,长久地等待修炼成仙的人吗?轩辕氏:黄帝号轩辕。鼎湖:荆山脚下的湖泊,传说黄帝曾在此铸鼎,乘龙登天成仙。汉·司马迁《史记·封禅书》:“黄帝采首山铜,铸鼎于荆山下。鼎既成,有龙垂胡髯下迎黄帝。黄帝上骑,群臣后宫从上者七十馀人,龙乃上去。馀小臣不得上,乃悉持龙髯,龙髯拔,堕,堕黄帝之弓。百姓仰望黄帝既上天,乃抱其弓与胡髯号,故后世因名其处曰鼎湖,其弓曰乌号。”九天:九重天,古人认为天有九重,故称。楚·屈原《天问》:“圜则九重,孰营度之?”尔:指修炼成仙的人。须:等待。

新评

前六句写神仙世界的美好安乐,“四海一何局,九州安所知”二句颇有深意,诗人连用两个反问句表达仙游的起因,隐约地表达了不满现实的心迹。追究其底蕴,可能与诗人在曹丕即位后倍受打击和迫害相关。十一至二十二句写天上遨游所见。二十三句笔锋一转,回到现实,以“人生如寄居”抒写感慨。末六句以“潜光”领起,一写修炼之道,一写黄帝成仙之事,从表面上看,诗人自然是在表达渴求长生的念想,但如果考虑到诗人反复强调焦虑生命的意象,应该说,这首游仙诗应别有寄托。

妾薄命行二首

题解

妾薄命行:乐府旧题。郭茂倩将其收入《乐府诗集·杂曲歌辞》。该诗有两首,第一首旨在讽刺魏明帝曹叡。第二首鞭挞了达官贵人不理朝政,通宵达旦地宴饮及荒淫无度的生活。从内容上看,两诗应作于同一时间。

其 一

携玉手，喜同车，北上云阁飞除。钓台蹇产清虚，池塘观沼可娱。
仰泛龙舟绿波，俯擢神草枝柯。想彼宓妃洛河，退咏汉女湘娥。

新解

携玉手，喜同车，北上云阁飞除——牵着美女的纤纤玉手，怀着喜悦的心情，与她同乘一车，一起登上高高的台阶，肩并肩地走进高耸入云的楼阁。玉手：形容女子之手温润如玉。同车：同乘一车。《诗经·郑风·有女同车》："有女同车，颜如舜华。"北上：当作比上，比肩而上。云阁：高耸入云的楼阁。疑指陵云台，黄初二年(221)建。飞除：即飞阶，高高的阶梯。

钓台蹇产清虚，池塘观沼可娱——钓台高耸入云天，又有灵芝池和高高的楼阁，可供尽情地欢娱。钓台：黄初五年(224)曹丕开掘灵芝池，池上建有飞观，阁道通往钓台。蹇产：即偃蹇，高耸的样子。清虚：太空，天空。池塘：指灵芝池。观：一作灵。宫苑中高大的楼台。

仰泛龙舟绿波，俯擢神草枝柯——仰望浮在绿波之上的高大龙舟，俯身可拾取神草的枝干。泛：浮。俯擢：俯身拾取。神草：指灵芝一类。枝柯：树的枝杈。

想彼宓妃洛河，退咏汉女湘娥——心里想着洛水女神宓妃，归来后又吟咏汉水女神和湘江二妃。宓妃：洛水女神。楚·屈原《离骚》："吾令丰隆乘云兮，求宓妃之所在。"汉·王逸注："宓妃，神女。"洛河：即洛水。源出陕西洛南，东入河南，经洛阳等地，至偃师纳入伊河，到巩县的洛口流入黄河。汉女：当指汉水女神。据《文选·江赋》郭璞注引《韩诗内传》，郑交甫在汉皋台下，遇见二女赠送玉佩，郑受而怀之。仅走了十步，玉佩不见了，二女也消逝了。湘娥：湘水女神。指帝尧二女娥皇、女英。

新评

太和(魏明帝曹叡年号，227—233)五年冬，曹植应诏入朝。是时，曹叡不理朝政，耽于声色，曹植遂作此诗讽刺曹叡。"退咏"二字耐人咀嚼，冶游之后，依旧想入非非，可谓是不著一字，毕露讽刺之意。

其 二

日既逝矣西藏，更会兰室洞房。华灯步障舒光，皎若日出扶桑。
促樽合坐行觞，主人起舞娑盘，能者穴触别端。
腾觚飞爵阑干，同量等色齐颜。任意交属所欢，朱颜发外形兰。

袖随礼容极情，妙舞仙仙体轻。裳解履遗绝缨，俯仰笑喧无呈。
览持佳人玉颜，齐举金爵翠盘。
手形罗袖良难，腕弱不胜珠环，坐者叹息舒颜。
御巾裹粉君傍，中有霍纳都梁，鸡舌五味杂香，
进者何人齐姜，恩重爱深难忘。召延亲好宴私，但歌杯来何迟。
客赋既醉言归，主人称露未晞。

新解

日既逝矣西藏，更会兰室洞房——太阳已向西落下，在芳香幽静的房屋里再一次举行宴会。日既逝矣：一作日月既逝。更会：言白天已经欢宴，入夜时再举行一次宴会。兰室：华贵芳香的屋室。洞房：幽静深邃的房屋。

华灯步障舒光，皎若日出扶桑——雕饰精美的彩灯在布幅围隔的道路上现出光芒，它皎洁明亮，就像从扶桑树上刚刚升起的太阳。华灯：雕饰精美的灯，彩灯。一作花烛。步障：谓道路两旁用布幅围隔。南朝宋·刘义庆《世说新语·汰侈》："(王)君夫作紫布步障，碧陵里四十里，石崇作锦步障五十里以敌之。"据此，步障不会设在幽室之中。舒光：展现出光芒。一作辉煌。皎：白而明亮。

促樽合坐行觞，主人起舞娑盘，能者穴触别端——主人和客人紧靠着坐在一起，他们共用一个酒杯，相互传递畅饮美酒。为了助兴，主人跳起回旋轻捷的舞蹈，为此，客人也起舞相伴，侧身时两人碰触在一起，面对面时又彼此分开。促樽合坐：即合樽促席。合，共用。促，接近。坐，一作座。行觞：传杯。娑盘：同婆娑，指回旋轻捷的舞姿。《尔雅·释训》："婆娑，舞也。"能者：指客人。穴触别端：是说舞姿，侧跳时两人相碰，正跳时则两人分开。黄节《曹子建诗注》："侧则相触。别端谓正则相分。"穴触，侧出。别，分解。端，直。

腾觚飞爵阑干，同量等色齐颜——主客频频地举杯狂饮，酒杯杂乱地交错在一起，这时，他们的脸上都露出了醉酒的颜色。腾觚飞爵：指举杯狂饮。觚、爵都是古代酒器。阑干：交错杂乱的样子。量：计量单位。郑注《礼记·月令》："斗斛曰量。"引申为酒量。色、颜：指主人和客人的脸上露出醉酒的颜色。

任意交属所欢，朱颜发外形兰——他们任意交结所喜欢的女子，那些女子一个个面容美丽、体态娇好。交属：结识，联系。所欢：所喜欢的人，指女子。形兰：兰形的倒文，言女子体态美好。

袖随礼容极情，妙舞仙仙体轻——那些佳人挥动长袖，尽情地展示娇美的容貌和表达款款的深情。她们美妙而轻快的舞蹈展现了轻盈的体态和高超的舞姿。礼容：体容，姿态。极情：至情，真情。仙仙：轻快舞动的样子。

裳解履遗绝缨，俯仰笑喧无呈——宴会上，主人和客人十分尽兴。他们解开

衣裳，甩去鞋子，扯掉帽带，一会儿笑弯了腰，一会儿又仰天大笑，喧闹成一团，不受任何礼节的约束。裳解：一作解裳。履遗：甩掉鞋子。绝缨：扯去帽带。汉·刘向《说苑·复恩》："楚庄王赐群臣酒，日暮酒酣，灯烛灭，乃有人引美人之衣者，美人援绝其冠缨，告王曰：'今者烛灭，有引妾衣者。妾援得其冠缨，持之趣火来上视绝缨者。'王曰：'赐人酒使醉失礼，奈何欲显妇人之节而辱士乎？'乃命左右曰：'今日与寡人饮，不绝冠缨者不欢。'群臣百有馀人皆绝去其冠缨而上火，卒尽欢而罢。……"无呈：当作无程。没有法度和规矩。

览持佳人玉颜，齐举金爵翠盘——观看和欣赏佳人美丽的容颜，一起举起酒杯、拿起餐具尽情地享受美味佳肴。金爵翠盘：名贵的酒器和餐具。

手形罗袖良难，腕弱不胜珠环，坐者叹息舒颜——佳人们似乎害羞不愿把纤纤玉手露出衣袖，她们那白皙的手腕似乎不能承受珠环的重量。看到她们那美丽动人的形象，宾客一面赞叹，一面露出欣赏的笑容。坐者：指宾客。叹息：赞美。舒颜：面色舒展，露出笑容。舒，伸展，展开。

御巾裛粉君傍，中有霍纳都梁，鸡舌五味杂香——佳人穿戴的衣巾上散发出藿香、兰花、丁香等五种香味，这些袭人的香味扑向在座的每位客人。御：穿戴，佩戴。裛：香气熏染衣服。傍：靠近。霍纳：即藿香。多年生香草，可入药。都梁：兰花。鸡舌：即丁香，落叶灌木，花紫色或白色，有香味。五味：疑指五香，即木香或青木香。明·周嘉胄《香品》引《三洞珠囊》："五香者，即青木香也。一株五根，一茎五枝，一枝五叶，一叶间五节，五五相对，故名五香。烧之能上彻九星之天也。"

进者何人齐姜，恩重爱深难忘——进酒献舞的美女是一位叫齐姜的美女，为感激主人深重的恩情，她尽情地舞蹈，真是让人久久地难以忘怀。进者：进酒献舞的人。齐姜：春秋时齐国女子的泛称，因齐国姜姓。后用以代称美女。

召延亲好宴私，但歌杯来何迟——为了报答亲朋好友的恩情，主人设宴邀请各位贵人。客人唱起了"杯来何迟"，一下子把宴会推向了高潮。延：请。宴私：或作燕私。《诗经·小雅·楚茨》："备言燕私。"毛传："燕而尽其私恩。"杯来何迟：指《鞞舞歌》。曹植《鞞舞歌·大魏篇》有"杯来一何迟"语，故以此代称。

客赋既醉言归，主人称露未晞——客人唱完后说，喝醉了，我们要回去了。主人说，天还没有亮，请再待一会儿。露未晞：晨露没干，指天没亮。《诗经·小雅·湛露》："湛湛露斯，匪阳不晞。厌厌夜醉，不醉不归。"晞，干。

新评

首句交待时间，言夜色降临。二句"更"字耐人寻味，既交待日宴刚刚结束，又点明晚宴即将开始。"华灯步障舒光，皎若日出扶桑"两句通过写眼前景，烘托晚宴豪华奢侈的宏大场面。随后，诗人用铺陈手法反复渲染晚宴时权贵们豪饮时放浪形骸、耽于声色享受的场景。末句用"露未晞"交待天已放明，以此回扣"更"

字，进而将讽刺和鞭挞权贵醉生梦死的内容如数托出。

白马篇

题解

诗赞美了边塞游侠儿捐躯赴难、奋不顾身的英勇行为。这首诗当作于曹丕登基之前，是时曹植胸怀大志，没有政治上的重压。白马篇：一作《游侠篇》，曹植自创的乐府新题。郭茂倩将其收入《乐府诗集·杂曲歌辞·齐瑟行》。

白马饰金羁，连翩西北驰。借问谁家子？幽并游侠儿。
少小去乡邑，扬声沙漠垂。宿昔秉良弓，楛亚矢何参差。
控弦破左的，右发摧月支。仰手接飞猱，俯身散马蹄。
狡捷过猴猿，勇剽若豹螭。边城多警急，胡虏数迁移。
羽檄从北来，厉马登高堤。长驱蹈匈奴，左顾陵鲜卑。
弃身锋刃端，性命安可怀。父母且不顾，何言子与妻！
名编壮士籍，不得中顾私。捐躯赴国难，视死忽如归。

新解

白马饰金羁，连翩西北驰——白马佩戴着金络头，从遥远的西北翩翩地奔驰过来。饰：装饰，佩戴。羁：马络头。连翩：翩翩。

借问谁家子？幽并游侠儿——请问骑在马上的是谁家的少年？他是幽州并州一带的侠义之士。幽并：幽州和并州。今河北、山西和陕西部分地区。游侠儿：重义轻生的侠义之士。

少小去乡邑，扬声沙漠垂——少年很小的时候离开了家乡，他的声名一直传到边远的沙漠地区。去：离开。扬声：一作扬名。垂：同陲，边远的地区。

宿昔秉良弓，楛矢何参差——昔日他手持良弓，用楛木做箭杆的利箭参差不齐地放在箭袋里。宿昔：昔时，昔日。秉：操持，拿。楛(hù)矢：用楛木做箭杆的箭。楛，木名，荆属。茎坚韧，可制箭杆及器物。参差：不齐的样子。

控弦破左的，右发摧月支——他拉开弓箭，先是射中了左边的目标，然后又射穿了右边的箭靶。控弦：拉弓。破左的：射中左边的目标。的，目标。右发：一作发矢。摧：毁坏。月支：这里是射帖(箭靶之类)的名称，又名素支。

仰手接飞猱，俯身散马蹄——抬起手射中轻捷如飞的猿猱，俯下身又射裂了马蹄形的箭靶子。接：迎射。猱：动物名，猿类，体矮小，尾金色，攀缘树木轻捷如飞。散：碎裂，摧毁。马蹄：一种箭靶子的名称，形似马蹄。

狡捷过猴猿，勇剽若豹螭——他壮健骁勇胜过敏捷的猿猴，勇猛剽悍就像豹和螭一类的猛兽。狡：壮健骁勇。剽(piào)：轻疾。螭：传说中形状像龙的黄色猛兽。

边城多警急，胡虏数迁移——边城多次传出警报，胡人已多次迁移，准备大举进犯。胡虏：一作虏骑，一作胡骑。

羽檄从北来，厉马登高堤——告急的军事文书从北方传来，为察看军情，他策马登上了高高的堤岸。羽檄：古代军事文书，封口插上羽毛，表示紧急。厉马：奋马，策马。

长驱蹈匈奴，左顾陵鲜卑——他长驱直入，将匈奴踩到了脚下；他又回头向左打败气焰嚣张的鲜卑。长驱：一作右驱。蹈：踩，践踏。陵：践踏。鲜卑：古代我国东北方的一个少数民族，东汉末开始强大。

弃身锋刃端，性命安可怀——将性命弃置到锋利的刀刃上，哪里还能顾惜自己的安危呢？弃身：一作寄身。怀：顾惜。

父母且不顾，何言子与妻——父母尚且不能顾念，何况妻子和儿女呢。

名编壮士籍，不得中顾私——名字被编入在壮士文簿上，从此从军不再能顾念自己的私情。籍：人名簿。中：内心。私：私情。

捐躯赴国难，视死忽如归——弃捐身躯勇赴国难，把死看得像瞬间归去一般。如：一作若。

新评

追求建功立业是建安时期的主旋律，诗抒写了曹植以身报国的人生理想。诗从描绘白马少年入笔，先写“幽并游侠儿”超人的武艺，后写其勇敢赴难、视死如归的英雄形象。这首诗风格豪迈、慷慨激昂，从中可触摸到曹植要求建功立业的脉搏。

名都篇

题解

诗记录了洛阳贵家子弟的冶游生活。名都篇：曹植自创的乐府新题。郭茂倩将其收入《乐府诗集·杂曲歌辞·齐瑟行》。

名都多妖女，京洛出少年。宝剑直千金，被服丽且鲜。
斗鸡东郊道，走马长楸间。驰骋未能半，双兔过我前。
揽弓捷鸣镝，长驱上南山。左挽因右发，一纵两禽连。
馀巧未及展，仰手接飞鸢。观者咸称善，众工归我妍。

归来宴平乐，美酒斗十千。脍鲤臇胎虾，炮鳖炙熊蹯。

鸣俦啸匹侣，列坐竟长筵。连翩击鞠壤，巧捷惟万端。

白日西南驰，光景不可攀。云散还城邑，清晨复来还。

新解

名都多妖女，京洛出少年——著名的都市大都出艳丽的美女，京城洛阳亦出富有俊秀的少年。妖：艳丽。京洛：指东汉都城洛阳。

宝剑直千金，被服丽且鲜——少年佩带价值千金的宝剑，身穿美丽而又鲜艳的衣服。直：通值，价值。丽：一作光。

斗鸡东郊道，走马长楸间——他们在东郊的道路上斗鸡游戏，在楸树绵延的大路上驱马并驰。斗鸡：一种游戏，两鸡啄斗，以决输赢。东郊：一作长安。走马：驱马并驰，以争胜负。长楸：树木名。古代在道路两旁种楸树，绵延很长，故称"长楸"。

驰骋未能半，双兔过我前——还没有奔驰到一半的路程，突然看到有两只野兔从我的面前跑过。能：及，到。驰骋：一作驰驱。疾驰的意思。

揽弓捷鸣镝，长驱上南山——于是拉开弓，取出响箭，驱马紧随，一直追到南山。捷：取，引。一作挟，一作插。鸣镝：响箭。"长驱"句：一作驱上彼南山。南山，此指洛阳的南山，即大石山。

左挽因右发，一纵两禽连——左手拉弓，箭飞向右方，射中了两只兔子。挽：牵引，拉。因：于是，就。纵：放箭。《诗经·郑风·大叔于田》："叔善射忌，又良御忌。抑罄控忌，抑纵送忌。"《毛传正义》："忌，读如'彼己之子'之'己'。……骋马曰磬，止马曰控，发矢曰纵，从禽曰送。"两禽：一作双禽，指双兔。《周礼·天官·庖人》："庖人掌共六畜六兽六禽，辨其名物。"汉·郑玄注："凡鸟兽未孕曰禽。"

馀巧未及展，仰手接飞鸢——其他的技巧还没来得及展示，扬手又射中了天上的飞鸟。巧：一作功。接：接触，此指射击飞行中的物体。鸢：猫头鹰之类的动物。

观者咸称善，众工归我妍——看到这一场景的人都连连称妙，善射箭的人也纷纷赞扬我的射技精妙。众工：指众善射者。归我妍：一致赞扬我的射技精妙。妍，美丽，谓射法精妙。我：少年自称。

归来宴平乐，美酒斗十千。脍鲤臇胎虾，炮鳖炙熊蹯——归来后，在平乐观里设宴。先是搬上许多的美酒，随后，烩制的鲤鱼肉、肉羹、虾鳖、熊掌等山珍海味也统统地摆上了桌子。归来：一作我归。平乐：观名，汉明帝时造，在洛阳西门外。斗：古代的酒器，此用作量词，指舀酒。唐·李白《将进酒》："陈王昔时宴平乐，斗酒十千恣欢谑。"脍：细切的鱼肉。臇(juǎn)：少汁的肉羹。胎：疑作鲐，海鱼名。炮鳖：一作寒鳖。清·朱珔《文选集释》："《七启》李注：寒，今月正也。月正与鲭同，酱类也……酱称寒者，《广雅》：酋京，酱也。酋京与凉通。"熊蹯：熊掌。

鸣俦啸匹侣，列坐竟长筵——呼朋唤友，长长的筵席坐满了客人。“鸣俦”句：言呼朋唤友。俦，伴侣。匹，配偶。列：排列。竟：从头至尾。长筵：古人席地而坐，筵长席短，故曰长筵。唐·孔颖达注《周礼·司几筵》：“初在地者一重谓之筵，重在上者即谓之席。”筵，竹席。

连翩击鞠壤，巧捷惟万端——筵席上，大家快速地玩起蹴鞠和击壤一类的游戏，那动作灵巧敏捷，真是无与伦比。连翩：连续迅疾。鞠：类似足球，古代游戏。壤：击壤，古代游戏。宋·李昉等《太平御览·工艺部》引《艺经》：“壤，以木为之，前广后锐，长尺四，阔三寸，其形如履。将戏，先侧一壤于地，遥于三四十步，以手中壤敲之，中者为上。”万端：言游戏巧捷变化无穷。

白日西南驰，光景不可攀——太阳向西南方奔驰而去，时光不可挽留，夜幕很快就降临了。光景：光阴，时光。攀：牵，挽。

云散还城邑，清晨复来还——夜深了，他们像云彩一样散开，平乐观里空无一人。第二天清晨起来，他们还要继续像这样游乐。云散：如云一般散去。晋·傅毅《舞赋》：“云散城邑。”唐·李善注：“中夜，车皆归，城邑之中寂然而空，有同云散也。”

新评

诗记录了洛阳贵家子弟奢华无度的生活。曹丕定都洛阳后，一方面经济得到恢复，为政治稳定奠定了基础；另一方面因经济繁荣也给整个社会带来浮华之风。这些，如同毒瘤潜伏在身上一样。政治修明则天下兴，政治窳败则天下亡。社会兴盛浮华之风、达官贵人醉生梦死的情况到魏明帝曹叡一朝得到进一步的滋长和蔓延，大概是看到这种情况，曹植以诗为文对历史作出忠实的记录。全诗虽不着批判之辞，但似乎仍可以看到曹植内心的不安。读此诗，对于我们认识曹魏后期政治大有帮助。

薤露行

题解

诗感慨时光流逝，表达了追求建功立业、希望通过立言名垂后世的心意。薤露行：乐府旧题。郭茂倩将其收入《乐府诗集·相和歌辞·相和曲》。《乐府诗集》卷二十七载古辞《薤露》：“薤上露，何易晞，露晞明朝更复落，人死一去何时归！”

天地无穷极，阴阳转相因。人居一世间，忽若风吹尘。
愿得展功勤，输力于明君。怀此王佐才，慷慨独不群。
鳞介尊神龙，走兽宗麒麟。虫兽犹知德，何况于士人。
孔氏删诗书，王业粲已分。骋我径寸翰，流藻垂华芬。

新解

天地无穷极，阴阳转相因——天地没有穷尽的时候，日月运转，相互依存。穷极：尽头。阴阳：指月亮和太阳。古人认为日为阳，月为阴，故称。转：运转。相因：相互依存。

人居一世间，忽若风吹尘——人生活在世上，生命短促，就像风吹尘土一样，转眼间就不见了。忽：飞快。

愿得展功勤，输力于明君——但愿能施展我的才华，为圣明的君主贡献才智。功勤：功劳，此指才华。输力：效力，贡献才智。

怀此王佐才，慷慨独不群——胸怀辅佐帝王的才干，充满了正气，强烈地渴望能建功立业。王佐才：辅佐帝王的才干。慷慨：充满正气，情绪激昂。独不群：卓然特立，不同于流俗。

鳞介尊神龙，走兽宗麒麟——有鳞甲的水族动物尊崇神龙，陆地上的走兽则尊崇麒麟。鳞：指鱼类等水族动物。介：甲。指有甲壳的鱼鳖之类。宗：尊崇。麒麟：传说中的祥兽。其状如鹿，有鳞有角。

虫兽犹知德，何况于士人——虫兽尚且知道德行，更何况满腹经纶的读书人呢？犹：一作岂。

孔氏删诗书，王业粲已分——自从孔子删定《诗经》《尚书》以后，如何成就帝王的事业就已经变得清楚。孔氏：指孔子。删诗书：删定《诗经》和《尚书》。汉·司马迁《史记·孔子世家》：“孔子之时，周室微而礼乐废，诗书缺。追迹三代之礼，序书传，上纪唐虞之际，下至秦缪，编次其事。”王业：帝王的事业。粲：鲜明。分：分明，清楚。

骋我径寸翰，流藻垂华芬——我将驰骋手中的径寸之笔，凭借那文采流芳后世。翰：毛笔。流藻：传世的文采。垂：流传。华芬：芳香，指美名。

新评

曹植自视很高，一向认为自己有“王佐才”。在这一背景下，他怀着追求建功立业的强烈愿望，希望能一展身手。然世事维艰，曹丕登基后，曹植的政治地位一落千丈，故不得不在遭受监视和迫害中生活。这首诗为自剖心意之作，先言时间流逝，表达要求入世进取的雄心壮志。随后用“孔氏删诗书，王业粲已分”作开脱之辞，婉转地指出无缘实现追求建功立业的理想的原因。最后用“骋我径寸翰，流藻垂华芳”二句作结，表达欲借著述垂名青史的意愿。诗一波三折，隐含了诗人的不平之气。

豫章行二首

题解

豫章行：乐府旧题。郭茂倩将其收入《乐府诗集·相和歌辞·清调曲》。《乐府诗集》卷三十四载古辞《豫章行》："白杨初生时，乃在豫章山。上叶摩青云，下根通黄泉。凉秋八九月，山客持斧斤。我□何皎皎，梯落□□□。根株已断绝，颠倒岩石间。大匠持斧绳，锯墨齐两端。一驱四五里，枝叶自捐□。□□□□□□，会为舟船蟠。身在洛阳宫，根在豫章山。多谢枝与叶，何时复相连？吾生百年□，自□□□俱。何意万人巧，使我离根株。"该诗有两首，第一首慨叹穷达无定，劝告统治者应及时选拔贤能。第二首抒写了兄弟之情遭受破坏的感慨。

其 一

穷达难豫图，祸福信亦然。虞舜不逢尧，耕耘处中田。
太公未遭文，渔钓终渭川。不见鲁孔丘，穷困陈蔡间。
周公下白屋，天下称其贤。

新解

穷达难豫图，祸福信亦然——人的贫穷与通达难以预料，祸福无常也同样难以预料。豫图：预料。信：诚然，确实。

虞舜不逢尧，耕耘处中田——如果虞舜没有遇到帝尧的话，将终生在田间耕作。虞舜：古代贤明的帝王。汉·司马迁《史记·五帝本纪》："尧曰：'嗟！四岳：朕在位七十载，汝能庸命，践朕位？'……众皆言于尧曰：'有矜在民间，曰虞舜。'……于是帝尧老，命舜摄行天子之政，以观天命。"中田：田中。

太公未遭文，渔钓终渭川——如果姜太公不遇到周文王的话，将会永远在渭河垂钓，直到死去。汉·司马迁《史记·齐太公世家》："吕尚盖尝穷困，年老矣，以渔钓奸周西伯。西伯将出猎，卜之，曰'所获非龙非彨，非虎非罴；所获霸王之辅'。于是周西伯猎，果遇太公于渭之阳，与语大说，曰：'自吾先君太公曰'当有圣人适周，周以兴'。子真是邪？吾太公望子久矣。'故号之曰'太公望'，载与俱归，立为师。"遭：遇到。

不见鲁孔丘，穷困陈蔡间——你没有看到鲁国的孔丘吗？周游列国时穷困潦倒在陈地和蔡地。鲁孔丘：指孔子。孔子名丘，春秋时鲁国人，故称。陈：春秋时国名，在今河南、安徽交接处。蔡：春秋时国名，在今河南上蔡、汝南境内。《庄子·杂篇·让王》："孔子穷于陈、蔡之间，七日不火食，藜羹不糁，颜色甚惫，而弦歌于室。"

周公下白屋，天下称其贤——周公能礼遇居住在茅草屋中的贫困贤士，天下的人都称赞他的贤德。周公：周文王之子，武王弟，姓姬名旦。白屋：贫贱者居住的茅屋。汉·司马迁《史记·鲁周公世家》：“周公戒伯禽曰：‘我文王之子，武王之弟，成王之叔父，我于天下亦不贱矣。然我一沐三捉发，一饭三吐哺，起以待士，犹恐失天下之贤人。子之鲁，慎无以国骄人。”

新评

曹丕即位后，曹植屡屡遭受政治上的打击。这一时期，因受到无端的猜忌，曹植被迫处于迁徙不定的生活状态之中。玩味诗意，这首诗应写于曹丕登上帝位之后。首二句以“穷达”领起全诗，抒写了人生无常、穷达不定的感慨。三至六句以虞舜、姜太公的穷达之事补足上意。“不见鲁孔丘”二句以孔子怀才不遇、厄于陈蔡之事，暗示自己的困境，借此诉说难以承受的痛苦。末二句表白心迹，希望统治者能像周公那样礼贤下士，给自己报效国家的机会。

其　二

鸳鸯自朋亲，不若比翼连。他人虽同盟，骨肉天性然。
周公穆康叔，管蔡则流言。子臧让千乘，季札慕其贤。

新解

鸳鸯自朋亲，不若比翼连——鸳鸯虽然雌雄不离，但仍不能像比翼鸟那样连在一起。鸳鸯：鸟类。嘴扁颈长，趾间有蹼，善游水，雌雄多成对生活于水边。此处比喻朋友。朋亲：相互亲近。朋，并，匹。比翼：比翼鸟。此指兄弟。

他人虽同盟，骨肉天性然——即使与他人结盟，也不可能像亲兄弟那样密切，因为亲兄弟之间有着血缘关系。同盟：结盟。曹丕与“四友”即司马懿、陈群、吴质、朱铄友善，四人助曹丕继承帝位，结盟即指此。骨肉：比喻兄弟。

周公穆康叔，管蔡则流言——因周公与康叔和睦友善，管叔和蔡叔就散布流言，诬陷他们将做出不利于周成王的事情。穆：同睦，和睦相亲。康叔：名封，周文王幼子，初封于康，故名。管蔡：指周武王的弟弟管叔和蔡叔。他们勾结武庚，发动了反对周成王的叛乱，后为周公所平。《尚书·周书·金縢》：“武王既丧，管叔及其群弟乃流言于国，曰：‘公将不利于孺子。’周公乃告二公曰：‘我之弗辟，我无以告我先王。’”

子臧让千乘，季札慕其贤——子臧拒绝了诸侯立自己为国君的建议，季札十分仰慕他的贤德。子臧：春秋时曹国的公子。季札：春秋时吴王寿梦的幼子。《左传·襄公十四年》：“吴子诸樊既除丧，将立季札。季札辞曰：曹宣公之卒也，诸侯与曹人不义曹君，将立子臧，子臧去之，遂弗为也，以成曹君。君子曰：能守节。君义嗣也，谁敢奸君！有国非吾节也。札虽不才，愿附于子臧，以无失节。固立之，弃其室而耕，乃舍之。”让：让国，辞让国家。千乘：指诸侯。古代一车四马为一乘。周制，天子地方千里，出兵车万乘；诸侯地方百里，出兵车千乘。故以万乘称天子，千乘称诸侯。

新评

诗应作于黄初(魏文帝曹丕年号，220—226)初年。首句以“鸳鸯”起兴，为言兄弟之情作必要的铺垫。在诗人看来，兄弟之情远胜过“同盟”之情。末四句曹植通过叙述历史上兄弟相亲、相斥的事例，表达了兄弟和睦、齐心协力不会为外人所乘的心意。曹操死后，曹丕登上帝位，因担心位置不稳，因此对同胞兄弟曹植、曹彪、曹彰等进行了无情的打击。很显然，曹植无法接受这一残酷的局面，故借诗发出忠告，希望曹丕能改变行为。

美女篇

题解

诗以美女盛年难嫁喻怀才不遇、壮志难酬的苦闷。美女篇：曹植自创的乐府新题。郭茂倩将其收入《乐府诗集·杂曲歌辞·齐瑟行》。

美女妖且闲，采桑歧路间。柔条纷冉冉，落叶何翩翩！
攘袖见素手，皓腕约金环。头上金爵钗，腰佩翠琅玕。
明珠交玉体，珊瑚间木难。罗衣何飘飖，轻裾随风还。
顾盼遗光采，长啸气若兰。行徒用息驾，休者以忘餐。
借问女安居？乃在城南端。青楼临大路，高门结重关。
容华耀朝日，谁不希令颜。媒氏何所营，玉帛不时安。
佳人慕高义，求贤良独难。众人徒嗷嗷，安知彼所观。
盛年处房室，中夜起长叹。

新解

美女妖且闲，采桑歧路间——那个美丽娴雅的姑娘，在田间的岔路上采摘桑叶。妖：艳冶。闲：同娴，娴雅，幽静，指品质。

柔条纷冉冉，落叶何翩翩——树上的枝条十分柔弱，采下的叶子仿佛在飞动。冉冉：柔弱的样子。翩翩：飞动的样子。

攘袖见素手，皓腕约金环——卷起袖子露出纤长白净的手，白嫩的手腕上缠绕着光彩夺目的金色手环。攘：卷起。约：缠束。

头上金爵钗，腰佩翠琅玕——头上戴着雀形的金钗，腰间佩戴翠绿的玉石。金爵钗：钗头饰有雀形的发钗。爵，同雀。琅玕(lánggān)：似玉的美石。

明珠交玉体，珊瑚间木难——明亮的珍珠、珍贵的珊瑚和高贵的木难交错间杂在一起，佩戴在她那美丽如玉的身上。交：纵横交错，交叉。珊瑚：虫名，其骨骼色泽美丽，形似琅玕，红润如玉，可做珠。间：间杂。木难：珠宝名。明·杨慎《升庵集》卷六十六云："曹子建诗：'明珠交玉体，珊瑚间木难。'注引《南越志》云：'木难，金翅鸟沫所成碧色珠也，大秦国珍之。'按其形色则今东方所谓祖母绿也。"木，一作玉。

罗衣何飘飖，轻裾随风还——丝罗制成的衣服随风飘动，轻轻的衣襟随风旋转。飘飖：一作飘飘。裾：衣服的大襟。还：同旋，旋转。

顾盼遗光采，长啸气若兰——她回头一看留下动人的光彩，她吹一声长长的口哨，散发出兰花一般沁人的香气。盼：一作眄，当作盼。啸：撮口吹出声音。若兰：芬芳的香气像兰花一样。

行徒用息驾，休者以忘餐——走路的人见到她，因此停下车子，忘了赶路；休息的人见到她，因此忘记了吃饭。"行徒"二句：化用汉乐府《陌上桑》"行者见罗敷，下担捋髭须。少年见罗敷，脱帽着绡头。耕者忘其犁，锄者忘其锄。来归相怨怒，但坐观罗敷"句意。徒：步行。用：因而，因此。息：停止。驾：车驾。以：因而，因此。

借问女安居？乃在城南端——请问这位美女，你住在哪里？原来，她就住在城的南边。安：哪里。

青楼临大路，高门结重关——她住的青色高楼紧靠在大路旁，高大的门上有两重门闩。青楼：涂为青色的高楼，是古代女子居处的通称。临：靠近。结：连接。重关：两道门闩。关，门闩。

容华耀朝日，谁不希令颜——她那美丽的容貌可以和初升的太阳争辉，谁不钦慕她那美丽的容颜呢？容华：美丽的容貌。战国楚·宋玉《神女赋》："其始来也，耀乎若白日初出照屋梁。"希：钦慕。令颜：美好的容颜。令，善。

媒氏何所营，玉帛不时安——媒人在做什么呢？为什么不让人及时准备好玉帛，前来聘娶她呢？营：经营。玉帛：指古代行聘礼时所用的束帛、珪璋等物。时：及时。安：安放，安置。

佳人慕高义，求贤良独难——佳人钦慕高洁仁义的人，但要找到真正的贤良确实是太难了。高义：高洁仁义的人。良：诚然，确实。

众人徒嗷嗷，安知彼所观——众人在那里白白地吵闹喧哗，浪费时间，他们哪里知道她自有高见呢？徒：徒然。一作何。嗷嗷：众口喧哗声。观：观点，对事物的认识或看法。

盛年处房室，中夜起长叹——因为找不到心爱的人儿，正当盛年的她只能独自住在深闺中。乃至于深夜里无法入睡，起身发出长长的叹息。

新评

诗通过叙述美女盛年不嫁，抒发了怀才不遇、壮志难酬的情怀。《美女篇》在文学史上有很高的地位。具体地讲，一是曹植继承了屈原确立的文化传统。如在抒写情志方面，屈原以美人、香草为载体表达其政治诉求，这首诗亦以美人盛年不嫁为切入点，抒发"佳人慕高义，求贤良独难"的感慨。二是继承了汉乐府的叙事风格，并在此基础上，提高了汉乐府的叙述质量。一般认为，《美女篇》在叙述结构、情节、语言等方面承袭了《陌上桑》。然而，仔细推敲就可以发现，《陌上桑》通过层层铺垫和渲染采桑女的天生丽质，旨在塑造一个美的形象。相比之下，《美女篇》则是在塑造美的形象的基础上，抒写别有寄托的情怀。故清代学者丁晏指出："美女者，以喻君子，言君子有美行，愿得明君而事之，若不遇时，虽见征求，终不屈也。"(《曹集诠评》)可谓是揭示了《美女篇》的审美内涵。三是自汉末文人五言诗《古诗十九首》问世以后，真正致力于五言诗创作的文人主要是曹植。然而，在曹植五言诗中，《美女篇》又堪称上乘之作，因此，深入解构《美女篇》的创作成就，对于我们全面理解中国文学史及诗歌史具有特别的意义。

游　仙

题解

诗表达了厌弃现实和向往仙界的情感。

人生不满百，戚戚少欢娱。意欲奋六翮，排雾陵紫虚。
蝉蜕同松乔，翻迹登鼎湖。翱翔九天上，骋辔远行游。
东观扶桑曜，西临弱水流。北极登玄渚，南翔陟丹邱。

新解

人生不满百，戚戚少欢娱——人生短暂，不足百年，却又常常愁苦而缺少欢乐。戚戚：愁苦的样子。一作岁岁。

意欲奋六翮，排雾陵紫虚——真想挥动鸟的翅膀，排除雾气，飞上紫色的天空。六翮：指鸟的两翼。汉·王充《论衡·无形篇》："图仙人之形，体生毛，臂变为翼，行于云，则年增矣，千岁不死。"陵：同凌。紫虚：天空。因云霞映日，天空呈紫色，故称。

蝉蜕同松乔，翻迹登鼎湖——蝉蜕的过程就像赤松子和王子乔脱离凡尘，修炼成仙的过程。经过修炼，黄帝长生不死，从鼎湖那里登天成仙。蝉蜕：指蝉自幼虫变为成虫时脱下的壳。此喻脱胎换骨，经过修炼，脱离尘世成为神仙。松：赤松子。传说中的仙人。汉·刘向《列仙传》："赤松子者，神农时雨师也，服水玉以教神农，能入火自烧。往往至昆仑山上，常止西王母石室中，随风雨上下。炎帝少女追之，亦得仙俱去。至高辛时复为雨师，今之雨师本是焉。"乔：王子乔。传说中的仙人。见《仙人篇》注。翻：飞。鼎湖：荆山脚下的湖泊，传说黄帝曾在此铸鼎，乘龙登天成仙。

翱翔九天上，骋辔远行游——翱翔到九重天的上面，放开马缰绳，到遥远的地方遨游。

东观扶桑曜，西临弱水流——向东，可以看到太阳在扶桑树上发出耀眼的光芒；向西，将濒临西王母居住的弱水。曜(yào)：照耀，光芒。弱水：水名，传说靠近西王母的住所。《山海经·大荒西经》："(昆仑山)其下有弱水之渊。"南朝宋·范晔《后汉书·西域传·大秦》："西有弱水、流沙，近西王母所居处。"

北极登玄渚，南翔陟丹邱——走到北方的尽头，可以登上水中的小洲；向南飞翔，可以登上神仙居住的丹邱。登玄渚：一作玄天渚。玄渚，水中洲渚。陟：登也。丹邱：传说中神仙居住的地方。

新评

这是一首游仙诗，似作于曹丕登基以后。因政治上屡遭排斥、怀才不遇的苦闷，遂使曹植产生了游仙的想法。首二句化用古诗，慨叹生命短暂无常带来的忧虑。"意欲"二句故作振奋语，以此来表达像赤松子、王子乔和黄帝那样脱离尘世的玄想。言在此，意在彼，诗人旨在借助于修炼成仙来表达厌恶现实的心意。后六句以细致的笔墨描摹遨游仙界的自由和尽兴，通过对理想世界的歌颂来进一步抒发心中的怨愤。

五游咏

题解

通过抒写游仙来表达对长生的渴望。五游：乐府旧题。郭茂倩将其收入《乐府诗集·杂曲歌辞》。五游，指漫游天下四方和上天。

九州不足步，愿得凌云翔。逍遥八纮外，游目历遐荒。
披我丹霞衣，袭我素霓裳。华盖芬晻蔼，六龙仰天骧。
曜灵未移景，倏忽造昊苍。阊阖启丹扉，双阙曜朱光。

徘徊文昌殿，登陟太微堂。上帝休西棂，群后集东厢。
带我琼瑶佩，漱我沆瀣浆。踟蹰玩灵芝，徙倚弄华芳。
王子奉仙药，羡门进奇方。服食享遐纪，延寿保无疆。

新解

九州不足步，愿得凌云翔——九州太小了，连散步的地方都不够。我希望能飞到白云的上方去翱翔。九州：指中国，旧称中国由九个州组成。据《尚书·禹贡》，九州为冀州、兖州、青州、徐州、扬州、荆州、豫州、梁州、雍州。凌云：登上云端。凌，升，登上。

逍遥八纮外，游目历遐荒——遨游到八方极远的地方，放眼望去，荒僻边远的地方尽收眼底。八纮：八方极远之地。汉·刘安《淮南子·地形训》："九州之外，乃有八殥……八殥之外而有八纮……八纮之外乃有八极。"游目：放眼远望。历：经历。遐荒：边远荒僻之地。

披我丹霞衣，袭我素霓裳——披上红霞般的仙衣，再穿上白色的裳裙。丹霞衣：古代方士想象中的仙人的服饰。我：诗人自称。下同。袭：服，穿。素：白色。霓裳：神仙的衣裳。相传神仙以云为裳。楚·屈原《九歌·东君》："青云衣兮白霓裳，举长矢兮射天狼。"

华盖芬晻蔼，六龙仰天骧——华丽的车盖芳香繁盛，驾车的六龙昂首向天，快速地奔跑。芬：一作纷。晻蔼：繁盛的样子。六龙：为日神驾车的六条龙。骧：马昂首奔驰。

曜灵未移景，倏忽造昊苍——太阳投下的影子还没有移动，顷刻间已来到天上。曜灵：太阳。景：即影子。倏忽：顷刻之间。造：到。昊苍：青天。

阊阖启丹扉，双阙曜朱光——打开红色的天门，两边的楼台上发出耀人的红光。阊阖：神话中的天门。启：打开。丹扉：红门扇。阙：宫门、城门两侧的高台，中间有道路，台上起楼观。汉·刘熙《释名·释宫室》："阙，在门两旁，中央阙然为道也。"曜：照耀，辉映。

徘徊文昌殿，登陟太微堂——在文昌殿里徘徊观览，随后又登上太微堂。文昌：星名，在北斗魁前，共有六星，成半月形。陟：登。太微：星名。在北斗之南，共有十星，以五帝座为中枢，成屏藩之状。汉·王逸《楚辞章句·远游章句》："天有三宫：紫宫、太微、文昌也。"

上帝休西棂，群后集东厢——天帝靠着西边的窗子坐着，四方诸侯聚集着坐在东边。上帝：天帝。休：当作伏，依凭。伏棂，犹临轩。西棂：西窗。棂，窗户或栏杆上雕有花纹的格子。群后：四方诸侯。厢：边，旁。

带我琼瑶佩，漱我沆瀣浆——天帝为我戴上美丽的玉佩，让我饮露水止渴。琼瑶：美玉。漱：饮，喝。沆瀣：露水。汉·王逸《楚辞章句·远游》引《陵阳子明经》：

“冬饮沆瀣，沆瀣者，北方夜半气也。”

踟蹰玩灵芝，徙倚弄华芳——缓慢地行走，观赏路旁的灵芝；徘徊不前，玩赏路边芳香的花草。踟蹰：徘徊不前，缓行。玩：观赏。徙倚：徘徊，逡巡。弄：玩赏。华芳：即芳华，芳香的花。

王子奉仙药，羡门进奇方——王子乔献上仙药，羡门子高进献给我奇妙的长生药方。王子：指仙人王子乔。奉：献。羡门：羡门子高，传说中的仙人。汉·司马迁《史记·秦始皇本纪》：“三十二年，始皇之碣石，使燕人卢生求羡门、高誓。刻碣石门。”奇方：奇妙的长生不老的药方。

服食享遐纪，延寿保无疆——服食以后就可以享受长寿高龄，延年益寿，永无尽头。遐纪：遐年，高龄。无疆：没有限度。

新评

诗人满怀热情赞美了神仙世界，在这一世界中，诗人可以自由地飞翔，任意驰骋，不受约束。可以服食长生。然而，这一切毕竟是虚幻的，当诗人面对现实、回到现实时，还能这样逍遥吗？透过这首诗，似可以看到曹植不甘寂寞的心灵。

泰山梁甫行

题解

诗描写了海边百姓的困苦生活。泰山梁甫行：乐府旧题。郭茂倩将其收入《乐府诗集·相和歌辞·楚调曲》。梁甫，泰山下面的小山。相传人死后魂魄归于泰山梁甫。

八方各异气，千里殊风雨。剧哉边海民，寄身于草墅。
妻子象禽兽，行止依林阻。柴门何萧条，狐兔翔我宇。

新解

八方各异气，千里殊风雨——各地气候不同，千里之内，有的地方刮风，有的地方下雨。异气：气候不同。殊：不同。

剧哉边海民，寄身于草墅——海边百姓的生活是多么艰苦啊，他们托身于用茅草建成的村舍里。剧：此指生活艰苦。寄身：托身，存身。墅：田庐，村舍。一作野。

妻子象禽兽，行止依林阻——妻子儿女就像禽兽那样露不遮体，生活在艰难险阻的山林中。行止：行动和停留，泛指日常生活。林阻：山林险阻之地。

柴门何萧条，狐兔翔我宇——简陋的柴门是多么冷落和萧瑟，狐狸、野兔肆无忌惮地绕行在房屋的四周。萧条：冷落，萧瑟。翔：绕行。宇：屋边。

新评

诗人用白描手法描绘了海边百姓的艰苦生活。首二句虽言各地的风俗不同，但从“寄身于草墅”“妻子象禽兽”“狐兔翔我宇”等诗句中可见诗人的同情态度。

丹霞蔽日行

题解

诗以殷亡周立、秦汉倾覆的历史抒发疏远宗室必将会导致覆亡的感慨。丹霞蔽日行：乐府旧题。郭茂倩将其收入《乐府诗集·相和歌辞·瑟调曲》。

纣为昏乱，虐残忠正。周室何隆？一门三圣。
牧野致功，天亦革命。汉祚之兴，阶秦之衰。
虽有南面，王道陵夷。炎光再幽，殄灭无遗。

新解

纣为昏乱，虐残忠正——商纣王为政昏暗淫乱，虐待残害忠诚正直的大臣。纣：商王朝末代君主。帝乙之子，名受，号帝辛，史称纣王。虐：残暴。忠正：忠良正直的大臣。《韩非子·难言》：“故文王说纣，而纣囚之。翼侯炙，鬼侯腊，比干剖心，梅伯醢。”虐残忠正：一作残忠虐正。

周室何隆？一门三圣——周王室为什么会兴旺发达呢？是因为出现了三个圣人。隆：兴旺。三圣：指周文王姬昌、武王姬发、周公姬旦。

牧野致功，天亦革命——在讨伐商纣的牧野之战中，周朝大获全胜，顺应天命，建立周朝。牧野：地名，在商都朝歌南郊三十里，今河南淇县南。周武王会盟诸侯，战于牧野，纣军倒戈，纣王兵败，遂自焚鹿台。致功：成功。革命：实施变革，以应天命。古人认为帝王受命于天，因而又称朝代更替为革命。《易经·革卦·爻辞》：“汤武革命，顺乎天而应乎人。”革，变革。命，顺应天命。

汉祚之兴，阶秦之衰——汉王朝的兴起，是因为秦王朝的衰落。汉祚：汉家天下。祚，君位，国统。一作祖。阶秦：一作秦阶。阶，因为。

虽有南面，王道陵夷——秦始皇虽面南而坐，号令天下，但终因不行王道，国家走向衰败。南面：代指帝王。因古代帝王皆面南而坐。秦·吕不韦《吕览·士容论》：“南面称寡。”汉·高诱注：“南面，君位也。”王道：仁义之道，喻仁政。陵夷：衰落。此指曹丕残害宗室，不行仁义。汉·司马迁《史记·高祖功臣侯者年表》：“始未尝不欲固其根本，而枝叶稍陵夷衰微也。”

炎光再幽，殄灭无遗——汉代经历一次又一次的战乱后，终于走向了灭亡。炎光：言汉代的统治权力。汉代又称炎汉、炎刘。再幽：指西汉末王莽代汉，东汉末董卓专权。幽，暗。殄灭：绝火。殄，一作忽。无遗：无馀。

新评

争立太子为曹植不幸的命运埋下了隐患。曹丕即位后，对曹植及同胞兄弟进行了残酷的迫害和打击。针对这一情况，曹植怀着满腔的悲愤写下了此诗。诗从商纣亡国、周王朝兴起入笔，言汉兴秦衰之因。又以“王道陵夷”警示曹丕，借此曲折地表达对疏远、残害宗室的愤懑之情。

怨歌行

题解

诗抒写了为臣之难、忠而见疑、难以自陈的情绪。怨歌行：乐府旧题，《文选》有班婕妤《怨歌行》。郭茂倩将其收入《乐府诗集·相和歌辞·楚调曲》。

为君既不易，为臣良独难。忠信事不显，乃有见疑患。
周旦佐文武，金縢功不刊。推心辅王政，二叔反流言。
待罪居东国，泫涕常流连。皇灵大动变，震雷风且寒。
拔树偃秋稼，天威不可干。素服开金縢，感悟求其端。
公旦事既显，成王乃哀叹。吾欲竟此曲，此曲悲且长。
今日乐相乐，别后莫相忘。

新解

为君既不易，为臣良独难——当君主的很不容易，当臣子也确实难啊。“为君”二句：《论语·子路》：“为君难，为臣不易。”良：诚然，确实。

忠信事不显，乃有见疑患——做忠信的事情还没有被人知道，被怀疑的祸患就已出现。

周旦佐文武，金縢功不刊——周公旦辅佐周文王、周武王时，没有人知道他曾经写下《金縢》的功劳，在《金縢》中，周公旦向神提出了代替病重的周武王去死的请求。周旦：周公旦。一作周公。文武：周文王和周武王。一作成王。金縢：用金属制的带子将收藏书契的箱柜封存起来。据《尚书·周书·金縢》，周武王病重，周公旦作策书告神请求代武王死，事后把策书放在用金属封口的箱子里。后来，周成王开箱看到策书后，才知道周公旦忠诚可信。功不刊：不公开自己的功劳。

汉·司马迁《史记·鲁周公世家》:“周公藏其策金縢匮中,诫守者勿敢言。”刊,刻,雕刻。此指公开、显露。

推心辅王政,二叔反流言——周公诚心诚意地辅佐王政,管叔、蔡叔反而用流言蜚语诋毁他。推心:推心置腹,诚心诚意。推,排。政:一作室。流言:散布谣言。《尚书·周书·金縢》:“武王既丧,管叔及其群弟乃流言于国,曰:‘公将不利于孺子。’周公乃告二公曰:‘我之弗辟,我无以告我先王。’”《史记·鲁周公世家》:“其后武王既崩,成王少,在强葆之中。周公恐天下闻武王崩而畔,周公乃践阼代成王摄行政当国。管叔及其群弟流言于国曰:‘周公将不利于成王。’”

待罪居东国,泫涕常流连——周公奔往楚国,等候朝廷的处罚。他想着朝廷的大事,常常痛哭流涕,难以抑制。待罪:等候处罚。东国:东面的诸侯国,此指楚国。《史记·鲁周公世家》载:“初,成王少时,病,周公乃自揃其蚤沈之河,以祝于神曰:‘王少未有识,奸神命者乃旦也。’亦藏其策于府。成王病有瘳。及成王用事,人或谮周公,周公奔楚。成王发府,见周公祷书,乃泣,反周公。”泫涕:落泪。泫,一作泣。

皇灵大动变,震雷风且寒。拔树偃秋稼,天威不可干——上天出现了巨大的变异,一时间,雷电交加,寒风大作,拔起了大树,吹倒了即将秋熟的庄稼。这真是,上天的威严有着不可抗拒的力量。皇灵:天帝。动变:变异。偃:倒伏。干:冒犯,抗拒。《尚书·周书·金縢》:“秋,大熟,未获,天大雷电以风,禾尽偃,大木斯拔。”《史记·鲁周公世家》:“周公卒后,秋未获,暴风雷,禾尽偃,大木尽拔。”

素服开金縢,感悟求其端——身着祭祀时的白色衣服,周成王打开金縢,发现周公祷天的文告,深受感动而明白了事情的原委。素服:祭天时穿的白色衣服。感悟:受感动而醒悟。端:原委。

公旦事既显,成王乃哀叹——周公旦忠于朝廷的事情大白于天下后,成王感叹不已,感到十分愧疚。《尚书·周书·金縢》:“邦人皆大恐,王与大夫尽弁,以启金縢之书,乃得周公所自以为功,代武王之说。二公及王乃问诸史与百执事。对曰:‘信。噫!公命,我勿敢言。’王执书以泣,曰:‘其勿穆卜。昔公勤劳王家,惟予冲人弗及知;今天动威,以彰周公之德;惟朕小子其新逆,我国家礼亦宜之。’”

吾欲竟此曲,此曲悲且长。今日乐相乐,别后莫相忘——我想立即唱完这支曲子,但是这支曲子又悲又长。今天姑且尽情地欢乐,离别后不要互相遗忘。竟:终。悲且长:情绪悲伤而不能完全倾吐。“吾欲”四句:为乐府歌辞中常用的套语,与正文无关,是配乐时加上的。

新评

关于此诗的作者,一向众说纷纭。然而,将著作权归于曹植当不成问题。据载,太和元年(227)秋天，曹魏发生了一场大的自然灾害。这首诗叙述了周公旦忠于朝廷之事，从其内容看，似与曹植的生平事迹相关。如先写周公旦尽心尽力地辅佐成王，被管叔、蔡叔中伤一事；又写周公旦被迫流亡楚国、心中想着朝廷之事；再写老天爷为周公旦鸣怨，降下自然灾害事。这些似乎都有曹丕登基后，曹植因受猜忌而被迫四处迁移的影子。此外，诗有“为臣良独难”“忠信事不显，乃有见疑患”等句，也与曹植一再地上表朝廷，希望为国效力的思想相通。诗虽多用曲笔，但从曹植生平事迹入手，似可见诗人忠于曹魏的火热之心。

平陵东行

题解

这首诗表达了诗人企羡长生的愿望。平陵东：乐府旧题。郭茂倩将其收入《乐府诗集·相和歌辞·相和曲》。平陵，地名。在今陕西咸阳北。

阊阖开，天衢通，被我羽衣乘飞龙。
乘飞龙，与仙期，东上蓬莱采灵芝。
灵芝采之可服食，年若王父无终极。

新解

阊阖开，天衢通，被我羽衣乘飞龙——天门打开后，天路畅通，披上羽衣乘坐飞龙升天而去。阊阖：天门。天衢：天路。衢，四通八达的大路。被：通披，穿着。羽衣：见《仙人篇》注。

乘飞龙，与仙期，东上蓬莱采灵芝——乘飞龙，和仙人约定时间，一起到东面的蓬莱山上采摘灵芝。期：约会。

灵芝采之可服食，年若王父无终极——采到灵芝，服食后，就可以像东王父一样长生不老、永无尽时了。王父：东王父，又称东王公，仙人，西王母的配偶神。《海内十洲记》：“扶桑在碧海之中，地方万里，上有太帝宫，太真东王父所治处。”

新评

诗抒写渴望长生的玄想。这首诗语言简练，节奏性强，颇富韵味。其中，有意识地运用顶真手法，细腻地传达了诗人飞升成仙的迫切心情。

苦思行

题解

诗描述了仙游时，隐士教以“忘言”的情境。苦思行：曹植自创的乐府新题。郭茂倩将其收入《乐府诗集·杂曲歌辞》。

绿萝缘玉树，光曜粲相晖。下有两真人，举翅翻高飞。
我心何踊跃！思欲攀云追。郁郁西岳巅，石室青葱与天连。
中有耆年一隐士，须发皆皓然，策杖从吾游，教我要忘言。

新解

绿萝缘玉树，光曜粲相晖——绿绿的女萝缠绕在玉树上，绿萝和玉树光辉灿烂，互相辉映。萝：女萝，藤类植物。缘：攀，缠绕。玉树：传说中仙界的珍木。

下有两真人，举翅翻高飞——玉树下有两位仙人，正打算举起翅膀，向高空中飞翔。真人：仙人。梁·任昉《述异记》卷下：“相州栖霞谷昔有桥顺，二子于此得仙，服飞龙一丸，十年不饥。故魏文诗曰‘西山有仙童，不饮亦不食’，即此也。”

我心何踊跃！思欲攀云追——见到这一景象，我心情激动，一心想翻上云彩，去追赶他们。踊跃：跳动。此指心情激动。攀：翻。

郁郁西岳巅，石室青葱与天连——我来到郁郁葱葱的华山顶峰上，远远地见到那石洞一片青葱，与天相连。西岳：华山。在今陕西华阴境内。青葱：一作青青。深蓝色。

中有耆年一隐士，须发皆皓然——石洞中住着一位年已六十的隐士，头发和胡须都已经白了。耆年：年龄六十岁。皓然：白。

策杖从吾游，教我要忘言——他拄着拐杖和我一起优游，教导我应忘言，不问世事。策：拄着拐杖。吾：一作我。忘言：语本《庄子·外物》：“言者所以在意，得意而忘言。”

新评

黄初(魏文帝曹丕年号，220—227)以降，曹植一直处于艰难的环境中，在流言中伤和打击迫害下，他努力寻求解脱的途径，以求仙作为精神的避难所。然而，他又意识到，仙人踪迹难以寻觅，遂选择不问世事、沉默自保的人生态度。“教我要忘言”，其实是借隐士之口来表白自己的心迹。这看似消极的沉默，包含了许多的痛苦和无奈。

远游篇

题解

诗借游仙表达了现实中受排挤的苦闷。远游篇：乐府旧题。郭茂倩将其收入《乐府诗集·杂曲歌辞》。

远游临四海，俯仰观洪波。大鱼若曲陵，承浪相经过。
灵鳌戴方丈，神岳俨嵯峨。仙人翔其隅，玉女戏其阿。
琼蕊可疗饥，仰首吸朝霞。昆仑本吾宅，中州非我家。
将归谒东父，一举超流沙。鼓翼舞时风，长啸激清歌。
金石固易敝，日月同光华。齐年与天地，万乘安足多。

新解

远游临四海，俯仰观洪波——远游时来到四海，向下俯视大海滚滚的波涛。俯仰：偏义复词。俯视的意思。

大鱼若曲陵，承浪相经过——脊背像山丘一样起伏的大鱼乘着海浪往来不绝。曲陵：山丘。承：一作乘。驾驭。经过：往来。

灵鳌戴方丈，神岳俨嵯峨——神龟背负方丈仙山，昂然独立，高峻无比。灵鳌：传说中的神龟。戴：负。方丈：又称方壶，传说中的海上仙山之一。《列子·汤问》："其中有五山焉。一曰岱舆，二曰员峤，三曰方壶，四曰瀛洲，五曰蓬莱。其山高下周旋三万里，其顶平处九千里，山之中间相去七万里以为邻居焉。其上台观皆金玉，其上禽兽皆纯缟，珠玕之树皆丛生，华实皆有滋味，食之皆不老不死。所居之人皆仙圣之种，一日一夕飞相往来者不可数焉。而五山之根无所连著，常随潮波上下，往还不得暂峙焉。仙圣毒之，诉之于帝，帝怒流于西极失群圣之居，乃命禺强使巨鳌十五举首而戴之，迭为三番。六万岁一交焉，五山始峙。"神岳：指方丈仙山。俨：昂立。嵯峨：高峻。

仙人翔其隅，玉女戏其阿——仙人在山间角落里飞翔，神女在山间角落里嬉戏。隅、阿：均指山间角落。玉女：太华山神女。

琼蕊可疗饥，仰首吸朝霞——服食玉屑可以解除饥饿，抬起头可以吸收朝霞的精气。琼蕊：玉屑。传说仙人以玉屑为食。琼，美玉。疗：止，解除。吸朝霞：吸收朝霞的精气。宋·李昉等《太平御览·道部·服饵上》："《真人周君内传曰》：'紫阳真人周义山……好独坐静处，精思微密，常以平旦出，日之初，面东嗽日服气，旦旦如此。'"

昆仑本吾宅，中州非我家——昆仑山本是我的居处，中州那个地方不是我的家乡。昆仑：昆仑山。传说神仙的居所。《山海经·海内西经》："海内昆仑之墟，在西北，帝之下都。昆仑之墟，方八百里，高万仞。上有木禾，长五寻，大五围。面有九井，以玉为槛。面有九门，门有开明兽守之，百神之所在。"中州：指中国。吾、我：仙人自称。

将归谒东父，一举超流沙——我打算回来拜会东王父，纵身飞起，一下子就越过了浩瀚的沙漠。谒：拜会。东父：东王公。仙人，西王母的配偶神。《海内十洲记》："扶桑在碧海之中，地方万里，上有太帝宫，太真东王父所治处。"举：飞。超：越。流沙：沙漠，沙常因风吹而流动，故称。

鼓翼舞时风，长啸激清歌——在和风中，挥动双翼，翩翩起舞。一声长啸，扬起一曲高歌。鼓：动。时风：和风。啸：撮口吹出声音。激：扬。清歌：高歌。

金石固易敝，日月同光华——金石虽然坚固，但容易毁坏。只有日月与它的光华能永远存在。固：坚固。敝：毁坏。一作弊。

齐年与天地，万乘安足多——如果能成仙，和天地齐年，皇帝之位又有什么值得羡慕的呢？万乘：天子的代称。古代天子兵车万乘，故以万乘代天子之称。汉武帝听到黄帝成仙的事迹后，感慨道："嗟乎！吾诚得如黄帝，吾视去妻子如脱躧(xǐ，鞋子)耳。"(《史记·封禅书》)

新评

诗与屈原《远游》有一脉相承的关系。东汉王逸《楚辞章句》论屈原《远游》时说："屈原履方直之行，不容于世，困于谗佞，无所告诉，乃思与仙人俱游戏，周历天地，无所不至焉。"在国势岌岌可危的时刻，屈原提出一系列的改革方案，试图挽救楚国的危机，然而，却受到楚国旧贵族的打击，为此，屈原写下"悲时俗之追厄兮，愿轻举而远游"(《远游》)的悲愤之辞。曹丕登基后，曹植也屡屡遭受政治迫害，这种状况与屈原遭受政治上的遗弃有极大的相似之处。由于这样的缘故，师法屈原，远游仙界，追寻精神上的自由和寄托，遂成为这首诗的主旋律。

吁嗟篇

题解

这首诗应作于太和二年(228)曹植自浚仪返雍丘后。诗以转蓬自比，哀叹流离辗转时的痛苦遭遇。吁嗟篇：曹植拟《苦寒行》而作。郭茂倩将其收入《乐府诗集·相和歌辞·清调曲》。吁嗟，叹息声。

吁嗟此转蓬，居世何独然。长去本根逝，宿夜无休闲。

东西经七陌，南北越九阡。卒遇回风起，吹我入云间。
自谓终天路，忽然下沉渊。惊飙接我出，故归彼中田。
当南而更北，谓东而反西。宕宕当何依，忽亡而复存。
飘飖周八泽，连翩历五山。流转无恒处，谁知吾苦艰。
愿为中林草，秋随野火燔。糜灭岂不痛，愿与株荄连。

新解

吁嗟此转蓬，居世何独然——随风飘转的蓬草真是可怜啊，生活在世上为什么如此地孤独？转蓬：随风飘转的蓬草。蓬为菊科植物，其花白色，如球，遇风则随之飘转。居世：生活在世上。然：如此。

长去本根逝，宿夜无休闲——蓬草离开自己的本根后，随风飘起，从早到晚没有休息的时候。逝：往，去。宿夜：日日夜夜，从早到晚。一作夙昔。休闲：休息。

东西经七陌，南北越九阡——从东到西，从南到北，它跨越了多少条道路。七、九：非确数。阡、陌：田间小路，南北为阡，东西为陌。

卒遇回风起，吹我入云间——突然遇到一阵骤起的旋风，将我吹进云层之间。卒：同猝，突然。回风：旋风。

自谓终天路，忽然下沉渊——自以为可以飞到天尽头，不料，突然间又堕落到深渊。自谓：自以为。终天路：飞到天的尽头。终，穷尽。天路，象征在朝为辅弼之臣。沉渊：象征情势危急。似指黄初二年(221)，监国使者奏曹植之罪，曹丕欲借此杀曹植事。一作深泉。

惊飙接我出，故归彼中田——突然刮起的暴风把我从深渊中接出来，随后，又把我吹回田野。惊飙(biāo)：暴风。故：仍旧。中田：田中。

当南而更北，谓东而反西——本来应该去南方却被吹向北方，说是到东面却反而到了西面。更：变化。

宕宕当何依，忽亡而复存——无依无靠地随风飘荡，忽隐忽现，飘转不定。宕宕：同荡荡，无依无靠的样子。亡：消逝。存：出现。

飘飖周八泽，连翩历五山——四处飞扬，行踪遍及八大湖泊；四处飞舞，越过了著名的五岳。飘飖：飞扬的样子。周：遍及。八泽：春秋时期著名的湖泊。《尔雅·释地》："鲁有大野，晋有大陆，秦有杨陓，宋有孟诸，楚有云梦，吴、越之间有具区，齐有海隅，燕有昭余祁，郑有圃田，周有焦护。"此九薮而曰八泽。《尔雅·校勘记》："周、秦同在雍州，又除畿内不数，八。"连翩：飞舞的样子。五山：即五岳。

流转无恒处，谁知吾苦艰——漂泊时没有固定的处所，有谁知道我的痛苦和艰辛呢？恒：常。

愿为中林草，秋随野火燔——宁愿作林中的野草，宁愿在秋天被野火烧光，也不愿像这样飘摇不定。中林：林中。燔(fán)：焚烧。

糜灭岂不痛，愿与株荄连——被火烧光难道不心痛吗？但愿与根永远地连在一起！糜灭：糜烂，彻底消灭。此指烧光。汉·班固《汉书·贾山传》："万钧之所压，无不糜灭者。"株：一作根。荄：草根。

新评

据《三国志·魏书·陈思王植传》，魏文帝黄初二年(221)，曹植贬安乡侯；不久，改迁鄄城侯；黄初四年(223)，迁雍丘。明帝曹叡继位后，太和元年(227)，曹植再迁浚仪；太和二年(228)又迁雍丘。数年间，因受猜忌，屡屡遭受贬谪和迁徙，曹植因此"汲汲无欢"。这首诗正是在这一背景下，抒写了漂泊不定和处境艰难的感慨。"愿为中林草，秋随野火燔。糜灭岂不痛，愿与株荄连。"咀嚼这一诗句，可见曹植一腔悲愤无处诉说及难以承受的情怀。诗中，诗人以"转蓬"自喻，经反复强调，其比兴不但细腻地传达了诗人的酸苦情怀，而且借助于象征手法表达了内心的不满和失望。具体地讲，这一不满和失望一是对兄弟相煎的不满，一是对不念亲情的失望。

鰕䱇篇

题解

诗人在讽刺势利小人之时，抒写了高远的政治情怀。鰕：同虾。䱇：同鳝。鰕䱇：指小鱼。鰕䱇篇：曹植拟《长歌行》而作。郭茂倩将其收入《乐府诗集·相和歌辞·平调曲》。

鰕䱇游潢潦，不知江海流。燕雀戏藩柴，安识鸿鹄游？
世士此诚明，大德固无俦。驾言登五岳，然后小陵丘。
俯观上路人，势利惟是谋。雠高念皇家，远怀柔九州。
抚剑而雷音，猛气纵横浮。泛泊徒嗷嗷，谁知壮士忧？

新解

鰕䱇游潢潦，不知江海流——小鱼在积水中优游，不知还有浩瀚的江海在奔流。潢：积水池，此指小水坑。潦(lǎo)：路上的积水或流水。

燕雀戏藩柴，安识鸿鹄游——小鸟在篱笆之间飞来飞去，怎能知道大雁那高远的翱游。燕雀：泛指小鸟。藩柴：篱笆。安识：怎能知道。汉·司马迁《史记·陈涉世家》："燕雀安知鸿鹄之志哉！"

世士此诚明，大德固无俦——世人确实明白这个道理，品德高尚的人永远举世无双。世士：世人，一般人。一作世事。此诚明：确实明白这一道理。大德：指品德高尚的人。俦：匹。

驾言登五岳，然后小陵丘——驾车登上高耸入云的五岳，然后就会觉得群山低小了。《孟子·尽心上》："孔子登东山而小鲁，登泰山而小天下。故观于海者难为水，游于圣人之门者难为言。"言：语助词。五岳：指东岳泰山、西岳华山、南岳衡山、北岳恒山、中岳嵩山。

俯观上路人，势利惟是谋——向下俯看路上的行人，他们都在为权势和私利而四处奔波。上路人：走在路上的人，此指钻营利禄之辈。谋：图谋，谋划。

雠高念皇家，远怀柔九州——将崇高的信念即高远的政治主张出售给君主，用远大的志向安抚天下。雠：售。高念：崇高的信念，指高远的政治主张。雠高念：一作高念翼。远怀：远大的志向。柔：安抚。九州：指中国，旧称中国由九个州组成。又泛指天下。

抚剑而雷音，猛气纵横浮——抚摸宝剑发出雷鸣般的声音，浩然之气纵横四溢飘荡在天空。抚剑：抚摸宝剑。《庄子·说剑》："诸侯之剑，以智勇士为锋，以清廉士为锷，以贤良士为脊，以忠胜士为镡，以豪杰士为夹。……此剑一用，如雷霆之震也，四封之内，无不宾服而听从君命者矣。此诸侯之剑也。"浮：漂，洋溢。

泛泊徒嗷嗷，谁知壮士忧——随世浮沉的俗人发出空洞的叹息，他们哪里知道壮士的忧虑呢？泛泊：漂泊，此指随俗浮沉、谋求个人私利的俗人。嗷嗷：叹息声。

新评

首四句以鰕䱇、燕雀喻目光短浅之辈，以鸿鹄自喻高远志向。五六句议论，为抒写"驾言登五岳，然后小陵丘"的博大胸怀蓄势。"抚剑"与"猛气"对举，一写不平之气，一写有心用世却遭遗弃的沉痛。末二句将小人的嚣张气焰与壮士的悲愤全盘托出，通过对比，营造了空有一腔热血、报国无门的艺术情境。

种葛篇

题解

借弃妇遭遇抒写了别有寄托的怨愤之情。种葛篇：曹植自创的乐府新题。郭茂倩将其收入《乐府诗集·杂曲歌辞》。

种葛南山下，葛藟自成阴。与君初婚时，结发恩义深。
欢爱在枕席，宿昔同衣衾。窃慕棠棣篇，好乐和瑟琴。
行年将晚暮，佳人怀异心。恩纪旷不接，我情遂抑沉。

出门当何顾，徘徊步北林。下有交颈兽，仰有双栖禽。
攀枝长叹息，泪下沾罗衿。良马知我悲，延颈对我吟。
昔为同池鱼，今为商与参。往古皆欢遇，我独困于今。
弃置委天命，悠悠安可任！

新解

种葛南山下，葛藟自成阴——在南山脚下种葛，葛藤缠绕大树自成一片树荫。葛：多年生豆科蔓草，茎长二三丈，缠绕乔木而生，根可食，皮可织布。藟：似葛的蔓草，因藟与蔓外形相近，故诗人往往连及使用。《诗经·大雅·旱麓》："莫莫葛藟，施于条枝。"

与君初婚时，结发恩义深——和你刚刚结婚时，夫妻恩爱，感情深厚。恩义：一作恩意。

欢爱在枕席，宿昔同衣衾——两人在枕席上欢爱，早晚同衣共被。宿昔：即夙夕，早晚。衾：被子。

窃慕棠棣篇，好乐和瑟琴——私下羡慕《棠棣》描写的情景，希望与你能像琴瑟那样相和相乐。窃：暗自，私下。棠棣：《诗经》篇目。《诗经·小雅·棠棣》："夫妻好合，如鼓琴瑟。"和：一作如。

行年将晚暮，佳人怀异心——许多年过去了，我的年纪将老。此时此刻，丈夫开始怀有异心。行：经历。晚暮：指年纪将老。佳人：指丈夫。

恩纪旷不接，我情遂抑沉——恩爱的事情早已远去，从此不再延续，我的情绪因此抑郁低沉。纪：事，事情的端绪。旷：疏旷。接：连续。抑沉：情绪抑郁低沉。

出门当何顾，徘徊步北林——出门时还有什么值得挂念的呢？独自一人徘徊在北边的树林中。顾：念。

下有交颈兽，仰有双栖禽——北边的树林中有交颈相欢的野兽，抬起头，又看到双宿双飞的禽鸟。

攀枝长叹息，泪下沾罗衿——手牵树枝发出无奈的长叹，泪水沾湿了衣裳。攀：牵挽，抓住。衿：衣带，衣襟。一作襟。

良马知我悲，延颈对我吟——骏马知道我悲伤的原因，伸长了脖子向我悲鸣。延颈：伸长脖子。

昔为同池鱼，今为商与参——以前像同一池塘中的鱼那样寸步不离，现在却像商星和参星那样永远地分开。同池鱼：比喻夫妻和乐美好，寸步不离。古人常用"鱼水"来比喻夫妻谐和欢乐。商与参：星宿名，商星与参星。比喻永不相见。《左传·昭公元年》："子产曰：'昔高辛氏有二子，伯曰阏伯，季曰实沈，居于旷林，不相能也。日寻干戈，以相征讨。后帝不臧，迁阏伯于商丘主辰，故辰为商星。迁实沈于大夏，主参。”

往古皆欢遇，我独困于今——从前曾有过欢爱的时光，现在我孤独地处在困境之中。往古：从前。欢遇：即欢遘。《诗经 · 召南 · 草虫》：“亦既见止，亦既觏止，我心则降。”汉·郑玄笺：“遘，遇。”唐·孔颖达正义：“谓之遇者，男女精气相觏遇。”困：窘迫，处于困境。

弃置委天命，悠悠安可任——丢开一切听从天命吧，这样绵绵不绝的忧思，叫我怎能承受。委：归。悠悠：长远，此指忧思不断。任：承受。

新评

首句以“种葛”领起，二句以“葛藟”相扣，借葛藤缠绕大树喻夫妇恩爱。三至八句回忆往事，写早年恩爱时的美好时光。“行年将晚暮，佳人怀异心”二句转折，言人老珠黄遭受遗弃事。“恩纪旷不接”以下十句，描绘女子遭弃后的哀怨。为了充分表达这一怨情，诗人随即宕开一笔，借女子出行所见，深入到内心世界渲染其不幸。末四句自作解脱语，将一切归于命运。诗人旨在借他人酒杯浇胸中块垒，其目的是借弃妇诉说自己在政治上屡受迫害的不幸。也就是说，这是一首别有寄托的诗。

浮萍篇

题解

这首诗通过写弃妇的不幸遭遇，表达了政治上被遗弃的忧愤。浮萍篇：曹植自创的乐府新题。郭茂倩将其收入《乐府诗集 · 相和歌辞 · 清调曲》，题为《蒲生行 · 浮萍篇》。然诗的内容与“蒲生”无关，“蒲生行”或系衍文。

浮萍寄清水，随风东西流。结发辞严亲，来为君子仇。
恪勤在朝夕，无端获罪尤。在昔蒙恩惠，和乐如瑟琴。
何意今摧颓，旷若商与参。茱萸自有芳，不若桂与兰；
新人虽可爱，无若故所欢。行云有返期，君恩倘中还！
慊慊仰天叹，愁心将何愬。日月不恒处，人生忽若寓。
悲风来入怀，泪下如垂露。发箧造裳衣，裁缝纨与素。

新解

浮萍寄清水，随风东西流——浮萍寄生在清澈的水面上，随风漂流，东西不定。浮萍：浮在水面上的一年生草本植物，叶下须根，可入药。清：一作绿。

结发辞严亲，来为君子仇——成年时辞别父母，来到你家，当你的妻子。结发：指男女成年。古代男子二十岁加冠，女子十五岁及笄，都要挽起头发，故称。严亲：父母。仇：配偶。

恪勤在朝夕，无端获罪尤——一天到晚地恭敬勤劳，没想到却无缘无故地犯下过失。恪：恭敬勤劳。无端：无缘无故。尤：过失。

在昔蒙恩惠，和乐如瑟琴——往日承蒙你的厚爱，夫妻和美欢乐，就像琴瑟一样和谐。和乐：喻相亲相爱。《诗经·小雅·棠棣》："妻子好合，如鼓琴瑟。"

何意今摧颓，旷若商与参——为什么如今感情破裂，疏远得就像商星和参星一样，难以相见呢？摧颓：摧毁颓败，谓感情破裂。旷：远。商、参：星宿名，商星与参星，二星此起彼落，永不相见。

茱萸自有芳，不若桂与兰——茱萸固然有浓郁的香味，但不如桂花和兰花馨香淡雅。茱萸：落叶小乔木，果实可入药。其香气辛烈，但不及兰桂之馨香淡雅，故古人常以茱萸象征小人，以兰、桂喻君子。

新人虽可爱，无若故所欢——新人虽然美丽可爱，但不如故人朴素久远。"新人"句：一作佳人虽成列。不若：一作无若。

行云有返期，君恩倘中还——流动的云彩尚有回返的时候，但愿你能在中途的时候回心转意。倘：或许。

慊慊仰天叹，愁心将何愬——带着遗憾仰天长叹，愁苦之情将向谁倾诉？慊慊(qiàn)：遗憾，愤恨。愬(sù)：同诉。

日月不恒处，人生忽若寓——太阳和月亮不会在同一个地方固定不动，人生活在世上恍若寄居在地上。恒处：固定不动。忽若：恍若，好像。寓：寄居。《国语·吴语》："民生于地上，寓也。"

悲风来入怀，泪下如垂露——悲凉的风儿吹入怀中，我潸然而下的泪水就像天上降下的露珠。

发箧造裳衣，裁缝纨与素——打开箱子寻找衣料，用洁白精致的细绢缝制衣服。发箧：打开箱子。一作散箧。裳：一作新。纨素：洁白精致的细绢。

新评

诗抒写诗人不遇的政治情怀。诗紧扣弃妇复杂的内心活动，从"浮萍"入笔，写其"随风东西流"漂泊无依。"结发"二句回忆往事。"恪勤在朝夕，无端获罪尤"写无端被弃。"在昔"二句与"何意"二句呼应，一写往日之欢，一写今日疏远。通过对比，细腻地展示弃妇无法平静的情怀。“茱萸”二句与“新人虽可爱，不若故所欢”通过比喻形成呼应，为写弃妇希望“君子”回心转意作铺垫，将笔墨落实到“行云有反期，君恩倘中还”方面。以下数句借景抒情，通过“叹”“愁”“悲”“泪”等将弃妇的复杂的内心活动具象化。末二句紧承“悲风来入怀，泪下如垂露”，写弃妇欲罢不能、欲哭无泪的情怀。“发箧造新衣，裁缝纨与素”，似有意排解内心的悲伤。诗至此戛然而止，但含蓄蕴藉，意味深远。进而言之，这首诗明写弃妇，实际上是为曹植政治上的失意张目。

惟汉行

题解

诗人表达了向往清明政治的理想。惟汉行：曹植仿曹操《薤露行》而作，取其首句“惟汉二十世”首二字为题。郭茂倩《乐府诗集·相和歌辞·相和曲中》：“魏武帝《薤露行》曰：‘惟汉二十世，所任诚不良。’曹植又作《惟汉行》。”

太极定二仪，清浊始以形。三光照八极，天道甚著明。
为人立君长，欲以遂其生。行仁章以瑞，变故诫骄盈。
神高而听卑，报若响应声。明主敬细微，三季瞢天经。
二皇称至化，盛哉唐虞庭。禹汤继厥德，周亦致太平。
在昔怀帝京，日昃不敢宁。济济在公朝，万载驰其名。

新解

太极定二仪，清浊始以形——太极派生天地，阴阳之气促使万物形成。太极：古代哲学术语，派生天地万物的本原。《周易·系辞上》：“易有太极，是生两仪，两仪生四象，四象生八卦。八卦定吉凶，吉凶生大业。”二仪：天地。清浊：清、浊二气。清者为天，浊者为地。汉·戴德《大戴礼记·少间》：“先清而后浊者，天地也。清浊，谓阴阳也。”

三光照八极，天道甚著明——日、月、星三光照亮八方，自然万物的变化非常分明。三光：日、月、星。八极：八方辽远之地。天道：自然变化发展的客观规律。著：明。

为人立君长，欲以遂其生——上天制定国君和卿大夫制度，是为了使人民安居乐业。人：民。立：建立，制定。《左传·襄公十四年》：“天生民而立之君，使司牧之，勿使失性。”君长：君主和卿大夫。遂：顺利地成长。

行仁章以瑞，变故诫骄盈——君主若行仁政，则政治清明，出现祥瑞。自然界的灾异是上天警告君主的骄傲自满。章:明。瑞:祥瑞。变故:自然界发生的灾害,古人认为出现灾异现象与政治不清明相关。诫:警告。曹魏承袭汉代的灾异学说,认为灾异出现与政治失察相关。因政治失察,上天降灾警告君主,希望君主纠正失德的行为。南朝宋·沈约《宋书·五行志》:“魏明帝太和初,太史令许芝奏日应蚀,与太尉于灵台祈禳。帝诏曰:‘盖闻人主政有不得,则天惧之以灾异,所以谴告使得自修也。故日月薄蚀,明治道有不当者。朕即位已来,既不能光明先帝圣德,而施化有不合于皇神,故上天有以寤之。……群公卿士,其各勉修厥职,有可以补朕不逮者,各封上之。’”骄盈:骄傲自满。

神高而听卑,报若响应声——神在高处能听到来自人间的声音,善恶之报像回声那样会迅速出现。听卑:听到人间的声音。汉·刘安《淮南子·道应训》:“天之处高而听卑。”

明主敬细微,三季瞢天经——圣明的君主尊敬贫贱的百姓,天下因此会走向昌盛。夏商周的末代君主,因不遵从天意,造成了国家的灭亡。细微:贫贱之人。汉·班固《汉书·韦玄成传》:“然用太子起于细微。”三季:指夏商周三代的末世君主夏桀、商纣、周幽。瞢:目不明,看不清。天经:天的法则。

二皇称至化,盛哉唐虞庭——伏羲、神农时的政治十分清明,唐尧、虞舜时人才济济,到处是兴旺发达的景象。二皇:指伏羲氏和神农氏。至化:至治,政治最为清明。唐虞:唐尧、虞舜。庭:朝廷。唐虞时期有“八元”“八恺”等贤人。汉·司马迁《史记·五帝本纪》:“昔高阳氏有才子八人,世得其利,谓之‘八恺’。高辛氏有才子八人,世谓之‘八元’。此十六族者,世济其美,不陨其名。至于尧,尧未能举。舜举八恺,使主后土,以揆百事,莫不时序。举八元,使布五教于四方,父义,母慈,兄友,弟恭,子孝,内平外成。”

禹汤继厥德,周亦致太平——夏禹、商汤继承唐尧、虞舜博大的德行,使夏、商两代出现了繁荣局面。周代因尊崇圣德,使天下达到太平的景象。禹:夏禹,夏朝的开国君主。汤:商汤,商朝的开国君主。厥:其,指唐尧、虞舜。致:达到。

在昔怀帝京,日昃不敢宁——过去,我心怀京城,即使到了太阳西落的时候也不敢安逸。帝京:指魏都城洛阳。昃(zè):太阳偏西。宁:安逸。

济济在公朝,万载驰其名——在朝廷庄重恭敬地做事,万载以后可以留下美名。济济:庄重恭敬。《诗经·大雅·文王》:“济济多士,文王以宁。”公朝:朝廷的治事之所,指朝廷。

新评

诗由远及近,取譬历史,谆谆告诫君主,要施行以德治国为大略。在这里,诗人似以长辈的身份告诫君主应如何修明政治。从这样的角度看,诗应作于魏明帝曹叡登基之后。赵幼文以为:“曹叡因天灾颁布谴责自己的诏令,要求公卿匡正违失。因此激发曹植立功求名的宿愿，期求获得任用的机会。”（参见赵幼文《曹植集校注》）此说有一定的道理。

当来日大难

题解

这是一首欢宴时赠答朋友的诗。当来日大难：曹植拟《善哉行》而作，郭茂倩《乐府诗集·相和歌辞·瑟调曲》云：“《乐府解题》曰：曹植拟《善哉行》为《日苦短》。”当：代、模拟。

日苦短，乐有馀，乃置玉樽办东厨。
广情故，心相于。阖门置酒，和乐欣欣。
游马后来，辕车解轮。今日同堂，出门异乡。
别易会难，各尽杯觞。

新解

日苦短，乐有馀，乃置玉樽办东厨——恨时间太短，因欢乐没有尽，于是准备好玉制的酒杯，到东边的厨房置办酒席。置：准备。办：置备食品。东厨：古人设厨房都在住宅的东边，故称。

广情故，心相于。阖门置酒，和乐欣欣——朋友间的情感是多么地深厚，相互之间心也连在一起。于是，关起门来，准备好酒席，和感情深厚、志同道合的朋友欢乐地畅饮。情故：情愫，感情笃厚。相于：相亲，相厚。阖门：关门。欣欣：快乐的样子。

游马后来，辕车解轮——骑马迟到的朋友啊，为了让你尽兴，主人卸下你的车轮，一个劲地设法挽留。游马：指贵族子弟所乘的马。解轮：与投辖意近，喻主人殷勤留客。汉·班固《汉书·游侠传·陈遵》：“遵耆酒，每大饮，宾客满堂，辄关门，取客车辖投井中，虽有急，终不得去。”

今日同堂，出门异乡。别易会难，各尽杯觞——今天同堂宴饮，出门后将奔赴他乡。分别容易，相会时难，还是倾尽酒杯，尽情欢乐吧。觞：古代的一种酒杯。

新评

虽是宴饮赠答之辞，却蕴涵着时光易逝、及时行乐的感伤和无奈。首句“日苦短”已将此道出，为诗奠定了感伤的基调。中间所写尽情欢饮、殷勤劝酒、苦苦留客都是为了挽留这难得而又易逝的欢乐。末四句回扣首句，进一步抒发伤感的情绪：人生无常，"别易会难"，何不"人生得意须尽欢"呢！结构清晰，情感深挚。

门有万里客

题解

此诗作于太和年间，表达了人民对穷兵黩武者的厌恶之情。门有万里客：乐府旧题。郭茂倩将其收入《乐府诗集·相和歌辞·瑟调曲》。

门有万里客，问君何乡人？褰裳起从之，果得心所亲。
挽裳对我泣，太息前自陈。本是朔方士，今为吴越民。
行行将复行，去去适西秦。

新解

门有万里客，问君何乡人——门前有一群来自远方的客人，向前询问他们来自何方？万里客：远方的来客。

褰裳起从之，果得心所亲——提起衣裙紧跟着他们，我的询问果然触动了他们内心的痛苦。褰裳：提起衣裙。从：紧跟着。

挽裳对我泣，太息前自陈——他们拽着衣裙，面对着我流下了眼泪，叹息着向前陈述他们的不幸。挽裳：犹牵裳。太息：叹息。陈：陈述，述说。

本是朔方士，今为吴越民——本来我们是北方人士，现在却成了南方人。朔方：泛称北方。吴越：今江苏南部和浙江一带。此处泛称南方。这两句是说征兵备吴。

行行将复行，去去适西秦——走了又走，还要继续往前走，一直向西走到秦地。去去：同行行。适：往。西秦：古秦国，在今陕西和甘肃东部，位于中国西部。这两句是说征兵御蜀。

新评

太和年间，明帝曹叡连年用兵，征吴御蜀，人民常年受战争之苦，兵役沉重。本诗借役者之口，以主客问答形式，展现了战争的罪恶和人民遭受的苦难，将一幅征役行军图真实地展露于面前。诗虽无一句议论语，但讽刺穷兵黩武的深意寓于其中。

怨诗行

题解

诗写思妇怀念游子的幽怨之情，别有寄托。《曹集诠评》："《文选》二十三、《乐府》四十一并作《怨诗行》。《宋书·乐志》作《明月诗》。《文选》六臣注向曰：谓痛而哀、义而哀、感而哀、怨而哀、耳闻目见而哀、口叹而哀、鼻酸而哀也。王粲亦有《七哀诗》。晏案：李冶《古今黈》谓人有七情，今哀戚太甚，喜、怒、乐、爱、恶、欲皆无，唯有一哀，故谓之七哀，与《选注》不同。何义门谓情有七，而偏主于哀，从李氏说，向注失矣。《乐府》此诗亦载二首，云：一曲晋乐所奏，一曲本辞。程、张于《诗类》收本辞，于《乐府类》收晋乐，标为《怨歌行》，分析未当。且乐府内已收《箜篌引》本辞，何《七哀》本辞转以入诗，亦不一例。兹均移列乐府内，以晋乐附于本辞后，亦低一格别之。”

明月照高楼，流光正徘徊。上有愁思妇，悲叹有馀哀。
借问叹者谁，言是宕子妻。君行逾十年，孤妾常独栖。
君若清路尘，妾若浊水泥。浮沉各异势，会合何时谐？
愿为西南风，长逝入君怀。君怀良不开，贱妾当何依？

新解

明月照高楼，流光正徘徊——明月照在高高的楼阁上，如水的月光在夜空中流动。流光：月光如水一般明澈流动。徘徊：这里指月光流照。唐·李善注："夫皎月流辉，轮无辍照，以其馀光未没，似若徘徊。前觉以为文外傍情，斯言当矣。"

上有愁思妇，悲叹有馀哀——高楼上有一个满怀忧愁的妇人，正在叹息，哀伤不已。馀哀：哀未尽。

借问叹者谁，言是宕子妻——请问发出悲叹的人是谁？有人说是游子的妻子。借问：向别人探问。宕子：即游子。一作客子。宕，同荡。

君行逾十年，孤妾常独栖——你离家已超过了十年，让我一人独守空房。逾：超过。孤妾：思妇自称。

君若清路尘，妾若浊水泥——你好比路上清新的尘土，我好比水中污浊的淤泥。喻夫妻不同的命运和遭遇。黄节《曹子建诗注》："清路尘与浊水泥是一物，浮为尘，沉为泥，故下浮沉异势，指沉泥也。"

浮沉各异势，会合何时谐——一浮一沉，形成了不同的地位。我们什么时候才能和谐地会合到一起？异势：不同的地位和情势。

愿为西南风，长逝入君怀——我愿意化作西南风，永远投入你的怀抱。长逝：一作吹我。逝，往。

君怀良不开，贱妾当何依——可是你的襟怀老是不打开，我还有谁可以依靠呢？良：确实。

新评

关于此诗的题旨,《曹集诠评》云:“此其望文帝悔悟乎?结尤凄婉。”所说有道理。这首诗借思妇之语抒写情思,句句写思妇而又句句写诗人自己。其中,“浮沉各异势”句令人玩味,言在此,而意在彼。全诗感情深挚,情辞婉转,韵味悠长。

桂之树行

题解

这是一首游仙诗。桂之树行:曹植自创的乐府新题。郭茂倩将其收入《乐府诗集·杂曲歌辞》。一说此题与《汉鞞舞歌·殿前生桂树》同。一说此题本于《楚辞·招隐士》:“桂树丛生兮山之幽”句意。

桂之树,桂之树,桂生一何丽佳!
扬朱华而翠叶,流芳布天涯。上有栖鸾,下有盘螭。
桂之树,得道之真人,咸来会讲,仙教尔服食日精。
要道甚省不烦,淡泊无为自然。
乘跻万里之外,去留随意所欲存。
高高上际于众外,下下乃穷极地天。

新解

桂之树,桂之树,桂生一何丽佳——桂树啊,桂树,生得多么高大而又美丽!丽佳:美丽。佳,美,美丽。

扬朱华而翠叶,流芳布天涯——绿叶衬着红花,芳香流动,布满天涯海角。扬:举。朱华:红花。流芳:流动的芳香。布:展开,铺开。

上有栖鸾,下有盘螭——桂树的上面有鸾鸟栖息,下面有螭龙盘踞。盘:一作蟠。螭:传说中的无角龙。

桂之树,得道之真人,咸来会讲,仙教尔服食日精——桂树啊,得道的仙人聚集在这里讲述成仙之道,教授你服食朝霞成仙的方法。真人:仙人。咸:都。日精:朝霞。宋·李昉等《太平御览·道部·服饵中》引《九真华妃》:“日者霞之实,霞者日之精。人惟闻服日实之法,未见其知霞之精也。”

要道甚省不烦,淡泊无为自然——学仙的方法很简约,一点儿不烦琐,但要记住淡泊宁静、自然无为的道理。要道:至道,此指求仙的方法。省:简明。

乘跻万里之外,去留随意所欲存——自由自在地飞行到万里之外,或去或留都可以随心所欲。乘跻:道家宣扬的一种飞行方法。见《升天行》其一注。

高高上际于众外，下下乃穷极地天——上可飞到众物之外的天空，下可以到达天地之间的任何地方。众外：高空。因天高居于众物之外，故称。穷极：毫无遗漏地到达。

新评

诗以桂树起兴，言服食求仙之事。然诗人又以“淡泊无为自然”自勉，竭力追求“乘跻万里之外，去留随意所欲存”的境界，似别有寄托。

当墙欲高行

题解

诗约作于太和二年(228)，是时，曹叡行幸长安，洛阳出现了曹叡驾崩、群臣拥立曹植为帝的谣传。为了辩白，曹植写下了此诗。当：代，模拟。当墙欲高行：乐府旧题。郭茂倩将其收入《乐府诗集·杂曲歌辞》。

龙欲升天须浮云，人之仕进待中人。众口可以铄金。
谗言三至，慈母不亲。愦愦俗间，不辨伪真。
愿欲披心自说陈，君门以九重，道远河无津。

新解

龙欲升天须浮云，人之仕进待中人——龙如果想飞上天空，必须借助于浮云；人要想仕途顺利，必须有中间人荐举。中人：中间人，介绍人。此指君主左右的贵幸。

众口可以铄金。谗言三至，慈母不亲——众人不断谗毁，即使是黄金也会熔化。诽谤的话多次传来，慈祥的母亲也不会再相信自己的儿子。“众口”句：用典。《国语·周语下》：“众口铄金。”三国吴·韦昭注：“铄，消也。众口所毁，虽金石犹可销之也。”“谗言”二句：《战国策·秦策》：“曾子处费，费人有与曾子同名族者而杀人。人告曾子母曰：‘曾参杀人。’曾子之母曰：‘吾子不杀人。’织自若。顷焉，人又曰：‘曾参杀人。’其母尚织自若也。顷之，一人又告之曰：‘曾参杀人。’其母惧，投杼逾墙而走。”亲，爱。

愦愦俗间，不辨伪真——令人气愤的是，世人常常不能分辨真假。俗间：世间。

愿欲披心自说陈，君门以九重，道远河无津——我希望能向君主陈说和倾诉真心，然而君主的大门层层深重，道路遥远，就像河边没有渡口无法渡河一样。披心：表白内心的真实想法。九重：九重门。楚·宋玉《九辩》：“岂不郁陶而思君兮，君之门以九重。”汉·王逸注：“门闱扃闭，道路塞也。”津：渡口。

新评

清人朱乾解此诗云:“《春秋》传:‘人之有墙,以蔽恶也。’今以蔽明,喻君门九重,不得自由也。”所言极是。《三国志·魏书·明帝纪》裴松之注引《魏略》:“是时伪言,云帝已崩,从驾群臣迎立雍丘王植。京师自卞太后群公尽惧。及帝还,皆私察颜色。卞太后悲喜,欲推始言者,帝曰:‘天下皆言,将何所推?’”诗道出了“众口铄金”、谣言杀人的感慨。三至五句用典,言谗言可畏。末三句写诗人遭谗而不能辩白的无奈与愤懑。全诗将愤激难平而又无奈的情绪表现得极为真实。

当欲游南山行

题解

这是一首抒写用人之道的诗。诗人主张广开门路,延揽人才。当:代,模拟。欲游南山行:乐府旧题。郭茂倩将其收入《乐府诗集·杂曲歌辞》。黄节《曹子建诗注》认为此诗当拟《乐府诗集·相和歌辞·艳歌行·南山石嵬嵬》。其语多有雷同,可备一说。

东海广且深,由卑下百川。五岳虽高大,不逆垢与尘。
良木不十围,洪条无所因。长者能博爱,天下寄其身。
大匠无弃材,船车用不均。锥刀各异能,何所独却前。
嘉善而矜愚,大圣亦同然。仁者各寿考,四座咸万年。

新解

东海广且深,由卑下百川——茫茫东海不但广袤无边而且十分深邃,由于东海地势低洼,所以汇入了千万条河流。由:经由,经过。卑:低洼。下:注入。百川:指众多的河流。

五岳虽高大,不逆垢与尘——五岳之所以高大,是因为它们不拒绝各种各样的灰尘。五岳:指东岳泰山、西岳华山、中岳嵩山、北岳恒山、南岳衡山。此处泛指高山。逆:拒绝。垢:灰尘。秦·李斯《谏逐客书》:“是以太山不让土壤,故能成其大;河海不择细流,故能就其深;王者不却众庶,故能明其德。”

良木不十围,洪条无所因——高大的树木如果没有十围那么粗的话,粗壮的枝条也就无所依托了。围:量词,两臂合抱为一围。洪条:粗大的树枝。洪,大。因:依托。

长者能博爱,天下寄其身——德高望重的人能博爱天下,所以天下的人才会把自己托付给他。长者:德高望重的人。天下:指天下所有的人。寄:托付。

大匠无弃材，船车用不均——在高明的工匠那里从来没有无用的材料，有的材料可以造船，有的材料可以造车，只是不同的材料有不同的用处。“大匠”句：汉·刘安《淮南子·主术训》：“是故贤主之用人也，犹巧工之制木也。大者以为舟航柱梁，小者以为楫楔，修者以为榈榱，短者以为朱儒枅栌。无大小修短，各得其所宜。规矩方圆，各有所施。”此句是说统治者应学会任用不同的人才，发挥他们的长处。“船车”句：汉·刘安《淮南子·齐俗训》：“譬若舟车楯肆穷庐，故有所宜也。”汉·高诱注：“水宜舟，陆地宜车，沙地宜肆，泥地宜楯，草野宜穷庐。”均：同样，相同。

锥刀各异能，何所独却前——锥子和刀子有各自的用途，难道能分出它们的好坏和优劣吗？锥：钻孔的工具。却前：退却和前进。此指区分高下和好坏。退，退却。前，前进。独：副词，表示反问。相当于“难道”。

嘉善而矜愚，大圣亦同然——赞美聪明的、怜悯愚笨的是人的本性，即使像孔子那样的圣人也是这样。嘉：赞美。矜：怜悯，同情。愚：愚笨，愚蠢。《论语·子张》：“子夏之门人问交于子张。子张曰：‘子夏云何？’对曰：‘子夏曰：“可者与之，其不可者拒之。”’子张曰：‘异乎吾所闻。君子尊贤而容众，嘉善而矜不能。我之大贤，与于人，何所不容？我之不贤，与人，将拒我。如之何其拒人也？’”大圣：圣人，具有最高智慧和道德的人。此指孔子。

仁者各寿考，四座咸万年——我衷心地祝愿仁义者长寿百岁，也祝愿在座的诸位都能健康长寿。仁者：仁义的人。各：一作必。寿考：长寿。考，老。《论语·雍也》：“子曰：‘知者乐水，仁者乐山。知者动，仁者静。知者乐，仁者寿。”四：一作八。万年：万岁，是祝福之辞。

新评

前六句运用一系列形象生动的比喻，为七八两句蓄势，指出统治者应有延揽人才的广阔胸怀。九至十二句再用比喻，申明选用人才应各尽其用的观点。诗融比喻与议论于一炉，鲜明生动。

当事君行

题解

这首诗作于太和(魏明帝曹叡年号，227—233)年间，诗人针对政治混乱，提出了拙诚守一、尽忠君主的主张。当事君行：乐府旧题，古辞已佚。郭茂倩将其收入《乐府诗集·杂曲歌辞》。

人生有所贵尚，出门各异情。朱紫更相夺色，雅郑异音声。

好恶随所爱憎，追举逐虚名。百心可事一君，巧诈宁拙诚。

新解

人生有所贵尚，出门各异情——人生各有追求，一旦走出家门，便会有不同的想法。贵尚：尊重，追求。出门：走出家门，指步入社会。异情：不同的思想。

朱紫更相夺色，雅郑异音声——朱色和紫色混在一起会互相夺取颜色，但雅乐和郑乐是不同的音乐。朱紫：朱为正色，紫为杂色，故以朱喻善美，紫喻丑恶。《论语·阳货》："子曰：'恶紫之夺朱也，恶郑声之乱雅乐也。'"更相：互相。雅郑：雅乐和郑乐简称。雅乐指朝廷祭祀天地、祖先及朝贺、宴享时用的音乐，郑乐指流行于郑地的民歌。儒家认为，雅乐为正声，郑乐为淫邪之音。

好恶随所爱憎，追举逐虚名——好恶完全任凭个人的爱憎，相互吹捧举荐是为了追逐不应该有的名声。"好恶"句：晋·陈寿《三国志·魏书·董昭传》："合党连群，互相褒叹。以毁訾为罚戮，用党誉为爵赏。附己者则叹之盈言，不附者则为作瑕衅。"虚名：一作声名。

百心可事一君，巧诈宁拙诚——三心二意的人难道可以专心地侍奉君主吗？与其虚伪奸诈，倒不如质朴忠诚。百心：三心二意，用心不专。《晏子春秋·内篇·问下》："一心可以事百君，三心不可以事一君。""巧诈"句：汉·刘向《说苑·说丛》："智而用私，不如愚而用公。故曰：巧伪不如拙诚。"巧诈：虚伪奸诈。拙诚：质朴忠诚。

新评

魏明帝时期，追名逐利的风气充斥政坛。针对日益腐败的政风，曹植提出了"巧诈宁拙诚"的思想。这首诗在句式上颇具特色。正如《曹集诠评》所云："一句六言，一句五言合韵，别是一格。"

当车已驾行

题解

这首诗写宴饮之乐。当车已驾行：曹植自创的乐府新题。郭茂倩将其收入《乐府诗集·杂曲歌辞》。已：一作以。

欢坐玉殿，会诸贵客。侍者行觞，主人离席。
顾视东西厢，丝竹与鞞铎。不醉无归来，明灯以继夕。

新解

欢坐玉殿，会诸贵客——快乐地坐在玉砌的宫殿中，和尊贵的客人宴饮聚会。

侍者行觞，主人离席——侍者捧着酒杯，主人离席轮流劝酒。行觞：犹奉觞。觞，酒杯。

顾视东西厢，丝竹与鞞铎——回头观看东西两边的厢房，丝竹声、鼓声、铎声交织在一起从那里传出。厢：正屋两边的房屋，亦指正堂两侧夹室前的小堂。丝竹：弦乐和竹制乐器的统称。古人认为丝竹相和，类似今天的轻音乐。鞞(pí)：小鼓。梁·萧统《文选》载潘岳《藉田赋》："鼓鞞硡隐以砰磕。"唐·李善注引《字林》："鼙，小鼓也。"铎：铃，青铜制品，如钲，有舌。其舌有木制和金属制两种，故有木铎和金铎之分。铎为古代宣布政教法令或遇战事时用的乐器。

不醉无归来，明灯以继夕——不喝醉就不归去，点亮华灯在夜晚继续宴饮。

新评

这首诗记录了宴饮的热闹场景。前四句叙述欢宴的场面，读之，如闻觥筹交错之声。随后两句写宴乐，读之如闻乐声悠扬。古代宴乐有制度，一般采用丝竹之乐助兴，但此宴会采用铎这一乐器，可谓是别有深意。铎是宣布政教时使用的乐器，然而，达官贵人为了追求声色享受，将铎搬到私宴上使用，这自然是坏制度之举。曹魏后期，政治混乱，权贵们不思进取，整日醉生梦死，诗针对这一现象进行了严肃的批判。纵观全篇，诗似乎只描绘了宴会欢乐的场面，然而，正是在这不着批判之辞中，将诗人的愤激之情表达得淋漓尽致。

飞龙篇

题解

这是一首游仙诗。飞龙篇：曹植自创的乐府新题，题意从《离骚》"为余驾飞龙兮，杂瑶象以为车"而来。郭茂倩将其收入《乐府诗集·杂曲歌辞》。

晨游泰山，云雾窈窕。忽逢二童，颜色鲜好。
乘彼白鹿，手翳芝草。我知真人，长跪问道。
西登玉台，金楼复道。授我仙药，神皇所造。
教我服食，还精补脑。寿同金石，永世难老。

新解

晨游太山，云雾窈窕——清晨到泰山游览，山中云雾缭绕，呈现出一派幽深的景象。泰：一作太，一作大。窈窕：幽深的样子。

忽逢二童，颜色鲜好——忽然遇到两位仙童，他们面色红润，相貌娇好。二童：

两个仙童。

乘彼白鹿，手翳芝草——他们骑着白鹿，手里遮盖着灵芝仙草。翳：遮盖。芝草：即灵芝，古人认为是瑞草，服之可祛百病。

我知真人，长跪问道——我知道他们是仙人，于是恭恭敬敬地跪下，向他们询问长生不老的方法。真人：仙人。长跪：古人席地而坐，两膝置于席间，臀部坐于脚跟，谓之跪。向对方表示敬意时，则挺直身板使臀部离开脚跟，谓之长跪。汉乐府《上山采蘼芜》："长跪问故夫，新人复何如。"道：长生不老之术。

西登玉台，金楼复道——我跟随他们向西登上西王母居住的碧玉堂。穿过复道，走进金碧辉煌的空中楼阁。玉台：一作玉堂，即碧玉堂。汉·东方朔《海内十洲记》："昆仑有流精之阙，碧玉之堂，西王母所治也。"晋·葛洪《抱朴子·杂应》："(老子)以神龟为床，金楼玉堂，白银为阶，五色云为衣。"因昆仑山在中国的西部，故曰西登。复道：指连接楼阁与楼阁之间的复层通道。

授我仙药，神皇所造——真人赠送给我的仙药，是神农发明的。授：赠送。仙：一作此。所：一作可。神皇：指神农，传说中的圣君，是农业和医药的发明者，曾遍尝百草。

教我服食，还精补脑——让我服食，向我传授还原精气、补养大脑的方法。教：使，让。还精补脑：此指长生不老的方法。晋·葛洪《抱朴子·释滞》："房中之法十馀家……其大要在于还精补脑之一事耳。此法乃真人口口相传，本不书也。虽服名药，而复不知此要，亦不得长生也。"

寿同金石，永世难老——寿命如同金石一般坚固，永远都不会老去。永世：长年，永远。

新评

诗以"晨游"领起，叙述了路遇仙人、仙人授药等情景。从表面上看，诗人只是记录仙游的情节，似无深意。但如果注意到诗人面临的政治迫害，应该说，诗人是在通过游仙表达难以平静的情怀。

盘石篇

题解

诗抒发了诗人的身世之感。从内容上看，这首诗当作于黄初四年(223)曹植迁雍丘之时。盘石篇：曹植自创的乐府新题，郭茂倩将其收入《乐府诗集·杂曲歌辞》。盘石，即磐石，厚而大的石头。

盘盘山巅石，飘飖涧底蓬。我本太山人，何为客淮东？

蒹葭弥斥土，林木无分重。岸岩若崩缺，湖水何汹汹。
蚌蛤被滨涯，光彩如锦虹。高彼凌云霄，浮气象螭龙。
鲸脊若丘陵，须若山上松。呼吸吞船欐，澎濞戏中鸿。
方舟寻高价，珍宝丽以通。一举必千里，乘飔举帆幢。
经危履险阻，未知命所钟。常恐沉黄垆，下与鼋鳖同。
南极苍梧野，游眄穷九江。中夜指参辰，欲师当定从。
仰天长太息，思想怀故邦。乘桴何所志，吁嗟我孔公。

新解

盘盘山巅石，飘飖涧底蓬——巨大的石头盘在山顶，涧底的飞蓬随风飘荡。盘盘：一作盘石。蓬：蓬草，飞蓬。

我本太山人，何为客淮东——我本是山东人，为什么会客居到淮东？太山人：太山坐落在山东境内，曹植生于东武阳，后封平原，改封临淄，再迁鄄城，这些地方均属山东，故曹植自称太山人。淮东：指雍丘，地处淮北之东。

蒹葭弥斥土，林木无分重——盐碱地上长满了蒹葭，几乎看不到粗壮茂盛的树木。蒹葭：芦苇之属。弥：充满。斥土：盐碱地。分重：茂盛的样子。

岸岩若崩缺，湖水何汹汹——岸边岩石呈现出被冲毁崩裂的模样，那湖水为什么要气势汹汹。湖水：当指睢水。北魏·郦道元《水经注·睢水》："睢水又东经雍丘县……睢水又东，水积成湖，俗谓之白羊陂，陂方四十里。"

蚌蛤被滨涯，光彩如锦虹——蚌蛤布满了湖岸，发出的光彩如同锦绣虹霓一般。蚌蛤：水中贝壳类的动物。被：遮蔽。滨涯：湖边。锦虹：锦绣和虹霓。

高彼凌云霄，浮气象螭龙——蚌蛤的呼吸直逼云霄，漂浮在天空像游动的螭龙。凌：逼近。螭：传说中的无角龙。

鲸脊若丘陵，须若山上松——湖中鲸鱼的脊背像丘陵一样广阔起伏，它的胡须像山上的松树一样茂密。鲸脊：鲸鱼的脊背。宋·李昉等《太平御览·鳞介部》："魏武《四时食制》曰：'东海有大鱼如山，长五六丈，谓之鲸鲵。次有如屋者，时死岸上，膏流九顷，其须长一丈，广三尺，厚六寸，瞳子如三升碗大，骨可为方臼。'"

呼吸吞船欐，澎濞戏中鸿——它呼吸的时候能把小船吞进肚子里；它在汹涌澎湃的湖水中嬉戏，就像鸿雁在天空中翻飞。欐：小船。澎濞：澎湃。鸿：大雁。

方舟寻高价，珍宝丽以通——乘大船去寻求奇异的珍宝，珍宝需要大船才能运载和流通。方舟：两船并在一起。此指大船。高价：指奇异的珍宝。丽：附着。通：流通。

一举必千里，乘飔举帆幢——大船趁着疾风扬起风帆，只要行驶必然要到千里之外。一举：形容方舟快速行驶。飔：疾风。幢：当作橦，悬帆的桅杆。

经危履险阻，未知命所钟——经历各种危险和险阻，真不知命运将汇集到何处。履：经历，遭受。钟：汇聚，集中。

常恐沉黄垆，下与鼋鳖同——经常担心被埋到黄土里，如同龟鳖永远沉在水底那样。沉黄垆：喻死亡。黄垆，黄土。鼋鳖：甲鱼。

南极苍梧野，游眄穷九江——向南来到九嶷山一带广阔的原野，举目眺望，想穷尽茫茫一片的九江。极：至。苍梧：九嶷山。《山海经·海内经》："南方苍梧之丘，苍梧之渊，其中有九嶷山，舜之所葬，在长沙零陵界中。"晋·郭璞注："山今在零陵营道县南，其山九峰，皆相似，故曰九嶷，古者总名其地为苍梧也。"传说帝舜南巡死于苍梧之野。游眄：放眼眺望。穷：尽。九江：当指湖南洞庭湖所汇湘、沅等八水。

中夜指参辰，欲师当定从——夜半出游时指着天上的参星和辰星，打算师从谁就根据它来决定方向。中夜：夜半。参辰：参星和辰星，分别在西方和东方，出没各不相见。黄节《曹子建诗注》："《法言》曰：'吾不睹参辰之相比也，是以贵迁善。'盖以参辰之出没，一身之进退，师参即从参，师辰即从辰也。"师：师从，认定。定从：决定方向。

仰天长太息，思想怀故邦——仰望天空发出长长的叹息，日夜思念我的故乡。故邦：故国，故乡。黄节《曹子建诗注》："进退何从，是以仰天叹息，怀想故邦，而兴浮海之叹也。"

乘桴何所志，吁嗟我孔公——孔子说，如果我的主张行不通的话，我将乘着木筏漂洋过海。孔子为什么会有这样的志向呢？让我叹息不已。乘桴：乘坐木筏。志：志向，追求。吁嗟：感叹词。孔公：孔子。《论语·公冶长》："子曰：'道不行，乘桴浮于海。'"

新评

清人朱乾云："植以不得留宿卫，言归东藩，非其本怀，故托喻乘桴惊危履险，惓故邦，仰天长叹也。"可谓深得诗人之意。首二句山石和飞蓬起兴，通过两者间的对比引起感叹之辞。"我本太山人，何为客淮东？"抒发被迫飘零的感喟。"蒹葭"句至"乘飔"句，以细腻的笔触展开想象，描摹迁徙他乡时的艰难。"经危"四句回扣并深化主题，抒发命运坎坷、孤独无依的情感。末二句用典，以孔子"道不行，乘桴浮于海"的慨叹抒写诗人有心用世，却处处遭受打击的情怀。全诗悲郁低徊，令人叹惋。

驱车篇

题解

诗似作于太和年间，对历代帝王的封禅之举发出了赞美之辞。驱车篇：曹植自创的乐府新题。郭茂倩将其收入《乐府诗集·杂曲歌辞》。

驱车挥驽马，东到奉高城。神哉彼泰山，五岳专其名。
隆高贯云霓，嵯峨出太清。周流二六堠，间置十二亭。
上有涌醴泉，玉石扬华英。东北望吴野，西眺观日精。
魂神所系属，逝者感斯征。王者以归天，效厥元功成。
历代无不遵，礼记有品程。探策或长短，唯德享利贞。
封者七十帝，轩皇元独灵。餐霞漱沆瀣，毛羽被身形。
发举蹈虚廓，径庭升窈冥。同寿东父年，旷代永长生。

新解

驱车挥驽马，东到奉高城——驱赶着由劣马牵引的大车，向东来到了奉高城。驽马：劣马。挥：牵引。一作挥。奉高城：汉魏时县城，在今山东泰安东北。汉武帝于元封(汉武帝刘彻年号，前110—前104)元年封禅泰山至此，特置此县以奉祀泰山。

神哉彼泰山，五岳专其名——神圣的泰山啊，它聚集着五岳的名气，堪称五岳之首。神哉：赞仰之辞。彼：语中助词。专：聚集。一作显。

隆高贯云霓，嵯峨出太清——高高隆起的泰山啊贯穿着云霓，巍峨高峻的山峰一直插到天空。贯：贯通。嵯峨：高峻的样子。太清：天空。

周流二六堠，间置十二亭——它的周围设有十二瞭望敌情的堡垒，堡垒与堡垒之间又设有十二个驿亭。周流：周围。二六：十二。堠：古代瞭望敌情的堡垒。亭：驿亭，供旅客宿食的处所。汉·刘熙《释名·释宫室》："亭，停也，亦人所停集也。"古代十里一亭。

上有涌醴泉，玉石扬华英——山上有涌动的甜美的泉水，又有晶莹剔透的玉石闪耀着夺目的光彩。上有：一作上下。醴泉：甜美的泉水。玉石：《神农本草经》："紫、白二石英俱生泰山。"

东北望吴野，西眺观日精——登上泰山，站在东北向南眺望，可以看到吴地的原野；站在西面向东眺望，可以观赏美丽的日出。吴野：吴地的原野。观日精：观看日出。宋·李昉等《太平御览·地部四》引应劭《汉官仪》："泰山东南名日观者，鸡一鸣时，见日始欲出，长三丈。所观者望见长安。其高如视浮云，其峻如无道径，望人如盂升。或以为小白石，或以为冰雪。视岩石松，郁郁苍苍如云中。"《太平御览·道部·服饵中》引《九真华妃》："日者霞之实，霞者日之精。人惟闻服日实之法，未见其知霞之精也。"

魂神所系属，逝者感斯征——泰山是人死后魂魄的归属地，死去的人都为魂归泰山而感动。魂神:魂魄。系属:归属。宋·李昉等《太平御览·妖异部·魂魄》引《博物志》:"《授神契》云:'五岳之神圣,四渎之精仁。太山,天帝孙也,主召人魂。东方万物始,故主人生命之长短。"逝者:死去的人。感斯征:感慨此次出行,指魂归泰山。斯,此。征,行。

王者以归天,效厥元功成——帝王把功劳归于上天,才能成就天下的大功。王者:帝王。以归天:把功劳归于上天。效:致。厥:其。元功:大功。

历代无不遵,礼记有品程——历代帝王没有不遵从这一道理的,他们到泰山封禅时都十分注意祭祀的规格和程序。遵:遵从祭祀。礼记:当作礼祀。指封禅祭祀。古代帝王登泰山筑坛祭天为"封";在南梁父山上辟基祭地为"禅"。品:礼的等级。此指用俎豆珪璧祭祀的规格。程:献酬之礼。

探策或长短,唯德享利贞——到泰山抽取玉策,探取到的玉策有长有短。其中,只有品德高尚的人才能获得吉利的卦签。探策:类似抽签。探,取。策,据应劭《风俗通》,泰山上有金箧玉策,能知人寿命长短。汉武帝探策得十八,因倒读其文为八十,后果寿至八十而终。利贞:指占出好卦。《周易·乾》爻辞:"元亨利贞。"

封者七十帝,轩皇元独灵——古代到泰山封禅的帝王有七十二人,只有黄帝一个登天成仙。封:指封禅。七十:汉·司马迁《史记·封禅书》:"管仲曰:'古者封泰山禅梁父者七十二家,而夷吾所记者十有二焉。"此言七十,是举成数。轩皇:指轩辕黄帝。元:始,第一个。灵:神灵。汉·司马迁《史记·封禅书》:"(公孙)卿曰:'……封禅七十二王,唯黄帝得上泰山封。'申公曰:'汉主亦当上封,上封则能仙登天矣。'"

餐霞漱沆瀣,毛羽被身形——他餐霞饮露,身上生出羽毛。"餐霞"句:楚·屈原《远游》:"餐六气而饮沆瀣兮,漱正阳而含朝霞。"漱,饮。沆瀣,露水。汉·王逸《楚辞章句·远游章句》引《陵阳子明经》:"冬饮沆瀣,沆瀣者,北方夜半气也。"毛羽:指羽化登仙。被:覆盖。

发举蹈虚廓,径庭升窈冥——飞升以后踏着空旷的云气,可直接飞到天空的最高处。发举:飞升。蹈:踏。虚廓:空旷,指高处。径庭:径直,笔直。《庄子·逍遥游》:"大有径庭,不近人情焉。"唐·成玄英疏:"径庭,犹过差,亦是直往不顾之貌也。"窈冥:深处,指天空最高处。

同寿东父年,旷代永长生——和东王父一样长寿,做一个绝世仅有的长生之人。东父:即东王父,西王母的配偶神。旷世:绝代,世所未有。

新评

黄节《曹子建诗注》:"明帝太和中,护军蒋济上书曰:'宜遵古封禅。'诏曰:'闻济言,使吾汗出流足。'……后遂议修之,使高堂隆撰其礼仪。子建此篇,或当时作也。"所说甚是。此诗先是赞美泰山之神秀,并以此入手,对历来泰山封禅之事进行了礼赞。“历代无不遵，礼记有品程”，曹植认为封禅祭祀应有规格，不能草率从事。末二句别有深意，“同寿东父年，旷代永长生”，似表明诗人关心长生术，但如果把这一意象放到封禅泰山为国家大典的背景下，应该说，这一意象包含了诗人对曹魏江山的关心之情。

鞞舞歌五首并序

题解

鞞(bǐng)舞：刀舞。南朝宋·沈约《宋书·乐志》：“鞞舞未详所起，然汉代已施于宴享矣。傅毅、张衡所赋，皆其事也。”鞞，刀鞘。因是宴乐，故多颂美之辞，且末句多为祝福。据小序，这五首诗应为黄初年间，曹植在封邑所作。曹丕即位后，诏令各诸侯就国。《圣皇篇》记录了曹植离开都城时的情景，系有感而发的作品。《灵芝篇》借赞美孝道，影射曹丕不顾兄弟之情。《大魏篇》描绘了曹魏君臣宴享的情景。《精微篇》借古代仁义、慈孝之事抒写别有寄托的情怀。《孟冬篇》写田猎及皇帝出行时的盛况。西园：指西园校尉。汉灵帝中平(汉灵帝刘宏年号，184—190)五年八月，初置西园八校尉。鼓吹：指军乐。遭乱：谓遭董卓之乱。段煨：一作段碕，甘肃武威人。初平(汉献帝刘协年号，190—194)二年，董卓使中郎将段煨屯华阴。兴平元年(194)，车驾进至华阴，宁辑将军段煨具服御及公卿以下资储，请帝幸其营。三年，以段煨为安南将军，封闵乡侯。建安七年(202)，征为大鸿胪，病卒。废：止。文：指歌辞。黄门：指宫禁。唐·杜佑《通典·职官三》：“郊庙则一人执盖临轩，朝会则一人执麾，凡禁门黄闼，故号黄门。其官给事于黄闼之内，故曰黄门侍郎。”下国：指诸侯国。

汉灵帝西园鼓吹有李坚者，能鞞舞，遭乱播迁，西随段煨。先帝闻其旧有技，召之。坚既中废，兼古曲多谬误，异代之文未必相袭，故依前曲，改作新歌五篇。不敢充之黄门，近以成下国之陋乐焉。

圣皇篇

圣皇应历数，正康帝道休。九州咸宾服，威德洞八幽。
三公奏诸公，不得久淹留。蕃位任至重，旧章咸率由。
侍臣省文奏，陛下体仁慈。沈吟有爱恋，不忍听可之。
迫有官典宪，不得顾恩私。诸王当就国，玺绶何累缞！
便时舍外殿，宫省寂无人。主上增顾念，皇母怀苦辛。
何以为赠赐，倾府竭宝珍。文钱百亿万，采帛若烟云。

乘舆服御物，锦罗与金银。龙旂垂九旒，羽盖参班轮。
诸王自计念，无功荷厚德。思一效筋力，糜躯以报国。
鸿胪拥节卫，副使随经营。贵戚并出送，夹道交辎軿。
车服齐整设，韡晔耀天精。武骑卫前后，鼓吹箫笳声。
祖道魏东门，泪下沾冠缨。扳盖因内顾，俯仰慕同生。
行行将日暮，何时还阙庭？车轮为徘徊，四马踌躇鸣。
路人尚酸鼻，何况骨肉情。

新解

圣皇应历数，正康帝道休——圣明的皇帝顺应天道，政治清明，治国有道。圣皇：指魏文帝曹丕。应：顺应。历数：天道，也指朝代更替的顺序。正康：政治清明。正，通政。帝道：皇帝治国的准则。休：美好。

九州咸宾服，威德洞八幽——天下都来臣服，威望达到八方。九州：古代将天下划分为九州，此指中国。咸：都。宾服：臣服，归顺。《礼记·乐记》："暴民不作，诸侯宾服，兵革不试，五刑不用，百姓无患，天子不怒，如此则乐达矣。"汉·郑玄笺："宾，协也。"洞：达到。八幽：八方幽隐之地。

三公奏诸公，不得久淹留——三公进言，诸王不能长久地留在京都，应该各自回到他们的藩国。三公：又称三司。东汉改大司马为太尉，与司徒、司空并称三公。此指司徒华歆、司空王朗、太尉贾诩。诸公：指藩王曹彰、曹植、曹彪等。淹留：滞留。

蕃位任至重，旧章咸率由——藩王的职责至为重要，一切都要遵循原有的法则。蕃位：封国的政治地位。任：职责。旧章：旧则。率：因循。《诗经·大雅·假乐》："不愆不忘，率由旧章。"汉·郑玄笺："率，循也。"

侍臣省文奏，陛下体仁慈——皇帝左右的近臣审查奏章，然后呈递给皇帝。皇帝性情仁厚慈爱。侍臣：皇帝左右的近臣。考曹魏制度：通事郎主持诏书起草。其次为黄门郎。诏书由黄门郎署名之后，通事郎才署名。然后将奏诏送入宫中，读给皇帝听。皇帝同意后，即代皇帝签署。三公奏书，也是由通事郎省阅，然后送给皇帝。省：查看，检查。陛下：对皇帝的尊称，指曹丕。体：性情。

沈吟有爱恋，不忍听可之——皇帝对三公的奏章，犹豫多时，因爱恋自己的兄弟，不忍心轻易批准。沈吟：即沉吟，犹疑不决的样子。听：任凭。可：准许，批准。是汉魏时诏书中的用语。

迫有官典宪，不得顾恩私——迫于官府的法典和规定，不能顾及兄弟间的情义。典宪：国家法制。恩私：私情。

诸王当就国，玺绶何累缞——诸王应回到自己的封国，大印上的丝带是何等繁盛。玺绶：印玺上所系的丝带。借此印玺。累缞(cuī)：与葳蕤义同，此指繁盛。

便时舍外殿，宫省寂无人——暂时居住在宫廷外的殿堂里，所居之处寂寥无人，萧瑟荒凉。便时：即时，当时。舍：居住。宫省：诸侯居住的地方。

主上增顾念，皇母怀苦辛——皇帝顾念不已，太后更是悲痛万分。主上：指曹丕。皇母：指太后卞氏，是曹植和曹丕的生母。

何以为赠赐，倾府竭宝珍——拿什么赠送赐予诸侯王呢？竭尽宝库里所有宝贵珍奇的东西。府：收藏宝物的地方。《礼记·曲礼》："君命大夫与士肄在官言官，在府言府，在库言库，在朝言朝。"汉·郑玄注："府，谓宝藏货贿之处也。"

文钱百亿万，采帛若烟云——赏赐钱币百亿之多，彩色的丝帛多如烟云。文钱：即钱币。因钱币上有文字，故称。

乘舆服御物，锦罗与金银——车上装载的都是皇帝平时用的东西，锦衣罗绮、金银珠宝，应有尽有。服：负载，负荷。锦：有彩色花纹的丝织品。罗：稀松而柔软的丝织品。

龙旂垂九旒，羽盖参班轮——飘拂的龙旗上悬垂着九束旒饰，鸟羽制成的车盖和雕漆的车轮错杂相间，气势磅礴，威风凛凛。龙旂：即龙旗。因旗上画龙，故称。皇帝之旗绘有升起的龙，公侯之旗绘有下降的龙。旂，同旗。旒：旗帜下边悬垂的饰物。魏晋制度，皇帝金路车建大旗九旒，以会万国之宾；亦以赐上公及王子或母弟。公旗八旒，侯七旒。此言九旒，应是特恩。羽盖：用鸟的羽毛制成的车盖。盖，即车篷。参：间杂。班轮：用朱漆绘画过的车轮。唐·房玄龄等《晋书·舆服志》："天子之法车，皆朱班漆轮，画为木虚文。"

诸王自计念，无功荷厚德——诸王私下里考虑，自己没有任何功劳却受到这样厚重的恩德。计念：忖度，思虑。荷：承受。

思一效筋力，糜躯以报国——诸王考虑一定要贡献自己的力量，粉身碎骨地报答朝廷的恩典。效：贡献。糜躯：粉身碎骨。

鸿胪拥节卫，副使随经营——鸿胪卿持节护卫诸王，鸿胪丞也跟随着在一旁照应。鸿胪：官名，即大鸿胪，也称鸿胪卿。掌朝会时赞导礼仪。拥节：持节。古代天子遣使持节，作为奉命执行任务的标帜。卫：护卫。副使：指鸿胪丞。官名，是鸿胪卿的副贰。经营：往来照料。

贵戚并出送，夹道交辎軿——高贵的亲戚们都出来送行，道路的两旁挤满了送行的车辆。夹道：在道路的两旁。交：纵横交错，交叉。辎軿：泛指有屏障的车。辎车门在后，有后辕，宫中女执事人所乘。軿车四面遮蔽，无后辕，公主或王妃所乘。

车服齐整设，韡晔耀天精——车服齐整，光辉灿烂，可以和太阳争辉。韡晔：光辉灿烂。天精：太阳。明·董斯张《广博物志·天部上》："《孝经援神契》曰：'天地至贵，精不两明。'注：'天精为日，地精为月。'"

武骑卫前后，鼓吹箫笳声——骑马的武士在前后护卫，送行的音乐中夹杂着凄厉的箫声和哀怨的胡笳。武骑：保卫京师的羽林骑兵。鼓吹：指鼓吹曲，常用于军中。箫、笳：两种竹制的管乐器。

祖道魏东门，泪下沾冠缨——在邺城的东门饯行，我的泪水潸然而下，沾湿了帽子上的丝带。祖道：汉·班固《汉书·刘屈牦传》："其明年，贰师将军李广利将兵出击匈奴，丞相为祖道，送至渭桥。"唐·颜师古注："祖者，送行之祭，因设宴饮焉。"魏东门：魏都邺城东门，在今河北临漳西南。时曹丕为魏王，居邺，即位后迁都洛阳。

扳盖因内顾，俯仰慕同生——掀开车盖回头看，一举一动都在想念自己的同胞兄弟。扳盖：掀开车盖。内顾：回头看。俯仰：一举一动。慕：想念。同生：同胞兄弟。

行行将日暮，何时还阙庭——不停地向前赶路，太阳渐渐地落下，什么时候才能再回到京城？阙庭：宫廷，此指京城。

车轮为徘徊，四马踌躇鸣——车轮啊徘徊不前，四马也因伤情不愿前进，对着天悲哀地鸣叫。四马：四匹马驾的车。汉魏制度，太子及诸侯王车驾为四马。踌躇：即踯躅，徘徊不前。

路人尚酸鼻，何况骨肉情——过路的行人见此情景都会辛酸地落泪，更何况是亲兄弟呢？

新评

据《三国志·魏书·任城王彰传》："文帝即王位，彰与诸侯就国。"此诗即叙述了诸王被遣就国的经过。四至十句写被遣的原因，表达了不满的情绪。最后写送行队伍之盛和令人悲伤的离别之情。诗以"骨肉情"为结，大力渲染难舍难分的骨肉之情。由此不难看出诗人内心的隐痛。

灵芝篇

灵芝生王地，朱草被洛滨。荣华相晃耀，光采晔若神。
古时有虞舜，父母顽且嚚。尽孝于田垄，烝烝不违仁。
伯瑜年七十，彩衣以娱亲。慈母笞不痛，歔欷涕沾巾。
丁兰少失母，自伤早孤茕。刻木当严亲，朝夕致三牲。
暴子见陵侮，犯罪以亡形。丈人为泣血，免戾全其名。
董永遭家贫，父老财无遗。举假以供养，佣作致甘肥。
责家填门至，不知何用归。天灵感至德，神女为秉机。
岁月不安居，呜呼我皇考。生我既已晚，弃我何其早。
蓼莪谁所兴？念之令人老。退咏南风诗，洒泪满袆抱。

乱曰：

圣皇君四海，德教朝夕宣。万国咸礼让，百姓家肃虔。

庠序不失仪，孝悌处中田。户有曾闵子，比屋皆仁贤。

髫龀无夭齿，黄发尽其年。陛下三万岁，慈母亦复然。

新解

灵芝生王地，朱草被洛滨——灵芝生长在京城，郁郁葱葱的朱草覆盖在洛水的岸边。王地：皇帝居住的地方，此指京城。一作玉池。朱草：晋·葛洪《抱朴子·神丹》："朱草状似小枣，长三四尺，枝叶皆赤，茎如珊瑚，喜生名山岩石之下，刻之，汁流如血。"古谓圣王恩及草木，朱草即生于野。洛滨：洛水之滨。

荣华相晃耀，光采晔若神——各种各样的花草相互辉映，光彩夺目。荣华：《尔雅·释草》："木谓之华，草谓之荣。"这里都是指花。晃耀：花色相互辉映。晔：光彩耀目。

古时有虞舜，父母顽且嚚——古时候有一个叫虞舜的人，他的父母缺乏德行和忠信。顽嚚(yín)：晋·杜预注《左传·僖公二十四年》："心不则德义之经为顽，口不道忠信之言为嚚。"

尽孝于田垄，烝烝不违仁——虞舜恪守孝道，每天在田间和垄上耕作，品行仁厚，做事不违背仁爱的道德准则。烝烝：孝顺。不违仁：不违背仁爱的道德准则。《论语·雍也》："子曰：其心三月不违仁。"

伯瑜年七十，彩衣以娱亲——老莱子已经七十岁了，还穿上彩色的衣服逗自己的父母开心。伯瑜：老莱子。唐·欧阳询《艺文类聚·人部》引《列女传》："老莱子孝养二亲，行年七十，婴儿自娱，著五色采衣。尝取浆上堂，跌仆，因卧地为小儿啼，或弄乌鸟于亲侧。"

慈母笞不痛，歔欷涕沾巾——慈爱的母亲用竹鞭轻轻打他，即使不痛，老莱子也像婴儿一样哽咽流泪，故意逗母亲欢喜。歔欷：哽咽，抽泣。

丁兰少失母，自伤早孤茕——丁兰自幼就失去了父母，悲伤自己早年孤独。丁兰：汉代河内郡(今河南黄河以北)人。宋·李昉等《太平御览·人事部·孝下》引孙盛《逸人传》："丁兰者，河内人也。少丧考妣，不及供养，乃刻木为人，仿佛亲形，事之若生，朝夕定省。后邻人张叔妻从兰妻借物，看兰妻跪拜木人，木人不悦，不以借之。叔醉酣，来骂木人，以杖敲其头。兰还，见木人色不怿，问其妻，具以告之，即奋剑杀张叔。吏捕兰，兰辞木人去，木人见兰，为之垂泪。郡县嘉其至孝通于神明，图其形像于云台也。"孤：幼而无父。茕：孤独。

刻木当严亲，朝夕致三牲——丁兰用木头雕刻成父母的样子，朝夕进奉牛肉、猪肉和羊肉，尽心服侍。三牲：谓牛、羊、猪。

暴子见陵侮，犯罪以亡形——凶暴的张叔凌辱他父母的雕像，他拔剑杀死张叔触犯了刑律。暴子：凶暴的人，指张叔。陵侮：同凌侮，压迫，侮辱。亡形：即忘刑。形，一作刑。

丈人为泣血，免戾全其名——官府前来抓捕时，木像为丁兰垂泪泣血，官府听说后大受感动，赦免了他的罪过，保全了他至孝的好名声。丈人：指父亲的雕像。戾：罪。

董永遭家贫，父老财无遗——董永家里贫困，老父死去后没有留下任何财物。董永：汉代时千乘（今山东高苑县北）人。宋·李昉等《太平御览·人事部·孝感》："刘向《孝子图》曰：……前汉董永，千乘人，少失母，独养父，父亡无以葬，乃从人贷钱一万。永谓钱主曰：'后若无钱还君，当以身作奴。'主甚悯之。永得钱葬父毕，将往为奴，于路忽逢一妇人，求为永妻。永曰：'今贫若是，身为奴，何敢屈夫人为妻？'妇人曰：'愿为君妇，不耻贫贱。'永遂将妇人至。钱主曰：'本言一人，今何有二？'永曰：'言一得二，于理乖乎？'主问永妻曰：'何能？'妻曰：'能织耳。'主曰：'为我织千匹绢，即放尔夫妻。'于是索丝，十日之内，千匹绢足。主惊，遂放夫妇二人而去。行至本相逢处，乃谓永曰：'我是天之织女，感君至孝，天使我偿之，今君事了，不得久停。'语讫，云雾四垂，忽飞而去。"遗：指留下的家产。

举假以供养，佣作致甘肥——董永借贷埋葬了父亲，并供养父亲的灵位，靠做苦力来偿还债务。举假：犹言借贷。佣：卖力。作：劳作。

责家填门至，不知何用归——债主纷纷来到门上，董永不知用什么偿还债务，让他们离开。责家：债主。责，通债。填：塞。

天灵感至德，神女为秉机——天帝被他高尚的品德感动了，专门派神女下凡帮他织布还债。至德：卓绝的品质。秉机：持机织布。

岁月不安居，呜呼我皇考。生我既已晚，弃我何其早——岁月流逝啊，时不再来。父亲啊，为什么生我这么晚，又这么早早地离我而去。皇考：谓曹操。"生我"二句：曹植生时，曹操已三十七岁，曹植二十八岁时，曹操病死洛阳，故云。

蓼莪谁所兴？念之令人老——《蓼莪》是谁写的？阅读这些哀念父母的诗句令人忧伤衰老。蓼莪：《诗经·大雅》篇名，其诗云："蓼莪者我，匪莪伊蒿。哀哀父母，生我劬劳！"兴：写，作。

退咏南风诗，洒泪满袆抱——退居时吟咏《南风》诗，止不住的泪水啊沾满了长巾和衣袍。南风诗：《诗经·邶风·凯风》："凯风自南，吹彼棘心。棘心夭夭，母氏劬劳。"曹植引此诗称颂卞太后的养育之恩。袆：长巾。系在胸前，长可至膝盖；也可以蒙在头上。曹魏时用绛纱做成。《广雅·释器》："袆，蔽膝也。"抱：一作袍。

乱曰：圣皇君四海，德教朝夕宣——歌曲唱道，圣皇统治天下，每天都在用仁义道德教化天下。乱：篇末总括全篇要旨的话。汉·王逸《楚辞章句·离骚》："乱，理也。所以发理词指，总撮其要也。屈原舒肆愤懑，极意陈词，或去或留，文采纷华，然后结括一言，以明所起之意也。”圣皇：谓曹丕。君：统治。德教：仁德教令。宣：颁布。

万国咸礼让，百姓家肃虔——经过教化，各地的诸侯都尊崇礼让，百姓也相敬相爱。肃虔：严整恭敬。

庠序不失仪，孝悌处中田——经过教化，学校里的人讲究礼节，田中耕作的农民也遵从孝道仁悌。庠序：指学校。《孟子·梁惠王》：“谨庠序之教。”汉·赵岐注：“庠序者，教化之宫也。殷曰序，周曰庠。”仪：仪式，礼节。《释名·释典艺》：“仪，宜也，得事宜也。”

户有曾闵子，比屋皆仁贤——经过教化，家家都有曾参、闵子骞那样的孝子，户户都有仁义贤达之士。曾闵子：孔子的弟子曾参和闵子骞，他们是古代的贤者。

髫龀无夭齿，黄发尽其年——经过教化，儿童没有夭折的，老人也能安享天年。髫龀(chèn)：指儿童。南朝宋·范晔《后汉书·伏湛传》：“髫发厉志，白首不衰。”唐·章怀太子李贤注：“髫发，谓童子垂发也。”《周礼·秋官·司寇》：“凡有爵者与七十者与未龀者皆不为奴。”汉·郑玄注：“龀，毁齿也。男八岁、女七岁而毁齿。”夭齿：短命，夭折。夭，少。齿，寿命。黄发：指老人。因老人头发由白而变黄，故称。

陛下三万岁，慈母亦复然——衷心祝愿皇上和太后健康长寿，万世长存。慈母：指下太后。

新评

通过大量铺陈古代孝子的故事，表明了诗人对孝道的称颂。从内容上看，诗为别有寄托之作。诗人早年深得曹操的信任，几乎被立为太子。然而，其兄曹丕即位后，对诗人进行了残酷的打击和政治上的迫害，其手段无所不用，可谓是毫无兄弟之情，毫无孝悌可言。在这一背景下，曹植大谈孝道，系别有所指，是在以孝道劝谏曹丕顾及兄弟之情。

大魏篇

大魏应灵符，天禄方甫始。圣德致泰和，神明为驱使。
左右宜供养，中殿宜皇子。陛下长寿考，群臣拜贺咸悦喜。
积善有馀庆，宠禄固天常。众喜填门至，臣子蒙福祥。
无患及阳遂，辅翼我圣皇。众吉咸集会，凶邪奸恶并灭亡。
黄鹄游殿前，神鼎周四阿。玉马充乘舆，芝盖树九华。
白虎戏西除，舍利从辟邪。骐骥蹑足舞，凤皇拊翼歌。
丰年大置酒，玉樽列广庭。乐饮过三爵，朱颜暴已形。
式宴不违礼，君臣歌鹿鸣。乐人舞鼙鼓，百官雷抃赞若惊。

储礼如江海，积善若陵山。皇嗣繁且炽，孙子列曾玄。
群臣咸称万岁，陛下长寿乐年。御酒停未饮，贵戚跪东厢。
侍人承颜色，奉进金玉觞。此酒亦真酒，福禄当圣皇。
陛下临轩笑，左右咸欢康。杯来一何迟，群僚以次行。
赏赐累千亿，百官并富昌。

新解

大魏应灵符，天禄方甫始——曹魏代汉应从了符命，上天赐予的天位才刚刚开始。应灵符：承应上天的符命。此指曹丕代汉。天禄：天位。甫：一作兹。

圣德致泰和，神明为驱使——曹丕的贤圣仁德致使国泰民安，天地间的众神都甘愿接受驱使。泰和：社会安定，生活丰裕。神明：天地间的众神。

左右宜供养，中殿宜皇子——侍从大臣受到他的奉养，殿中的皇子也得到他的恩惠。左右：侍从之臣。供养：奉养。中殿：殿中。

陛下长寿考，群臣拜贺咸悦喜——皇帝万寿无疆，群臣在拜见庆贺的时候都很高兴。

积善有馀庆，宠禄固天常——多行善事则必有善报，宠幸荣禄是天之常理。宠：尊崇。禄：福。

众喜填门至，臣子蒙福祥——众多喜事纷至沓来，臣子承蒙福佑和祥瑞。喜：一作善。

无患及阳遂，辅翼我圣皇——没有灾害啊时和岁丰，神灵保佑和辅佐英明的皇帝。无患：即无灾害。阳遂：指阳光普照，时和岁丰。唐·李善注《文选·洞箫赋》："清通貌。"

众吉咸集会，凶邪奸恶并灭亡——众多吉祥之事都聚集到这里，一切邪恶凶残全都消除灭亡。

黄鹄游殿前，神鼎周四阿——黄鹄游集在大殿前，神鼎放在庭中的四个角落里。阿：（山、水或其他的）屈曲处，曲隅。

玉马充乘舆，芝盖树九华——玉马前来驾驶銮舆，銮舆上荫覆着用灵芝做的九层的华盖。玉马：古谓皇帝贤明则玉马来。充：备。九华：九茎开花的灵芝。《大飨碑》："荫九层之华盖。"

白虎戏西除，含利从辟邪——正月朔日朝贺时，白虎在西边宫殿的台阶上嬉戏，舍利追随辟邪互相游戏。除：台阶。舍利、辟邪：皆兽名。含，当作舍。

骐骥蹑足舞，凤皇拊翼歌——骐骥踏着脚跳舞，凤凰拍着翅膀唱歌。以上四句写魏廷表演汉代宫廷杂技时的情景。宋·李昉等《太平御览》："《汉宫典职》曰：正旦，天子幸德阳殿作九宾乐。舍利从东来，戏于庭。毕，入殿前，激水化成比目鱼，跳跃淑水作雾障日。毕，化成黄龙，高丈八，出水游戏于庭，炫耀日光，以二丈丝系两柱中，头间相去数丈。”

丰年大置酒，玉樽列广庭——丰收的年节置办丰盛的美酒，然后，用巨大的玉杯盛酒，把它排列在广阔的庭院中。

乐“饮过”三爵，朱颜暴已形——快乐地喝了三大杯以后，脸上露出了醉酒前的红色。“乐饮”句：《左传·宣公二年》：“臣侍君宴，过三爵，非礼也。”爵，古代的盛酒器，雀形，比尊彝小，受一升。也可用为饮酒器。暴：露。形：现。

式宴不违礼，君臣歌鹿鸣——欢宴时不失礼仪，君臣一起唱《鹿鸣》。式：发语词。《鹿鸣》：《诗经·小雅》篇名。清·马端临《文献通考·乐考》：“曹孟德平刘表，而得汉雅乐郎杜夔。夔老，久矣不肄习。所得于三百篇者，唯《鹿鸣》《驱虞》《伐檀》《文王》四篇而已，馀声不传。太和末，又失其三，左延年所得惟《鹿鸣》一篇。每正旦大会，太尉奉璧，群臣行礼东厢，雅乐常作者是也。”

乐人舞鼙鼓，百官雷抃赞若惊——乐人跳起精美的鼙鼓舞，百官鼓掌赞美，欢呼喝彩声犹如雷鸣。鼙鼓：即鼙鼓舞。舞者共十六人，为古代干戚舞之遗式。抃：鼓掌。

储礼如江海，积善若陵山——储备的礼节像江海一样宽广，积累的善行像大山一样深厚。

皇嗣繁且炽，孙子列曾玄——皇帝的子孙繁茂昌盛，在孙子辈中排列着玄孙。曾玄：《尔雅·释亲》：“曾孙之子为玄孙。”此谓父、子、孙、曾、玄五世，五世同堂。

群臣咸称万岁，陛下长寿乐年——群臣都高呼万岁，祝愿陛下欢乐长寿。

御酒停未饮，贵戚跪东厢——御酒斟满后还没有畅饮，贵戚恭敬地长跪侍坐在东边的厢房。东厢：大殿东侧的偏房。古代礼制，大飨礼时群臣居东待事。汉·郑玄注《仪礼·觐礼记》：“东厢，东夹之前，相翔待事之处。”

侍人承颜色，奉进金玉觞——侍从见皇帝的脸色行事，捧着金玉酒器把美酒进献给皇帝，然后，等待皇帝赐宴。南朝宋·沈约《宋书·礼志》：“又行御酒，御酒升阶，太官令跪授侍郎，侍郎跪进御座前，乃行百官酒。”南朝宋·沈约《宋书·礼志》：“谒者引王诣尊酌寿尊，跪授侍中，侍中跪置御坐前。王还自酌，置位前。谒者跪奏：藩王臣等奉觞再拜上千万岁寿。侍中曰：觞已上。百官伏称万岁，四厢乐作，百官再拜，已饮，又再拜。谒者引诸王等还本位。陛者传就席，群臣皆跪诺。”

此酒亦真酒，福禄当圣皇——这酒真是美酒啊，会给皇帝带来福禄。真酒：美酒，又指仙酒。真，汉·许慎《说文解字》：“真，仙人变形而登天也。”

陛下临轩笑，左右咸欢康——皇帝扶着栏杆，俯视而笑，大臣们也都跟着欢笑，互祝健康长寿。

杯来一何迟，群僚以次行——传杯欢饮时，杯子传得多么缓慢啊。宴会结束了，百官按品级依次退席。

赏赐累千亿，百官并富昌——皇帝将数以千亿计的宝物赏赐给群臣，百官和君王一起共享富贵。

新评

诗真实地记载了曹魏宴享仪式，具有很高的史料价值。

精微篇

精微烂金石，至心动神明。杞妻哭死夫，梁山为之倾。
子丹西质秦，乌白马角生。邹衍囚燕市，繁霜为夏零。
关东有贤女，自字苏来卿。壮年报父仇，身没垂功名。
女休逢赦书，白刃几在颈。俱上列仙籍，去死独就生。
太仓令有罪，远征当就拘。自悲居无男，祸至无与俱。
缇萦痛父言，荷担西上书。盘桓北阙下，泣泪何涟如。
乞得并姊弟，没身赎父躯。汉文感其义，肉刑法用除。
其父得以免，辩义在列图。多男亦何为，一女足成居。
简子南渡河，津吏废舟船。执法将加刑，女娟拥棹前。
妾父闻君来，将涉不测渊。畏惧风波起，祷祝祭名川。
备礼飨神祇，为君求福先。不胜醽祀诚，至令犯罚艰。
君必欲加诛，乞使知罪愆，妾愿以身代。至诚感苍天。
国君高其义，其父用赦原。河激奏中流，简子知其贤。
归聘为夫人，荣宠超后先。辩女解父命，何况健少年。
黄初发和气，明堂德教施。治道致太平，礼乐风俗移。
刑措民无枉，怨女复何为。圣皇长寿考，景福常来仪。

新解

精微烂金石，至心动神明——精诚可以刻开金石，诚心可以感动神明。精微：精诚。南朝宋·范晔《后汉书·广陵思王荆传》："精诚所加，金石为开。"

杞"妻哭"死夫，梁山为之倾——杞梁的妻子痛哭死去的丈夫，梁山听了都为之崩溃。"杞妻"句：汉·刘向《说苑·善说》："华舟杞梁战而死，其妻悲之，向城而哭，隅为之崩，城为之阤。"梁山：《左传·成公四年》："梁山崩，雍河，三日不流。"曹植《黄初六年令》："杞妻哭梁，山为之崩。"

子丹西质秦，乌白马角生——燕太子丹被迫到秦国当人质，为了早返回故乡，乌鸦见了为他生出白头，骏马见了为他生出长角。子丹：战国时燕国太子丹。质：

人质。“乌白”句：宋·李昉等《太平御览·皇亲部·太子》引《燕丹子》：“太子丹质于秦，秦王遇之无礼。不得意，欲归。秦王不听，谬言：‘令乌白头、马生角，乃可。’丹仰天而叹，乌即白头，马生角。秦王不得已而遣之。”

邹衍囚燕市，繁霜为夏零——邹衍无辜被囚禁在燕国的监狱，老天爷为他鸣不平，夏天落下了繁霜。邹衍：战国时阴阳家，齐国临淄人。宋·李昉等《太平御览·天部》引《淮南子》：“邹衍事燕惠王，尽忠，左右谮之王，王系之狱，仰天哭，夏五月天为之下霜。”零：落。

关东有贤女，自字苏来卿——关东有一个贤良的女子，自名为苏来卿。关东：函谷关以东，指河南、山东等地区。汉代《鞞舞歌》有《关东有贤女》，其文失传。自字：自名。苏来卿：人名，事迹不传。

壮年报父仇，身没垂功名——她少壮之年勇报父仇，虽死去却流传千古。没：死。垂：流传。

女休逢赦书，白刃几在颈——女休为族人复仇，在几乎被杀头时得到了赦免的文书。女休：指秦人女休。宋·郭茂倩《乐府诗集·杂曲歌辞》载汉《秦女休行》：“始出上西门，遥望秦氏庐。秦氏有好女，自名为女休。休年十四五，为宗行报仇。左执白杨刃，右据宛鲁矛。仇家便东南，仆僵秦女休。女休西上山，上山四五里。关吏呵问女休，女休前置辞：‘平生为燕王妇，于今为诏狱囚。平生衣参差，当今无领襦。明知杀人当死，兄言怏怏，弟言无道忧，女休坚辞，为宗报仇，死不疑。杀人都市中，徼我都巷西。丞卿罗东向坐，女休悽悽曳梏前。两徒夹我持刀，刀五尺馀。刀未下，朣胧击鼓赦书下。’”几：几乎。

俱上列仙籍，去死独就生——这些古人都被列入了死人名册，偏偏能避免一死，继续生存。列仙籍：死人名册的委婉说法，含有敬意。

太仓令有罪，远征当就拘——太仓令淳于意获罪，将从遥远的地方被押送到长安。太仓令：汉代管理国家粮库的官员。此指汉武帝时齐国的太仓令淳于意。征：征召。就拘：将被拘捕。

自悲居无男，祸至无与俱——他悲叹自己没有儿子，大祸降临时没有人可以和自己一起去。据《史记·仓公列传》，太仓令淳于意生有五女，没有儿子，获罪后被押往长安，其五女相随而痛哭流涕。淳于意骂道：“生子不生男，缓急无可使者。”意为如果是儿子的话，此时将前来搭救。小女儿缇萦听了极为伤心，于是跟随父亲西入长安。到长安后，她上书汉文帝，表示自己愿意给官家做奴婢来为其父赎罪。文帝深受感动，遂赦免了淳于意的死罪，同时下令废除肉刑。班固《咏史》咏其事。俱：偕。

缇萦痛父言，荷担西上书——缇萦听了父亲的话，非常伤心，她挑着行李西入长安，为父亲向皇帝上书求情。荷担：挑担子，此指挑行李。西：指缇萦的父亲从东面的齐地押往长安。

盘桓北阙下，泣泪何涟如——缇萦徘徊在皇宫北面的门楼下，因不知父亲的生死，流下很多的眼泪。盘桓：徘徊。北阙：汉代未央宫有北阙和东阙，大臣谒见皇帝多在北阙。阙，宫门、城门两侧的高台。涟如：流泪的样子。如，语助词。

乞得并姊弟，没身赎父躯——缇萦向皇帝上书道，请求允许她和姊妹们，用自己的生命为父亲赎罪。姊弟：姐妹。弟，同娣，妹妹的意思。

汉文感其义，肉刑法用除——汉文帝被她的孝义感动了，因此废除了肉刑。汉文：指汉文帝刘恒。肉刑：古代刑罚的一种。用：因此。

其父得以免，辩义在列图——父亲的罪得以免除，善辩和讲仁义的缇萦也被列入了烈女图。辩义：能言善辩而又合乎义的准则。列图：指《列女传图》。刘向作《列女传》，有颂有图。

多男亦何为，一女足成居——儿子多了又有什么用呢？只要有一个有才能的女儿就足以成就大事。成居：成家，成事。

简子南渡河，津吏废舟船——赵简子南伐渡河，渡口的小吏因醉酒不能驾船。简子：赵简子，赵鞅。晋国的卿士。在晋内讧中打败范氏、中行氏，奠定了建立赵国的基础。废：放弃。

执法将加刑，女娟拥棹前——依据法律应将津吏处死，这时，津吏的女儿娟拿着桨前来致辞。棹：船桨。据刘向《列女传》：赵简子南伐楚国时，将渡黄河的时间告诉了管渡口的小吏。到渡口时，小吏因醉酒不能渡，赵简子要处死他。女娟巧言救父，帮赵简子渡河，并唱《河激》之歌。赵简子十分赏识，遂聘为夫人。

妾父闻君来，将涉不测渊——我的父亲听说您将要来渡过这危险的河流。涉：渡河。不测：难以预料。渊：指河流。

畏惧风波起，祷祝祭名川——唯恐风波兴起，因此祭祀名川中的河神，为您祈祷祝福。

备礼飨神祇，为君求福先——他准备好祭品敬献给水神，预先为您祈福。飨：敬献。神祇：泛指神明。神指天神；祇指地神。

不胜釂祀诚，至令犯罚艰——因实在承受不了祭神时的酒力，以致犯下了罪过。釂：同醮，犹独饮。古代尊者为卑者酌酒，卑者接受敬酒后饮尽，不需回敬。《仪礼·士冠礼》：“若不醴，则醮，用酒。”汉·郑玄注：“酌而无酬酢曰醮。”

君必欲加诛，乞使知罪愆，妾愿以身代——您如果真要杀他，祈求您让他知道犯了什么罪过。我愿以身代父抵罪。愆：罪过。

至诚感苍天。国君高其义，其父用赦原——她的诚心感动了苍天。赵简子十分赞赏她的节义，因此赦免了她的父亲。国君：指赵简子。古代天子、诸侯和卿大夫有封地者，皆可称君。

河激奏中流，简子知其贤——在湍急的河流中，女娟悲伤地唱着《河激》，听了这首歌以后，赵简子知道女娟十分贤淑。《河激》：歌名，辞见《列女传·辩通传》，其辞曰："升彼阿兮面观清，水扬波兮杳冥冥。祷求福兮醉不醒，诛将加兮妾心惊。罚既逝兮渎乃清，妾持楫兮操其维。蛟龙助兮主将归，呼来棹兮行勿疑。"

归聘为夫人，荣宠超后先——于是聘她为夫人，津吏女娟得到的荣耀尊宠超越以前和后来的人。聘：订婚。荣宠：荣耀尊宠。

辩女解父命，何况健少年——善辩的女子娟尚且能解救父亲的性命，何况是健壮的少年呢？辩女：指娟，因其善于辩说，故称。解：解救。

黄初发和气，明堂德教施——黄初年间，到处散发着政通人和的气息，朝廷在明堂广施教化，以德治国。黄初：魏文帝曹丕年号(220—226)。和气：阴阳冲和之气，盛世之景象。明堂：天子主持祭祀、朝见诸侯和教化、选士的地方。

治道致太平，礼乐风俗移——此治国之道致使天下太平，礼乐大兴，风俗淳正。

刑措民无枉，怨女复何为——刑罚搁置不用，人民没有冤屈，怨女如果生在如今的太平盛世，又能有什么作为呢？措：放下，搁置不用。枉：冤屈。

圣皇长寿考，景福常来仪——祝愿圣明的皇帝长命百岁，浩大的福气永伴左右。景福：大福。来仪：来归。

新评

首二句"精微烂金石，至心动神明"领起全篇，通过叙述杞梁妻、燕太子丹、邹衍、苏来卿、女休、缇萦、津吏女娟等事迹，将主旨落实在精诚终能昭雪方面。结合诗人的生活经历看，此诗所述内容诚如赵幼文所言："隐射自身受着监国谒者之诬陷，而期望获得曹丕的宽宥。"(《曹植集校注》，人民文学出版社1984年版第334页)

孟冬篇

孟冬十月，阴气厉清。武官诫田，讲旅统兵。
元龟袭吉，元光着明。蚩尤跸路，风弭雨停。
乘舆启行，鸾鸣幽轧。虎贲采骑，飞象珥鹖。
钟鼓铿锵，箫管嘈喝。万骑齐镳，千乘等盖。
夷山填谷，平林涤薮。张罗万里，尽其飞走。
趯趯狡兔，扬白跳翰。猎以青骹，掩以修竿。
韩卢宋鹊，呈才骋足。噬不尽绁，牵麋掎鹿。
魏氏发机，养基抚弦。都卢寻高，搜索猴猿。
庆忌孟贲，蹈谷超峦。张目决眦，发怒穿冠。

顿熊扼虎，蹴豹搏貙。气有馀势，负象而趋。

获车既盈，日側乐终。罢役解徒，大飨离宫。

乱曰：

圣皇临飞轩，论功校猎徒。死禽积如京，流血成沟渠。

明诏大劳赐，大官供有无。走马行酒醴，驱车布肉鱼。

鸣鼓举觞爵，击钟釂无馀。绝纲纵麟麑，弛罩出凤雏。

收功在羽校，威灵振鬼区。陛下长欢乐，永世合天符。

新解

孟冬十月，阴气厉清——孟冬十月，到处是清冷萧瑟的景象，寒气逼人。阴气：言寒气逼人。梁·萧统《文选》载张衡《西京赋》："于是孟冬作阴，寒风肃杀。"三国吴·薛综注："寒气急杀于万物。孟冬十月，阴气始盛，万物凋落。"

武官诫田，讲旅统兵——统兵的将领接到准备田猎的敕令，谋划演习和训练士兵的大事。诫：同戒，敕令。《诗经·小雅·大田》："既种既戒，既备乃事。"田：田猎，狩猎。讲旅：犹言习武。讲，演习，训练。旅，军队。统兵：治兵。

元龟袭吉，元光着明——用大龟占卜出吉兆，彗星光辉明亮，呈现出一派除旧布新的景象。元龟：大龟。袭吉：显示出吉兆。袭，承。古代田猎藉以习武是国家大事，常采取占卜的方式，决定田猎和训练士兵的时日。元光：彗星。著明：光辉明亮。古人认为，彗星是除旧布新的象征。

蚩尤跸路，风弭雨停——像蚩尤一样的武士在前面清道，转眼间风消雨停。蚩尤：传说中的部族首领，勇猛善战，曾与黄帝争帝。跸路：即清道。古代皇帝出行时，所经过的道路禁止通行。弭：停，止。

乘舆启行，鸾鸣幽轧——皇帝的车驾起行，车上的鸾铃发出抑扬顿挫的声音。幽轧：形容声音抑扬而有节奏。汉·扬雄《羽猎赋》："皇车幽輵。"唐·李善注："幽輵，车声也。"

虎贲采骑，飞象珥鹖——勇猛的武士身着彩衣，骑着高头大马。用象牙装饰的车子上雕刻着善斗的鹖鸡。虎贲：指勇士。采骑：穿着彩衣骑马的侍从。飞象：疑指用象牙装饰的车辆。汉·司马相如《上林赋》："乘镂象。"汉·张揖注："镂象，象路也。以象牙疏镂为其车辂。"鹖：一种善斗的鸟。三国魏·曹操《鹖鸡赋序》："鹖鸡猛气，其斗终无负，期于必死，今人以鹖为冠，像此也。"

钟鼓铿锵，箫管嘈喝——出行的钟鼓发出铿锵有力的声音，箫管也发出美妙的乐音。铿锵：象声词，形容声音浑厚有力。嘈喝：一作嘈啐。汉·马融《长笛赋》："啾咋嘈啐。"唐·李善注："《埤苍》曰：声貌。"

万骑齐镳，千乘等盖——出猎时，上万匹骏马雄壮地奔腾，成千辆的车盖连在一起。齐镳：盛多的样子。《诗经·卫风·硕人》：“四牡有骄，朱幩镳镳。”乘：车。

夷山填谷，平林涤薮——出猎的队伍浩浩荡荡，简直可以把山峰削去，把山谷填平，把树林摧倒，使湖泊干涸。夷：削平。填：塞。涤：清除。薮：干枯的湖泊。郑玄注《周礼·太宰》：“泽无水曰薮。”

张罗万里，尽其飞走——张开上万里的罗网，任飞禽走兽在其中行走。

趯趯狡兔，扬白跳翰——狡猾的野兔跳跃着逃脱猎人的追捕，脚上的白毛忽隐忽现。趯趯：跳跃的意思。一作翟翟。扬白：白，指兔足上的白毛。跳翰：指兔见人追猎，跳跃奔驰。

猎以青骹，掩以修竿——用凶猛的青鹰来捕捉猎物，把猎取的野兔套在长竹竿上扛走。青骹：指小腿为青色的鹰。汉·张衡《东京赋》：“青骹挚与鞲下。”三国吴·薛综注：“鹰轻胫者。”掩：套取。

韩卢宋鹊，呈才骋足——猎犬韩卢和宋鹊尽显才能，竭力追逐猎物。韩卢：韩国产的黑色猎狗。宋鹊：宋国产的白色猎狗。它们都是名犬。呈才：表现才能。骋足：竭力驰逐。

噬不尽绁，牵麋掎鹿——猎犬的速度很快，它们不用挣脱绳子就能咬住猎物，并牵着猎取的麋鹿胜利归来。绁：系犬的绳子。麋：鹿类，较鹿大，雄者青黑色，雌者褐色。掎：牵。

魏氏发机，养基抚弦——魏氏张开弓力强劲的弩机，养由基拉弦射箭。魏氏：传说中的善射者。汉·赵晔《吴越春秋》：“范蠡进善射者陈音。越王问射所起，音曰：黄帝作弓，以备四方。后有楚狐父，以其道传羿，羿传逢蒙，蒙传楚琴氏，琴氏传大魏，大魏传楚三侯，麋侯、翼侯、魏侯也。”机：弩机。养基：楚国的著名射手养由基。抚弦：犹拊弦。

都卢寻高，搜索猴猿——都卢攀爬到很高的地方，四处搜寻猿猴。都卢：指广东地区的少数民族，善攀缘。寻：随着，循着。

庆忌孟贲，蹈谷超峦——勇士庆忌和孟贲，穿山越谷。庆忌：春秋时吴王僚之子。汉·赵晔《吴越春秋·阖闾内传》：“吴王曰：庆忌之勇，世所闻也。筋骨果劲，万人莫当。走追奔兽，手接飞鸟。”孟贲：春秋时卫国力士。汉·刘向《说苑》：“勇士孟贲，水行不避蛟龙，陆行不避虎狼。发怒吐气，声响动于天。”

张目决眦，发怒穿冠——勇士们睁大眼睛，把眼眶瞪裂，愤怒的头发把帽子都穿透了。眦：眼眶。穿冠：穿透帽子。汉·刘安《淮南子·泰族训》：“闻者莫不瞋目裂眦，发植穿冠。”

顿熊扼虎，蹴豹搏貙——击打熊，捕捉虎，追逐豹，捕捉貙。顿：通扽。击，引。扼：捕捉。蹴：追逐。搏：捕捉。

气有馀势，负象而趋——力气还有剩馀，可以背着大象往前跑。

获车既盈，日侧乐终——获取的猎物装满了车，太阳偏西时停止了欢乐的狩猎。

罢役解徒，大飨离宫——停止狩猎，解下装备，在离宫中举行盛大的宴会。大飨：举行盛大宴会。

乱曰：圣皇临飞轩，论功校猎徒——皇帝在高高的轩窗上俯视群臣，通过数猎物的多少来确定功劳。乱曰：篇末总括全篇要旨的话。校：数。

死禽积如京，流血成沟渠——猎物堆积如山，禽兽的血流淌成沟渠。京：高丘。

明诏大劳赐，大官供有无——诏令赏赐田猎有功人员，由大官令按照各人的功劳大小分配猎物。大官：谓大官令，掌皇帝饮食宴享的官员。

走马行酒醴，驱车布肉鱼——一边骑马一边行着酒礼，驱赶的大车上放满猎取的鱼肉。

鸣鼓举觞爵，击钟釂无馀——击鼓时，大家举起酒杯；击钟时，大家饮尽杯中酒。釂(jiào)：饮尽杯中酒。

绝纲纵麟麑，弛罩出凤雏——断开大网，放走幼鹿。张开罩子，放走幼凤。纲：一作网。弛：张开，解开。麟麑：幼鹿。凤雏：幼凤。

收功在羽校，威灵振鬼区——归功于参加田猎的将士，将士的神威远震遥远的边地。羽校：指参加田猎的将士。鬼区：绝远的地区。收功：犹归功。

陛下长欢乐，永世合天符——愿陛下永远快乐，永远合乎上天的符命。

新评

古代有借田猎检阅武备的风俗。在统治者看来，田猎是国家大事。诗人以想象之辞渲染田猎时的盛况，先从占卜吉日写起，次写出猎队伍气势之大，再写狩猎之神勇，最后写猎后宴享赏赐，按照时间顺序组织全诗，清晰明了。此诗以宴飨雅乐结构全篇，通篇以铺陈的手法渲染田猎和宴飨的宏大场面。

公燕

题解

诗作于建安年间，写宴后游园的情景，真实反映了曹植早年流连诗酒、游乐安逸的贵公子生活。公燕：公卿或官府的宴会。

公子敬爱客，终宴不知疲。清夜游西园，飞盖相追随。
明月澄清景，列宿正参差。秋兰被长坂，朱华冒绿池。
潜鱼跃清波，好鸟鸣高枝。神飙接丹毂，轻辇随风移。
飘飖放志意，千秋长若斯。

新解

公子敬爱客，终宴不知疲——公子敬爱宾客，直到宴会结束了依旧不知疲倦。终宴：指宴会结束。

清夜游西园，飞盖相追随——在清光如许的夜晚游览西园，轻快的车子跟随在后面。飞盖：车盖，此指车子走得轻快。一作冠。

明月澄清景，列宿正参差——一轮明月洒下皎洁的月光，群星闪烁，三三两两地排在夜空中。清景：月光。景，光。一作影。列宿：众星。参差：不齐，形容星星疏疏落落的样子。

秋兰被长坂，朱华冒绿池——秋天的兰草覆盖着长长的坡地，红色的荷花覆盖着绿色的池塘。秋兰：香草名。被：覆盖。坂：高起的坡地。朱：指红色的荷花。冒：覆盖。

潜鱼跃清波，好鸟鸣高枝——鱼儿从水的深处跃出清波，鸟儿在高高的树枝上欢快地啼叫。

神飙接丹毂，轻辇随风移——急骤的风推着华贵的车轮前进，轻快的车子随风移动。神飙：此指疾风。接：靠近，接触。丹毂：犹丹轮，指华贵的车子。毂，车轮中心的圆木。以丹涂饰曰丹毂。

飘飖放志意，千秋长若斯——随风逍遥，放纵感情，但愿千秋万代都能这样。飘飖：逍遥。放：放荡。志意：感情思想。

新评

诗当作于曹植生活的早年。此时，曹植过着贵公子优裕的生活，常与文人宴饮游园。这种诗酒唱和的生活在反映社会的深度方面虽然单薄，但对于提高诗人的写作技巧有很大的帮助。“秋兰”四句自然优美、明丽灵动，堪称写景名句。

侍太子坐

题解

这是一首描写宴乐情景的诗。太子：指曹丕。

白日曜青春，时雨静飞尘。寒冰辟炎景，凉风飘我身。
清醴盈金觞，肴馔纵横陈。齐人进奇乐，歌者出西秦。
翩翩我公子，机巧忽若神。

新解

白日曜青春，时雨静飞尘——阳光照耀在蓝蓝的天空和大地上，及时雨洗去了空中飞舞的尘埃。青春：一作青天。时雨：一作微雨。

寒冰辟炎景，凉风飘我身——就好像寒冷的冰块驱除了炎热的阳光，阵阵凉风拂在我的身上。辟：同避，驱除的意思。景：日光。

清醴盈金觞，肴馔纵横陈——清香的美酒盛满金质的酒杯，各种美味的佳肴和精美的食具摆满了桌面。清醴：指美酒。馔：食具。陈：陈列，摆设。

齐人进奇乐，歌者出西秦——齐人进献奇异美妙的乐曲，唱歌的人来自西边的秦地。齐：指齐国旧地，在今山东一带。秦：指秦国旧地，在今陕西一带。

翩翩我公子，机巧忽若神——风度翩翩、才华横溢的公子机智灵巧，恍若神灵。翩翩：形容风度或文采的优美。

新评

建安二十三年(218)冬十月，曹丕被立为太子。此诗题为"侍太子坐"，应作于建安二十四年(219)至延康元年(220)的某个夏天。"时雨静飞尘"，好雨应时而来，气候宜人，正是宴饮的好时节。五六句顺势而下，写美酒盈杯、佳肴满席。七八句写宴会上的音乐，美妙的歌声将宴会的气氛推向高潮。末二句笔锋一转赞美曹丕。结合曹植的经历看，曹植曾有与曹丕争立太子的经历，此时曹植作为失败者，在赞美的背后或许有几分惆怅和不快。

斗　鸡

题解

这是一首描写斗鸡的诗。

游目极妙伎，清听厌宫商。主人寂无为，众宾进乐方。
长筵坐戏客，斗鸡闲观房。群雄正翕赫，双翘自飞扬。
挥羽激清风，悍目发朱光。觜落轻毛散，严距往往伤。
长鸣入青云，扇翼独翱翔。愿蒙狸膏助，常得擅此场。

新解

游目极妙伎，清听厌宫商——放眼望去，所有优美的舞伎都已经看过，因此，所有动听的音乐和舞蹈都没有兴趣了。游目：放目纵观。极：穷尽。妙伎：形态优美的舞伎。宫商：此指音乐。

主人寂无为，众宾进乐方——主人感到寂寞无聊，众宾客积极地进献各种娱乐的方式。无为：无所事事。乐方：娱乐方式。

长筵坐戏客，斗鸡闲观房——长长的筵席上坐着嬉戏的宾客，在幽静的房子里，观看斗鸡表演。筵：竹席。《周礼集说》卷四《司几筵》："凡敷席之法，初在地一重即谓之筵，重在上者皆谓之席，其实一物也。"闲观：一作观闲。闲，幽静。一作间。

群雄正翕赫，双翘自飞扬——雄鸡们一副盛怒的模样，尾巴上的羽毛高高地翘起。翕(xī)赫：盛怒的样子。翘：尾巴上的羽毛。一作翅。

挥羽激清风，悍目发朱光——它们用力挥动着翅膀，激起阵阵清风，凶悍的眼睛里发出可怕的红光。挥：振动。羽：翅膀。激清风：一作邀流风。悍：凶暴。

觜落轻毛散，严距往往伤——失败者斗到嘴巴脱落，羽毛飞散，连强壮有力的足骨都受伤了。觜：同嘴。严：强壮有力。距：雄鸡、雉等腿后面突出像脚趾的部分。

长鸣入青云，扇翼独翱翔——胜利者对着青天长鸣，煽动翅膀独自徜徉。入青云：形容鸣声高亢。翱翔：犹徜徉。

愿蒙狸膏助，常得擅此场——但愿蒙受狸膏的帮助，在搏斗中永操胜券。狸膏：狐狸的油脂。《曹集诠评》："《事类赋注》引《庄子》逸篇：'羊沟之鸡，时以胜人者，以狸膏涂其头也。'"鸡畏狸，闻狸膏则会逃跑。擅：专。

新评

丁晏认为，此诗作于太和年间。朱绪认为，作于建安年间。黄节《曹子建诗注》："山阳丁晏以此篇为作于明帝太和中，殆未。悟应玚诗'兄弟游戏场，命驾迎众宾'二语，乃子桓未即帝位时，与子建游戏斗鸡之作。若在明帝时，则不得言兄弟矣，朱氏驳之是也。"所说甚是。前六句写观看斗鸡的原因和场景，七至十二句写斗鸡的紧张气氛，末四句写胜者的得意姿态，形象生动，特别是对争斗过程的描写，让人有身临其境之感。"长鸣"二句，写胜利者的姿态，真实可感，如在目前。

元　会

题解

诗写正月朝会的盛况。元会：一作正会。会，朝会。指诸侯、臣属及外国使者朝见天子。

初岁元祚，吉日惟良。乃为嘉会，燕此高堂。
尊卑列叙，典而有章。衣裳鲜洁，黼黻玄黄。
清酤盈爵，中坐腾光。珍膳杂遝，充溢圆方。

笙磬既设，筝瑟俱张。悲歌厉响，咀嚼清商。
俯视文轩，仰瞻华梁。愿保兹善，千载为常。
欢笑尽娱，乐哉未央。皇室荣贵，寿若东王。

新解

初岁元祚，吉日惟良——正月是一年福瑞的开始，初一是正月最美好的时节。初岁：正月。元：始。祚：福。吉日：朔日，夏历初一。良：美好。

乃为嘉会，燕此高堂——于是置办筵席，在高堂内宴享群臣。嘉：一作佳。高堂：应指洛阳宫中的建始殿，是明帝时朝会群臣的处所。

尊卑列叙，典而有章——按照尊卑长幼的顺序入座，典章上是有制度和程序的。典：指礼制。章：程序。

衣裳鲜洁，黼黻玄黄——参加宴会的人衣裳鲜亮整洁，官服上绣着华美的图案，有的戴着黑色的官帽，有的穿着黄裳。黼黻(fǔfú)：礼服上所绣的华美花纹。《晏子春秋·谏下》："公衣黼黻之衣，素绣之裳，一衣而王采具焉。"此指绣有华美花纹的礼服，多指帝王或高官穿戴的礼服。玄：黑色的冠冕。黄：黄裳，黄色的下衣。

清酤盈爵，中坐腾光——一夜酿成的美酒盛满了杯子，在坐席上荡漾着光彩。清酤：美酒。酤，一夜酿成的酒。汉·许慎《说文解字》："一宿酒也。"爵：酒杯，古代的一种饮酒器。中坐：座中。腾光：光彩浮荡。

珍膳杂遝，充溢圆方——桌上摆满了美味佳肴，各种美味在食器中飘香。珍膳：美好的膳食。《周礼·天官·冢宰》："膳夫上士二人，中士四人，下士八人，府二人，史四人，胥十有二人，徒百有二十人。"汉·郑玄注："膳之言善也，今时美物曰珍膳。"杂遝(tà)：众多的样子。圆方：指食器。汉·刘安《淮南子·泰族训》："陈簠簋，列樽俎，设笾豆者，祝也。"汉·高诱注："器方中者为簠，圆中者为簋也。"

笙磬既设，筝瑟俱张——为宴会演奏的笙磬与筝瑟都摆设好了。张：施，设。

悲歌厉响，咀嚼清商——宾客们耳听悲歌的高亢，又品味轻柔的清商乐曲。厉响：高亢之音。咀嚼：指品味清商之乐。清商：乐调名。周代的房中乐，失传于唐代。

俯视文轩，仰瞻华梁——馀音绕梁，宾客们一会儿俯视有花纹的栏板，一会儿仰望有彩色的屋梁。文轩、华梁：绘有彩色图案的栏板和屋梁。

愿保兹善，千载为常——但愿上天保佑我们，千年以后都像现在这样美好。善：佳，美好。

欢笑尽娱，乐哉未央——尽情欢笑和娱乐吧，欢乐永远没有尽头。未央：未尽。

皇室荣贵，寿若东王——我衷心祝愿皇家永远荣华显贵，像仙人东王父那样万寿无疆。皇室：一作皇家。荣贵：一作华贵。若东王：一作若东皇，一作考无疆。

新评

前人大都认为这首诗作于黄初年间。赵幼文通过考证指出："曹植赴洛阳计二次：一在黄初四年五月，另一在太和五年冬，至六年春反国，《元会》诗是曹植参加正月元日的朝宴而写，则创作时日必在太和六年正月，是确然可信的。"（赵幼文《曹植集校注》，人民文学出版社1984年版，第494页）赵说甚是。诗紧扣朝会时特有的场景，用富丽华赡的语言描绘了朝会时宏大的宴会场面，有一定的史料价值。

送应氏二首

题解

诗作于建安十六年(211)，是时，曹植随曹操西征马超，路过洛阳时送别应场、应璩兄弟。诗有两首，第一首写董卓之乱后，洛阳的荒凉景象。第二首表达了诗人和应氏兄弟的惜别之情。

其　一

步登北邙阪，遥望洛阳山。洛阳何寂寞，宫室尽烧焚。
垣墙皆顿擗，荆棘上参天。不见旧耆老，但睹新少年。
侧足无行径，荒畴不复田。游子久不归，不识陌与阡。
中野何萧条，千里无人烟。念我平常居，气结不能言。

新解

步登北邙阪，遥望洛阳山——登上北邙坡，举目眺望遥远的洛阳山。北邙：山名，在洛阳北，接偃师、巩、孟津三县。晋·郭缘生《述征记》："北芒，洛阳北芒岭，靡迤长阜，自颍阳山连岭修亘，暨于东垣。"洛阳山：即万安山，又名大石山，在洛阳东南四十里。

洛阳何寂寞，宫室尽烧焚——洛阳是多么萧瑟和寂寞啊，全部的宫殿都被烧毁了。"宫室"句：晋·陈寿《三国志·魏书·董卓传》："初平元年二月，(董卓)乃徙天子都长安，焚烧洛阳宫室，悉发掘陵墓，取宝物。"

垣墙皆顿擗，荆棘上参天——洛阳的城墙崩坏坍塌了，长满的荆棘直刺天空。顿：塌坏。擗(pǐ)：分裂。参天：高可接天。洛阳被董卓焚烧在初平(汉献帝刘协年号，190—194)元年，距离作此诗时已有多年，故有"荆棘参天"的景象。

不见旧耆老，但睹新少年——洛阳城里的老人都在战争中死去，因此只能看到一些陌生的年轻面孔。

侧足无行径，荒畴不复田——洛阳城里野草丛生，侧着脚都找不出一条小路，荒芜的田地不再有人耕种。

游子久不归，不识陌与阡——游子在外久久不回，面对这荒凉的景象，即使是回来也无法辨别出道路。陌、阡：田间小路。东西曰陌，南北曰阡。

中野何萧条，千里无人烟——荒芜的原野多么地萧条啊，举目远望，千里之外没有人烟。中野：即野中。

念我平常居，气结不能言——看到我平常住过的地方变得如此荒凉，胸中郁塞，哽咽无言。这二句是代久不归的游子即应氏设词，应氏或曾家于洛阳。平常居：一作平生亲。

新评

首二句以“步登”“遥望”领起，将视线集中到洛阳方面。“洛阳何寂寞”一句总写洛阳城的荒凉破败，随后以宫室尽毁、城墙坍塌、荆棘参天、荒草丛生、不辨阡陌等意象补足洛阳荒败的景象，言语之中虽没有直接抨击董卓之乱带来的灾害，但通过平实的叙述将悲痛洋溢于诗外。

其　二

清时难屡得，嘉会不可常。天地无终极，人命若朝霜。
愿得展嬿婉，我友之朔方。亲昵并集送，置酒此河阳。
中馈岂独薄，宾饮不尽觞。爱至望苦深，岂不愧中肠？
山川阻且远，别促会日长。愿为比翼鸟，施翮起高翔。

新解

清时难屡得，嘉会不可常——战争连年啊，太平的时刻很难再次出现，美好的聚会也不会经常来临。清时：太平之时。

天地无终极，人命若朝霜——天地虽然没有尽头，但人的寿命却像晨露一样短暂。终极：穷尽。人命：一作人寿。朝霜：早晨的霜露。喻生命短暂。唐·李善注：“《汉书》：李陵谓苏武曰：人生如朝露。”

愿得展嬿婉，我友之朔方——朋友就要到遥远的北方去了，我愿表达我的欢送之情。展：申，即表达。嬿婉：欢乐。我友：指应玚。之：往。朔方：汉郡名，在今内蒙古鄂尔多斯一带。应玚《侍五官中郎将建章台集诗》：“往春翔北土，今东客南淮。”

亲昵并集送，置酒此河阳——朋友们都来相送，在河阳设酒表达惜别之情。亲昵：指朋友。昵，亲近。河阳：指黄河孟津渡口，在今河南孟县。

中馈岂独薄，宾饮不尽觞——难道我办置的酒菜不丰富吗？客人为什么不肯一饮而尽呢？中馈：酒食。觞：酒杯。独薄：指不丰富。

爱至望苦深，岂不愧中肠——我们的情谊越深，因期待带来的失望和痛苦也会越深。眼看分别就在眼前，这一切能不引起我内心的愧疚吗？“爱至”句：唐·李善注：“言恩爱至情之极，所望悲苦愈深也。”中肠：指内心。

山川阻且远，别促会日长——山川险阻，道路遥远，分别就在今夕，相会却不知等到何时。阻：险隘。促：近。长：远。

愿为比翼鸟，施翮起高翔——愿意化作比翼鸟，一起展翅高飞。施翮：展翅。

新评

首句以“清时”领起，暗示连年战乱、天下没有太平。二句深化首句，顺势引出“嘉会不可常”的原因。三四句为转到送别时的场景上蓄势。“中馈岂独薄”句通过反问，补足朋友不能畅饮的原因。“望”字别有深意，此词一头承担“爱至”，一头连着“苦深”，既表达了朋友间的深厚情谊，也表达了因无力援助朋友、致使朋友远走他乡的愧疚。“山川”二句借想象之辞抒写离别时的痛苦和悲伤。末二句写送别时的祝愿，为宽慰语。此诗恰如其分地表达了朋友间的深厚情谊，语短情长，堪称送别诗中的佳作。

杂诗六首

题解

该诗有六首，非一时一地所作。第一首表达了诗人对远人的思念之情。第二首以蓬草为喻，借游子描述了诗人流离迁徙、无法自保的困境。第三首是描写思妇情怀的诗。第四首借美人不为时重、自伤迟暮来伤悼怀才不遇之怀。第五首抒发诗人甘愿为国赴难，却又不能实现的忧愁苦闷。第六首抒写壮志无由实现的悲愤。

其一

高台多悲风，朝日照北林。之子在万里，江湖迥且深。
方舟安可极，离思故难任。孤雁飞南游，过庭长哀吟。
翘思慕远人，愿欲托遗音。形影忽不见，翩翩伤我心。

新解

高台多悲风，朝日照北林——高高的楼台上刮着凄厉的风，早晨的太阳照亮了北边的树林。高台：高高的楼台。唐·李善注：“《新语》曰：高台喻京师；悲风言教令。”悲风：凄厉的风。喻指严峻的法令。

之子在万里，江湖迥且深——我思念的那个人在万里之外，中间隔着深远而又险恶的江湖。之子：那个人。此处疑指曹彪。曹彪雅好文学，于黄初三年(222)封弋阳王，其年徙封吴王，故云在万里。江湖：唐·李善注："江湖喻小人隔蔽。"迥：远。

方舟安可极，离思故难任——我乘坐的大船什么时候才能到达你住的地方呢？离别的愁思让人难以承受。方舟：两舟相并，此指大船。任：承受。

孤雁飞南游，过庭长哀吟——孤独的大雁向南方飞去，飞过庭院时向我悲哀地鸣叫。哀吟：犹哀鸣。

翘思慕远人，愿欲托遗音——翘首思念万里之外的亲人，真想托天空中的孤雁给你捎个音信。

形影忽不见，翩翩伤我心——突然间，孤雁连影子都不见了，它飞得那么快，让我伤心不已。翩翩：疾飞的样子。

新评

黄初年间，曹丕颁布了限制藩国交往的法令。在诸曹兄弟中，曹植与曹彪相处最好。此时，他们同在藩国，虽同有政治才能，但过着名为藩王实为囚徒的生活。在这一背景下，曹植写下此诗抒写对曹彪的思念之情。"高台多悲风，朝日照北林"领起全诗，暗示政治环境的险恶，为诗奠定了悲凉的基调。"孤雁"二句富有张力，因孤雁而触发无限的思念，因无法相见，托孤独的大雁寄上深情的问候。"翩翩伤我心"一语极佳，既借孤雁翩翩而去道出人生的凄凉，又借眼前景抒写了黯然神伤的情怀。

其　二

转蓬离本根，飘飖随长风。何意回飙举，吹我入云中。
高高上无极，天路安可穷？类此游客子，捐躯远从戎。
毛褐不掩形，薇藿常不充。去去莫复道，沉忧令人老。

新解

转蓬离本根，飘飖随长风——飞转的蓬草离开了本根，随着大风四处飘零。转蓬：飞起的蓬草。唐·李善注："《说苑》曰：'鲁哀公曰：秋蓬恶其本根，美其枝叶，秋风一起，根本拔矣。'"长风：大风，暴风。

何意回飙举，吹我入云中——想不到旋风大作，把我吹到高高的白云中。意：料想。回飙：旋风。举：兴起。我：指蓬草。

高高上无极，天路安可穷——越上越高，永无止境，哪里是天路的尽头？极：尽头。天路：唐·李善注："仲长子《昌言》曰：荡荡乎，若升天路而不知其所登，子若升天路也。”

类此游客子，捐躯远从戎——飞转的蓬草就像离开家乡的游子，为了国家，从军远行在外。类：似。游客：一作流宕。捐躯：为国家为正义而死。

毛褐不掩形，薇藿常不充——粗毛布衣不能遮蔽身体，野菜豆叶常常难以填饱肚子。薇藿：指野菜。汉·许慎《说文解字》：“薇，菜也，似藿。”《广雅·释草》：“豆角谓之荚，其叶谓之藿。”薇、藿相似，故连类而及。充：充足。

去去莫复道，沉忧令人老——抛开这些都不要再谈了，过分的忧伤会使人衰老。复道：再说。沉忧：深忧。

新评

前六句写蓬草随风飘转，漂泊无定。“类此游客子”二句以蓬草喻游子，写为报效国家而身处困境的游子。末二句直入游子情怀，以此写难以平静的情怀。诗在一定的程度上反映了曹植的生活境遇。曹丕称帝后，曹植屡迁封邑，虽有心报国却倍受猜忌，恰似随风飘转的飞蓬，不知所踪。

其 三

西北有织妇，绮缟何缤纷。明晨秉机杼，日昃不成文。
太息终长夜，悲啸入青云。妾身守空闺，良人行从军。
自期三年归，今已历九春。飞鸟绕树翔，嗷嗷鸣索群。
愿为南流景，驰光见我君。

新解

西北有织妇，绮缟何缤纷——西北方有个织妇，她织出的绢是多么繁乱啊。绮缟：有花纹的绢。绮，华丽的丝织品。缟，白色的生绢。缤纷：繁乱。

明晨秉机杼，日昃不成文——她从清晨开机织锦，到太阳偏西的时候还没有织出漂亮的纹理。秉：执，持。昃(zè)：太阳偏西。

太息终长夜，悲啸入青云——织妇终日叹息长夜难眠，悲哀的呼喊直上云霄。

妾身守空闺，良人行从军——我独自守着空空的闺房，丈夫从军远行了。良人：对丈夫的尊称。

自期三年归，今已历九春——自以为三年就可以归来，如今又一个三年过去了，他依旧没有音讯。期：料想，以为。九春：三春为春季三个月的统称，九春即三年。

飞鸟绕树翔，嗷嗷鸣索群——鸟儿绕着树飞翔，悲伤地呼唤自己的同伴。嗷嗷：悲鸣声。索群：离群。

愿为南流景，驰光见我君——我愿意化作向南流转的阳光，能迅速地见到我的夫君。景：日光。驰光：光芒飞射，喻迅疾。君：指丈夫。

新评

诗以细腻的笔触描摹思妇的情思，委婉多致，真切感人。前六句和古诗中的“纤纤擢素手，札札弄机杼。终日不成章，泣涕零如雨”有异曲同工之妙，深婉哀怨。中间六句写思妇的孤寂难耐。“自期三年归，今已历九春”，言简意远，凝聚了思妇的希望和失望。末二句是思念至极的想象之辞，将无限深长的思念全盘托出。

其　四

南国有佳人，容华若桃李。朝游江北岸，夕宿潇湘沚。
时俗薄朱颜，谁为发皓齿？俯仰岁将暮，荣曜难久恃。

新解

南国有佳人，容华若桃李——江南有个美人，容貌像盛开的桃李花那样美丽。南国：指江南。容华：指容貌美丽的人。

朝游江北岸，夕宿潇湘沚——早晨到江的北岸游玩，晚上住在潇湘的小洲上。江北：一作北海。潇湘：两水名，均在今湖南境内。沚：水中的小洲。

时俗薄朱颜，谁为发皓齿——世俗之人诋毁她那美丽的容貌，她在为谁露出洁白的牙齿放声歌唱呢？薄：轻视，此指诋毁。朱颜：美好的容貌。谁为：为谁。发皓齿：指启齿唱歌。

俯仰岁将暮，荣曜难久恃——岁月会很快地流逝，美好的容貌也将无法永久地保持。俯仰：形容时间短促。荣曜：指青春女子容光焕发的容貌。恃：依赖。

新评

诗别有寄托，句句写佳人又句句写己。在诗人的强调下，南国佳人具有了象征意义。具体地讲，诗人旨在通过美人的意象凸显高洁的品德。“薄”字极佳，通过写美人遭到时俗的诋毁，将诗人遭受诽谤的艰难境遇暗示出来。末二句借美人迟暮，抒发时光流逝、理想成空的焦虑。诗情兼雅怨，哀婉缠绵，感人至深。

其　五

仆夫早严驾，吾行将远游。远游欲何之，吴国为我仇。
将骋万里涂，东路安足由。江介多悲风，淮泗驰急流。
愿欲一轻济，惜哉无方舟。闲居非吾志，甘心赴国忧。

新解

仆夫早严驾，吾行将远游——车夫早早地备好车驾，我即将出门远游。仆夫：车夫。严驾：装备好车驾。"吾行"句：一作吾将远行游。行将：且将，将要。

远游欲何之，吴国为我仇——打算到哪里去远游呢？我打算去征伐我的仇敌吴国。吴国：指孙权建立的东吴政权。

将骋万里涂，东路安足由——我将驰骋于万里之外的疆场，回封地鄄城的东路哪里值得我去行走？涂：同途。东路：指从洛阳回鄄城的路。此诗大约和《赠白马王彪》一样，作于从洛阳回封地鄄城时。由：行。

江介多悲风，淮泗驰急流——江边经常会刮起凄厉的大风，淮河和泗水掀起的波涛十分汹涌。江介：江边。淮泗：指淮河和泗水。淮河发源于河南桐柏山，经安徽、江苏入海；泗水在今山东境内，原流入淮河，后改道流入运河。淮泗流域当时是魏国的南部边境，亦是出击东吴的必经之地。

愿欲一轻济，惜哉无方舟——我真希望能得到一艘可以渡过河流的快船，可惜啊，没有这样的大船供我驱使。轻：轻舟，快船。济：渡河。方舟：两舟相并。此指大船。无方舟：是指自己当时没有权柄。

闲居非吾志，甘心赴国忧——闲居独处并不是我的志向，我甘愿奔赴战场，为国解忧。

新评

曹植少怀济国之志，这种理想在曹丕称帝后化为泡影。然而，报效国家的壮志始终没有泯灭。眼看征吴的战争就要开始，为此，诗人为国献身的热情再次涌上心头。问题是，"方舟"不在，如何能驰骋沙场呢？故诗人只能于感慨万端中写下"闲居非吾志"，表达不甘寂寞的情怀。

其　六

新解

飞观百馀尺，临牖御棂轩。远望周千里，朝夕见平原。
烈士多悲心，小人偷自闲。国仇亮不塞，甘心思丧元。
拊剑西南望，思欲赴太山。弦急悲声发，聆我慷慨言。

飞观百馀尺，临牖御棂轩——凌空而起的望楼啊高达一百多尺，对着窗子，扶着栏杆向远处眺望。观：望楼，宫殿大门两边的楼台。临：面对。牖：窗户。御：倚靠，扶着。栊轩：栏杆。

远望周千里，朝夕见平原——远望遍及千里之外，白天和傍晚都可以看到那广阔的平原。周：遍及。

烈士多悲心，小人偷自闲——有高远志向的人心怀许多悲慨，没有大志的小人往往会苟且偷安。烈士：志士。偷：苟且。闲：安乐。

国仇亮不塞，甘心思丧元——敌人的侵扰确实没有杜绝，我心甘情愿为国捐躯。国仇：指吴、蜀两国。亮：确实。塞：杜绝。丧元：丢掉脑袋。

拊剑西南望，思欲赴太山——抚摸手中的利剑，凝望西南，心里想着早日奔赴西南前线征讨蜀汉，也想着奔赴泰山前线去讨伐吴国。拊：同抚。西南：蜀国所在地。赴太山：指东征吴国。唐·李善注："太山接吴之境。"太，通泰。

弦急悲声发，聆我慷慨言——急促的琴弦发出慷慨悲壮的声音，请听我为奔赴前线发出的豪言壮语。弦急：琴弦发出急促的声音。悲声：慷慨悲壮的声音。聆：听。

新评

黄节《曹子建诗注》云："《御览》三百三十载曹植《东征赋》，曰云云。植有是赋，此诗盖同时作也。"诗表达了诗人为国献身的豪情壮志和不得实现的悲慨。然此诗更为慷慨激昂，"甘心思丧元"，爱国之心愈急切，不得报国的苦闷则愈深沉。末二句的"悲声"和"慷慨言"直抒情怀，读之令人感慨。

喜　雨

题解

通过吟咏及时雨，表达了诗人美好的政治祝愿。

天覆何弥广，苞育此群生。弃之必憔悴，惠之则滋荣。
庆云从北来，郁述西南征。时雨中夜降，长雷周我庭。
嘉种盈膏壤，登秋毕有成。

新解

天覆何弥广，苞育此群生——苍天是多么辽阔啊，养育了无数的生物。天覆：指天空。弥：弥漫，布满。群生：指生物。

弃之必憔悴，惠之则滋荣——如果抛弃他们，万物必然会枯焦；如果爱护他们，万物就会繁盛地生长。之：指群生。憔悴：枯槁。惠：爱。滋荣：生长繁茂。

庆云从北来，郁述西南征——祥瑞的云彩从北方飘来，上升的云烟又向西南方飘去。庆云:祥云,瑞云。郁述:云烟上升的样子。

时雨中夜降,长雷周我庭——应时的大雨在半夜里降落,隆隆的雷声环绕在我的庭院上空。周:旋,环绕。

嘉种盈膏壤,登秋毕有成——良种播满了肥沃的土地,秋收时一定会有好的收成。盈:满。登:庄稼成熟。毕:一定。一作必。

新评

丁晏《曹集诠评》引"太和二年,大旱,三麦不收,百姓分为饥饿"语云:"《书抄》一百五十六引《喜雨诗》。此疑《喜雨诗》序。"据此,诗作于太和二年(228)夏。汉代"灾异学说"盛行。经学家认为,政治不清明,上天将遣自然灾害示警;政治清明,上天将遣祥瑞加以表彰。结合诗序,诗写大旱后的及时雨,应与诗人希望魏明帝曹叡励精图治的愿望相关。

离友并序二首

题解

诗有两首。第一首写与夏侯威相别时的情景。第二首表达了诗人与夏侯威之间的深情厚谊。夏侯威:字季权,魏将夏侯渊之子。与曹植同乡。成人之风:成年人的风度。尚:崇尚。昵好:亲近友善。王师:指汉王朝的军队。振旅:整队班师。魏邦:魏国。眷然:顾念,眷恋。陨涕:落泪。

乡人有夏侯威者,少有成人之风。余尚其为人,与之昵好。王师振旅,送予于魏邦。心有眷然,为之陨涕,乃作离友之诗。其辞曰:

其　一

王旅旋兮背故乡,彼君子兮笃人纲。
滕予行兮归朔方,驰原隰兮寻旧疆。
车载奔兮马繁骧,涉浮济兮泛轻航。
迄魏都兮息兰房,展宴好兮惟乐康。

新解

王旅旋兮背故乡,彼君子兮笃人纲——王师凯旋啊离开了家乡,家乡的那位君子啊为人厚道,品质高尚。旋:凯旋。一作游。兮:语助词。彼君子:指夏侯威。笃:厚。人纲:为人的纲纪,即遵循道德原则。

媵予行兮归朔方，驰原隰兮寻旧疆——他送我回到遥远的朔方，我驰骋在高低不平的土地上寻找旧日的疆场。媵：送。朔方：汉郡，在今内蒙古鄂尔多斯一带。此指邺城，因邺城在曹植家乡亳县的北面，故以朔方相称。原隰：广平与低湿之地。《尔雅·释地》："广平曰原……下湿曰隰。"

车载奔兮马繁骧，涉浮济兮泛轻航——凯旋的车辆和骏马飞快行驶，乘着轻快的船只顺流而下渡过了济水。载：语助词。骧：飞驰。济：济水。古四渎之一，源出河南济源西王屋山，于温县东南入黄河。泛：漂浮。轻航：犹轻舟。

迄魏都兮息兰房，展宴好兮惟乐康——到达魏都后住进了散发着兰香的房屋，我真想设宴款待我的这位好友，并祝愿他欢乐安康。迄：至。魏都：指邺城，在今河北临漳西。兰房：犹兰室。康：安乐。

新评

据《三国志·魏书·武帝纪》："(曹植)建安十八年，夏四月至邺。"此诗应作于建安十八年(213)曹植返回邺城之前。诗虽为离别之作，然基调明快，充满了少年得志的激情和快意。

其　二

凉风肃兮白露滋，木感气兮条叶辞。
临渌水兮登崇基，折秋华兮采灵芝，
寻永归兮赠所思。
感离隔兮会无期，伊郁悒兮情不怡。

新解

凉风肃兮白露滋，木感气兮条叶辞——秋风袭人露出寒气，大地滋生着白露。树木感受到秋天的气息，枝条上的叶子纷纷落下。肃：寒。滋：盛。气：节气。辞：别，此指落叶。

临渌水兮登崇基，折秋华兮采灵芝，寻永归兮赠所思——走到澄澈的水边，登上高崇的大山。我折取秋天的花朵，采集灵芝，我要把它们赠送给夏侯威，因为不久我就要永远地回到北方。渌：清澈。崇基：高山。所思：所怀念的人，指夏侯威。寻：不久。

感离隔兮会无期，伊郁悒兮情不怡——一想到我们从此要远隔千里，不知等到哪天才能再次相会，我的心就十分忧郁，再也没有欢乐。伊：语助词。郁悒：内心郁塞，愁闷。怡：喜悦。

新评

首二句借萧瑟的秋景抒写离别时的感伤，为全诗奠定了凄婉哀怨的基调。三四句写临水登山、折花、采灵芝相赠的场景，旨在烘托难舍难分的意绪。末二句直言离别时的感受，可谓是情感真挚动人。在形式上，这两首离友诗有骚体的风格，句句用“兮”，在曹植的诗歌中较为少见。

应　诏

题解

诗作于黄初四年(223)，写诗人入京朝见前的急切心情和到京后不得朝见的忧虑。

肃承明诏，应会皇都。星陈夙驾，秣马脂车。
命彼掌徒，肃我征旅。朝发鸾台，夕宿兰渚。
芒芒原隰，祁祁士女。经彼公田，乐我稷黍。
爰有樛木，重阴匪息。虽有糇粮，饥不遑食。
望城不过，面邑不游。仆夫警策，平路是由。
玄驷蔼蔼，扬镳漂沫。流风翼衡，轻云承盖。
涉涧之滨，缘山之隈。遵彼河浒，黄阪是阶。
西济关谷，或降或升。騑骖倦路，载寝载兴。
将朝圣皇，匪敢晏宁。弭节长骛，指日遄征。
前驱举燧，后乘抗旌。轮不辍运，鸾无废声。
爰暨帝室，税此西墉。嘉诏未赐，朝觐莫从。
仰瞻城阈，俯惟阙庭。长怀永慕，忧心如酲。

新解

肃承明诏，应会皇都——恭敬地承奉皇帝的命令，等待赴洛阳朝会的日子。肃承：恭敬地承奉。诏：皇帝的命令或文告。会：朝会。指诸侯、臣属及外国使者朝见天子。皇都：指京城洛阳。

星陈夙驾，秣马脂车。命彼掌徒，肃我征旅——早在繁星密布的时候已准备了车驾，先是喂饱了马，又在车轴上涂抹了润滑油。随后，又命令主管行程的官员整肃队伍，因此踏上了朝会的道路。陈：陈列。夙：早。秣马：喂马。脂车：在车轴上涂油以润滑。掌徒：主管从行者的官员。肃：整肃。征旅：陪同人员和车马。

朝发鸾台，夕宿兰渚——早晨从鸾台出发，晚上到兰渚投宿。鸾台、兰渚：指出发地点和途中投宿的住地。唐·李善注:“鸾台、兰渚以美言之。”

芒芒原隰,祁祁士女。经彼公田,乐我稷黍——广阔的原野上有众多士子和美女。经过公田时看到成片的庄稼,我的心中充满了欢乐。芒芒:茫茫,广阔的样子。原隰:广平与低湿之地。祁祁:众多的样子。公田:公家的田地,或指曹魏时代的屯田。稷:高粱。黍:黍子,去皮后成黄米。

爰有樛木,重阴匪息。虽有糇粮,饥不遑食——为了早日赶到洛阳,弯曲的树木下虽有浓荫,但没有停下来休息。怀里虽然有干粮,但没有时间停下来充饥。爰:句首语助词。樛木:向下弯曲的树木。重阴:浓荫。匪息:不休息。糇粮:干粮。遑:空闲。

望城不过,面邑不游。仆夫警策,平路是由——为了早日赶到洛阳,中途看到城池不从中经过,面对县邑也不去游玩。车夫挥舞着鞭子驱赶车马,在平坦的大路上向前行进。警策:用鞭子策马。由:经由,经过。

玄驷蔼蔼,扬镳漂沫——四匹黑色的骏马整齐地前进,挥鞭驱马,拉动马嚼子,马的嘴边飞出了唾液。玄驷:四匹黑马并驾。蔼蔼:整齐的样子。扬镳:驱马前进。镳,马嚼子。漂沫:马口因勒铁抽动飞出唾沫。

流风翼衡,轻云承盖——流动的风儿吹拂车前的横木,轻盈的云朵托起华丽的车盖。翼:扶。衡:辕端横木。承:举。

涉涧之滨,缘山之隈——跋涉在山涧边缘,沿着弯曲的山路前进。缘:沿着。隈:山或水弯曲的地方。

遵彼河浒,黄阪是阶——沿着河边行走,登上黄色的山坡。遵:沿着。河浒:河边。黄阪:黄色的山坡。阶:攀登。

西济关谷,或降或升——西渡洛阳城的西关和太谷,一会儿降到谷底,一会儿又走到高处。济:渡。关:洛阳城的西关。谷:指太谷。

骈骖倦路,载寝载兴——驾车的马儿奔跑在崎岖不平的道路十分疲劳,只好休息一会儿再急匆匆地赶路。骈骖:泛指拉车的马。骈,驾在车辕两旁的马。骖,驾车时位于两边的马。车辕外的马,左曰骖,右曰骈。载:语助词。寝:休息,停止。兴:起。

将朝圣皇,匪敢晏宁——将要去朝见圣明的皇帝,虽然人马劳顿,但不敢贪图安逸。晏宁:安宁,安逸。

弭节长骛,指日遄征——驾驭车马不停地奔驰,只为在规定的时间赶到京城。弭节:驾驭车子。骛:奔驰。指日:限定日期。遄征:急速行走。

前驱举燧,后乘抗旌——前面的队伍举着火把,后面的车辆高举着旌旗连夜赶路。前驱:前导,先头队伍。燧:火炬,火把。《文选·张衡〈西京赋〉》:“升觞举燧,既釂鸣钟。”薛综注:“燧,火也。”后乘:后车,指后面的队伍。抗旌:举起旗帜。抗,举。

轮不辍运，鸾无废声——车轮不停地转动，马铃也不停地发出声响。辍：停止。运：转动。鸾：饰于帝王车上的响铃。废：停止。

爰暨帝室，税此西墉——到了京城后，住宿在西墉城中。暨：至，到。帝室：指京城洛阳。税：舍，住宿。西墉：疑指洛阳金墉城。宋·李昉等《太平御览·居处部》引《洛阳地记》：“洛阳城内西北角有金墉城，东北角有楼高百尺，魏文帝造也。”

嘉诏未赐，朝觐莫从——因为皇帝没有颁布召见的诏书，因此我无法立即觐见渴望见到的皇上。

仰瞻城阈，俯惟阙庭——万般无奈，我只有在西墉城上瞻仰皇宫里高大的门楣，低头俯看楼阙庭院。阈：门楣，门上横梁。阙庭：楼阙庭院。《逸周书·月令》：“涂阙庭门闾，筑囹圄，以所以助天地之闭藏也。”

长怀永慕，忧心如酲——心中长久地怀着仰慕之情，因不能朝见，忧心忡忡如同酒后生病一般。酲：酒醒后神志不清，犹如患病的感觉。

新评

陈寿《三国志·魏书·陈思王植传》：“(黄初)四年，徙封雍丘王。其年，朝京都。上疏曰：‘……谨拜表献诗二篇。……’”此“拜表献诗二篇”为《责躬》《应诏》二诗。诗通篇采用赋的笔法，表达了召见时赴京的急切心情以及入京后无法觐见的失望之情。首二句点明应诏赴京。三到八句写赴京前的精心准备，通过铺垫写其迫不及待的心情。“芒芒”四句是写旅途所见，借欢乐祥和的景象，折射奉诏入京时的愉悦。“爰有樛木”句至“鸾无废声”句借匆匆赶路、艰难跋涉的细节，突出希望早日觐见皇上的迫切心情。末八句写入京后遭受冷遇、不得朝见的焦虑和无奈。全诗构思精巧、用语细腻，感人至深。

赠徐幹

题解

诗赠友人徐幹，并对其怀才不遇深表同情。徐幹：字伟长，北海(今山东寿光)人，“建安七子”之一。

惊风飘白日，忽然归西山。圆景光未满，众星灿以繁。
志士营世业，小人亦不闲。聊且夜行游，游彼双阙间。
文昌郁云兴，迎风高中天。春鸠鸣飞栋，流猋激棂轩。
顾念蓬室士，贫贱诚足怜。薇藿弗充虚，皮褐犹不全。

慷慨有悲心，兴文自成篇。宝弃怨何人，和氏有其愆。
弹冠俟知己，知己谁不然。良田无晚岁，膏泽多丰年。
亮怀璠玙美，积久德愈宣。亲交义在敦，申章复何言。

新解

惊风飘白日，忽然归西山——疾风吹着太阳，太阳突然间归向西山。唐·李善注：“夫日丽于天，风生乎地，而言飘者，夫浮景骏奔，倏焉西迈，馀光杳杳，似若飘然。”

圆景光未满，众星灿以繁——月亮残缺不圆，天空中繁星十分灿烂。圆景：指月。以：连词，而且。一作已。

志士营世业，小人亦不闲——胸怀大志的人忙于建功立业，普通的人也没有闲着的时候。志士：有志向、守义的人。世业：大业，传世的功业。小人：普通人。或说是诗人自己的谦称。

聊且夜行游，游彼双阙间——姑且晚上出游，在宫殿的阙楼之间游玩。聊且：姑且。双阙：此指文昌殿外、端门附近的门楼。梁·萧统《文选·魏都赋》：“岩岩北阙，南端逌遵，竦峭双碣，方驾比轮。”

文昌郁云兴，迎风高中天——文昌殿如同升起的盛开云朵，迎风观高高地耸立在夜空之中。文昌：指文昌殿。郁：盛。迎风：指迎风观。唐·李善注：“《地理书》曰：‘迎风观在邺。’”中天：半空。唐·李善注：“《列子》曰：‘周穆王筑台，号中天之台。’”

春鸠鸣飞栋，流猋激棂轩——春天的斑鸠鸣叫着飞入栋梁，旋风急速地吹向窗棂和廊轩。栋：屋梁。猋：旋风，狂风。棂：窗户间的小孔。轩：有窗的长廊。

顾念蓬室士，贫贱诚足怜——这时，我想起住在草屋中的寒士徐幹，他贫困潦倒的处境确实是令人怜悯。蓬室士：即贫士，此指徐幹。

薇藿弗充虚，皮褐犹不全——野菜和豆叶填不饱他那空荡荡的肚皮，他的身上没有一件完好的衣服。薇藿：指野菜。汉·许慎《说文解字》：“薇，菜也，似藿。”《广雅·释草》：“豆角谓之荚，其叶谓之藿。”薇、藿相似，故连类而及。充虚：充饥。虚，空腹。皮褐：唐·李善注引《淮南子》：“贫人冬则羊裘短褐，不掩形也。”

慷慨有悲心，兴文自成篇——感叹中包含着内心的悲愤，于是写成洋洋洒洒的文章。慷慨：感叹。汉·许慎《说文解字》：“慷慨，壮士不得志于心。”兴文：写文章。兴，写，作。

宝弃怨何人，和氏有其愆——宝玉被弃置一旁该怨恨谁呢？其实，献宝玉的卞和也是有过错的。宝：宝玉，指和氏璧。和氏：卞和。《韩非子·和氏》：“楚人和氏得玉璞楚山中，奉而献之厉王，厉王使玉人相之。玉人曰：‘石也。’王以和为诳，而刖其左足。及厉王薨，武王即位，和又奉其璞而献之武王。武王使玉人相之，又曰：‘石也。’王又以和为诳，而刖其右足。武王薨，文王即位，和乃抱其璞而哭于楚山之下，三日三夜，泪尽而继之以血。王闻之，使人问其故，曰：‘天下之刖者多矣，子奚哭之悲也？’和曰：‘吾非悲刖也，悲夫宝玉而题之以石，贞士而名之以诳，此吾所以悲也。’王乃使玉人理其璞而得宝焉，遂命曰‘和氏之璧’。”

弹冠俟知己，知己谁不然——弹去帽子上的灰尘，等待知己来举荐，知己不也有引荐的责任吗？弹冠：弹去帽子上的灰尘，喻相友善者援引出仕。汉·班固《汉书·王吉传》：“吉与贡禹为友，世称‘王阳在位，贡公弹冠’，言其取舍同也。”唐·颜师古注：“弹冠者，且入仕也。”意为王吉（王阳）与贡禹友善，王吉做官，贡禹也准备出仕。俟：等待。

良田无晚岁，膏泽多丰年——良田没有迟到的收获，肥沃的土地会有常年的丰收。言外之意，有才德的人一定能受到赏识并出人头地。良田、膏泽：比喻有才德的人。膏泽，肥沃有水的土地。

亮怀璠玙美，积久德愈宣——你忠直、坦荡的胸怀像美玉一样，日子越久美德就会越显著。亮怀：忠直、坦荡的胸怀。璠玙：指君子所佩的美玉。一作玙璠。宣：显著。

亲交义在敦，申章复何言——知己朋友的友谊在于互相勉励，我除了赠你这首诗外，还有什么可说的呢？亲交：亲近之友。义：友谊。敦：勉励。申章：赠送此诗。申，陈。章，诗。

新评

诗以“惊风飘白日，忽然归西山”领起，抒发时不我待的感慨。“聊且夜行游”六句写诗人自己的优游，随后笔锋一转，以“顾念”领起，引出身居蓬室、无人赏识的徐幹。玩味语意，多有不平之气。“宝弃”四句匠心独运，通过把徐幹比作宝玉、把自己比作识宝的卞和，为不能举荐有才华的徐幹入世提出自责。最后以“积久德愈宣”勉励徐幹，给朋友送上安慰。

赠丁仪

题解

诗表达了对朋友丁廙的深厚情谊。丁仪：曹植的友人。按，此诗“赠”的对象应为丁廙。丁廙是丁仪的弟弟。丁晏《曹集诠评》：“《文选》卷二十四李善注：《集》云与都亭侯丁翼，今云仪，误也。”据陈寿《三国志·魏书·陈思王植传》，翼作廙。丁廙，字敬礼。裴注引《文士传》：“廙少有才姿，博学洽闻。初辟公府，建安中为黄门侍郎。廙常从容谓太祖曰：‘临菑侯天性仁孝，发于自然，而聪明智达，其殆庶几。至于博学渊识，文章绝伦，当今天下之贤才君子，不问少长，皆愿从其游而为之死，实天所以钟福于大魏，而永授无穷之祚也。欲以劝动太祖。”曹丕即位后，排斥异己，丁仪、丁廙兄弟因亲近曹植被杀。

初秋凉气发，庭树微销落。凝霜依玉除，清风飘飞阁。
朝云不归山，霖雨成川泽。黍稷委畴陇，农夫安所获。
在贵多忘贱，为恩谁能博。狐白足御冬，焉念无衣客。
思慕延陵子，宝剑非所惜。子其宁尔心，亲交义不薄。

新解

初秋凉气发，庭树微销落——初秋时节，天气渐渐变凉，庭院里的树木慢慢地凋零。销落：凋零，萎落。

凝霜依玉除，清风飘飞阁——寒霜凝结在玉石铺成的台阶上，清风吹来，飘进高高的楼阁。玉除：玉阶。飞阁：高高的楼阁。

朝云不归山，霖雨成川泽——早晨的云彩不回山中歇息，转眼间，降下的滂沱大雨汇成了河流和水泽。霖雨：滂沱大雨。《左传·隐公九年》：“凡雨自三日以往为霖。”

黍稷委畴陇，农夫安所获——黍稷委弃在田里和田埂上，农夫还能收获到什么呢？委：弃。畴：已耕作的田地。陇：同垄，田埂。

在贵多忘贱，为恩谁能博——身处尊位的人大多容易忘记贫贱，又有谁能广泛地施恩呢？博：广泛，普遍。

狐白足御冬，焉念无衣客——穿着狐皮大衣足以御寒过冬的人，哪里会想到没有衣服穿的人呢？无衣客：指贫贱的人。唐·李善注：“《晏子春秋》曰：景公之时，雨雪三日。公被狐白之裘，坐于堂侧，谓晏子曰：‘雨雪三日，天下不寒，何也？’晏子曰：‘贤君饱知人饥，温知人寒。’”

思慕延陵子，宝剑非所惜——我倾慕延陵吴公子季札的为人，他没有吝惜宝剑，将它赠给了早已过世而又爱剑的徐君。延陵子：指吴公子季札。唐·李善注：“《新序》曰：‘延陵季子将西聘晋，带宝剑以过徐君。徐君不言，而色欲之。季为有上国之事，未献也，然心许之矣！致使于晋。顾反，则徐君死，于是以剑带徐君墓树而去。’《广雅》曰：‘惜，爱也。’言延陵不欺于死，而况其生者乎！故已思慕之，冀异于俗也。”

子其宁尔心，亲交义不薄——请放心吧，朋友的情义是不会淡薄的。子：指丁廙。宁：安。

新评

诗从写景入笔，渲染了满目秋色及大雨滂沱的景象。“思慕延陵子，宝剑非所惜”二句含蓄，富有张力，委婉地道出无法帮助友人实现理想的原因。末二句并写两面，既传达了对友人的关心，也表白了自己的心迹。

赠王粲

题解

诗表达了同情王粲以及爱莫能助的复杂情感。

端坐苦愁思，揽衣起西游。树木发春华，清池激长流。
中有孤鸳鸯，哀鸣求匹俦。我愿执此鸟，惜或无轻舟。
欲归忘故道，顾望但怀愁。悲风鸣我侧，羲和逝不留。
重阴润万物，何惧泽不周？谁令君多念，自使怀百忧。

新解

端坐苦愁思，揽衣起西游——端正地坐着，被愁思苦苦地折磨，于是提起衣衫到西园去游玩。端坐：安坐，正坐。揽衣：提起衣衫。西：谓西园。西园在邺城西，故曰西游。

树木发春华，清池激长流——西园里树木上开满了春天的花朵，清澈的玄武池里激起长长的波流。春华：春天的花。清池：指玄武池。明·陈耀文《天中记》卷十五：“玄武苑以元武，陪以幽林。……元武苑在邺城西苑中，有鱼梁、钓台、竹园、蒲桃诸果。”

中有孤鸳鸯，哀鸣求匹俦——池中有一只孤独的鸳鸯，悲哀地鸣叫着寻求伴侣。匹俦：配偶。

我愿执此鸟，惜或无轻舟——我愿接近它，可惜没有轻舟将我载到它的身旁。执：接近。唐·李善注：“言愿执鸟，而无轻舟，以喻己之思粲，而无良会也。”

欲归忘故道，顾望但怀愁——想要回去，却忘记了回去的道路，回头望着它，心中只有忧愁。

悲风鸣我侧，羲和逝不留——凄厉的大风在我的身旁呼啸，太阳迅速飞跑，不肯停留它的脚步。羲和：传说驾驭日车的人，此指太阳。

重阴润万物，何惧泽不周——我的父亲曹操能滋润万物，你何必要担心润泽不到？重阴：指曹操。汉·董仲舒《春秋繁露·基义》：“臣为阴。”曹操时任丞相，故称。

谁令君多念，自使怀百忧——是谁让你有这么多的思虑，使自己怀有许多忧思？君：指王粲。念：思虑。自：一作遂。多念、百忧：指王粲诗中多有忧愁。

新评

王粲《杂诗》有“日暮游西园，冀写忧思情”句，从“揽衣起西游”看，曹植所说的“西游”似与王粲“游西园”有一定的关联。诗从“愁思”入笔，先写“树木发春华，清池激长流”留下的乐景，随后把笔墨集中到“哀鸣求匹俦”的“孤鸳鸯”身上，突出了以乐写哀的意绪。诗题为“赠王粲”，故“孤鸳鸯”应指怀才不遇的王粲。在长期的交往中，诗人十分欣赏王粲的才华，此时此刻，却无力为朋友分忧，因此留下了“顾望但怀愁”的忧伤。“鸣”因“悲风”而起，不但延展了诗人的悲伤，而且借助于音响抒写了友人的不平之气。末四句通过劝慰，表达了对友人的关心。

赠丁仪王粲

题解

这是一首劝慰朋友的诗。丁仪：指丁廙。丁廙，字敬礼。《曹集诠评》：“《文选》二十四李善注：《集》云答丁敬礼、王仲宣，今云仪，误也。”

从军度函谷，驱马过西京。山岑高无极，泾渭扬浊清。
壮哉帝王居，佳丽殊百城。员阙出浮云，承露概泰清。
皇佐扬天惠，四海无交兵。权家虽爱胜，全国为令名。
君子在末位，不能歌德声。丁生怨在朝，王子欢自营。
欢怨非贞则，中和诚可经。

新解

从军度函谷，驱马过西京——随同西征的大军度过了函谷关，驱动骏马又走过了西京长安。从军：指建安十六年(211)秋七月，曹操西征马超、韩遂，平定关中一事。函谷：函谷关，在今河南灵宝西南。西京：指长安。

山岑高无极，泾渭扬浊清——一座座山峰高耸入云，望不到顶，泾水和渭水的清浊格外分明。岑：此指华山。一作峰。泾：水名。渭河的支流，流经陕西中部。渭：渭河，黄河最大支流，源出甘肃鸟鼠山，横贯陕西中部，至潼关入黄河。

壮哉帝王居，佳丽殊百城——真壮观啊，长安是历代帝王居住的城市，它的壮丽超过了成百上千的都市。佳：宏伟。丽：美丽。殊：超过。

员阙出浮云，承露概泰清——高大的圆阙高过空中的浮云，仙人托起的承露盘上接青天。员阙：圆阙。《三辅黄图》：“建章宫周回三十里，又于宫门北造圆阙，高二十五丈，上有铜凤皇。”承露：指汉武帝为追求长生不死之术建造的仙人承露盘。宋·王应麟《玉海》卷九十一引《三辅故事》：“建章宫承露盘，高二十丈，大七围，以铜为之。上有仙人掌承露，和玉屑饮之。”概：同扢，摩，接近。泰清：太清，指天空。

皇佐扬天惠，四海无交兵——丞相发扬天子的恩惠，令四海平静，没有战争。皇佐：辅佐皇帝的大臣，此指时任丞相的曹操。天惠：犹君恩，指汉天子的恩德。

权家虽爱胜，全国为令名——兵家虽喜欢夺取战争中的胜利，然而，如果能使敌人不战而降将会有更好的声名。权家：兵家，战略家。全国：保全整个国家。指令敌方不战而降。《孙子兵法·谋攻》：“凡用兵之法，全国为上，破国次之。”晋·陈寿《三国志·魏书·张鲁传》：“(鲁)于是乃奔南山入巴中。左右欲悉烧宝货仓库。鲁曰：‘本欲归命国家，而意未达，今之走避锐锋，非有恶意，宝货仓库，国家之有。’遂封藏而去。太祖入南郑，甚嘉之。”令名：好名声。

君子在末位，不能歌德声。丁生怨在朝，王子欢自营——你们两位因为官职低微，不能参加到歌颂丞相功德的行列。因此，丁廙抱怨身在朝廷，不能参加到西征的行列；王粲心生不满，只关心自己的事情。末位：指官职卑微。丁生：指丁廙，时为黄门侍郎，不得从行，故生悲怨。王子：指王粲。自营：只管自己的事。

欢怨非贞则，中和诚可经——喜欢自得其乐和抱怨都不是做人的原则，寻求和谐的中庸之道才确实是可取的法则。贞则：正确的原则。中和：中庸之道，指天地万物各得其所的和谐境界。《礼记·中庸》：“喜怒哀乐之未发谓之中，发而皆中谓之和。中也者，天下之大本也，和也者，天下之达道也。致中和，天地位焉，万物育焉。”唐·李善注：“言欢怨虽殊，俱非忠贞之则，惟有中和乐职，诚可谓经也。”经：法则。

新评

追求建功立业是建安时期的主旋律。曹操率军西征，官职卑微的丁、王二人因没有机会参与其中，遂以不同的方式表达了内心的不满情绪。曹植得知后，苦口婆心地进行了劝解。“欢怨非贞则，中和诚可经”，劝慰之中希望友人以更加博大的胸怀接纳万物。

赠白马王彪并序

题解

诗抒发了诗人和白马王曹彪在回国途中被迫分手的悲愤情绪，深刻反映了统治阶级内部的矛盾。黄初：魏文帝曹丕年号(220—227)。白马王：曹彪，曹植的异母弟。白马，县名，在今河南滑县东二十里。任城王：曹彰，曹植的同母兄。任城，县名，隶属山东济宁管辖。会节气：汉、魏制度，每年立春、立夏、立秋、立冬四个节气之前，举行迎气典礼，此时，各地诸侯均要赴京参加朝会。故称。黄初四年立秋为六月二十四日，依制，立秋前十八天迎气，所以曹植等须五月到京。薨：诸侯之死曰薨。南朝宋·刘义庆《世说新语·尤悔》:“魏文帝忌弟任城王骁壮,因在卞太后阁共围棋,并啖枣。文帝以毒置诸枣蒂中,自选可食者而进。王弗悟,遂杂进之。既中毒,太后索水救之,帝预敕左右毁缸罐,太后徒跣趋井,无以汲,须臾遂卒。复欲害东阿。太后曰:‘汝已杀我任城,不得复杀我东阿。’”国:封地,封国。有司:政府官吏。古代设官分职,各有专司,故称。此指监国使者灌均。归藩:返回封国。毒恨:痛恨。大别:永别。自剖:剖心陈怀。剖,分析。

黄初四年五月,白马王、任城王与余俱朝京师,会节气。到洛阳,任城王薨。至七月,与白马王还国。后有司以二王归藩,道路宜异宿止。意毒恨之。盖以大别在数日,是用自剖,与王辞焉。愤而成篇。

谒帝承明庐,逝将归旧疆。清晨发皇邑,日夕过首阳。
伊洛广且深,欲济川无梁。泛舟越洪涛,怨彼东路长。
顾瞻恋城阙,引领情内伤。太谷何寥廓,山树郁苍苍。
霖雨泥我途,流潦浩纵横。中逵绝无轨,改辙登高冈。
修坂造云日,我马玄以黄。玄黄犹能进,我思郁以纡。
郁纡将何念,亲爱在离居。本图相与偕,中更不克俱。
鸱枭鸣衡轭,豺狼当路衢。苍蝇间白黑,谗巧令亲疏。
欲还绝无蹊,揽辔止踟蹰。踟蹰亦何留,相思无终极。
秋风发微凉,寒蝉鸣我侧。原野何萧条,白日忽西匿。
归鸟赴乔林,翩翩厉羽翼。孤兽走索群,衔草不遑食。
感物伤我怀,抚心长太息。太息将何为,天命与我违。
奈何念同生,一往形不归。孤魂翔故域,灵柩寄京师。
存者忽复过,亡没身自衰。人生处一世,去若朝露晞。
年在桑榆间,影响不能追。自顾非金石,咄唶令心悲。
心悲动我神,弃置莫复陈。丈夫志四海,万里犹比邻。
恩爱苟不亏,在远分日亲。何必同衾帱,然后展殷勤。
忧思成疾疢,无乃儿女仁。仓卒骨肉情,能不怀苦辛?
苦辛何虑思,天命信可疑。虚无求列仙,松子久吾欺。
变故在斯须,百年谁能持?离别永无会,执手将何时?
王其爱玉体,俱享黄发期。收泪即长路,援笔从此辞。

谒帝承明庐，逝将归旧疆——在承明殿觐见皇帝后，我将返回封地鄄城。谒：此指觐见，即进见君主。承明庐：南朝宋·裴松之注《三国志·魏书·文帝纪》："是时帝居北宫，以建始殿朝群臣，门曰承明，陈思王植诗曰'谒帝承明庐'是也。"逝：语助词。旧疆：指封地，此指鄄城，在今山东菏泽，曹植时为鄄城王。

清晨发皇邑，日夕过首阳——清晨从洛阳出发，傍晚路过首阳山。皇邑：皇城。指洛阳。日夕：傍晚。首阳：山名，在洛阳东北。晋·陆机《洛阳记》："在洛阳东北，去洛二十里，为邙山最高处。日光先照，故称首阳。"

伊洛广且深，欲济川无梁——伊水和洛水又宽又深，想渡过去却没有桥梁。伊洛：两水名。伊水源出河南熊耳山，至偃师入洛水。洛水源出陕西冢岭山，到河南巩县入黄河。济：渡。

泛舟越洪涛，怨彼东路长——乘船越过滚滚的波涛，怨恨东归的道路是如此地漫长。洪涛：大的波涛。东路：回鄄城的路。鄄城在洛阳东，故称。

顾瞻恋城阙，引领情内伤——伸长了脖子回头眺望，我因依恋洛阳的城阙，心里感到十分悲伤。顾瞻：回首，眺望。引领：伸长脖子。以上为第一章。

太谷何寥廓，山树郁苍苍——太谷一带是多么地空阔，山上的树木茂密葱茏。太谷：指太谷关，汉灵帝时置，在洛阳东南五十里。寥廓：空阔辽远的样子。

霖雨泥我途，流潦浩纵横——连绵不断的大雨使道路泥泞难走，阻塞了我的归路，大雨后的积水四处横溢。霖雨：连绵大雨。泥：动词，泥泞难行。潦(lǎo)：积水。

中逵绝无轨，改辙登高冈——道路完全不能行车，只好改道登上高冈。中逵：逵中，路中。逵，四通八达的道路。辙：车迹。

修坂造云日，我马玄以黄——长长的山坡高入云天，走在泥泞的山路上，我的马累得生病倒下了。修坂：长长的山坡。造：至。云日：云天。玄黄：病。《诗经·周南·卷耳》："我马玄黄。"以上为第二章。

玄黄犹能进，我思郁以纡——马虽然生病但还能行进，萦绕在心头的愁思却让人难以承受。郁纡：愁思百结。郁，愁。纡，屈曲。

郁纡将何念，亲爱在离居——我为什么会有这样的愁思呢？是因为很快要和亲爱的兄弟白马王分手，从此将各居一方。亲爱：指白马王。离居：各居一方。

本图相与偕，中更不克俱——本来想两人能结伴而行，但中途改变，我们不能在一起了。偕：同，一起。更：改变。克：能。俱：一起。

鸱枭鸣衡轭，豺狼当路衢——鸱枭在车前衡轭间鸣叫，凶恶的豺狼在道上挡路。鸱枭：猫头鹰。喻阴险小人。衡：车辕前的横木。轭：衡下扼住马颈的曲木。豺狼：喻小人。衢：四通八达的道路。

苍蝇间白黑，谗巧令亲疏——苍蝇点白为黑，拨弄是非的小人使十分亲近的兄弟被迫疏远。"苍蝇"句：喻小人颠倒是非。《诗经·小雅·青蝇》："营营青蝇，止于樊。”汉·郑玄注：“蝇之为虫，污白使黑，污黑使白，喻佞人变乱善恶也。”令：一作反。

欲还绝无蹊，揽辔止踟蹰——打算回到京城完全没有道路可走，手中拿着缰绳迟疑不前。蹊：道路。辔：马缰绳。踟蹰：迟疑不前。以上为第三章。

踟蹰亦何留，相思无终极——迟疑不前时究竟留恋些什么呢？兄弟间的相思将永无止境。终极：穷尽。

秋风发微凉，寒蝉鸣我侧——秋风带来了一些凉意，寒蝉在我的身旁不停地鸣叫。寒蝉：唐·李善注：“蔡邕《月令章句》曰：寒蝉应阴而鸣，鸣则天凉，故谓之寒蝉也。”

原野何萧条，白日忽西匿——原野是多么萧条冷落，转眼间太阳已经西沉。匿：隐藏。

归鸟赴乔林，翩翩厉羽翼——归宿的鸟儿飞往高高的树林，翩翩飞翔振动双翅。乔林：高林。厉：振。

孤兽走索群，衔草不遑食——孤独的野兽因寻找伙伴，衔着草顾不上吞咽。不遑：不暇。

感物伤我怀，抚心长太息——看到这些景象，我感伤不已，抚摸着胸膛发出深深的叹息。太：一作叹。以上为第四章。

太息将何为？天命与我违——叹息又有什么用呢？命运总是违背我的心愿。天命：古人认为人之寿夭受之于天，故曰天命。

奈何念同生，一往形不归——我深深地眷念同胞兄弟，怎么就这样一去永不回来呢？同生：同胞兄弟，指任城王曹彰。往：指死亡。

孤魂翔故域，灵柩寄京师——他那孤单的灵魂早已飞回自己的封地，可是他的灵柩还寄放在京城洛阳。故域：指曹彰的封地任城。灵柩：存放尸体的棺木。

存者忽复过，亡没身自衰——活着的人瞬间就会死去，死去的人身体由衰败而毁灭。存者：指曹植和曹彪。

人生处一世，去若朝露晞——人生活在世上，就像早晨的露水，太阳一出来便会干掉。晞：干。

年在桑榆间，影响不能追——我已到了人生的晚年，就像影子和回声那样，过去以后就无法追回。桑榆：夕阳照到桑榆之间，指日暮。喻人的晚年。影响：影子和回声。

自顾非金石，咄唶令心悲——自念人不能像金石那样坚硬长久，因生命短促和脆弱，不禁悲叹伤心。顾：念。金石：像金石一样坚硬持久。咄唶(jiè)：惊叹声。以上为第五章。

心悲动我神，弃置莫复陈——内心的悲伤影响了我的精神，索性把悲痛抛开不再去说它了。

丈夫志四海，万里犹比邻——大丈夫志在四方，虽然彼此相隔万里，也好比近在身旁。比邻：近邻。

恩爱苟不亏，在远分日亲——兄弟之间的友情如果不淡薄，相隔再远，感情也会日益加深。苟：如果。

何必同衾帱，然后展殷勤——何必要同床共眠，才能互表深情呢？衾：大被子。帱：帐子。

忧思成疾疢，无乃儿女仁——因忧思得病，岂不是儿女情长吗？疾疢(chèn)：疾病。无乃：岂不是。

仓卒骨肉情，能不怀苦辛——我们兄弟马上就要匆忙地离别，骨肉情谊怎能不叫人胸怀痛苦和辛酸呢？仓卒：匆忙之间。指曹植与曹彪马上就要分手。以上为第六章。

苦辛何虑思，天命信可疑——痛苦辛酸中都思虑什么？老天爷为什么要这样地无情，他的行为实在是可疑。信：诚然，的确。

虚无求列仙，松子久吾欺——求仙之事是虚无不可靠的，仙人赤松子欺骗我很久了。松子：赤松子，传说中的仙人。

变故在斯须，百年谁能持——顷刻之间都可能发生灾难，有谁能长命百岁呢？斯须：顷刻。持：保持。

离别永无会，执手将何时——这次离别以后就再也没有相会的日子了，什么时候才能再次会面呢？执手：握手，指会面。

王其爱玉体，俱享黄发期——希望您多多地保重身体，但愿我们都能享有百年的高寿。王：指白马王曹彪。黄发：长寿的象征。因为人年老后头发由白变黄。

收泪即长路，援笔从此辞——收起眼泪，踏上漫长的归途，提笔写下这首诗，我们就要从此分别了。即：就，登上。援：取，拿。以上为第七章。

简评

入京朝会，任城王不明而死，回封邑路上，曹植和白马王曹彪也因监国使者的干预，被迫分道而行。面对如此不幸和深悲剧痛，曹植作此诗和白马王曹彪告别。全诗分为七章。第一章写对京师的眷顾留恋，寓含了不可言状的悲痛。第二章写归途中的跋涉之苦。太谷寥廓、山树苍郁，苍天之下竟然没有坦途。本来，这场兄弟之别已经是生离死别了，再加上大雨滂沱、道路泥泞无法行走，车马疲病等，恶劣的环境进一步渲染和烘托了诗人难以名状的痛苦和悲伤。第三章指斥小人挑拨离间，但也只能欲哭无泪，唯有“揽辔止踟蹰”而已。第四章借秋郊萧瑟苍凉的暮色抒发内心无尽的感伤。第五章抒发人生易逝的深沉感慨。第六章强作旷达，以“万里犹比邻”自我开解，但难掩内心的极度悲痛。末章写在绝望之中与白马王彪诀别。情感深挚、沉痛欲绝，生死诀别之语痛彻心扉。艺术上，这首诗借景抒情，真正做到了情景交融。此外，章节之间顶真手法的运用，真实地表现了诗人内心情感的愤愤难平，郁积难排。

赠丁翼

题解

这是一首宴饮诗。丁翼：应为丁廙，丁廙字敬礼。《曹集诠评》："《艺文》三十九、《御览》五百三十九均作《与丁廙》。"

嘉宾填城阙，丰膳出中厨。吾与二三子，曲宴此城隅。
秦筝发西气，齐瑟扬东讴。肴来不虚归，觞至反无馀。
我岂狎异人，朋友与我俱。大国多良材，譬海出明珠。
君子义休偫，小人德无储。积善有馀庆，荣枯立可须。
滔荡固大节，时俗多所拘。君子通大道，无愿为世儒。

新解

嘉宾填城阙，丰膳出中厨——嘉宾挤满了京城，丰美菜肴的香味从内厨那里飘出。填：充满。城阙：指京城。张衡《东京赋》："肃肃习习，隐隐辚辚，殿未出乎城阙，旆已返乎郊畛。"中厨：内厨房。

吾与二三子，曲宴此城隅——我和两三个朋友在偏僻的城角聚会和饮酒。曲宴：私宴。城隅：城角，指城根偏僻空旷的地方。

秦筝发西气，齐瑟扬东讴——弹奏秦筝，发出西部高亢的乐调；弹奏齐瑟，响起东部悠扬的乐歌。秦筝：乐器名。秦人蒙恬发明。汉·应劭《风俗通》："筝，蒙恬所造。"清·朱骏声《通训定声》："按古五弦施于竹如筑，秦蒙恬改为十二弦，变形如瑟，易竹以木，唐以后加十三弦。"西气：指秦地的乐曲。陕西多高亢酸楚的乐曲。齐瑟：乐器名。《战国策·齐策》："临淄甚富而实，其民无不吹竽鼓瑟。"东讴：齐歌。因齐地在洛阳东，故称。

肴来不虚归，觞至反无馀——嘉肴上来时，大家把它一扫而空；端起酒杯时，大家一饮而尽。虚：空。此指一扫而光。

我岂狎异人，朋友与我俱——难道我的习惯与别人有所不同吗？其实，朋友们和我都是一个模样。狎：习惯。异人：他人。

大国多良材，譬海出明珠——泱泱大国有许多优秀的人才，就像大海盛产明珠一样。譬：譬如，好像。

君子义休偫，小人德无储——君子有完美的仁义和道德修养，小人寡德缺少必要的涵养。偫(zhì)：储备，积储。唐·李善注："言君子之义美而且具。"德无储：指小人寡德，没有涵养。唐·李善注："小人之德寡而无储。储，谓蓄积以待无也。"

积善有馀庆，荣枯立可须——多积善行的人将会给他的子孙带来福荫，人世的盛衰和穷达可以马上看到。馀庆：指留给子孙后代的福荫。《易·坤》："积善之家，必有馀庆。"荣枯：喻人世盛衰和穷达。

滔荡固大节，时俗多所拘——胸怀广大的人不拘小节，固守大节；世俗之人多拘泥于小节。滔荡：广大的样子。汉·刘向《九叹·远逝》："波淫淫而周流兮，鸿溶溢而滔荡。"时俗：犹言社会风尚。一作世俗。拘：拘限，限制。

君子通大道，无愿为世儒——君子洞察最高的治世原则，不愿意做一个死读书的俗儒。通：贯通，洞察。大道：正道，常理。指最高的治世原则。世儒：俗儒。指死读书不知所用的人。

新评

诗写宴饮，字里行间透露出大行不拘小节的豪迈之气。"肴来不虚归"二句抓住典型细节，写朋友欢聚时的忘形。以此为铺垫，为"滔荡固大节，时俗多所拘"二句蓄势。末二句表明心意，将笔墨落实在"君子通大道，无愿为世儒"方面，以表达诗人"戮力上国，流惠下民"（曹植《与杨德祖书》）的人生理想。

朔　风

题解

诗抒写了诗人怀念魏都的情感。前人研究此诗时意见不一，但大都认为此诗记载了曹植居藩返京都洛阳的事迹。据此，诗的写作时间应在曹丕称帝以后。朔风：北风。

仰彼朔风，用怀魏都。愿骋代马，倏忽北徂。
凯风永至，思彼蛮方。愿随越鸟，翻飞南翔。
四气代谢，悬景运周。别如俯仰，脱若三秋。
昔我初迁，朱华未晞。今我旋止，素雪云飞。
俯降千仞，仰登天阻。风飘蓬飞，载离寒暑。
千仞易陟，天阻可越。昔我同袍，今永乖别。
子好芳草，岂忘尔贻。繁华将茂，秋霜悴之。
君不垂眷，岂云其诚？秋兰可喻，桂树冬荣。
弦歌荡思，谁与销忧。临川慕思，何为泛舟。

岂无和乐，游非我邻。谁忘泛舟，愧无榜人。

新解

仰彼朔风，用怀魏都——昂起头迎着凛冽的北风，因此想起了远在北方的魏都。用：因此。魏都：指邺城。

愿骋代马，倏忽北徂——我愿骑上代地出产的骏马，向北飞速奔往魏都。骋：驰骋。代马：代地出产的良马。代，古郡名。在今山西东北部，产良马。倏忽：迅急。徂：往。

凯风永至，思彼蛮方——南风不停地吹来，激起我怀念南方的思绪。凯风：谓南风。永：不停。蛮方：南方。

愿随越鸟，翻飞南翔——为早日回到魏都，我愿追随越地的鸟儿，拿出奋飞南方的勇气和决心。越：古国名。在今江浙一带。翻：飞。

四气代谢，悬景运周——四季循环更替，太阳运行不止。四气：春夏秋冬之气，犹言四时。代谢：更迭变化。悬景：太阳。运：运行。周：环绕。

别如俯仰，脱若三秋——虽然离别只在俯仰之间，却好像经过了很长的时间。俯仰：形容时间很短。脱：离。三秋：三个月，言时间之长。

昔我初迁，朱华未晞——过去，我刚刚离开邺城的时候，荷花还没有败落。迁：去，离开。朱华：荷花。晞：干，败落。一作希。

今我旋止，素雪云飞——现在我返回来了，已是白雪纷飞的时候了。旋止：即旋返，回返。止，语助词。

俯降千仞，仰登天阻——低头俯视高达千仞的大山，仰头攀登峭拔的天险。仞：古代度量单位，七尺或八尺为一仞。天阻：高远，如天之阻隔。

风飘蓬飞，载离寒暑——大风吹过，蓬草飞起，我颠沛流离的生活历尽寒暑。载：语助词。离：历。

千仞易陟，天阻可越——千仞的峻岭容易登上，再高的天阻也可以越过。陟：登。

昔我同袍，今永乖别——昔日的好朋友，现在却永远地离去了。同袍：朋友。《诗经·秦风·无衣》："岂曰无衣，与子同袍。"乖别：分离，喻死亡。

子好芳草，岂忘尔贻——你喜欢芳香的花草，我怎么会忘记把它赠送给你呢？贻：给予。

繁华将茂，秋霜悴之——繁丽的花刚刚要开得茂盛，一场秋霜就把它摧毁了。悴：伤，摧毁。

君不垂眷，岂云其诚——君主既然不关怀我，我又怎么能表达自己的诚意呢？垂眷：关怀，顾念。

秋兰可喻，桂树冬荣——秋天飘香的兰花知晓我的心意，冬天繁荣的桂树代表我的品性。唐·李善注:“兰以秋馥,可以喻言。桂以冬荣,可以喻性。”喻:知晓,明白。荣:开花。

弦歌荡思,谁与销忧——弦歌可以荡涤悲伤的情思,有谁和我一起弹琴来消除心中的忧愁呢?唐·李善注:“言弦歌可以荡涤悲思,谁与共奏以销忧也。”荡:涤除,消除。

临川慕思,何为泛舟——对着流水表达思念,还不如乘船与思念的人儿相聚。慕思:向慕思念。何为:何如。唐·李善注:“言临川日暮,而又相思,何为泛舟而不共济,以相从忽?”

岂无和乐,游非我邻——难道没有和谐的音乐来荡涤忧思吗?是因为同游的人不是我亲密的朋友。邻:近邻,喻亲密的朋友。曹植《赠白马王彪》:“丈夫志四海,万里犹比邻。恩爱苟不亏,在远分日亲。”一作怜。

谁忘泛舟,愧无榜人——是谁忘记了泛舟呢?是因为没有船长那样的良朋与我同行。谁忘:一作何以。榜人:喻良朋也。唐·李善注:“言岂忘泛舟以相从乎?愧无榜人,所以不济也。榜人,喻良朋也。张揖《汉书注》云:‘榜人,船长也。’”

新评

诗以“朔风”起兴,表达了心在魏都的情绪。“胡马依北风,越鸟巢南枝”(《古诗十九首·行行重行行》),诗人借用朔风、越鸟等意象含蓄地表达了对魏都的怀念。两个“愿”字直抒胸臆,将早日回归魏都的心情表达得淋漓尽致。“别如俯仰,脱若三秋”二句意味深长,似与诗人长期迁徙、颠沛流离的生活相关。“昔我初迁”四句寓意深长,通过化用《诗经·小雅·采薇》“昔我往矣,杨柳依依。今我来思,雨雪霏霏”句意,将伤痛借助于乐景和哀景的混融表达出来。“千仞易陟,天阻可越”并写两面,一写回魏都的迫切心情,二为“昔我同袍,今永乖别”蓄势,大有事去人非之感。末四句连用“岂无和乐”“谁忘泛舟”两个反问句,强化思念好友的意绪。玩味语意,似与诗人政治上遭受排挤、好友遭迫害而死的事件相关。

闺情二首

题解

该诗有两首。第一首是写相思的闺情诗。第二首在闺情之中寓含着不遇的愤慨。其中第二首《玉台新咏》题作“杂诗”。

其　一

揽衣出中闺,逍遥步两楹。闲房何寂寞,绿草被阶庭。

空穴自生风，百鸟翩南征。春思安可忘？忧戚与我并。
佳人在远道，妾身单且茕。欢会难再遇，芝兰不重荣。
人皆弃旧爱，君岂若平生。寄松为女萝，依水如浮萍。
赍身奉衿带，朝夕不堕倾。倘终顾盼恩，永副我中情。

新解

揽衣出中闺，逍遥步两楹——提起衣衫走出闺房，轻盈地走向厅堂前的廊柱。揽衣：提起衣衫。闺：特指妇女的居室。两楹：房屋正厅当中的两根柱子。

闲房何寂寞，绿草被阶庭——空旷宽敞的房屋里寂静无声，萧瑟的院庭和台阶上长满了绿草。闲房：空旷宽敞的房屋。寂寞：一作寂寥。被：覆盖。

空穴自生风，百鸟翩南征——空旷的地方卷起了大风，因天气转凉，百鸟急速地飞往南方。空穴：唐·李善注："司马彪《庄子》注：'门穴孔空，风善从之。'"翩：疾飞。一作翔。

春思安可忘？忧戚与我并——春天怎能忘记对你的思念，忧愁和悲戚与我相伴相从。春思：春日的思绪，春日的情怀。忧戚：忧惧。我：一作君。并：相伴，相从。

佳人在远道，妾身单且茕——思念的人儿在遥远的异乡，我孤独一人，心情无法平静。佳人：指思念的人。茕：孤独。

欢会难再遇，芝兰不重荣——欢乐相会的日子难以再次遇到，灵芝和兰花也不会再次地繁茂。遇：一作逢。荣：繁茂，茂盛。

人皆弃旧爱，君岂若平生——人们都会因结识新欢、抛弃旧爱，你难道还能像往常一样地爱我吗？平生：平素，往常。

寄松为女萝，依水如浮萍——就像寄身在松树上的女萝，就像依附在水面上的浮萍，我的心永远系在你的身上。为：如，好像。女萝：又称兔丝，蔓生植物，依草木而生。

赍身奉衿带，朝夕不堕倾——既然像衣带一样委身于你，那么，我对你的忠诚从早到晚都不会停止。赍身：委身。奉：进献，侍奉。衿带：衣带。堕：废，停止。倾：倾覆。

倘终顾盼恩，永副我中情——倘若你能始终如一地顾念我对你的恩情，只有这样，才能不辜负我对你的思念之情。顾盼：眷顾，眷念。一作顾眄。副：符合。中情：内心感情。

新评

诗细腻地描绘了女子思远的情怀。首二句交待人物、时间、地点。"闲房何寂寞，绿草被阶庭"二句既突出了空旷无人的意象，同时为"春思安可忘？忧戚与我并”蓄势。“欢会难再遇，芝兰不重荣”二句深入到思妇的心理，细腻地描绘了思妇以芝兰难以再荣来抒发红颜易逝、青春已逝的感伤。

其　二

有美一人，被服纤罗。妖姿艳丽，蓊若春华。
红颜韡晔，云髻嵯峨。弹琴抚节，为我弦歌。
清浊齐均，既亮且和。取乐今日，遑恤其他。

新解

有美一人，被服纤罗——有一位美丽的佳人，穿着纤罗织成的华美衣裳。有美一人：一作有一美人。

妖姿艳丽，蓊若春华——她的姿容妖冶艳丽，正如春天盛开的鲜花。妖姿：妖艳的姿容。蓊(wěng)：繁盛的样子。

红颜韡晔，云髻嵯峨——她容颜靓丽，光彩夺目，如云般的发髻高高地耸立。韡(wěi)晔：光彩靓丽的样子。嵯峨：高耸的样子。

弹琴抚节，为我弦歌——她弹琴击拍，为我歌唱。抚节：犹击拍。

清浊齐均，既亮且和——她的歌声婉转均匀、富有节奏，同时又响亮和谐。清浊：指歌声婉转均匀、富有节奏。亮：指声音响亮。和：指节拍协调。

取乐今日，遑恤其他——今天且尽情欢乐，哪里有时间去忧虑其他的事呢？遑：暇。恤：忧。

新评

诗以“我”为主，美人成为在情感上的从属客体。“取乐今日，遑恤其他”二句，虽有及时行乐之意，但寓含了诗人对冷酷无情的现实的愤恨和逃避。以艳情抒写情怀，似别有寄托。

三　良

题解

诗借三良殉葬事，抒写心中难以名状的感慨叹惜。三良：秦穆公任好的三位勇士，他们分别是奄息、仲行、针虎。《左传·文公六年》：“秦伯任好卒，以子车氏之三子奄息、仲行、针虎为殉，皆秦之良也。国人哀之，为之赋《黄鸟》。”

功名不可为，忠义我所安。秦穆先下世，三臣皆自残。

生时等荣乐，既没同忧患。谁言捐躯易，杀身诚独难。
揽涕登君墓，临穴仰天叹。长夜何冥冥，一往不复还。
黄鸟为悲鸣，哀哉伤肺肝。

新解

功名不可为，忠义我所安——功名不可以强求，尽忠守义是我所喜欢的。不可为：不可强求。唐·李善注："言功立不由于己，故不可为也。《吕氏春秋》曰：功名之立天也。"忠义：唐·李善注："《孝经注》曰：死君之难为尽忠。《谥法》曰：能制命曰义。"我：指三良。安：乐意，喜欢。

秦穆先下世，三臣皆自残——秦穆公去世后，三良为他杀身殉葬。秦穆：秦穆公，名任好，春秋五霸之一。下世：去世。三臣：一作三良。自残：自杀。这里指殉葬。

生时等荣乐，既没同忧患——活着的时候，君臣同享荣华和快乐；死的时候，君臣又共同承担忧患。等：等同，同样。唐·李善注："应劭《汉书注》曰：秦穆与群臣饮酒，酒酣。公曰：生共此乐，死共此哀。奄息等许诺，及公薨，皆从死。"

谁言捐躯易，杀身诚独难——谁说为国家为正义而死容易呢？要真正做到杀身成仁确实是很困难的。捐躯：为国家为正义而死。

揽涕登君墓，临穴仰天叹——擦干眼泪走上三良的坟墓，我在墓旁仰天长叹。揽涕：擦眼泪。

长夜何冥冥，一往不复还——长夜为什么昏暗漫长，三良从此一去再也不能回来。冥冥：昏暗。

黄鸟为悲鸣，哀哉伤肺肝——黄鸟为三良殉葬而死凄厉地悲鸣，悲鸣的声音令人肝肠尽断。黄鸟：黄雀。《毛诗序》注《诗经·秦风·黄鸟》："《黄鸟》，哀三良也。国人刺穆公以人从死，而作是诗也。"

新评

据《三国志·魏书·武帝纪》，建安二十年(215)，曹操西征。是年，王粲随征，过秦穆公墓。王粲有诗云："秦穆杀三良，惜哉空尔为。"王粲死于建安二十二年，曹植此诗似与王粲诗有一定的联系。从这样的角度看，诗应作于建安二十一年以前。一般认为，建安年间的曹植身为贵公子，又深得曹操的欢心，因阅历不深，其诗歌创作在反映社会生活方面较为单薄。然而，此诗通过凭吊抒写别样的情怀，关心现实的力度明显地加强，应该说，在曹植早年的诗歌创作中别具一格，值得我们关注。

情　诗

题解

诗写思妇怀远。

微阴翳阳景，清风飘我衣。游鱼潜绿水，翔鸟薄天飞。
眇眇客行士，遥役不得归。始出严霜结，今来白露晞。
游子叹黍离，处者歌式微。慷慨对嘉宾，凄怆内伤悲。

新解

微阴翳阳景，清风飘我衣——微云遮住太阳的光芒，清风吹过我的衣裳。翳：遮蔽。阳景：日光。

游鱼潜绿水，翔鸟薄天飞——鱼儿在碧绿的水中潜行游动，鸟儿在高高的天空中自由地飞翔。薄：逼近，迫近。

眇眇客行士，遥役不得归——客居在他乡的游子啊，因在遥远的地方服役无法回家。眇眇：遥远的样子。

始出严霜结，今来白露晞——离开家乡的时候正是严霜初结的冬天，今天回来的时候已是白霜已干的季节。晞：干。

游子叹黍离，处者歌式微——远行的人感叹《黍离》，为行役之苦发出悲伤的歌吟；守在家中的人儿唱着《式微》，盼望征人早日回到家乡。黍离：《诗经》名篇。《诗经·王风·黍离》："彼黍离离，彼稷之苗。行迈靡靡，中心摇摇。知我者谓我心忧，不知我者，谓我何求。悠悠苍天，此何人哉。彼黍离离，彼稷之穗。行迈靡靡，中心如醉。知我者谓我心忧，不知我者，谓我何求。悠悠苍天，此何人哉。彼黍离离，彼稷之实。行迈靡靡，中心如噎。知我者谓我心忧，不知我者，谓我何求。悠悠苍天，此何人哉。"式微：《诗经》名篇。《诗经·邶风·式微》："式微，式微！胡不归？微君之故，胡为乎中露！式微，式微！胡不归？微君之躬，胡为乎泥中！"

慷慨对嘉宾，凄怆内伤悲——对着客人，感慨万千，心里感到十分凄怨悲伤。慷慨：感叹。凄怆：悲伤。

新评

前四句写景，为引出"眇眇客行士，遥役不得归"二句作必要的铺垫。七八句为想象之辞，似化用《诗经·小雅·采薇》"昔我往矣，杨柳依依；今我来思，雨雪霏霏"句意，凄迷哀怨。九至十二句借用《诗经》篇目，进一步抒写思妇的情思。末二句直接表达思妇的悲怨。全诗含蓄蕴藉，情思婉转。

弃妇篇

题解

诗写弃妇的幽怨悲凄之情。

石榴植前庭，绿叶摇缥青。丹华灼烈烈，璀彩有光荣。
光荣晔流离，可以处淑灵。有鸟飞来集，拊翼以悲鸣。
悲鸣夫何为，丹华实不成。拊心长叹息，无子当归宁。
有子月经天，无子若流星。天月相终始，流星没无精。
栖迟失所宜，下与瓦石并。忧怀从中来，叹息通鸡鸣。
反侧不能寐，逍遥于前庭。踟蹰还入房，肃肃帷幕声。
搴帷更摄带，抚弦弹鸣筝。慷慨有馀音，要妙悲且清。
收泪长叹息，何以负神灵？招摇待霜露，何必春夏成。
晚获为良实，愿君且安宁。

新解

石榴植前庭，绿叶摇缥青——石榴种在前庭，微风吹来，绿叶摇荡，不时地现出背面的青白色。缥青：淡青色，青白色。石榴叶面深绿色，叶背青白色。风吹时，露出青白色的叶背。

丹华灼烈烈，璀彩有光荣——盛开的石榴花红艳如火，璀璨绚丽，光彩夺目。灼：鲜明、繁盛的样子。烈烈：形容鲜明灿烂。璀彩：即璀璨，形容光彩鲜明。

光荣晔流离，可以处淑灵——石榴光彩纷繁，可以供神灵栖息。晔：闪光。流离：光彩纷繁。淑灵：神灵，指天地间的神灵之气。

有鸟飞来集，拊翼以悲鸣——鸟儿飞来，聚集在这里，拍打着翅膀悲哀地鸣叫。有：一作翠。拊：拍。

悲鸣夫何为，丹华实不成——它们为什么会如此悲哀地鸣叫呢？是为石榴开花却不能结果而悲伤。

拊心长叹息，无子当归宁——拍着胸口长长地叹息，因为无子，所以应该被休弃遣送回娘家。归宁：女子返回娘家曰归宁。

有子月经天，无子若流星——有子好比天上运行的明月，无子就像天上殒落的流星。经：经过，运行。

天月相终始，流星没无精——月亮的光芒和天始终相依，匆匆划过的流星没有永远的光泽。没：灭。精：光明。

栖迟失所宜，下与瓦石并——耗散中失去适当的地位，就会像瓦片碎石那样变得低贱。栖迟：耗散。宜：适当的地位。瓦石：瓦片和碎石。比喻微贱。并：合，同。

忧怀从中来，叹息通鸡鸣——忧愁从心中生起，我低声哀叹，直到鸡鸣报晓的时候。忧怀：忧思。中：心中。通：至。

反侧不能寐，逍遥于前庭——辗转反侧，不能入睡，缓步走到前面的庭院里。反侧：辗转。逍遥：徜徉，缓步行走的样子。

踟蹰还入房，肃肃帷幕声——徘徊不定中又回到房中，房中的帷幕发出肃肃的响声，让人的心情难以平静。踟蹰：徘徊。肃肃：帷幕响动的声音。

搴帷更摄带，抚弦弹鸣筝——撩起帷幔，用带子绾结成束，抚摸琴弦，弹奏古筝来排解心中的愁闷。搴：揭起，撩起。摄：绾结。

慷慨有馀音，要妙悲且清——伴随着感叹声，馀音绕梁，美妙的乐声悲怨凄清。慷慨：感叹。要妙：美好的样子。

收泪长叹息，何以负神灵——擦干眼泪，长长地叹息，我因为什么缘故辜负了神灵？

招摇待霜露，何必春夏成——桂子要等到霜露的时候才能成熟，为什么非要在春夏间结果呢？招摇：山名。此指桂树。秦·吕不韦《吕氏春秋·本味》："和之美者，阳朴之姜，招摇之桂。"

晚获为良实，愿君且安宁——迟收获的才是好果实，希望您安心地等待。良实：好的果实。传说桂子冬天成熟，实大如枣，食之可以长生，故称。

新评

诗以石榴花美而无实，引出"无子当归宁"的悲剧。有子如一轮明月、无子如殒落的流星，比喻贴切，将女子的卑微与无奈全部写出。诗中的女主人公深明自己的地位像瓦片、碎石一样低下，故只能深夜中叹息，寄托于琴声来倾吐内心的悲怆。诗为代言体，表达了对弃妇的深切同情，从中可以看出曹植虽为贵公子，却对下层女性充满了关爱。

◎附 录

三曹年表简编

汉桓帝永寿元年乙未(155),曹操一岁

曹操,一名吉利,字孟德,小字阿瞒,沛国谯(今安徽亳县)人。裴松之注引《曹瞒传》:"太祖一名吉利,小字阿瞒。"曾祖曹节,字元伟。祖父曹腾,字季兴,历事安、顺、冲、质、桓,桓帝时封费亭侯。父曹嵩,曹腾养子,字巨高。母丁氏。

延熹七年甲辰(164),曹操十岁

陈寿《三国志·魏书·武帝纪》:"太祖少机警,有权数,而任侠放荡,不治行业,故世人未之奇也。"

汉灵帝熹平二年癸丑(173),曹操十九岁

《三国志·魏书·武帝纪》:"(桥)玄谓太祖曰:'天下将乱,非命世之才不能济也,能安之者,其在君乎!'"南朝宋·范晔《后汉书·何颙传》:"初,颙见曹操,叹曰:'汉家将亡,安天下者,必此人也。'"

熹平三年甲寅(174),曹操二十岁

是年,曹操于谯纳卞氏。不久,举孝廉,为郎,任洛阳北部尉。《三国志·魏书·卞后传》:"年二十,太祖于谯纳后为妾。后随太祖至洛。"裴松之注引《曹瞒传》:"太祖初入尉廨,缮治四门。造五色棒,县门左右各十馀枚,有犯禁者,不避豪强,皆棒杀之。后数月,灵帝爱幸小黄门蹇硕叔父夜行,即杀之。京师敛迹,莫敢犯者。"

熹平四年乙卯(175),曹操二十一岁

在洛阳北部尉任上。

熹平五年丙辰(176),曹操二十二岁

在洛阳北部尉任上。

熹平六年丁巳(177),曹操二十三岁

是年,操因遭受嫉恨,迁顿丘令。

光和元年戊午(178),曹操二十四岁

从妹夫宋奇被诛,从坐免官。

光和三年庚申(180),曹操二十六岁

是年六月,诏公卿举能通《尚书》《毛诗》《春秋左传》《春秋谷梁传》各一人,曹操明于古学,被征拜议郎。

光和五年壬戌(182),曹操二十八岁

据《后汉书·刘陶传》,是年正月,“诏公卿以谣言举刺史、二千石为民蠹害者”,曹操与司徒陈耽上言:“公卿所举,率党其私,所谓放鸱枭而囚鸾凤。”灵帝以灾异博问得失,曹操再次上书切谏。

中平元年甲子(184),曹操三十岁

二月,张角领导黄巾起义。三月,曹操拜骑都尉。五月,操随军征讨。皇甫嵩、朱儁镇压颍川黄巾军。曹操迁济南相,奏免贪官污吏,禁淫祀,时济南一郡清平,政教大行,操作《对酒》诗,以明其志。是年,曹操辞济南相,乞留宿卫,拜议郎。

中平二年乙丑(185),曹操三十一岁

征曹操为东郡太守,不就,归乡里。《三国志·魏书·武帝纪》:“久之,征还为东郡太守;不就,称疾归乡里。”

中平三年丙寅(186),曹操三十二岁

韩遂起兵反叛,拥兵十馀万,曹操被征为都尉。

中平四年丁卯(187),曹操三十三岁,曹丕一岁

曹操父曹嵩以钱买官,官至太尉。是冬,曹丕生于谯。曹丕,字子桓,母卞氏。

中平五年戊辰(188),曹操三十四岁,曹丕二岁

曹嵩罢太尉。冀州刺史王芬等密谋废灵帝,以其谋告曹操,曹操拒之。谋叛以失败告终。八月,朝廷初置西园八校尉,曹操任典军校尉。

中平六年己巳(189),曹操三十五岁,曹丕三岁

七月,何进欲招董卓引兵进京城胁迫太后诛杀宦官,曹操反对此举。九月,董卓废刘辩为弘农王,立献帝刘协,杀何太后,自任太尉。表曹操为骁骑校尉,操不就,东归。过中牟,被亭长所执,旋得解。洛阳讹传曹操卒,部下皆欲归,卞氏劝止。曹操至陈留、襄邑,欲起兵讨伐董卓。十二月,曹操于己吾起兵讨董卓,鲍信及弟鲍韬起兵响应。

汉献帝初平元年庚午(190),曹操三十六岁,曹丕四岁

正月,关东州郡起兵讨伐董卓,推袁绍为盟主,曹操行奋武将军。二月,董卓胁迫献帝迁都长安,焚毁洛阳。董卓据洛时,袁绍畏其强大,莫敢先进。曹操痛恨,引兵西行,在荥阳汴水与董卓部将徐荣战,为荣所败。至酸枣,见讨卓诸军不图进取,责让之,并谋划再次攻卓。曹操到扬州招募兵士,还至龙亢,士卒多叛。六月,袁绍与韩馥谋立刘虞为帝,曹操拒之。恶袁绍,欲诛杀之。《薤露》诗作于是年。

初平二年辛未(191),曹操三十七岁,曹丕五岁

二月,董卓自封太师。七月,袁绍胁迫韩馥让冀州,韩馥自杀。鲍信建议曹操据大河以南,以待其变,曹操采纳。黑山军攻魏郡、东郡,曹操引兵入东郡,击破之,为东郡太守。刘邈盛称曹操忠于皇帝。是年,荀彧离开袁绍投奔曹操,曹操大喜,以之为司马。

据曹丕《典论·自叙》，是年，曹操教曹丕学射。曹丕少好弓马。

初平三年壬申(192)，曹操三十八岁，曹丕六岁，曹植一岁

春，曹操军顿丘，打败黑山帅于毒，又大破黑山眭固，在内黄大破匈奴于扶罗。四月，司徒王允与吕布诛杀董卓，王允总朝政。青州百万黄巾军攻兖州，杀刺史刘岱，鲍信与州吏万潜等迎曹操为兖州牧。曹操率兵镇压黄巾军于寿张，鲍信亡。朝廷诏京兆金尚为兖州刺史，曹操迎击尚，尚逃奔袁术。六月，王允为董卓故将李傕、郭汜等所杀，吕布先归袁术，后归袁绍。九月，曹操追黄巾军至济北，大破之，受降卒三十馀万，由此开始强大。毛玠劝其奉天子，修耕植，蓄军资。曹操纳其言，遣使西至长安。公孙瓒联合刘备、单经、陶谦攻袁绍，袁绍与曹操合兵攻破诸军。

是年，曹丕知射。

曹植生。曹植，字子建，母卞氏。

初平四年癸酉(193)，曹操三十九岁，曹丕七岁，曹植二岁

是年春，曹操军鄄城，接连击破屯封丘的袁术及依附于他的黑山军别部和于扶罗。夏，还军定陶。秋，引兵击败陶谦。

兴平元年甲戌(194)，曹操四十岁，曹丕八岁，曹植三岁

春，曹操父曹嵩为陶谦所害。夏，曹操再攻陶谦，略地至东海。还，于郯东击刘备。陈留太守张邈与陈宫叛曹操迎吕布，吕布攻鄄城未下，屯濮阳。曹操自徐州还击吕布，操败，表程昱为东平相。复攻吕布，两军相守百馀日，各领兵退。九月，曹操还鄄城，吕布屯山阳。袁绍欲联合曹操，操拒绝。十月，曹操至东阿。是年，陶谦卒，刘备代领徐州牧。

是年，曹丕能属文，博览经传、诗论、诸子百家之书，善骑射。

兴平二年乙亥(195)，曹操四十一岁，曹丕九岁，曹植四岁

春，曹操败吕布于定陶。夏，复大破吕布，吕布奔刘备。八月，曹操围雍丘。十月，献帝拜其为兖州牧，作《领兖州牧表》。十一月，蔡邕女蔡文姬被匈奴掳获。十二月，曹操攻占雍丘，控制整个兖州，向东略陈。《兖州牧上书》当作于是年。

建安元年丙子(196)，曹操四十二岁，曹丕十岁，曹植五岁

正月，曹操军临武平，遣曹洪西迎献帝。二月，镇压汝南、颍川黄巾军，献帝拜其为建德将军。六月，献帝诏拜曹操为镇东将军，袭费亭侯，操作《上书让封》《上书让费亭侯》《谢袭费亭侯表》。七月，献帝至洛阳，操作《善哉行》。八月，曹操至洛阳，自领司隶校尉，录尚书事。董昭、丁冲等劝其都许。献帝迁许，幸曹操营。操作《遗荀攸书》，以荀攸为军师，并手书吕布，对其厚加慰劳。袁绍欲令操都鄄城，操拒绝。九月，曹操任大将军，封武平侯，作《上书让增封武平侯》《上书让增封》。侍中太史令王立劝献帝委任曹操，操控制朝政，杀赵彦等。十月，征杨奉，拔梁，以大将军让袁绍。十一月，曹操为司空，行车骑将军，作《让还司空印绶表》。见宗世林，世林不与之交，不悦。《陈损益表》《置屯田令》《表糜竺领嬴郡》等作于是年。是年，曹冲生。

建安二年丁丑(197)，曹操四十三岁，曹丕十一岁，曹植六岁

正月，曹操攻张绣，曹昂、曹丕从征。军败，曹操为流矢所伤，昂遇害，丕乘马逃脱。后击破张绣，还许，自此不复朝见。春，曹操奏收杨彪，孔融劝其释之，操不得已，放彪出狱。袁术自称天子，操手书予吕布。九月，东征袁术，败之，还许。十一月，南征张绣、刘表。是年，遣归妻丁氏，以卞氏为继室。

建安三年戊寅(198)，曹操四十四岁，曹丕十二岁，曹植七岁

正月，曹操还许，初置军师祭酒。三月，围张绣于穰。五月，刘表遣兵救张绣，操大破张绣。七月，还许。九月，东征吕布。十月，屠彭城，进至下邳。纳秦宜禄妻杜氏。十二月，擒杀吕布，俘获臧霸，厚待之。《蒿里行》作于是年。

建安四年己卯(199)，曹操四十五岁，曹丕十三岁，曹植八岁

二月，曹操还至昌邑。黑山军眭固以其众投袁绍，屯射犬。四月，操击斩眭固，射犬降。操还军敖仓，遣刘备攻袁术，刘备背叛曹操，屯沛。曹操击之，未胜。六月，袁绍选兵十馀万欲攻许，曹操准备迎战。八月，操进军黎阳，使臧霸等入青州破齐、北海、东安，留于禁屯河上。九月，还许，分兵守官渡。十一月，张绣率众降曹操。孙策破庐江太守刘勋。勋北归曹操，封侯。十二月，复军官渡。

建安五年庚辰(200)，曹操四十六岁，曹丕十四岁，曹植九岁

正月，董承诛操事泄，被杀。操东击刘备。备败，归袁绍。操攻破关羽、昌豨，还官渡。四月，北救刘延，斩颜良，解白马之围。于延津南破袁绍军，斩文丑，还军官渡。七月，制新科，行户调。八月，曹操与袁绍对峙。因粮少，操欲还许，荀彧劝止。钟繇送马二千馀匹给曹操，操作《与钟繇书》。汝南黄巾军刘辟等叛操应袁绍，绍遣刘备助之。曹操遣曹仁败刘备、刘辟。九月，曹操烧袁绍运粮车数千乘。十月，曹操烧袁绍辎重万馀乘。绍大败，冀州诸郡多降操。操乃作《造发石车令》《上言破袁绍》。《为徐宣议陈矫下令》亦作于是年。

建安六年辛巳(201)，曹操四十七岁，曹丕十五岁，曹植十岁

四月，击破袁绍仓亭军。九月，还许。南征刘备，备奔刘表。

是年，曹植能诵读诗论及辞赋数十万言，善属文。

建安七年壬午(202)，曹操四十八岁，曹丕十六岁，曹植十一岁

正月，曹操军谯，作《军谯令》。至浚仪，至睢阳渠，祀桥玄，作《祀故太尉桥玄文》。进军官渡。九月，渡河攻袁谭、袁尚，谭、尚数败退，固守。刘表使刘备北侵，至叶，曹操遣夏侯惇、李典等拒之。《举太山太守吕虔茂才令》当作于是年。

建安八年癸未(203)，曹操四十九岁，曹丕十七岁，曹植十二岁

三月，曹操攻黎阳，大破袁谭、袁尚军，谭、尚败走还邺。四月，进军追袁谭、袁尚至邺。五月，还许，留贾信屯黎阳。作《败军令》《论吏士行能令》。七月，作《请爵荀彧表》《与荀彧书》，又作《修学令》。八月，征刘表，军西平。袁谭、袁尚争冀州，谭败走平原，遣使诣曹操乞降求救，许之。十月，曹操至黎阳，袁尚停止攻平原，还邺。袁尚部将吕旷、吕翔叛尚降操。

是年，曹丕从征，由邺附近至黎阳，作《黎阳作》诗四首。

建安九年甲申(204)，曹操五十岁，曹丕十八岁，曹植十三岁

正月，曹操渡河，遏淇水入白沟以通粮道。二月，围邺城。四月，留曹洪攻邺城，自领兵击破尹楷。黑山军帅张燕遣使求助于操，拜平北将军。五月，决漳水灌邺。七月，袁尚还救邺，被曹操击破，奔中山。八月，操攻克邺城。临袁绍墓而哭，慰劳绍妻。宗世林随操至邺，陈琳归操。操作《破袁尚上事》。九月，曹操作《蠲河北租赋令》《收田租令》，领冀州牧，让还兖州。作《报荀彧》。十月，高干以并州降，操复以干为并州刺史。袁谭于曹操围邺时叛，操遗书袁谭，责其负约，攻之。十二月，曹操入平原，略定诸县。表辽东公孙度为武威将军，封永宁乡侯。遣牵招诣柳城，慰乌桓峭王。

是年八月，曹丕至邺，纳甄氏。

建安十年乙酉(205)，曹操五十一岁，曹丕十九岁，曹植十四岁

正月，曹操攻南皮，杀袁谭，平定冀州，作《诛袁谭令》。辟王修为司空掾，行司金中郎将。令民禁复私仇，禁厚葬。作《与王修教》《赦袁氏同恶令》《请封荀攸表》。四月，黑山军张燕率其众十馀万降曹操，封侯。八月，操攻斩赵犊等，渡潞河救犷平，乌桓奔走出塞。九月，作《整齐风俗令》《手书答朱灵》。十月，还邺。高干以并州叛，操遣乐进、李典击之，干还守壶关城。

正月，曹植从征袁谭。春，射猎于邺西。

建安十一年丙戌(206)，曹操五十二岁，曹丕二十岁，曹植十五岁

正月，曹操征高干。作《表称乐进于禁张辽》《苦寒行》。三月，拔壶关，高干走荆州，为上洛都尉王琰捕杀。并州平。八月，东去镇压长广起义军官承，至淳于，遣乐进、李典击破之，承走入海岛。十月，三郡乌桓数入塞为害，曹操将击之。使国渊典屯田事。下《求言令》。

正月，曹丕守邺城，仍出田猎，变易服乘。崔琰书谏，丕作《报傅崔琰》，表示悔意。是年，丕妻甄氏生子曹叡。

建安十二年丁亥(207)，曹操五十三岁，曹丕二十一岁，曹植十六岁

二月，曹操自淳于还邺，作《封功臣令》。将北征三郡乌桓，表制酒禁。孔融作二书论争，操有书答之。郗虑奏免孔融，操作《作书与孔融》。《分租与诸将掾属令》《下令大论功行封》《请增封荀彧表》《报荀彧》亦作于此时。五月，操北征三郡乌桓至无终，途经涿郡，作《告涿郡太守令》。七月，大雨，沿海道不通，操作《下田畴令》,以畴为乡导,引军出卢龙塞,东向柳城。八月,大败乌桓。九月,操引兵自柳城还,作《步出夏门行》。十一月,曹操至易水,代郡乌桓行单于普富卢、上郡乌桓行单于那楼将其名王来贺。郭嘉卒,操作《请追赠郭嘉封邑表》《与荀彧书追伤郭嘉》。此时尚作《表论田畴功》《为张范下令》。

五月,曹植从征三郡乌桓。九月,随曹操自柳城还,作《泰山梁甫行》。

建安十三年戊子(208),曹操五十四岁,曹丕二十二岁,曹植十七岁

正月,曹操还邺,作玄武池训练舟师。辽东送袁尚首,操有令。司徒赵温辟曹丕,操作《表赵温选举不实》,免温官。周不疑幼有异才,曹操惧曹丕等不能驾驭,遣刺客杀之。六月,为丞相。操作《授崔琰东曹掾教》。七月,南征刘表。八月,杀孔融,作《宣示孔融罪状令》。九月,刘琮降操,操以其为青州刺史,封侯。作《下荆州书》《与荀彧书追伤郭嘉》其二。王粲归操,操辟之为丞相掾,赐爵关内侯。召见、重用邯郸淳。收用梁鹄、杜夔。十二月,孙权、刘备结盟。操与之战于赤壁,大败。作《与孙权书》。刘璋与操绝,与刘备结盟。《表刘琮令》作于是月。是年,曹操遣周近持玉璧赎回蔡文姬。

正月,曹丕为赵温所辟。五月,曹冲卒,时年十三,操哀痛。曹丕作《曹仓舒诔》。七月,曹丕随操南征刘表,作《述征赋》。曹丕《蔡伯喈女赋》作于是年。

建安十四年己丑(209),曹操五十五岁,曹丕二十三岁,曹植十八岁

三月,曹操至谯。七月,引水军自涡入淮,出肥水,军合肥。置扬州郡县长吏,开芍陂屯田。开募屯田于淮南,以仓慈为绥集都尉。《存恤吏士家室令》《以蒋济为扬州别驾令》作于是月。十二月,还谯,遣夏侯渊镇压庐江义军雷绪。庐江人陈兰、梅成起义反操,操遣张辽攻斩陈兰等,作《论张辽功》。因使张辽、乐进、李典等屯合肥。《与韩遂教》《辟蒋济为丞相主簿西曹属令》亦作于是月。是年操作《爵封田畴令》,田畴让爵,操作《决议田畴让官教》,令曹丕及大臣评议。

三月,曹丕至谯。七月,曹丕从征,作《浮淮赋》。十二月,还谯,于谯宴饮歌舞,作《感物赋》。是年,曹丕及大臣评议田畴让官事,丕认为应肯定其节操。

建安十五年庚寅(210),曹操五十六岁,曹丕二十四岁,曹植十九岁

春,曹操作《求贤令》《短歌行》(对酒当歌)。冬,作铜雀台,率诸子登台,使各为赋,曹植挥笔即成。献帝封曹操邑兼四县,食户三万。十二月,操作《让县自明本志令》,让还封邑三县,只食武平万户。《短歌行》(周西伯昌)作于是月。

冬,曹植随操登铜雀台,挥笔作赋。是年,植受曹操宠爱。

建安十六年辛卯(211),曹操五十七岁,曹丕二十五岁,曹植二十岁

正月,献帝减曹操食户五千。操训诫诸侯,以正直之士辅助之,重诸侯宾客交通之禁。太原商曜等起义,操遣夏侯渊督徐晃镇压,杀曜。作《转邴原为五官长史令》《高选诸子掾属令》。三月,操遣钟繇攻张鲁。关中马超、韩遂、杨秋等十部疑其袭己，叛操，操遣曹仁攻之。七月，操率军西征马超等。八月，至潼关，与马超等对峙。闰八月，自潼关北渡河。九月，渡渭，大破马超等。作《下令增封杜畿秩》《手书与阎行》。十月，自长安北征杨秋，围安定，杨秋降。十二月，操自安定还，留夏侯渊屯长安。表钟繇为前军师，令其参军事。

正月，曹丕为五官中郎将，置官署，为副丞相，天下向慕，宾客如云。徐幹、苏林为之文学。丕、植兄弟与王粲、徐幹、陈琳、阮瑀、应玚、刘桢等友善往来，唱和诗赋。七月，丕留守邺，作《感离赋》。十月，河间田银、苏伯起义，丕遣将军贾信镇压，击破之。

正月，曹植为平原侯，食邑五千户。邢颙为其家丞，刘桢、应玚为其庶子，毋丘俭为其文学，司马孚为其文学掾。秋，植作《公燕》诗。七月，植抱病从征马超，从征前作《离思赋》，途经洛阳，作《洛阳赋》《送应氏》。十月，植作《赠丁仪王粲》《述行赋》等。

建安十七年壬辰(212)，曹操五十八岁，曹丕二十六岁，曹植二十一岁

正月，曹操还邺，“天子命公(曹操)赞拜不名，入朝不趋，剑履上殿”(《三国志·魏书·武帝纪》)。操遣夏侯渊镇压南山起义军刘雄，褒赞毛玠举用清正之士。作《止省东曹令》。春，曹操与子曹丕、曹植等登铜雀台，各作《登台赋》。七月，马超部梁兴等屯蓝田，操使夏侯渊击斩之。十月，董昭等谓曹操宜进爵为公，荀彧持异议，操心不平。曹操征孙权，作《留荀彧表》。是年，操作《与王修书》。正月，曹丕作《答繁钦书》。十月，阮瑀卒，丕作《寡妇诗》《寡妇赋》，命王粲并作。从征孙权，驻扎曲蠡，荀彧奉使犒军，丕与其论射。

十月，曹植从征孙权。荀彧卒，植作《光禄大夫荀侯诔》。

建安十八年癸巳(213)，曹操五十九岁，曹丕二十七岁，曹植二十二岁

正月，曹操进军濡须口，破孙权江西营，引军还。春，军谯。四月，还邺。五月，曹操为魏公，加九锡。作《让九锡表》《辞九锡令》《上书谢策命魏公》。荀攸等劝进，乃受命。七月，魏始建宗庙。献帝聘操三女为贵人，小者待年于国，操令诫其女。《议复肉刑令》《辩卫臻不同朱越谋反论》作于是月。九月，杨阜、姜叙等击败马超，操封击马超功，赐杨阜爵，作《杨阜让爵报》。作金虎台，凿引漳水入白沟以通河。作《下州郡》。十一月，魏国初置尚书、侍中、六卿。操命王粲、卫觊并典制度，草创朝仪。马超在汉阳，操遣夏侯渊击之。《以杜畿为尚书仍镇河东令》作于此时。是年，操凿利漕渠。

春，曹丕从曹操军谯。作《临涡赋》。四月，还邺。五月，纳郭氏。是年，丕随曹操出猎，作《校猎赋》。

春，曹植从曹操军谯，作《临涡赋》，并赋书于桥上。作《归思赋》。四月，还邺。七月，作《叙愁赋》。秋，作《离友》。是年，植女金瓠卒，植作《金瓠哀辞》。

建安十九年甲午(214),曹操六十岁,曹丕二十八岁,曹植二十三岁

二月,献帝遣使聘操二女入宫。三月,诏操位在诸侯王上。五月,操作《征吴教》《原贾逵教》。七月,操征孙权,留曹植守邺,作《戒子植》。十月,夏侯渊攻克枹罕,斩宋建,河西诸羌皆降,陇右平。操作《夏侯渊平陇右令》。操自合肥还。献帝伏皇后与父完谋杀曹操,事泄。十一月,操作《假为献帝策收伏后》,伏后幽死,兄弟及宗族百馀人被杀。十二月,操至孟津。献帝命操置旄头,操作《谢置旄头表》。置理曹掾属。《敕有司取士毋废偏短令》《选军中典狱令》《以高柔为理曹掾令》作于是月。《报蒯越书》当作于是年。春,路粹从军至汉中,违禁伏法,曹丕为之叹息。闰五月,丕自作《槐赋》。

三月,曹植作《赠王粲》。闰五月,植作《槐树赋》。是月,徙封临淄侯,郑袤、徐幹为临淄侯文学。曹操遣邯郸淳诣植,植甚喜,淳任临淄侯文学。七月,曹植守邺,作《东征赋》。植《与吴季重书》亦作于是年。

建安二十年乙未(215),曹操六十一岁,曹丕二十九岁,曹植二十四岁

正月,献帝立曹操中女曹节为皇后。三月,操西征张鲁,征前作《合肥密教》。操进驻长安,作《报刘廙》。四月,操自陈仓出散关,作《秋胡行》(晨上散关山)。五月,操攻屠氐王窦茂,韩遂被斩。七月,操攻破张鲁军,入南郑。九月,巴賨夷帅各举其众附曹操。献帝命曹操承制封拜诸侯守相。十一月,张鲁归降曹操。十二月,操自南郑还。

正月,曹丕在孟津,令曹植使人说钟繇让玉玦于丕,丕作《与钟繇书》。五月,在孟津,作《与吴质书》。九月,丕作《答曹洪书》。秋,刘桢有诗赠丕。丕《柳赋》《孟津》诗作于是年。

五月,曹植行女卒,植作《行女哀辞》,并命徐幹、刘桢等为之作哀辞。

建安二十一年丙申(216),曹操六十二岁,曹丕三十岁,曹植二十五岁

二月,操还邺,作《春祠令》。三月,操亲耕籍田。五月,曹操拜魏王,仍以丞相领冀州牧。代郡乌桓行单于普富卢与其侯王来朝。操女为公主。操作蕤宾钟、无射钟。《赐死崔琰令》《与和洽辩毛玠谤毁令》作于是月。七月,匈奴南单于来朝。十月,操亲自训练士卒,征孙权。十一月,至谯。是年,琅邪王熙谋欲渡江,操杀之。操授鄱阳民尤突印绶。《百辟刀令》作于是年。

十月,丕从征孙权。

三月,植作《籍田赋》。七月,植作《与杨德祖书》《鹖赋》《大暑赋》。《宝刀赋》《宝刀铭》作于是年。

建安二十二年丁酉(217),曹操六十三岁,曹丕三十一岁,曹植二十六岁

正月,操军居巢。二月,攻孙权。三月,操引军还,留夏侯惇等屯居巢,作《赐夏侯惇伎乐名倡令》。孙权请降,操报使修好。四月,献帝诏曹操设天子旌旗。五月，操作泮宫。八月，作《举贤勿拘品行令》。十月，献帝命操冕用十二旒，备天子之乘舆。操立丕为太子，作《立太子令》。又作《曹植私开司马门下令》《又下诸侯长史令》。冬，刘备遣兵屯下辩，操遣曹洪拒之。作《使辛毗曹休参治下辩令》。

正月，王粲卒，曹丕临其丧。十月，作《太子》，命郑冲为文学。冬，大疫，徐幹、陈琳、应玚、刘桢卒，曹丕为之悲伤。作《与王朗书》《答卞兰教》，撰《典论》。丕铸五熟釜成，作《五熟釜铭》。

正月，植作《王仲宣诔》。十月，植增置邑五千户。乘车行驰道中，犯门禁，操大怒，植宠日衰。植妻违制命，操赐死。冬，曹植作《说疫气》。

建安二十三年戊戌(218)，曹操六十四岁，曹丕三十二岁，曹植二十七岁

正月，曹操作《敕王必领长史令》。少府耿纪、太医令吉本等起兵反操，攻许，烧王必营，被王必、严匡所杀。四月，操遣其子曹彰讨破乌桓。彰出发前，操诫之。彰大破乌桓。操作《赡给灾民令》。六月，作《终令》。七月，操治兵，西征刘备。南阳吏民苦徭役。十月，宛守将侯音等反，操令曹仁围宛。是年，作《赐袁涣家谷教》。

是年，曹丕编徐幹、陈琳、应玚、刘桢文集，作《与吴质书》。

是年，曹植作《辩道论》《赠丁仪》《当欲游南山行》。邯郸淳受命离开曹植，植为之饯别并赠诗。淳作《赠答诗》。

建安二十四年己亥(219)，曹操六十五岁，曹丕三十三岁，曹植二十八岁

正月，曹仁屠宛，斩侯音，复屯樊城。夏侯渊与刘备战于阳平，渊战死。三月，操率军攻刘备，离长安，至阳平；备因险拒守。操欲还，作《在阳平将还师令》。五月，操引军还长安，备遂有汉中。七月，操作《策立卞后》，以卞氏为王后。操遣于禁助曹仁击关羽。八月，于禁军败。关羽围曹仁，操使徐晃救仁，作《命徐晃待军齐集令》。九月，作《以徐奕为中尉令》《原刘廙令》。秋，曹操收杀杨修。作《与太尉杨彪书》。十月，操自长安还洛阳，离长安前，作《选留府长史令》，以杜袭为留府长史。以子曹彰行越骑将军，留长安。操南征关羽，徐晃拜羽军。操驻军摩陂，作《劳徐晃令》。十二月，孙权攻杀关羽，上书称臣于操，操表为骠骑将军，领荆州牧。

二月，曹丕造百辟宝剑，作《剑铭》。九月，魏讽谋袭邺，事泄，曹丕诛讽等。是月，作《答王朗书》。

八月，曹操欲遣曹植救曹仁，植醉不能受命。

建安二十五年(延康元年、魏文帝黄初元年)庚子(220)，曹操六十六岁，曹丕三十四岁，曹植二十九岁

正月，曹操至洛阳。孙权传关羽首，操以诸侯礼葬之。操病，召曹彰，彰未至，操卒。时年六十六，有遗令。丕在邺，彰未至洛阳，操军骚动，青州军离散。彰至洛阳，欲曹植嗣位，植拒绝。二月，操葬高陵。

正月，丕在邺，作《与钟繇书》。操卒后，丕悉取曹操宫人。嗣位为丞相、魏王，领冀州牧。改建安二十五年为延康元年。作《策谥庞德》《又与吴质书》。二月，赏赐诸侯王将相等，遣使者循行郡国。欲以杨彪为太尉，彪拒绝。诛杀丁仪、丁廙。丕作《武帝哀策文》《短歌行》《除禁轻税令》。尚书陈群立九品中正制。三月，谯现黄龙，丕赐殷登谷三百斛。作《拜毛玠等子为郎中令》。四月，饶安出现白雉，丕赐田租。作《止临淄侯植求祭先王诏》。五月，封子叡为武德侯。以郑称为武德侯傅，作《以郑称授太子经学令》。冯翊山民郑甘等率众降，皆封侯。酒泉黄华、张掖张进等各执太守以叛，金城太守苏则攻斩张进，黄华降。六月，丕治兵南征，霍性上疏谏劝，杀之。七月，孙权遣使奉献。蜀将孟达、武都氐王杨仆降附。丕作《敕尽规谏令》《孟达杨仆降附令》《与孟达书》。驻军于谯。八月，丕于谯大飨六军及百姓，作《复谯租税令》《于谯作》。十月，作《殡祭死亡士卒令》。献帝禅位，群公卿上书欲曹丕受禅即阼。丕作《以李伏言禅代合符谶示外令》《辞符谶令》《辞许芝等条上谶纬令》《再让符命令》《答司马懿等再陈符命令》《止群臣议禅代礼仪令》《答尚书令又奏令》《罢设受禅坛场令》《既发玺书又下令》《辞请禅令》《让禅令》《答刘廙等奏令》《上书让禅》《答苏林董巴等令》《三让玺绶令》《上书再让禅》《让禅令》《答华歆等上言令》《上书三让禅》《允受禅令》《答桓阶等奏令》等。

丕代汉称帝，改延康元年为黄初元年，作《制诏三公改元大赦》。郭淮奉使贺曹丕践阼，稽留不及，丕责之。丕常出猎，王朗上疏谏劝，丕作《报王朗》。河西胡大扰，丕以张既代邹岐，作《诏张既为凉州刺史》。张既大破河西胡，丕作《诏褒张既击胡》。作《答邯郸淳上受命述诏》，赐淳帛四十匹。丕集经典，遣郑默删定旧文。诏诸儒撰著经传，数岁成，凡千馀篇，八百馀万字，号曰《皇览》。华歆论举孝廉以经试，丕从其言。封曹彰为中牟王。《答桓阶等奏改服色诏》《定服色诏》《诏议追崇始祖》《报何夔乞逊位诏》《下诏赐华歆衣》《出蒋济为东中郎将不听请留诏》《封朱灵为鄃侯诏》《诏官李通子基绪》《任城王彰增邑诏》《问张既令》等亦作于是月。

十一月，丕奉献帝为山阳公，追尊曹操为武皇帝。作《为汉帝置守冢诏》。十二月，初建洛阳宫。丕至洛阳，作《改雒为洛诏》。是年，丕杀孔桂。作《以张登为太官令诏》。因邯郸淳作《投壶赋》，赐帛十匹。

二月，曹植作《武帝诔》《野田黄雀行》。就国临淄，曹彰等诸侯皆就国。四月，在临淄，作《求祭先王表》。八月，植作《大飨碑》。十月，作《魏德论》《魏德论讴》。闻曹丕代汉称帝，发服悲哭。作《庆文帝受禅章》《庆文帝受禅上礼章》《丹霞蔽日行》《大魏篇》《秋胡行》。

黄初二年辛丑(221)，曹丕三十五岁，曹植三十岁

正月，丕作《春分拜日诏》。初令郡国人口满十万者，每年察孝廉一人；其有优异者，不受户口局限，分三公户邑，封子弟各一人为列侯。作《以孔羡为宗圣侯置吏修庙诏》，令鲁郡修孔子庙，庙外广建室屋以居学者。五月，郑甘复反，丕遣曹仁镇压之。六月，赐夫人甄氏死。作《日食勿劾太尉诏》。八月，孙权称臣，丕拜权为大将军，封吴王。丕作《制复于禁等官》《赠谥邓哀侯策》。十月，曹丕授杨彪光禄大夫，作《赐故太尉杨彪几杖诏》。以大将军曹仁为大司马。十一月，作《策命孙权九锡文》《册孙权太子登为东中郎封侯文》《与王朗书》。十二月，东巡。是年，丕筑陵云台。作《诏征南将军夏侯尚》《改封曹植为安乡侯诏》。

正月，曹植作《孔子庙颂》《学宫颂》。是年，植醉酒悖慢，劫胁使者，自招罪衅，徙居京都。未及定罪，遣归临淄。行至延津，贬爵安乡侯，作《谢初封安乡侯表》，转回京都，后又改封鄄城侯。

黄初三年壬寅(222)，曹丕三十六岁，曹植三十一岁

正月，曹丕作《取士勿限年诏》《报吴王孙权》。二月，作《抚劳西域奉献诏》。三月，丕立子叡为平原王，弟曹彰等十一人皆为王。立皇子霖为河东王。至襄邑。至苦县，作《敕豫州禁吏民往老子亭祷祝》。四月，作《禁诽谤诏》。闰五月，孙权遣使聘魏，丕书《典论》及诗赋与权，作《答吴王诏》。八月，蜀大将黄权率众降。九月，丕作《禁妇人与政诏》，立皇后郭氏。十月，丕表首阳山东为寿陵，作《终制》。孙权复叛。丕南征，作《伐吴诏》《饮马长城窟行》。权因扬、越未平，上书曹丕，表示悔改，曹丕作《又报吴主孙权》《诏责孙权》。十一月，丕至宛，诏百官不得干预郡县，捕杨俊，诏问尚书，俊自杀。丕穿灵芝池。

四月，植为鄄城王，作《封鄄城王谢表》。诏封曹植二子为乡公，植作《封二子为乡公谢恩章》。东郡太守王机、防辅吏仓辑等诬告曹植。植获罪，诣京都，陈诬告之罪，作《当墙欲高行》《乐府歌》。诏令复国。植归国途中渡洛川，作《洛神赋》。十一月，植作《贺瑞表》《上九尾狐表》《毁鄄城故殿令》《灵芝篇》。

黄初四年癸卯(223)，曹丕三十七岁，曹植三十二岁

正月，丕作《禁复私仇诏》。筑南巡台于宛。三月，丕自宛还洛阳。曹仁卒。作《以蒋济为东中郎将代领曹仁兵诏》《敕还师诏》。五月，丕作《鹈鹕集灵芝池诏》。王朗让位于杨彪，丕作《止王朗让位诏》。诏拜杨彪光禄大夫。八月，丕校猎于荥阳，东巡，论征孙权功，赏诸将以下。九月，至许昌宫。十二月，赐山阳公夫人汤沐邑。是年，丕以严苞、薛夏为秘书丞。作《诏赐张既子翁归爵》《诏刘靖迁庐江太守》《成皋令沐并收校事刘肇以状闻有诏》《械击令狐浚诏》。

五月，曹植与白马王曹彪、任城王曹彰朝京都。植作《上责躬应诏诗表》《应诏》，丕嘉其辞，优诏答勉之。六月，任城王曹彰卒于京都，植作《任城王诔》。七月，植与白马王彪还国，作《圣皇篇》《赠白马王彪》。归鄄城，作《杂诗》(高台多悲风)，徙封雍丘王，作《徙封雍丘王表》。至雍丘，为监官诬告。是年，又作《盘石篇》等。

黄初五年甲辰(224)，曹丕三十八岁，曹植三十三岁

正月，丕初令谋反者须如实上告。三月，自许昌还洛阳宫。四月，立太学，制五经课试之法，置《春秋谷梁》博士。七月，丕至许昌宫，兴军攻吴，辛毗谏劝之，丕不听，郭后留许昌。八月，为水军，至寿春。九月，至广陵，以吴不可图，乃退军，作《车驾临江还诏三公》。十月，回许昌宫，作《议轻刑诏》。十二月，作《禁设非礼之祭诏》。是年，穿天渊池，杀夏侯尚爱妾。作《改封诸王为县王诏》《诏赐温恢子生爵》。

是年，植作《赏罚令》。

黄初六年乙巳(225)，曹丕三十九岁，曹植三十四岁

二月，丕遣使者问民疾苦。将征吴，作《设镇军抚军大将军诏》，以陈群为镇军大将军，司马懿为抚军大将军。三月，丕至召陵，通讨虏渠，还许昌宫。为舟师再次征吴，作《征吴临行诏司马懿》。五月，丕至谯。七月，立皇子鉴为东武阳王。八月，丕自谯循涡入淮，从陆道至徐。郭后留谯宫。十月，丕至广陵，作《至广陵于马上作》。大寒，丕引军还，孙权遣将袭击之。十一月，东武阳王鉴卒。十二月，丕自谯往梁，过雍丘，至曹植宫，作《诏雍丘王植》，赠植衣。是年，夏侯尚卒，丕作《赠夏侯尚诏》。《诏赐张辽李典子爵》亦作于是年。

十二月，丕至植宫，赠植衣，植作表谢之，又作《自诫令》。

黄初七年丙午(226)，曹丕四十岁，曹植三十五岁

正月，丕还洛阳宫。作《收鲍勋诏》，杀鲍勋。三月，筑九华台。五月，丕疾笃，立子叡为太子，召曹真、陈群、曹休与司马懿，并受遗诏辅政。丕卒。叡继皇位，追谥母甄夫人曰文昭皇后。六月，丕葬于首阳陵。

十二月，曹植作《辅臣论》。

魏明帝太和元年丁未(227)，曹植三十六岁

正月，曹植作《慰情赋》。四月，植徙封浚仪。

太和二年戊申(228)，曹植三十七岁

四月，讹传曹叡卒，群臣欲迎立曹植。叡不久还洛阳。五月，大旱，植作《喜雨》。九月，植复还雍丘，上《求自试表》。是年，作《杂诗》(仆夫早严驾)《朔风》《吁嗟篇》《当墙欲高行》等。曹休卒，植作《大司马曹休诔》。复上《求自试表》。

太和三年己酉(229)，曹植三十八岁

十二月，曹植徙封东阿王，作《转封东阿王谢表》《迁都赋》。是年，作《社颂》。

太和四年庚戌(230)，曹植三十九岁

六月，曹植母卞后卒，植作《卞太后诔》《上卞太后诔表》。七月，曹叡诏曹真、司马宣王等伐蜀。植作《征蜀论》。

太和五年辛亥(231)，曹植四十岁

七月，皇子殷生，植作《皇太子生颂》。又作《求通亲亲表》，叡有《诏报东阿王植》。植又作《陈审举表》，叡有文答报。《怨歌行》《矫志》作于是月。八月，曹叡诏诸王及宗室公侯各带适子一人入朝。魏取诸国士息，植作《求免取士息表》，叡还所发士息。植至京都，叡有《报植等诏》，赐植等冬柰，植作《谢赐柰表》。

太和六年壬子(232)，曹植四十一岁

正月，植作《元会》。二月，曹叡作《改封诸侯以郡为国诏》，以陈四县封曹植为陈王。植作《改封陈王谢恩章》《谢妻改封表》。叡作《与陈王植手诏》，植作《答诏表》。曹叡女淑卒，谥为平原懿公主，叡作《诏陈王植》，植作《答诏示平原公主诔表》《平原懿公主诔》。植渴求试用，然终未如愿。九月，曹叡遣田豫等攻辽东公孙渊，植作《谏伐辽东表》。十一月，曹植卒，谥思，葬鱼山。

三曹著作主要版本

魏武帝集一卷 魏武帝撰

汉魏六朝百三名家集(一名：汉魏六朝一百三家集) (明)张溥辑

1. 明娄东张氏刊本
2. 清光绪三年(1877)滇南唐氏寿考堂刊本
3. 清光绪五年(1879)彭懋谦信述堂重刊本
4. 清光绪十八年(1892)善化章经济堂刊本
5. 清光绪十八年(1892)长沙谢氏翰墨山房刊本
6. 清光绪十八年(1892)南雅书局校刊本
7. 民国六年(1917)上海扫叶山房石印本
8. 民国七年(1918)四川官印局刊本

魏武帝集 魏武帝撰

增定汉魏六朝别解 (明)叶绍泰辑 明崇祯十五年(1642)采隐山居刊本

魏武帝集四卷 魏武帝撰

汉魏六朝名家集初刻 丁福保辑 清宣统三年(1911)无锡丁氏排印本

魏武帝集五卷附录一卷 (汉)曹操撰

七十二家集 (明)张燮编 明天启崇祯间刻本

魏武帝文抄一卷 (魏)曹操撰

八代文抄 (明)李宾辑 明末刻本

曹孟德诗注 (魏)曹操撰 黄节注

民国间(1912—1949)北京大学铅印本

曹孟德集 (汉)曹操撰

汉魏六十名家 (明)张运泰 (明)余元熹汇评清刻本

谯东父子集 (魏)曹操 曹丕 曹植撰

林氏选评名家文集　林纾选评　上海商务印书馆1924年版

孙子二卷　(周)孙武撰　魏武帝注

1. 广汉魏丛书　(明)何允中辑　清嘉庆中刊本
2. 增订汉魏丛书　(清)王谟辑　清宣统三年(1911)上海大通书局石印本
3. 日本嘉永四年(1851)仙台楼田刊本
4. 日本嘉永五年(1852)刊本
5. 清抄本　(清)王懿荣跋、佚名录、王念孙校、吴大澂跋
6. 日本抄本
7. 武经开宗　(明)黄献臣辑　明刊本

孙子十家注十三卷附孙子遗说一卷　(宋)吉天保集注　**遗说**(宋)郑友贤撰　(清)孙星衍校刊本

宛委别藏　阮元辑　原稿本

孙子集注十三卷(一题《孙子十家注》)　(汉)曹操　(唐)杜牧等撰　(宋)吉天保辑

按,《知见书目》P14又题**《十家孙子会注》十五卷**

1. 明嘉靖三十四年(1555)谈恺刻本
2. 明隆庆六年(1572)李棣刻本
3. 明万历十七年(1589)黄邦彦刻本
4. 明刻本
5. 道藏　(明)佚名辑　明正统间刊本

按,《综录》P809题:**孙子注解十三卷**。见《兵书总目》P75、《知见书目》第4册P15。

6. 日本嘉永六年(1853)刊本
7. 清光绪三年(1877)浙江书局刊本

按,疑即《二十二子》本。

8. 孙星衍校　清光绪十年(1884)浙江书局重补刊本
9. 日本宽文九年(1669)村上勘兵卫刊本
10. 明永乐七年(1409)朝鲜刊活字本
11. 明万历五年(1577)朝鲜内阁刊活字本
12. 清嘉庆二年(1797)兖州观察署刊本
13. 清咸丰五年(1855)淡香斋刊本
14. 清光绪十年(1844)皖城杨氏重刊本
15. 日本宽永六年(1629)官版重刊本
16. 民国间上海积山书局排印本

17. 日本大正元年(1912)富山房《汉文大系》排印本
18. 日本昌平黉官版刊本《昌平丛书》本
19. 民国十年(1921)上海福记书局石印本
20. 民国十四年(1925)上海扫叶山房石印本
21. 民国二十六年(1937)文奎堂重印本
22. 国学基本丛书　上海商务印书馆1932—1958年版
23. 丛书集成初编　民国二十四年至二十六年(1935—1937)中华书局排印本

按,《综录》P348题:**孙子十家注十三卷**。

新式标点孙子十家注　袁韬壶标点

上海扫叶山房1926年铅印本　北京图书馆编

孙子十家注十三卷叙录一卷遗说一卷　(宋)吉天保辑　(清)孙星衍、吴人骥校　**叙录**(清)毕以恂撰　**遗说**(宋)郑友贤撰

1. 岱南阁丛书　清乾隆嘉庆间兰陵孙氏刊本
2. 二十二子　浙江书局辑　清光绪中浙江书局刊本

按,此子目系光绪三年刊本。

3. 清光绪间湖南星沙书局覆刊《二十二子》本
4. 清光绪二十二年(1896)湖南新化三味书屋覆刊浙江书屋《二十二子》本
5. 清光绪十九年(1893)上海鸿文书局石印《二十二子》本
6. 日本嘉永六年(1853)活字重印《岱南阁丛书》本
7. 四部备要　中华书局辑　民国二十五年(1936)中华书局排印本
8. 三十六子全书　民国七年(1918)上海扫叶山房石印本

校订魏武帝注孙子三卷　(明)陈锡校订

明嘉靖四十年(1561)临海陈锡校刊本

吴子二卷　(魏)魏武帝(曹操)撰

明刊本

按,《兵书总目》著录,未见其他书目。

典论一卷　魏文帝撰

1. 问经堂丛书·逸子书　(清)孙冯翼辑　清嘉庆中承德孙氏刊本
2. 丛书集成初编　商务印书馆辑　民国二十四年至二十六年(1935—1937)上海商务印书馆排印本

典论一卷　魏文帝撰　(清)黄奭辑

1. 汉学堂丛书·子史钩沉　(清)黄奭辑　清道光中甘泉黄氏刊光绪中印本
2. 龙谿精舍丛书　(民国)郑国勋辑　民国六年(1917)序潮阳郑氏刊本
3. 黄氏逸书考(原名《汉学堂丛书·子史钩沉》)　(清)黄奭辑

(1) 清道光中甘泉黄氏刊民国十四年(1925)王鉴修补印本
(2) 民国二十三年(1934)江都朱长圻据甘泉黄氏原版补刊印本
典论(一名典略)一卷补遗一卷 魏文帝撰 (清)王仁俊辑
玉函山房辑佚书续编 (清)王仁俊辑 稿本
典论一卷 (魏)魏文帝曹丕撰
汉魏四家辑存 严可均辑 清抄本
列异传七则 魏文帝(题晋张华)撰
旧小说 (民国)吴曾祺辑 民国二十四年(1935)商务印书馆排印本
列异传一卷 魏文帝撰 鲁迅辑
古小说钩沉 鲁迅辑 北京人民文学出版社1951年排印本
魏文帝集二卷 魏文帝撰
汉魏六朝百三名家集(一题:汉魏六朝一百三家集) (明)张溥辑
1. 明娄东张氏刊本
2. 清光绪三年(1877)滇南唐氏寿考堂刊本
3. 清光绪五年(1879)彭懋谦信述堂重刊本
4. 清光绪十八年(1892)善化章经济堂刊本
5. 清光绪十八年(1892)长沙谢氏翰墨山房刊本
6. 民国六年(1917)上海扫叶山房石印本
7. 民国七年(1918)四川官印局刊本
魏文帝集 魏文帝撰
增定汉魏六朝别解 (明)叶绍泰辑 明崇祯十五年(1642)采隐山居刊本
魏文帝集六卷 魏文帝撰
汉魏六朝名家集初刻 丁福保辑 清宣统三年(1911)无锡丁氏排印本
魏文帝诗格一卷 魏文帝撰
格致丛书 (明)胡文焕辑 明万历三十一年(1603)刊本
诗格一卷 魏文帝撰
诗学指南 (清)顾龙振辑 清乾隆二十四年(1759)敦本堂刊本
魏文帝文抄一卷 (魏)曹丕撰
八代文抄 (明)李宾辑 明末刻本
魏文帝集十卷附录一卷 魏文帝曹丕撰
七十二家集 (明)张燮编 明天启崇祯间刻本
曹子恒集 (魏)曹丕撰
汉魏六十名家 (明)张运泰 (明)余元熹汇评 清刻本
曹集考异十二卷 (三国魏)曹植撰 (清)朱绪曾考异

金陵丛书 (民国)翁长森、蒋国榜辑 民国三年至五年(1914—1916)上海蒋氏慎修书屋排印本

按,《续修四库全书》即影印此本。

曹子建集十卷逸文一卷附魏陈思王年谱一卷 (魏)曹植撰 (清)丁晏诠评

汉魏六朝名家集初刻 清宣统三年(1911)丁氏铅印刻本

按,《续修四库全书》即影印此本。

曹子建集十卷附疑字音释一卷 (魏)曹植撰

四库全书 清乾隆三十年敕辑

1. 文渊阁抄本
2. 文源阁抄本
3. 文津阁抄本
4. 文溯阁抄本
5. 文宗阁抄本
6. 文澜阁抄本
7. 文汇阁抄本

圣皇篇 (魏)曹植撰 (清)任大椿辑 (清)王念孙校

小学钩沉续编 (清)顾震福辑 清光绪十八年(1892)山阳顾氏刊本

翠琅玕馆丛书 (清)冯兆年辑 清光绪中羊城冯氏刊本(题汉蔡邕撰)

陈思王集四卷 (魏)曹植撰

六朝诗集 (明)薛应旗辑 明嘉靖中刊本

曹子建集十卷 (魏)曹植撰

1. 汉魏诸名家集 (明)汪士贤辑 明万历天启间新安汪氏刊本
2. 汇刻建安七子集 (明)杨德周辑 (清)陈朝辅增

(1)明崇祯十一年(1638)刊本

(2)清乾隆二十三年(1758)刊本

3. 江安傅氏双鉴楼藏明活字本

按,《四部丛刊》即影印此本。

4. 续古逸丛书 张元济等辑 民国十二年(1922)至1957年上海商务印书馆影印本

按,此子目系民国十二年(1922)据宋大字本影印。

5. 四部备要 中华书局辑 民国二十五年(1936)上海中华书局排印本

曹子建文集十卷

密韵楼景宋本七种(系据宋大字本影印) 蒋汝藻辑 民国乌程蒋氏乐地菱刊本

陈思王集二卷 （魏）曹植撰

汉魏六朝百三名家集(一名：汉魏六朝一百三家集) （明）张溥辑

1. 明娄东张氏刊本
2. 清光绪三年(1877)滇南唐氏寿考堂刊本
3. 清光绪五年(1879)彭懋谦信述堂重刊本
4. 清光绪十八年(1892)善化章经济堂刊本
5. 清光绪十八年(1892)长沙谢氏翰墨山房刊本
6. 民国六年(1917)上海扫叶山房石印本
7. 民国七年(1918)四川官印局刊本

魏曹子建集二卷

三家诗 （清）卓尔堪辑　清康熙中刊本

陈思王集

增定汉魏六朝别解 （明）叶绍泰辑　明崇祯十五年(1642)采隐山居刊本

镜机子 （魏）曹植撰 （明）归有光辑评

诸子汇函 （明）归有光辑　明天启六年(1626)序刊本

陈思王集选一卷 （魏）曹植撰 （清）吴汝纶评选

汉魏六朝百三家集选 （清）吴汝纶评选　民国六年(1917)都门书局排印本

曹子建诗笺二卷 （魏）曹植撰　古直笺

1. 层冰草堂丛书　古直撰　民国中华书局排印本

按，此子目系民国十七年(1928)排印。

2. 民国十七年(1928)中华书局以古宋字排印本

按，疑为《冰层楼丛书》本。

曹子建诗笺定本四卷 （魏）曹植撰　古直撰

层冰堂五种　古直撰　民国二十四年(1935)中华书局排印本

曹子建文抄一卷 （魏）曹植撰

八代文抄 （明）李宾辑　明末刻本

曹子建集 （魏）曹植撰

汉魏别解 （明）黄澍　叶绍泰编　明崇祯十一年(1638)香谷山房刻本

曹集诠评十卷 （魏）曹植撰 （清）丁晏诠评

民国二十二年(1933)初版

洛神赋一卷 （魏）曹植撰

合刻三志 （明）冰华居士辑　明刊本

洛神赋辩注一卷

威凤堂全集 （清）陆圻撰　清钞本

镜机子 (魏)曹植撰

评点百二十子 (明)归有光评点 民国十四年(1925)上海会文堂石印本

曹子建文集十卷 (魏)曹植撰

1. 宋刻本

2. 明钞本 (清)翁同书跋

曹子建集十卷 (魏)曹植撰

明铜活字印本

又,(清)王士祯跋本 (清)黄丕烈跋本 赵元方跋本

曹子建集十卷附疑字音释一卷 (魏)曹植撰

1. 明嘉靖二十一年(1542)郭云鹏刻本

又,(清)瞿镛校并跋本 (清)丁丙跋本 (清)王韬跋本(存六卷,一至六) 袁克文校本

2. 明嘉靖二十一年(1542)郭云鹏刻琴川补刻本 叶景葵校

3. 明万历六年(1578)莲溪周氏刻本

曹子建集十卷 (魏)曹植撰

明万历三十一年(1603)郑士豪刻本

曹子建集十卷 (魏)曹植撰 (明)李梦阳、王世贞等评

明天启元年(1621)凌性德刻朱墨套印本

又,(清)周星诒校并跋本 (清)丁丙跋

曹子建集十卷 (魏)曹植撰 (清)朱绪曾辑 **附叙录一卷年谱一卷**(清)朱绪曾辑

清道光朱绪曾抄本 朱绪曾校

陈思王集十卷 (魏)曹植撰

1. 明正德五年(1510)舒贞刻本

2. 明嘉靖四年(1525)王准刻本

3. 明嘉靖二十三年(1544)胡缵宗刻本

4. 明万历二十年(1592)李祯刻本

5. 明刻本

陈思王集十卷附录一卷 (魏)曹植撰

七十二家集 (明)张燮编 明天启崇祯间刻本

曹诗二卷 (魏)曹植撰 (明)朱多炤辑

明依隐亭刻本

曹集诠评十卷遗文一卷年谱一卷附录一卷 山阳丁晏撰辑

同治十一年(1872)金陵书局刊

曹子建诗注二卷附曹孟德诗注一卷　顺德黄节撰

民国十九年(1930)上海商务印书馆以古宋字排印本　版心有“蒹葭楼丛书”五字

按，出版者(上海商务印书馆)据国家图书馆网站补。《蒹葭楼丛书》，诸丛书目录皆未著录。

曹子建诗注二卷附曹孟德诗注一卷　顺德黄节撰

民国十九年(1930)以古宋字排印本　版心有“蒹葭楼丛书”五字

陈思王集四卷　(魏)曹植撰

1. 六朝诗集　(明)薛应旗辑　明嘉靖中刻本

2. 魏晋五家集　明刻本

陈思王集二卷　(魏)曹植撰

汉魏六朝百三名家集　(明)张溥辑　清光绪十八年南雅书局校刊本

按，据台湾大学图书馆网站。《汉魏六朝百三名家集》《中国丛书综录》等未著录清光绪十八年南雅书局校刊本。

曹子建集十卷　(魏)曹植撰

1. 明闵刊朱墨本

2. 汉魏诸家名集　明万历葛寅亮刻本

3. 明瑞桃堂刻本

4. (日)江户时代手写本

5. 汉魏诸名家集　明万历十一年(1583)南城翁少麓刻本

按，《汉魏诸名家集》《中国丛书综录》等未著录“明万历十一年(1583)南城翁少麓刻本”。

5. 民国间国立北京大学出版组影印本

按，未明确著录影印何本，姑且视为独立版本。

魏曹子建集二卷　(魏)曹植撰

曹陶谢三家诗　(清)张潮等辑　清康熙间刻本

曹子建集　(魏)曹植撰

汉魏六十名家　(明)张运泰　(明)余元熹汇评　清刻本

曹子建诗注二卷　(魏)曹植撰　黄节集注

民国二十四年(1935)国立北平图书馆铅印本

曹植诗　(魏)曹植撰

历朝二十五家诗录　清邹湘倜辑　清光绪元年(1875)新化邹氏得颐堂刻本

三十家诗钞　(清)曾国藩纂　(清)王定安增辑　清同治十三年(1874)传忠书局刻本

曹集诠评十卷附逸文一卷年谱一卷附录一卷 (魏)曹植撰 (清)丁晏撰
清同治四年金陵书局刊本
曹集诠评十卷逸文一卷 (魏)曹植撰 (清)丁晏编
清同治八年(1869)刻本
曹集诠评十卷
1. 国学基本丛书 上海商务印书馆1932—1958年版
按,此子目1933年初版,1935年3版。
2. 万有文库 王云五编 上海商务印书馆1929—1934年版
按,此子目1931年初版。
曹集诠评十卷附陈思王年谱一卷 (清)丁晏撰
清同治间丁氏手定底稿本
按,台湾图书馆网站、《广录》著录为抄本。
曹子建文集十卷 (魏)曹植撰
清后期至民国前期蓝印刻本

《三曹诗集》名言警句

△白骨露于野,千里无鸡鸣。(曹操《蒿里行》)(第009页)
△契阔谈讌,心念旧恩。(曹操《短歌行二首》其二)(第016页)
△月明星稀,乌鹊南飞。(曹操《短歌行二首》其二)(第016页)
△山不厌高,海不厌深。(曹操《短歌行二首》其二)(第016页)
△坐盘石之上,弹五弦之琴。(曹操《秋胡行二首》其一)(第018页)
△名山历观,遨游八极,枕石漱流。(曹操《秋胡行二首》其一)(第019页)
△羊肠坂诘屈,车轮为之摧。(曹操《苦寒行》)(第023页)
△既无三徙教,不闻过庭语。(曹操《善哉行二首》其二)(第027页)
△水何澹澹,山岛竦峙。树木丛生,百草丰茂。秋风萧瑟,洪波涌起。日月之行,若出其中;星汉灿烂,若出其里。(曹操《步出夏门行·观沧海》)(第030页)
△鹍鸡晨鸣,鸿雁南飞。鸷鸟潜藏,熊罴窟栖。(曹操《步出夏门行·冬十月》)(第031页)
△神龟虽寿,犹有竟时。腾蛇乘雾,终为土灰。(曹操《步出夏门行·神龟虽寿》)(第032页)
△老骥伏枥,志在千里。烈士暮年,壮心不已。(曹操《步出夏门行·神龟虽寿》)(第032页)
△神龙藏深泉,猛兽步高冈。狐死归首丘,故乡安可忘? (曹操《却东西门行》)(第

034页)

△慊慊下白屋，吐握不可失。(曹操《善哉行》)(第035页)

△比翼翔云汉，罗者安所羁？冲静得自然，荣华何足为！(曹操《善哉行》)(第035页)

△呦呦游鹿，衔草鸣麑。翩翩飞鸟，挟子巢栖。(曹丕《短歌行》)(第038页)

△得人则安，失人则危。(曹丕《秋胡行二首》其一)(第039页)

△月盈则冲，华不再繁。(曹丕《丹霞蔽日行》)(第044页)

△雉雊山鸡鸣，虎啸谷风起。(曹丕《十五》)(第048页)

△淫鱼乘波听，踊跃自浮沉。(曹丕《善哉行》)(第049页)

△飞鸟翻翔舞，悲鸣集北林。(曹丕《善哉行》)(第049页)

△王乔假虚辞，赤松垂空言。(曹丕《折杨柳行》)(第050页)

△秋风萧瑟天气凉，草木摇落露为霜，群燕辞归雁南翔。(曹丕《燕歌行二首》其一)(第052页)

△牵牛织女遥相望，尔独何辜限河梁。(曹丕《燕歌行二首》其一)(第052页)

△人生居天壤间，忽如飞鸟栖枯枝。(曹丕《大墙上蒿行》)(第059页)

△上惭仓浪之天，下顾黄口小儿。(曹丕《艳歌何尝行》)(第063页)

△弦歌奏新曲，游响拂丹梁。(曹丕《于谯作》)(第070页)

△丹霞夹明月，华星出云间。(曹丕《芙蓉池作》)(第073页)

△菱芡覆绿水，芙蓉发丹荣。(曹丕《于玄武陂作》)(第074页)

△柳垂重荫绿，向我池边生。(曹丕《于玄武陂作》)(第074页)

△谁云江水广，一苇可以航。(曹丕《至广陵于马上作》)(第075页)

△西北有浮云，亭亭如车盖。(曹丕《杂诗二首》其二)(第078页)

△霜露纷兮交下，木叶落兮凄凄。(曹丕《寡妇诗并序》)(第081页)

△高树多悲风，海水扬其波。利剑不在掌，结友何须多。(曹植《野田黄雀行》)(第086页)

△俯观五岳间，人生如寄居。(曹植《仙人篇》)(第089页)

△仰手接飞猱，俯身散马蹄。(曹植《白马篇》)(第095页)

△捐躯赴国难，视死忽如归。(曹植《白马篇》)(第095页)

△顾盼遗光采，长啸气若兰。行徒用息驾，休者以忘餐。(曹植《美女篇》)(第102页)

△鰕䱇游潢潦，不知江海流。燕雀戏藩柴，安识鸿鹄游？(曹植《鰕䱇篇》)(第116页)

△日月不恒处，人生忽若寓。(曹植《浮萍篇》)(第119页)

△愿为西南风，长逝入君怀。(曹植《怨诗行》)(第125页)

△东海广且深，由卑下百川。五岳虽高大，不逆垢与尘。(曹植《当欲游南山行》)(第128页)

△车轮为徘徊，四马踌躇鸣。(曹植《鞞舞歌五首并序·圣皇篇》)(第138页)

△秋兰被长坂，朱华冒绿池。(曹植《公燕》)(第152页)
△潜鱼跃清波，好鸟鸣高枝。(曹植《公燕》)(第152页)
△长鸣入青云，扇翼独翱翔。(曹植《斗鸡》)(第154页)
△垣墙皆顿擗，荆棘上参天。(曹植《送应氏二首》其一)(第157页)
△中野何萧条，千里无人烟。(曹植《送应氏二首》其一)(第157页)
△愿为南流景，驰光见我君。(曹植《杂诗六首》其三)(第161页)
△江介多悲风，淮泗驰急流。(曹植《杂诗六首》其五)(第162页)
△闲居非吾志，甘心赴国忧。(曹植《杂诗六首》其五)(第162页)
△凉风肃兮白露滋，木感气兮条叶辞。(曹植《离友并序二首》其二)(第166页)
△芒芒原隰，祁祁士女。(曹植《应诏》)(第167页)
△惊风飘白日，忽然归西山。(曹植《赠徐幹》)(第169页)
△春鸠鸣飞栋，流猋激棂轩。(曹植《赠徐幹》)(第169页)
△凝霜依玉除，清风飘飞阁。(曹植《赠丁仪》)(第172页)
△伊洛广且深，欲济川无梁。(曹植《赠白马王彪》)(第176页)
△原野何萧条，白日忽西匿。(曹植《赠白马王彪》)(第176页)
△人生处一世，去若朝露晞。(曹植《赠白马王彪》)(第176页)
△丈夫志四海，万里犹比邻。(曹植《赠白马王彪》)(第176页)
△忧思成疾疢，无乃儿女仁。(曹植《赠白马王彪》)(第176页)
△昔我初迁，朱华未晞。今我旋止，素雪云飞。(曹植《朔风》)(第181页)
△秋兰可喻，桂树冬荣。(曹植《朔风》)(第181页)
△寄松为女萝，依水如浮萍。(曹植《闺情二首》其一)(第184页)

图书在版编目（CIP）数据

三曹诗集 /（魏）曹操，（魏）曹丕，（魏）曹植著，张强，田金霞解评．—太原：三晋出版社，2008. 6（2024. 5 重印）
（中国家庭基本藏书·名家选集卷）
ISBN 978 – 7 – 80598 – 883 – 2 – 01

Ⅰ．三…　Ⅱ．①曹…②曹…③曹…④张…⑤田…　Ⅲ．①古典诗歌—作品集—中国—魏国（220 ~ 265）Ⅳ．I222.736

中国版本图书馆 CIP 数据核字（2008）第 090753 号

三曹诗集

著　　者：（魏）曹操　曹丕　曹植
解 评 者：张　强　田金霞

责任编辑：落馥香　　审 订 者：落馥香
封面设计：敬人工作室　　版式设计：敬人工作室
责任校对：落馥香　　责任印制：李佳音

出版发行：山西出版集团·三晋出版社
地　　址：太原市建设南路 21 号
电　　话：（0351）4956036（咨询）　4922268（邮购）
传　　真：（0351）4922102
网　　址：www.sxskcb.com
邮　　编：030012

印刷装订：山西新华印业有限公司
（本书如有破损、缺页、装订错误，请与本社联系调换）

开　　本：787mm × 960mm　1/16
字　　数：230 千字
印　　张：14.5
版　　次：2008 年 10 月第 1 版
印　　次：2024 年 5 月第 2 次印刷
书　　号：ISBN 978 – 7 – 80598 – 883 – 2 – 01
定　　价：56.00 元